熟悉的陌生人

韩少功作品系列

韩少功◇著

上海文艺出版社
Shanghai Literature & Art Publishing House

自　序

眼前这一套作品选集,署上了"韩少功"的名字,但相当一部分在我看来已颇为陌生。它们的长短得失令我迷惑。它们来自怎样的写作过程,都让我有几分茫然。一个问题是:如果它们确实是"韩少功"所写,那我现在就可能是另外一个人;如果我眼下坚持自己的姓名权,那么这一部分则似乎来自他人笔下。

我们很难给自己改名,就像不容易消除父母赐予的胎记。这样,我们与我们的过去异同交错,有时候像是一个人,有时候则如共享同一姓名的两个人、三个人、四个人……他们组成了同名者俱乐部,经常陷入喋喋不休的内部争议,互不认账,互不服输。

我们身上的细胞一直在迅速地分裂和更换。我们心中不断蜕变的自我也面目各异,在不同的生存处境中投入一次次精神上的转世和分身。时间的不可逆性,使我们不可能回到从前,复制以前那个不无陌生的同名者。时间的不可逆性,同样使我们不可能驻守现在,一定会在将来的某个时刻,再次变成某个不无陌生的同名者,并且对今天之我投来好奇的目光。

在这一过程中,此我非我,彼他非他,一个人其实是隐秘的群体。没有葬礼的死亡不断发生,没有分娩的诞生经常进行,我们在不经意的匆匆忙碌之中,一再隐身于新的面孔,或者是很多人一再隐身于我的面孔。在这个意义上,作者署名几乎是一种越权冒领。一位难忘的故人,一次揪心的遭遇,一种知识的启迪,一个时代翻天覆地的巨变,作为复数同名者的一次次胎孕,其实都是这套选集的众多作者,至少是众多幕后的推手。

感谢上海文艺出版社,鼓励我出版这样一个选集,对三十多年来的写作有一个粗略盘点,让我有机会与众多自我别后相逢,也有机会说一声感谢:感谢一个隐身的大群体授权于我在这里出面署名。

欢迎读者批评。

韩少功

2012 年 5 月

目　　录

关于文学与文化

关于社会与历史

完 美 的 假 定

一

回顾一下三十年代,也许很多人会大为惊讶。那是史学家命名的"红色三十年代",批判资本体制的文学,"劳工神圣"的口号,贫穷而热情的俄罗斯赤卫队员,不能提供一分钱利润,却居然成了人们的希望,居然引导了知识界以及一般上流开明人士的思想时尚。不管是用选票还是用武装暴动的方式,左派组织在全世界快速繁殖,日渐坐大,眼看着国家政权唾手可得。布莱希特、A·勃勒东、阿拉贡、加缪、德莱赛、瞿秋白、聂鲁达、罗曼·罗兰、芥川龙之介以及时间稍后一些的毕加索和萨特……一大批重要知识分子的履历中,无不具有参加共产党或者自称社会主义者的记录。

六十年代,又发了一次全球性的左派烧。中国"文革"不用说,法国的"红五月"也惊天动地,红皮语录本在地球的那一边也被青年们挥动。勃列日涅夫在苏联上台向左转,太平洋彼岸的黑人运动和学生运动也交相辉映,在白宫前炮打司令部。不仅是广获同情的越南和古巴,多数从殖民统治下解放出来的亚非拉弱小民族,竞相把"社会主义"和"国有化"当作救国的良方。不仅是格瓦拉、德钦丹东和阿拉法特,一切穷苦人和受难者的造反领袖,在全世界任何地方都差不多成了众多青年学子耀眼的时代明星,成了偶像和传说。

这些离我们并不遥远。

二

同样并不遥远的,是潮起潮落,是每一次左向转折之后,都似乎紧接着向右的反复和循环。左派的理想,左派在这个时代的诸多含义:国有化、计划经济、阶级斗争、均贫富、打破国际垄断资本等等,从来没有得到历史的偏宠,在实践中并非能够无往不胜。

变化周期似乎总在十年到二十年之间。

三十年代以后是五十年代,是匈牙利事变,南斯拉夫的自由化转向,中国的夏季鸣放和庐山诤谏,苏共的二十大反"左"报告以及社会的全面"解冻",欧美各个共产党的纷纷萎缩或溃散,加上美国的麦卡锡主义反共恐怖插曲。对于左翼阵营来说,一个云雾低迷和寒气暗生之秋已经来临。红色政权即便可以用武装平息内乱,用政治高压给经济运行的钟表再紧一把发条,但发条上得再紧,很多零件已经出现的锈蚀和裂痕却无法消除,故障噪声已经嘎嘎渐强。

六十年代的狂热一旦落幕,历史的重心再一次向右偏移。共产主义的行情走低,在八十年代一路破底。一夜之间,柏林墙推倒了,革命导师的塑像锯倒了,前苏联和东欧国家纷纷易帜,贫穷而愤激的人们成群结队越过边界,投奔西方,寻找面包、暖气、摇滚乐、丰田汽车、言论自由、绿卡以及同情的目光,甚至在凯旋门下或自由女神像下热泪盈眶。在很多地方,"左"已经成了十恶不赦的贬词。众多知识分子对自己在三十年代和六十年代的经历深表忏悔和羞愧,至少也是闪烁其词,或者三缄其口。相反,重新认识西方的管理体制和技术成就,重新评价个人主义的价值观念,成为了全球性知识界流行话题,成了现代人开明形象的文化徽章。

私有化一化到底,已经"化"了的地方也还嫌化得不够,撒切尔主义和里根主义接连出台,向自家园子里的经济国有成分和社会福利政策下刀,竟没有太多的反对派胆敢多嘴。

一个西方记者说,眼下除了梵蒂冈教皇和朝鲜,再没有人批评资本主义了。这个话当然夸大不实。但从全球的范围来看,现在还有多少共产党人或社会党人在继续憎恶利润和资本?还有多少听众会从这些政党的背影汲取自己生存的信心呢?也许,这是一个左翼人士不愿正视的问题,却是他们不得不面对的现实处境。

事情已经大变。对变化的过程,当然还需要由历史学家做出更周详更精确更清晰的描述。一个基本的现象,却不难在我们粗略的回顾中浮现,不难成为我们的视角之一:经过一个短短的周期,历史似乎又回到了原点——六十年代再版了三十年代,八十年代则是以西方一片炫目的现代化昌荣,使五十年代得到了追认和复活。

下一个十年,会怎么样?再下一个十年或二十年,又会怎么样?

我听到未来正在一步步悄然而近。三十年河东,三十年河西;物极必反,阴尽阳还;风水轮流转;七八年再来一次……中国人对历史演变规律的朴素把握,杂有过多神秘的揣测,两分模式也显得过于粗糙。我对此不感兴趣。我感兴趣的是,历史是被什么样的一只手在操纵?我感兴趣的是,不管是左还是右,一种思想是如何由兴到亡?一种体制是如何由盛及衰?它们是如何产生、然后耗竭了自己的思想活力和体制优势?如何获取、然后丧失了自我调整自我批判自我革新的机能?如何汇聚、然后流散了自己的民意资源和道义光辉从而滑向了困局——乃至冷酷无情的大限?

想一想这些问题,似乎显得有些傻。

三

切,是南美洲穷苦人民对格瓦拉简短的昵称,也几乎成了相当时期内在他们之间秘密流传的神圣暗语。

这个神圣的暗语生于一九二八年,是西班牙人和爱尔兰人的后裔,年轻时就习惯于独身徒步长旅,结识和了解社会最底层的卑贱者。他所献身的革命游击战在古巴获胜之后,这位卡斯特罗的密友,这位全国土地革命委员会主席和国家银行行长,因为失望于胜利以后的现实,突然从所有公众场合销声匿迹。

一九六五年的十月,卡斯特罗公布他留下来的一封信,信中只是说:"因为其他国家需要我微薄力量的帮助",他决定去那些国家重新开始斗争。这位命中注定的"国际公民",这位被哲学家萨特称为"我们时代完美的人",后来在刚果和玻利维亚等地的故事,我是从一部录像带里看到的。录像带有些陈旧模糊,制作者显然是一个西方主流派的文化人。在他的镜头下,格瓦拉消瘦苍白,冷漠无情,偏执甚至有些神经质,是一个使观众感到压抑和不安的游击战狂人。即便如此,狂人在雨夜丛林中的饥饿,在群山峻岭中衣衫褴褛的跋涉,在战火中的身先士卒以及最后捐躯时的从容——还有孤独,仍然深深烙印在我的记忆里。

他流在陌生异乡的鲜血,他被当局砍下来然后送去验证指纹的双手,无疑是照亮那个年代的理想主义闪电——尽管关于他的录像带,眼下是最滞销的之一,最没有人要看的之一。租带店的青年这样告诉我。

与格瓦拉同时代的吉拉斯,则是另一种类型的理想者。与前者不同的是,吉拉斯不是选择了更左的道路,而是从右的方向开始了新的生命——当时他同样官阶显赫位极人臣,一九五三年出任南斯拉夫的副总统、国会议长,是铁托最为器重的同志和兄弟。他的第一本书传入中国,是六十年代中期在部分红卫兵中偷偷翻印和传阅着的《新阶级》,与遇罗克的《出身论》同时不胫而走。在我读过的一本油印小册子上,作者当时的译名叫"德热拉斯"。读到他的第二本书则是八十年代了,《不完美的社会》讨论了宗教、帝国主义、现代科技、所有权多样化、暴力革命、民主、中产阶级等等问题,给我的印象,作者对这个世界有清醒的现实感,拒绝相信任何"完美"的社会模式。他描绘了资本主义正在汲收社会主义(比方社会福利政策),称社会主义也必须汲收资本主义(比方市场经济)。他的很多观点,无异于后来大规模改革的理论导引。

因为发表这些文章,加上因为公开在西方报刊撰文同情匈牙利事变等等,他不但被剥夺了一切职务,而且三度入狱,被指责为革命的罪人。他不是没有预料到这样的后果,不,他是自己选择了通向地狱之路。当他打算与同僚们分道,他满心哀伤和留恋,也不无临难的恐惧。《不完美的社会》中很多论述我已经记不大清楚了,但有一段描写历历在目:这是一个旧贵族留下的大别墅里,灯光辉煌,丰盛的晚宴如常进行,留声机里播送着假日音乐。在一群快乐的党政要人里,只有吉拉斯在灯光照不到的暗角里,像突然发作了热病。他看到革命前为贵族当侍者的老人,眼下在为他的同僚们当侍者。他看到革命前为贵族拉货或站岗的青年,现在仍然在风雪中饥饿地哆嗦。唯一变化了的,是别墅主人的面孔。他突然发现自己面对着一个刺心的问题:胜利的意义在哪里?

就是在这个夜晚,他来回踱步整整一个夜晚。家人不知道他在想什么,他也不愿用他的想法惊扰家人。但他决定了,决定了自己无可返程的启程。如果他一直犹豫着,该不该放弃自己的高位,该不该公示自己的批判,那么在天将拂晓的那一刻,全部勇敢和果决,注入了他平静的双眼。

欧洲一个极为普通的长夜。

这个长夜是一个无可争辩的证明:同情心,责任感,亲切的回忆,挑战自己的大义大勇,不独为左派专有。这个长夜使所有经过了那个年代的我们羞愧,使我们太多的日子显得空洞而苍白。

四

吉拉斯的理论深度不够我解渴,某些看法也可存疑。但这并不妨碍我的感动。

我庆幸自己还有感动的能力,还能发现感动的亮点,并把它与重要或不重要的观念剥离。我经历大学的动荡,文场的纠纷,商海的操练,在诸多人事之后终于有了中年的成熟。其中最重要的心得就是:不再在乎观念,不再以观念取人。因此,我讨厌无聊的同道,敬仰优美的敌手,蔑视贫乏的正确,同情天真而热情的错误。我希望能够以此保护自己的敏感和宽容。

从这个意义上来说,吉拉斯的理论是不太重要的,与格瓦拉的区别是不太重要的,与甘地、鲁迅、林肯、白求恩、屈原、谭嗣同、托尔斯泰、布鲁诺以及更多不知名的热血之躯的区别,同样是不太重要的。他们来自不同的历史处境,可以有不同乃至对立的政治立场,有不同乃至对立的宗教观、审美观、学术观、伦理观……一句话,有不同乃至对立的意识形态。但这些多样的意识形态后面,透出了他们彼此相通的情怀,透出了一种共同的温暖,悄悄潜入我们的心灵。他们的立场可以是激进主义也可以是保守主义,可以是权威主义也可以是民主主义,可以是暴力主义也可以是和平主义,可以是悲观主义也可以是乐观主义,但这并不妨碍他们呈现出同一种血质,组成同一个族类,拥有同一个姓名:理想者。

历史一页页翻去,他们留下来了。各种学说和事件不断远退,他们凝定成记忆。后人去理解他们,总是滤取他们的人格,不自觉地忽略了他们身上的意识形态残痕。他们似乎是各种不同的乐器,演奏了同一曲旋律;是不同轨迹和去向的天体,辉耀着同样的星光。

于是,他们的理想超越具体的目的,而是一个过程;不再是名词,更像一个动词。

他们也是人，当然也有俗念和俗为，不可能没有意识形态局限，难免利益集团的背景和现实功利的定位。挑剔他们的不足、失误乃至荒唐可笑，不是什么特别困难的事。在当今一些批评家那里，即便再强健再精美的意识形态，都经受着怀疑主义的高温高压，也面临着消解和崩溃的危险，何况其他。随便拈一句话，都可以揭破其中逻辑的脆弱，词语的遮蔽，任何命题的测不准性质，于是任何肖像都可以迅速变成鬼脸。问题在于，把一个个主义投入检疫和消毒的流水线，是重要而必要的；但任何主义都是人的主义，辨析主义坐标下的人生状态，辨析思想赖以发育和生长的精神基质和智慧含量，常常是更重要的批判，也是更有现实性的批判，是理论返回生命和世界的入口。

意识形态不是人性的唯一剖面。格瓦拉可以过时，吉拉斯也可以被消解，但他们与仿格瓦拉和伪吉拉斯永远不是一回事。他们的存在，使以后所有的日子里，永远有了崇高和庸俗的区别。

这不是什么理论，不需要什么知识和智商，只是一种最简单最简单的常识，一个无须教授也无须副教授无须研究生也无须本科生就能理解的东西：

美的选择。

年轻的时候读过一篇课文，《Libido for Ugly（对丑的情欲）》，一个西方记者写的。文章指出实利主义的追求，使人们总是不由自主地爱上丑物丑态，不失为一篇幽默可心警意凌厉的妙文。很长时间内，我也在实利中挣扎和追逐，渐入美的忘却。平宁而富庶的小日子正在兴致勃勃地开始，忘却是我们现代人的心灵安全设备。我们开始习惯这样的政治：一个丛林里的"红色高棉"，第二职业是为政府军打工。我们开始习惯这样的宗教：一个讲堂上仙风道骨的空门大师，另一项方便法门是房地产投机的盘算。我们开始习惯这样的文化多元：在北京的派别纷争可以闹到沸反喧天不共戴天的程度，但纷争双方的有些人，一旦到了深圳或香港，就完全可能说同样的话，做同样的事，设同样的宰客骗局,享受同样的异性按摩,使人没法对他们昨日的纷争较真。我们开始习惯西方资本主义的语言强制,interest(利益)与interest(兴趣)同义,business(生意)与business(正事)同义,这样的语言逻辑十分顺耳。我们习惯越来越多名誉化的教授、名誉化的官员、名誉化的记者、名誉化的慈善家和革命党,其实质可一个"利"字了结。总之,我们习惯了宽容这些并不违法的体制化庸俗。我们已经习惯把"崇高"一类词语,当作战争或灾难关头的特定文物,让可笑的怀旧者们去珍藏。

我们只有在猛然回头的时候,偶尔面对那些曾经感动过我们的人,才会发现我们少了点什么。不,我们似乎什么也没有少,甚至比以前更加自由和丰富,但我们最终没法回避一个明显的事实:我们的内心已经空洞,我们的理想已经泛滥成流行歌台上的挤眉弄眼,却不再是我们的生命。

没有理想的自由,只是千差万别的行尸走肉。没有理想的文化多元,只是服装优美设备精良的诸多球赛,一场场看去却没有及格的水准,没有稍稍让人亮眼的精神记录。

五

理想从来没有高纯度的范本。它只是一种完美的假定——有点像数学中的虚数,比如$\sqrt{-1}$。这个数没有实际的外物可以对应,而且完全违反常理,但它常常成为运算长链中不可或缺的重要支撑和重要引导。它的出现,是心智对物界和实证的超越,是数学之镜中一次美丽的日出。

严格地说,精神的$\sqrt{-1}$还有"自由"、"虚无"、"人性"、"自我"、"真实"等等。只要没有丧失经验的常识,谁会相信现实中的人可以拥有完全绝对的"自由"? 可以修炼出完全绝对的"虚无"呢? 可以找到完全抽象的"人性"? 可以裸示完全独立的"真实自我"? ……但是,如果因而取消这一类概念,取消这些有益的假定,我们很难想象人类迄今为止的历史是什么样子。

比较起来,在很多人那里,理解"理想"比理解其他假定要困难得多,总是让人大皱眉头,不管加上多少限定成分的作料,配上多少美言名言格言的开胃酒水,还是咽不下这一个词。这并不妨碍他们正在努力——也在要求人们努力——理解世俗,理解唯利是图,理解摧眉折腰和卖友告密,理解三陪小姐和红灯区,理解用红包买来的文学研讨会,理解十万元养一条狗,理解中国人对中国人偏偏不讲中国话。

理解是个意义含混的词。理解不等于赞同。理解加激赏算是理解,理解但有所保留算不算理解?理解但提出异议算不算理解?提出异议但并没有要求政府禁止没有设冤狱也没有搞打砸抢,为什么就要被指责为白痴或暴徒式的"不理解"?驳杂万端的世俗确实是不可能定于一格的,需要人们有更多的理解力,这个要求一点也不过分。问题的另一方面是:中产阶级是世俗,远没有中产起来的更多退休工和打工仔也是世俗;星级宾馆里的欲望是世俗,穷乡僻壤里的朴实、忠厚、贫困甚至永远搭不上现代化快车的可能也是世俗;商品经济使这里富民强国是世俗,从全球的范围来看,商品经济造成贫富差别、环境污染、文化危机等等弊端也是世俗,对后者保持距离给予批判的人,其优劣长短生老病死,本身同样是不折不扣的斯世斯俗,是不是也需要理解?"世俗"什么时候成了一部分人而且是一小部分人的会员制俱乐部?

滥用"理解"、"世俗"一类的词,是一些朋友的盲目和糊涂,在另一些人那里则是文字障眼术,是不便明言的背弃,周到设防的勾搭,早已踩进去了一脚,却继续保持局外者的公允和超然,操作能进能退的优越。这些人精神失节的过程,也是越来越怯于把话说个明白的过程。

其实,真正的理想者不需要理解,甚至压根儿不在乎理解。恰恰相反,如果他每天都要吮着理解的奶瓶,都要躺入理解的按摩床,千方百计索取理解的回报,如果他对误解的处境焦急和愤懑,对掉头而去的人渐生仇恨乃至报复之心,失去了笑容和平常心,那么他就早已离理想十万八千里,早已成为自己所反对的人。理想的核心是利他,而利他须以他人的利己为条件,为着落——决不是把利益视为一种邪恶然后强加于人。光明不是黑暗,但光明以黑暗为前提,理想者以自己并不一定赞同的众多异类作为永远忠诚奉献的对象。他们不会一般化地反对自利,只是反对那种靠权势榨取人们奴隶式利他行为的自利。而刻意倡导利他的人,有时候恰恰会是这些人——当他们手里拿着奴隶主的鞭子。理想者也不会一般化地反对庸俗,只是反对那种吸食了他人血肉以后立刻嘲笑崇高并且用"潇洒"、"率真"一类现代油彩打扮自己的庸俗。而刻意歌颂崇高的人,有时候恰恰会是这些人——此时的他们可能正在叩门求助,引诱他人再一次放血。

从这个意义上来说,理想最不能容忍的倒不是非理想,而是非理想的极端化、恶质化、强权化——其中包括随机实用以巧取豪夺他人利益的伪理想。

六

历史上,暴君肆虐、外敌入侵或者天灾降临之际,大多数人须依靠整体行动才能抵抗威胁,理想便成为万众追随的旗帜,成为一幕幕历史壮剧的脚本。对于理想者来说,这是一个理解丰收的时代。但好心人不必因此自慰,不必在意哲学家关于"人性趋上"的种种喜报。事实上,特定条件下的利义统一,作为理想畅行一时的基础,不可能恒久不变。

理想者更多理解稀缺的时代。在人们的利益更多来自个人奋斗的时候,社会提供一种利益分割、贫富有别、鼓励竞争的格局。这时的理想无助于一己的增利,反而意味着利益它移,于是成为很多人的沉重负担,成为额外的无限捐税,无异于对欲望的压迫和侵夺。他们即便对崇高保持惯性的客套,内心的怀疑、抗拒、嘲弄以及为我所用的曲解冲动却一天天燃烧如炽。这没有什么。好心人不必因此悲哀,不必在意哲学家关于"人性趋下"的诊断。事实上,特定条件下的利义分离,作为理想一时冷落的主要原因,同样不会恒久不易。

舍利取义是群体自保的需要,却不是个体的必然。宗教有一种梦想:使大众统统成为义士和圣徒。每一种教义无不谴责和警戒利欲,无不指示逃离世俗的光明天国,而且奇迹般地获得过成千上万的信众,成了一支支现实的强大力量,成为历史暗夜里一代一代的精神传灯。不幸的是,宗教一旦体制化,一旦大规模地扩张并且掌握政权,不是毁灭于自己的内部,滋生数不胜数的伪行和腐败;就是毁灭于外部,用十字军东征一类的圣战,用宗教法庭对待科学的火刑,染上满身鲜血,浮现出狰狞面孔。

左派的"文革"是一种仿宗教运动,曾有改造大众的宏伟构思。他们用世界大同的美景,用大公无私的操行律令,用一个接一个交心自省活动,用清除一切资产阶级文化的大查禁大扫荡大批判,力图在无菌式环境里训练出一个没有任何低级趣味的民族。这场运动得助于它的道义光环,曾鼓动人们的激情,甚至使很多运动对象都放弃心理抵抗,由此多少掩盖了运动当局在政治、经济等方面的种种不智。但一场以精神净化为目标的运动,最终通向了世界上巨大的精神垃圾场。比较来说,当时的人们还能忍受贫穷——生活毕竟比战争年代要好很多,人们在那个时候没有失去对革命的信任。人们最无法容忍的是满世界的假话和空话,是遍布国家的残暴和人人自危的恐怖,是权贵奢华生活的真相大白。

并不是所有的人都经历了当年,都有铭心的记忆。时间流逝,常常使以往的日子变得熠熠闪光引人怀恋。某些左派寻求理想梦幻的时候,可能情不自禁地举起怀旧射镜,投向当年一张张单纯的面孔。是的,那个时候路不拾遗,夜不闭户,贫有所怜,弱有所助,那个时候很少妓女和吸毒和官倒,那个时候犯罪率很低很低,但这都说明不了什么问题。即便说明当时的人们较为淡泊钱财,问题还是没有解决。淡泊钱财没有什么了不起,钱财只是利益的形态之一。原始人也不在乎钱财,但可能毫不含糊地争夺赖以生存的神佑和人肉。下一个世纪的人也不一定在乎钱财,但可能毫不含糊地争夺信息、知识、清洁的空气或者季风。我们无须幼稚到这种地步,在这个园子里争夺萝卜的时候,就羡慕那个园子里的萝卜无人问津,以为那些人对白菜的争夺,是四海之内皆兄弟的拥抱。

"文革"当中,利欲同样在翻腾着,同样推动无义的争夺——只是它更多以政治安全、政治权势、政治荣誉为战利品,隐蔽了对住房、职业、级别、女色的诸多机心。那时候的告密、揭发和效忠的劲头,一点也不比后来人们争夺原始股票的劲头小到哪里去。那时候很多人对抗恶义举的胆怯和躲避,也一点不逊于后来很多人对公益事业的旁观袖手。我清楚地记得,当时我参加过很多下厂下乡的义务劳动,向最穷的农民捐钱,培养自己的革命感情。但为了在谁最"革命"的问题上争个水落石出,同学中的两派可以互相抡大棒扔手榴弹,可以把住进了医院的伤员再拖出来痛打。我还记得,因为父母的政治问题,我被众多的亲人和熟人疏远。我后来也同样对很多有政治问题的人、或者父母有政治问题的人,小心地保持疏远,甚至积极参与对他们的监视和批斗——无论他们怎样帮助过我,善待过我。

正是那一段段经历,留下了我对人性最初的痛感。

那是一个理想被万众高歌的时代,是理想被体制化的强权推行天下武装亿万群众的时代。但那些光彩夺目的理想之果,无一不能被人们品尝出虚伪和专制的苦涩。

那是一次理想最大的胜利,也是理想的毁灭和冷却。

七

都林的一条大街上,一个马夫用鞭子猛抽一匹瘦马,哲学家尼采突然冲上去,忘情地抱住马头,抚着一条条鞭痕失声痛哭,让街上所有的人都不知所措。

从这一天起,他疯了。

格瓦拉会不会疯呢?——如果他病得最重的时候,战友偷偷离他而去;如果他拼到最后一颗子弹的时候,他的赞美者早已撤到了射程之外;如果他走向刑场的时候,才知道根本没有人打算来营救,而且正是他曾省下口粮救活的饥民,充当了置他于死地的政府军的线人。

吉拉斯会不会疯呢——如果他发现自己倡导的改革,不过是把南斯拉夫引入了一场时旷日久的血腥内战;如果他记忆中当侍者的老人,后来不过是沦为老板一脚踢出门外的难民;如果他思念中的拉货或站岗的青年,后来成为了腰缠万贯的巨商,呵斥着一大群卖笑为生的妓女,而那些妓女,一边点着闪光的小费一边大骂吉拉斯"傻帽"。

理想者最可能疯狂。理想是激情,激情容易导致疯狂(比如诗痴);理想是美丽,美丽容易导致疯狂(比如爱痴);理想是自由,自由容易导致疯狂(疯者最大的特点是失去约束和规范)。理想者的疯狂通常以两种形态出现:一是"文革",二是尼采。"文革"是强者的疯狂,要把人民造就成神,最后导致了全民族的疯狂。尼采是弱者的疯狂,把人民视为魔,最后逼得自己疯狂。"他们想亲近你的皮和血","他们多于恒河沙数","你的命运不是蝇拍"……尼采用了最尖刻的语言来诅咒自己的同类。这种狂傲和阴冷,后来被欧洲法西斯主义引申为镇压人民的哲学,当然事出有因。

　　尼采毫不缺少泪水,毫不缺少温柔和仁厚,但他从不把泪水抛向人间,宁可让一匹陌生的马来倾听自己的号啕。我也许很难知道,他对人民的绝望,出自怎样的人生体验。以他高拔而陡峭的精神历险,他得到的理解断不会多,得到的冷落、叛卖、讥嘲、曲解、陷害,也许超出了我们的想象。他最后只能把全部泪水倾洒一匹街头瘦马,也许有我们难以了解的酸楚。马是他的一个假定,一个精神的$\sqrt{-1}$,也是他全部理想的接纳和安息之地。他疯狂是因为他无法在现实中存在下去,无法再与人类友好地重逢。

　　他终究让我惋惜。孤独的愤怒者不再是孤独,博大的悲寂者不再是博大,崇高的绝望者不再是崇高。如果他真正透看了他面前的世界,就应该明白理想的位置:理想是不能社会化的;反过来说,社会化正是理想的劫数。理想是诗歌,不是法律;可作修身的定向,不可作治世的蓝图;是十分个人化的选择,是不应该也不可能强求于众强加于众的社会体制。理想无望成为社会体制的命运,总是处于相对边缘的命运,总是显得相对幼小的命运,不是它的悲哀,恰恰是它的社会价值所在,恰恰是它永远与现实相距离并且指示和牵引一个无限过程的可贵前提。

　　在历史的很多岁月里,尤其是危机尚未震现的时候,理想者总是一个稀有工种,是习惯独行的人。一个关怀天下的心胸,受到一部分人乃至多数人乃至绝大多数人的漠视或恶视,在他所关怀的天下里孤立无援,四野空阔,恰恰是理想的应有之义。一个充满着漠视和恶视的时代,正是生长理想最好的土壤,是燃烧理想最好的暗夜,是理想者的幸福之源——主说:你们有福了。

　　美好的日子。

　　我呼吸着自由的空气,走入了熙熙攘攘的街市,走入了陌生的人流,走入了尼采永远不复存在的世纪之末。我走入了使周围的人影都突然变小了的热带阳光,记起了朋友的一句话:我要跳到阳光里去让你们永远也找不到我。我忘不了尼采遥远的哭泣。也许,理解他的疯狂不是一件容易的事情——这是理解人的宿命。理解他写下来但最终没有做下去的话,更是不容易的——那是理解人的全部可能性。

在《创造者的路》一文中,他说:他们扔给隐士的是不义和秽物,但是,我的兄弟,如果你想做一颗星星,你还得不念旧恶地照耀他们。

1995 年 10 月

附注:有关争议及后续反应

《完美的假定》引来文坛争议。如《作家》杂志一九九六年第四期一篇题为《商品化与消费化:文化空间的拓展》的对话录中,刘心武说:"韩少功提出的一个见解还是值得考虑的,他认为知识分子的使命就是批判,批判工作是无论任何时代,任何地点,天然应该进行的,知识分子就应该站在俗世的对立面上,不管如何都应该按一种最高的标准来评价社会,应该给社会一些最高的原则。"张颐武说:"恐怕不能像韩少功这样做一种比较机械的理解……我觉得张承志、韩少功等人的困境在于,他们都对自己的运作方式,自己受到欢迎的情况,自己与市场的极为微妙的互动关系还缺少或根本没有反思,这样,他们的自信、自傲、唯我独醒,就不可避免地带有独断的色彩和专制的味道。张承志、张炜、韩少功,绝对否定世界,而绝对肯定自己。"刘心武又说:"他们对崇高的追求,首先就是以对自我的肯定为前提,来否定他人,这是很奇怪的,这在现代的世界上很少了。"笔者对此感到奇怪,遂致信《作家》编辑部:"我得说明一下,这些不是我的观点,不知刘心武先生引述的观点是从哪里来的。"该信发表以后,张颐武与刘心武都无答复,但随后张颐武发动的"马桥风波"风生水起。张颐武在《为您服务》报上指控笔者《马桥词典》"从内容到形式完全照搬"他人之作,

《文汇报》、《羊城晚报》等数十家报刊及中央电视台据此开始报道"剽窃"、"抄袭"、"照搬"事件。

---

* 最初发表于1996年《天涯》杂志,后收入随笔集《完美的假定》。

多义的欧洲

——答法国《世界报·辩论》编者问

亲爱的韩少功先生：

《辩论》杂志是《世界报》集团编辑的一本人文社会科学月刊，拟请一些不同国家的作家表达他们对"欧洲"的感受。在最近与 A 谈过并读了她翻译的一些你的作品之后，我相信我们的公众将有极大兴趣读到你在这方面的文章。

在我看来，与主题有关的下列问题是可以分析的：——作为一个中国知识分子，你怎样看待欧洲？——对于你来说，欧洲的存在是一个大陆，还是涵盖不同民族和不同文化的一个称号？——欧洲文化遗产对于你知识分子的思维方式是否有影响？——被欧洲国家所大体分享的政治原则，是不是一种具有普遍意义的原则？这些问题仅供参考。

祈盼你积极的回答。

你忠实的：M·卢克伯特

一九九五年一月六日

尊敬的 M·卢克伯特先生：

我在法国有几次短暂的停留。我猜想自己在贵国即便侨居十年、二十年甚至三十年，要想对法国作一全面而准确的评价，也是一件不容易的事——更不要说对整个欧洲了。这正像我在中国已经生活了四十年,这个中国还是每每让我感到陌生。说这些,是想申明我在接到您的约稿之后一直感到为难。

对于中国人来说,遥远的欧洲歧义丛生。我的祖父把欧洲叫做"番毛",他的欧洲是铁船、传教士、鸦片贸易以及叫作番毛的红头发人。在我父亲眼里,欧洲意味着化学、交谊舞、中国的英租界和法租界,更重要的是马克思主义。我女儿的欧洲是汉堡包和格林童话。至于我的邻居青年小王,他津津乐道的欧洲包括性解放、吸毒、牛仔裤(可能是美国的)、卡拉OK(可能是日本的),以及可以骂倒一切的个人主义时尚(不知道是哪里的)。曾经有两个青年农民,想过上好日子,决意投奔西方,好不容易跑到离他们家乡最近的城市,看见了五光十色的霓虹灯,便高兴地以为自己已经到了西方,并且开始打听国民党在哪里(他们认为西方肯定被中国国民党统治着)。这就是说,霓虹灯象征着他们的西方,与香港,与台湾,与国民党,都是同义语。

这没有什么奇怪。从来没有统一的"欧洲",没有标准化的"欧洲"概念,即便对欧洲人自己来说,恐怕也是如此。英国人认为他们属于欧洲吗?土耳其人、俄罗斯人乃至北非人和中东人,认为他们不属于欧洲吗?什么是欧洲文化,也从来说法纷纭。印度人讲英语,南美洲人讲西班牙语,非洲人流行基督教,亚洲人爱上西服,但对于欧洲人来说,这些地方的文化可能还是陌生多于熟悉。其实,一种文化兴盛扩展的过程,就是它在接受者们那里分解和异变的过程,让文化原创者们无可奈何。佛教传出印度,便有了各个不同的"佛教"。毛泽东思想普及全中国,也就有了连毛本人也会要大吃一惊的"毛泽东思想"。那么欧洲呢?它能不能对那两个投奔霓虹灯的农民负责?能不能对他们的"欧洲观"负责?

反过来说,一种文化被人们分解和异变的过程,正好证明了这种文化的扩张能量。欧洲无疑不是一块版图,而是当代最强势文化的

摇篮。它的科学、文艺、生产方式和生活习俗,还有它最基本的人道
主义和法制原则等等,早已越过洲界,影响了中国最近三四代知识分
子的心智与命运——正是这些人约定了欧洲国家美好的译名:英国
是"英雄之国",德国是"道德之国",法国是"法理之国",瑞典和瑞士
是"祥瑞之国",欧洲那个大儿子美利坚则是"美丽之国"。已经一个
世纪了,欧洲大举进入了中国的图书馆、大学乃至小学的教材——从
学习牛顿力学第一定律开始。这不仅仅因为欧洲是富强的,更重要
的是,欧洲是当代创造制度的最大专利者:从刑法到会计制度,从代
议制到交通规则,人类一个个生活角落,都先后染下欧洲的指纹。当
代大多数重要的政治、经济和文化的成果,都多少透出欧洲人的奶
酪味。

  说二十世纪是欧洲的世纪,并不过分。但二十世纪的这张脸上,也
不无病容和触目惊心的伤口。人类两次最大最残酷的世界大战,就发
生在这个世纪而不是别的世纪。在这个未结束的世纪里,战争中死亡
的人数,已经超过了前十九个世纪的总和。人类史上最糟糕的环境危
机,也是出现在这个世纪而不是别的世纪。还有更重要的是心理污染:
财富成了孤独和空虚的豪华包装。知识成了谎言和贪婪的巧伪之技。
现代主义文艺在经历了挑战意识形态统治和伟大起义之后,日渐沦为
沙龙时尚,常常成为夸张的挤眉弄眼,成为自大狂们廉价的精神吸毒,
与空洞的表情相联系。

  我并不认为这仅仅是欧洲的错失,而愿意将其看作整个人类心智
能量的局限——当然也包括欧洲人在内。我在法国的时候,碰到很多
法国人惊讶的提问:"太奇怪了,你怎么不会讲法语?"中国人一般不会
有这种惊讶。相反,如果一个白人或者黑人能够讲中文,中国人倒是
说:"太奇怪了,你怎么会说中文?"这种区别暗示了两种态度:中国人
认为自己不是唯一的世界,远方还存在着其他的世界。而那些惊讶的
欧洲人(当然不是欧洲人的全部),则可能认为他们代表世界的全部,

他们曾经拥有的《圣经》、民主、市场经济、法式面包和晚礼服,当然还得加上法文或者英文,应该成为世界的通则。

这是一个危险的警号。文明的生命力在于不断地创造,需要保持多样性的互相对抗和互相补充。优秀的文明,其优秀只是体现在它能激发优质的对抗和优质的补充,而不是取消这种对抗和补充。世界是不可能定于一式的。英国人的信念,不一定能适用意大利。欧洲人的经验,也不一定能移植其他大陆。用天主教反对堕胎的教义,显然无法解决很多发展中国家人口爆炸的困难。东方的集权主义和儒家道德哲学,也不大可能成为治疗欧洲社会弊端的良方。一种文明是很多特定条件的产物,简单移植他方必是危险之举,是文化帝国者的愚行。

因此,争论两种文明哪个更好,常常是无聊的市井话题和孩子们餐桌上的学问,就像争论萝卜和白菜哪个更好,没有什么意义。好萝卜比坏白菜好,但不能代替白菜。好白菜比坏萝卜好,但也不能代替萝卜。努力种出更好的白菜和更好的萝卜,才是有意义的。这不是什么高深的道理,不过是农民的常识。

"欧洲"不意味着文明的终结,因此不应该也不可能被视作文明的全部——也只有这样,它本身才能避免衰竭。这片大陆已经演出了人类史上动人的一幕,它在正义和智慧方面所达到的标高,毫无疑义地具有全球性和普遍意义。但同样毫无疑义的是,它只是文明的一个阶段,只是欧洲文明的一个阶段。即使忽略它的弱点,即使是它最好的政治遗产、经济遗产、文化遗产,处在未来的入口,也面临着怀疑和批判的巨大空间。如果欧洲人自己不预留这个空间,不走向这个空间,欧洲以外的其他的民族将来就会成为这个空间的主人。

地球并不算太大,只是条小小的船。欧洲更不算太大,只是这条小船上的一角。欧洲的事,也是所有地球人的事。正像某些发展中国家"全盘西化(欧化)"的口号,同样应该被欧洲人警觉。因为这并不是欧洲的荣耀,那种天真的文明复制企图,正好背离了他们所向往的欧洲,背离了欧洲的精神——如果欧洲仍在燃烧着创造。

　　此致

　　　　敬礼

　　　　　　　　　　　　　　你忠实的:韩少功

　　　　　　　　　　　　　　1995 年 1 月

---

* 最初为法文版,发表于1995年法国《世界报·辩论》杂志,后发表于同年的《海南日报》,收入随笔集《海念》。

国境的这边和那边

　　持中国护照进入有些发达国家，常常会遇到移民局官员较为费时的盘查。有时堂堂签证根本不管用，出示了返程机票和美元还是不管用，说关那边有朋友等着更是不管用，被限令立即返回的例子还是屡屡出现，气得当事旅客悲愤莫名。我就差一点遭遇过这种事。在这个时候，一道入关黄线让国家这个抽象之物变得真切可触起来。

　　查得这样严，据说是企图混过关的中国非法移民很多。这就是说，西方发达国家现在要求资本自由化和贸易自由化，但绝不容忍移民（国际劳动力市场）的自由化；主张人的言论权和示威权，但还无心保护自由移民权——其诸多国内政策是不能在国家间贯彻的。这也不奇怪，中国已按美国标准弱化了户口制度，让农民工大量自由入城了，但假如中国向美国自由输送五十万电工、五十万木工、五十万剃头匠，美国岂不乱了套？岂不哇哇叫？他们的剃头匠还能在一个脑袋上轻轻松松赚上三十美金吗？中、美剃头匠还能如此天经地义地"同工不同酬"？

　　这种大打折扣和不平衡的"自由化"是我们必须面对的现实——这样说可以让人理解。但有些理论家宣称这种强国剪裁出来的"自由化"是弱国的唯一幸福指南，就让人很不理解了。

　　你就在这条黄线面前理解"国家"或"国家的消亡"吧。

　　我这次入境，是为了参加韩国汉城的一个会，跨过黄线大体还算顺利。会议主题是"寻找东亚身份（Searching for East Asian Identity）"。有趣的是，主题虽关"东亚"，但与会者都吃欧洲风格的饭菜，住欧洲式样的宾馆，这一类寻常多见的景观，大概也构成了德里克先生"全球化激发了本土化"一说的恰切隐喻。应该说，会上有不少优秀的发言，如韩国学者白永瑞先生就再一次给我"旁观者清"的证明。因为他不是中国人，所以比中国人更清楚地看到中国人思维和感觉中的盲区：梁启超蔑视黑种人和红种人，认为能与白种人争霸全球的只有黄种人，亦即他心目中的中国人。胡适主张全盘西化，实际是主张全盘现代化，但他旨在再造中国文明的"整理国故"运动仍然把中国以外的亚洲排除在"东方文明"之外。至于梁漱溟，他举目四顾，将天下三分，在中国文明和西方文明以外再加了一个印度文明，比梁启超和胡适多了一大片南亚的视域，但这种宏论仍然只会使东亚、中亚、西亚、东南亚其他诸多族群惊讶不已和顿觉寒心。在整个二十世纪的历史中，在中国知识界的习语中，"东、西比较"基本上是"中、西比较"，大中华主义的大尾巴总是藏不住。这当然只能导致白永瑞的疑惑：中国有没有"亚洲"？

正是在当年这种知识背景之下，孙中山先生一九二四年谋求日本对中国革命的支持，在日本倡导"东洋文化"以抵抗"西洋文化"的演讲时只言中、日，对朝鲜半岛的忽略态度就是很自然的一件事情了。为此，对他充满敬意的朝鲜人也不得不将这种大国主义斥之为"轻率"和"卑劣"。

其实，众多中国的现代精英岂止是心目中没有"亚洲"（即没有东亚、南亚以及中亚），他们的"欧洲"视野里其实也只有繁华的西欧，不会有东欧或者南欧；他们的"美洲"视野里其实也只有闪光的美国和加拿大，不会有墨西哥和尼加拉瓜这样较为弱小的存在。强盛和威权成了人们注目的焦点，成了人们逢迎或者竞争的对象，也就成了人们在建构地理版图和文化版图时的有色镜。这当然没有什么奇怪。因为这同样是俄国的一般情形：尽管他们的大部分国土延绵于亚洲，尽管当年拿破仑将莫斯科称为"亚洲的都市",但有多少俄国人愿意接受亚洲人的穷酸身份? 如果不是由于亚洲经济六十年代以后出现繁荣,俄国首脑是否愿意屈尊于"亚太经合"论坛来凑热闹? 这当然也是其他国家的一般情形:很多日本人士不是早就耻于与俺们为伍而主张"脱亚入欧"么? 很多英国人士不是一直暗续帝国余风因此将自己视为欧洲之外的"大(哉)不列颠"么?

一旦跨越国界,以求生存、求发展、求昌盛为主题的民族现代化就常常有排它品格和霸权品格。国界那一边的启蒙和解放(如欧洲的自由主义体制),常常成为对国界这一边的歧视和压迫(如当年欧洲的殖民主义扩张),这就是内外有别的潜规则,就是民族国家(nation state)曾经扮演过的双重角色,也是梁启超等中国精英曾经想扮演而不得的角色。

当然,民族国家并不是实现现代化的唯一政治载体和利益单元。在即将完结的这个二十世纪,伴随着工业革命的机声隆隆和黑烟滚滚,跨国的地区主义或世界主义同样并不鲜见,一次次进入中国人的历史记忆。

"大东亚共荣圈"臭名昭著,这大概也是很多中国人对"东亚"一类概念深怀戒心和兴奋不起来的原因之一。韩国学者申正浩先生认为,三十年代至四十年代的"亲日派(朝鲜)"和"汉奸(中国)"中确有不少卖身求荣之徒,对他们仅仅施以道德谴责却只能是过于简化历史。他们中至少有一部分人,确实曾幻想着借日本的实力来实现"亚洲复兴"或者"东亚复兴",以抵抗白人殖民统治和西洋文明侵压。这与道德没什么关系。这一点在东南亚和南亚有些国家表现尤为突出。当法国、英国殖民政府在日军的攻击下溃败之际,当地一些自由派人士和普通百姓,对共产国际联英、联法以抗击法西斯的战略部署怎么也想不通,甚至一度欢呼民族的"解放",出门夹道欢迎黄皮肤的日军。汪精卫在越南发表亲日理论,正是以这一情况为背景。只有当大和种族优越感演化成血腥的屠杀和掠夺之后,很多人的"亚洲梦"或者"东亚梦"才得以破灭。一次极右翼的跨国地区主义实践,最终成为这些亚洲人终身的人格耻辱,成为亚洲各国遍地焦土的灾难。

左翼的社会主义同样有过一次次跨国共同体的尝试。"工人无祖国"是社会主义的经典信条。当列宁的国际主义热情在斯大林手里被冷冻为民族国家的现实利益之后,中国人立即感到了寒意。此时的毛泽东仍然放眼天下,提出了"亚非拉"理论和"第三世界"理论。作为这一理论体系最为典型的实践,印度支那共产党就是一个跨国革命组织。他们在广州召开会议并与中国总理共谋地区的合作与互助,在异族同志那里得到无私援助,感受到温暖的兄弟氛围。正是在这一时期,除了政府在人力和物力方面的南援,包括中国红卫兵和知青在内的志愿革命者们,也一批批跑到越南或缅甸去从事国际解放事业,甚至在那陌生的远方喋血大地。然而民族国家体制仍然是绕不过去的,人们很快就觉得"印度支那共产党"这样的大锅饭不合时宜,一旦分解为"越南"、"老挝"以及"柬埔寨",老战友之间不久就血刃相见,在中国与越南之间,在越南与柬埔寨之间,边界冲突乃至大规模战争终于发生——其满目新坟的前线场景曾使我深感刺痛。炮声意味着:工人有祖国,现代化事业有祖国。马克思和列宁所痛恶的某种"爱国主义"终于复活。于是,当年对印度支那的国际主义无偿援助,在今天众多中国精英看来,如果不是可耻的罪恶,至少也是傻鳖和冤大头的愚行。

我在小学时参加过声援古巴的游行,在中学时到火车站参加过援越物资的搬运。我现在不再会有"输出革命"的盲从,但也并不认为当年国际主义关切本身有什么可笑,更不认为一个以邻为壑寸利必争的国家更具文明的高贵。中国人现在钱多了,但白求恩式的热情可能比以前少了。在这一点上欧洲人看来比我们强,至少很多英国人在香港回归中国时还能同中国人一起摇着小旗上街欢呼,这种"卖国"之举如果发生在中国,岂能为国人所容?进入九十年代,欧洲共同体成为超国家体制的又一次实验。事实上,正是在欧洲发生的这一进程,激发或者复活着地球这一边诸多"中华经济圈"、"东南亚共同体"、"东亚共同体"之类的想象,而著名的捷克自由派总统哈维尔也正是在这一背景下开始了他"民族国家消亡"说的政治抒情。

我们有理由相信,统一的欧洲,在银行、海关、部分防务及部分外交等方面准国家化的欧洲,在融合欧洲民族国家裂痕方面,在推动欧洲乃至全球的经济文化发展方面确有伟大的前景。但一九九八年获得诺贝尔文学奖的葡萄牙作家萨拉马戈冷冷地说过:"如果统一的欧洲对我作为一个小国的公民不感兴趣,那么我对这样一个统一的欧洲也不感兴趣。"类似这样的不和谐音,在葡萄牙、荷兰、丹麦等一些国家,在感到民族语言文化、经济利益受到忽视和损害的弱势群体那里并不少见。这当然还只是内部的情况。在这个共同体的外部呢?正是这个共同体不顾内部的激烈争议,用导弹和战机使俄罗斯日益不安,用狂轰滥炸使南斯拉夫半废墟化——而南斯拉夫本身也几乎是个微缩共同体,作为东欧地区市场经济昨日的先行者和优等生,这个多主体联盟,由民选总统剥夺了科索沃阿族的自治权,战乱所造成的难民潮更使整个欧洲恐惧。

白永瑞展望的"东亚"和"亚洲",是比这些共同体更好的"东亚"和"亚洲"么?

冷战已经结束,市场经济释放着新一轮活力,这被看作资本主义在全球范围内的大举光复,如果这个世界上还有一些麻烦和动乱,那也总是被很多人描述为对资本主义人间正道的偏离或背离。在这些人看来,只有政治集权和计划经济才意味着极端民族主义,才意味着侵略和战争,而这种旧症唯有"自由主义"的一帖良药才可以救治。这样的看法有苏联在阿富汗和捷克的行迹为证,但还是过于笼统,也过于乐观和时髦。他们忘记了第一次世界大战正是在市场经济的国家之间爆发,而第二次世界大战的发动者,恰恰是实行民主选举制的德国以及"维新"成功的日本,而不是斯大林主义的苏联以及"维新"失败的中国。这样的文字虚构也无法与我的个人经验接轨。我曾经去过东南亚、南亚等一些周边较穷的国家。有意思的是,我的某些同行者无论在国境这边是如何崇拜自由和民主,如何热爱西方体制并且愿意拥抱全世界,但只要到了国境的那一边,只要目睹邻国的贫穷与混乱,他们就不无民族主义乃至种族主义的傲慢和幸灾乐祸——非我族类的一切都让他们看不上眼。

我相信,他们一直声言要拥抱的全世界不过是曼哈顿,一定不包括眼前这些"劣等"、"愚顽"的民族;如果现在给他们一支军队,他们完全有可能有殖民者的八面威风。

在富人面前套近乎和讲团结,然后在穷人面前摆架子和分高下,这当然没有什么难的。也许,在有些人看来这算不上什么民族主义,所谓民族主义只能指称那些居然对抗现代文明潮流的行为,那些居然冲着西方发达国家闹别扭的行为,包括挨了导弹以后跑到人家大使馆前示威的行为——似乎民族主义的示威比自由主义的导弹更加危险。不难理解,"自由主义"与"民族主义"的二元对立就是这样建立起来的,近年来学界风行一时的"启蒙"与"救亡"二元对立也是这样建立起来的,似乎"救亡"曾耽误了"启蒙",而"启蒙"就一定得忌言"救亡"。我不能说这种叙事纯属阴谋搅局,也愿意相信这种叙事有一定的有效范围。但面对这些艰难的概念工程,我更愿意听一听越南的笑话。这个笑话是说青年们在抗议美国入侵的时候高呼口号:"美国佬滚回去!"但接下来的一句是:"把我们也捎上!"

这一显然出自虚构的政治笑话得以流传,当然是因为它揭破了发展中国家很多人的真实心态,揭破了民族主义与自由主义的暗中转换——它们看似两个面孔而实则一个主义,常常在很多人那里兼备于一身。于是这些人时而是悲愤的民族主义者,这是因为他们觉得美国(或其他国家)正妨碍他们过上好日子;时而又是热情的自由主义者,这是因为他们觉得只有跟随美国（或者其他国家）才能过上好日子。他们既恨美国又爱美国，通常的情况是：这种恨由爱来"启蒙"（美国幸福我们也得幸福，美国称霸我们也得称霸）；这种爱也总是由恨的"救亡"来实现（不扳倒美国我们如何能成为下一个美国？或者与美国平起平坐？）。他们常常被自己的影子吓一大跳，对自由主义或民族主义愤愤然鸣鼓而攻。

这样说，并不是说所有的民族主义都与自由主义有瓜葛。历史上的资本主义和社会主义，作为"发展"、"进步"的不同方式，都采用了民族国家这种政治载体和利益单元，都得借重军队守土、法院治罪、央行发钞、海关截私等一切利益自保手段，都难免民族主义情绪的潮起潮落。在这里，发展主义的强国梦想在带来经济繁荣和政治改良一类成果的同时，也常常带来邻国深感不安和痛苦的对外扩张——这与民族国家合理的自尊、自利、自卫常常只有半步之遥。同样的道理，这种发展主义的强国梦想，也可以有一种延伸和改头换面，比如给民族国家主义装配上地区主义和全球主义的缓冲器或者放大器，带来"大东亚共荣"以及"印度支那革命"之类的实践教训。

来自美国的德里克先生在听白永瑞发言的时候，给我递了一张纸条，上面抄录了一首中国流行歌："我们亚洲，山是高昂的头；我们亚洲，河像热血流……"这首歌当然可以证明中国人并不缺乏一般意义的亚洲意识，尤其是考虑到这首歌出现在一九八九年后中国遭到西方发达国家统一制裁之际，当时的中国人更容易想起同洲伙伴。我对他说，我并不担心中国人没有"亚洲"。在我看来，只要中国在现代化的道路上一旦与美国、欧洲发生利益冲突，中国人的亚洲意识肯定会很快升温，国土上没有美国军队驻扎的中国难道不会比日本、韩国更容易"亚洲"一些？何况"儒家文明经济圈"一类说法早已层出不穷，正在成为很多中国人重构"亚洲"的各种心理草图。我的问题是：中国人有了"亚洲"又怎么样？中国人会有一种什么样的亚洲意识？换一句话说：

包括中国人在内的亚洲人怎样才能培育一种健康的亚洲意识、亦即敬己敬人、乐己乐人、利己利人的亚洲意识？

　　正是考虑到这一点,我才不得不回顾"个人利益最大化"这一自由主义的核心观念。如果这一现代性经典信条已不可动摇,那么接下去,"本国利益优先"或"本洲利益优先"的配套逻辑只能顺理成章。在这种情况下,我们凭什么来防止各种政治构架(无论是国家的、地区的还是全球的)不再成为利己伤人之器？

　　以集团利益为标榜,在很多情况下常是虚伪之辞。稍稍了解一点现实就可以知道,源于"个人利益最大化"的民族主义一定是反民族的——只要看看某些"爱国英雄"正在把巨款存入西方的银行,正在通过西方客户把子女送出国,正在对国内弱势族群权益受损以及生态环境恶化麻木不仁,就可以知道这种主义之下的"民族"名不符实。源于"个人利益最大化"的全球主义也一定是反全球的——只要看看某些高扬全球主义的跨国公司正在用产业和资本的频繁快速转移,加剧西方发达国家的工人失业,制造新兴国家的经济危机和崩溃,正在进一步扩大全球的地域贫富差距和阶层贫富差距,就可知道这种"全球化"只是全球少数人的下一盘好菜。因此,重构亚洲与其说是一个地缘政治和地缘文化的问题,毋宁说首先是一个价值检讨的问题,甚至是清理个人生活态度的问题。也就是说,为了重构一个美好的亚洲,与其说我们需要急急地讨论亚洲的特点、亚洲的传统、亚洲的什么文化优势或所谓经济潜力,毋宁说我们首先更需要回到个人的内心,追问自己深陷其中的利欲煎熬。葡萄牙作家佩索阿曾这样说:"如果一个人真正敏感而且有正确的理由,感到要关切世界的邪恶和非义,那么他自然要在这些东西最先显现并且最接近根源的地方,来寻求对它们的纠正,他将要发现,这个地方就是他自己的存在。这个纠正的任务将耗费他整整一生的时光。"

　　我想,德里克和白永瑞两位先生倡导的"批评的地区主义"(Critical Regionalism）也许包含了这种广义的自省态度。

　　英国哲学家罗素在很早以前就期待过"世界政府"。这种期待在当时还是诗意的预言，在眼下却已成为现实需要的施工方案。作为一个历史特定阶段的产物，民族国家的疆界显然只便于对土地、矿山、港口的控制，当人类的经济活动更多时候表现为一种电子符号的时候，当人类的生存威胁也来自废气的飘散以及臭氧层破坏的时候，这种疆界无疑正在变得力不从心和陈旧过时，至少已经不够用。全球化的经济需要全球化的控制，正如旧时的经济需要民族国家。各种"超国家"的地区政府或全球政府势不可缺，其出现大概只是迟早问题。作为同一过程的另一面，各种"亚国家"的地方主体也必将千奇百异——"一国两制"已启示了这种自治多样化的方向。这样一个由民族国家演变为全球多层次复合管理结构的过程，当然是政治家和政治学家的业务，完全超出了我的知识范围。我就不操这份心吧。我只是对这一过程中的价值脉跳稍有兴趣，比如白永瑞由"东亚共同体"言及对韩国境内非法移民深表同情的时候，言及狭隘韩国利益应让位于宽阔亚洲情怀的时候，我感到了一种温暖，并正是循着这一线温暖进入了他的理论。

　　"东亚"意味着东亚人共同惦记着散布各地的中国非法移民，惦记着日本的地震和酸雨，惦记着朝鲜的饥饿和韩国的币值，惦记着俄罗斯远东的森林和狩猎人的歌谣……带着这种东亚的温暖回国，我在机场候机厅看到电视里中国五十周年庆典的游行场面。美国CNN对这一庆典的报道照例不会太多，除了给漂亮的红衣女兵较多性感镜头，反复展示的是中国DF-31远程导弹通过天安门广场。记者和客座评论员的声音一次次出现："这是可以打到美国的导弹……""这是可以打到美国的导弹……""这是可以打到美……"而中央电视台四频道则在播放观众们的兴奋之态，至少有不下三个中国人在受访时冲着镜头断言："下一个世纪一定是我们中国人的世纪！"

　　这两种电视节目真是很有意思的对比。美国人的戒意当然可以理解,因为导弹毕竟不是一瓶瓶巨型的茅台酒。中国人的自豪当然也可以理解,在积弱几个世纪之后,一个民族的复兴前景无法不令人激动。但仅仅这样就够了么?美国人如果不能把中国的成就看成是全人类的成就,如果不能由衷地为之喜悦和欣慰,这样的美国人是不是让人遗憾?中国人如果只是想开创一个"中国人的世纪",而无意让这一个世纪也成为希腊人的世纪、越南人的世纪、印度人的世纪、南非人的世纪、巴西人的世纪以及——美国人的世纪,这样的中国人是不是让人恐惧?

在境外观看有关中国的电视,每个人大概都会有别样的感受。

1999 年 10 月

---

* 最初发表于 1999 年《天涯》杂志,已译成韩文。

第二级历史

品 牌 经 济

两种皮带在质地、款式、功能等方面相差无几,使用价值相差不大,但价格差别竟可高达数倍乃至数十倍,这实在让人惊异。

问题在于品牌。一种皮带是名牌,另一种皮带不是名牌,这就是价格畸差的主要根据。在当今大多数商家和顾客看来,这种现象合情合理天经地义。品牌不再是一个简单的商标,或者一个简单的公司商号。品牌是巨大的无形资产,常常比相关有形资产更为重要。如果说品牌在市场胜出之初,还需要产品在质地、款式、功能等等方面的优越因素,赚的是老实钱,但这一切在品牌确立之后,就如同挣脱了大地引力的飞行,重荷骤然减轻,奇妙之境随之展现。品牌自身已经有了独立价值,有了自我再生和自我增殖的魔法。越是名牌越可以高价,越是高价就越像名牌。在品牌消费心理的惯性推动下,品牌可以很快成为一种时尚一种符号一种顾客的心理感觉。有些人买一块"劳力士"已不仅仅是为了计时,更重要的是,他们在买入气度、身份,还有文化潮流的参与感——这种文化潮流网结着高楼大厦、航天客机、郊区周末、民主政体、泳池美女、慈善捐款、信用金卡、故乡老街、体育明星刘易斯或者乔丹等迷人意象,而这些意象由品牌开发商们通过一系列开发活动来给予设计和提供,由已有的品牌消费者们身体力行地印证和重演,在立体的和持续的舆论浪潮之中不时与我们耳目相接。

作为商界共识,品牌正在成为人类经济生活中新的太阳,新的王权和霸业。市场上的"假冒伪劣"只不过是这种王权和霸业的负面证明。稍稍关心一下我们周围的事实就可以明白,事情正在起变化。从包装投入和广告投入的不惜血本,到商家们对政治、文化、体育活动的全面介入,品牌塑造热浪正在使生产成本越来越多地(很多时候超过百分之五十)投向文化形象的产出,使顾客钱款也越来越多地(很多时候超过百分之五十)花费在文化感觉的购入。毫无疑问,它意味着商品的文化内涵急剧增量。

消费程度不同地变成了心理现象的消费,生产程度不同地变成了心理现象的生产。人们的认同感、荣耀感、身份感一类东西,正在进入车间里的流水线,在那里热火朝天地批量制作然后装箱待发。其结果,经济一方面越来越远离某些人最为注重的使用价值和劳动投入;另一方面也越来越诡变着另一些人最为注重的交换价值和供求关系,似乎正使经济在某种程度上进入虚拟化,即文化主导的形态。

在这种情况下,经济差不多变成了文化。

明 星 文 化

明星也是品牌,不过是文化领域里的品牌。一般来说,明星内含心血和创造性劳动,是使用价值的承担;同时满足着某种社会需求,实现着对交换价值的敏感反应——在明星造就之初的阶段恐怕尤其是这样。但并不是所有类似承担和反应都能星光灿烂。如果暂时撇开漫长历史对文化的沉淀和淘汰,就短期效应而言,名声和质量之间常常并没有严格的相关。同样是一位优秀的歌手,一幅优秀的画作,一种优秀的学术,倒很可能隐伏在星系之外的黑暗里无法光照市场。这说明,明星并不等于经典。优秀差不多是经典的全部条件,却不是明星的全部条件。在质量大体相当的二者(或多者)之间有一星胜出,甚至质量相对低下者竟然化星而去,这样的事情不算合理却也正常。

在很多时候,明星是文化以外某种力量介入的结果。这种力量可以体现为政治控制,在现代消费社会里则更多体现为商业操作。近年来《苹果日报》在香港引起的报业大战,杀得人仰马翻天昏地暗风声鹤唳,已经成为商业资本介入报业和控制报业的惊心一幕。把某某歌星或者某某演员"包装"起来,现在也成为很多公司的商务话题,成为他们眯缝着眼睛在市场上寻找利润时的灵机一动。他们不是传统商人,不在文化专业里,并不会使他们对文化有隔行之感,更不妨碍他们造就文化明星时的自信和救世军式的威风八面。他们说得很明白,他们只是做"包装",意思是不干预甚至不过问明星的内涵。他们不在乎这些内涵是高雅还是通俗,是古典还是前卫,是批判现实还是顺应现实,他们只是尽商家之职,给这些明星一种物质化存在形式——而这一点,只有他们的钱可以做到。广告轰炸、市场争夺、形象营构以及文化制作本身的技术高档化,这一切都需要钱。他们的洞察力往往不错。因为他们常常能够利用和造就出一批倾心于"包装"并为之发烧的文化顾客,利用和造就出这些顾客的消费趣味,从而使自己的钱大有用武之地。

比方说,他们的客户里有很多这样的爱乐者:在接受音乐时,音乐中的情感和技艺并不重要,而乐器的昂贵,剧院的豪华,还有数字化唱碟的技术等级,更让他们津津乐道。他们的客户里也有很多这样的藏书族:购买书刊时,书刊中的思考和问题并不重要,而书刊的摩登装帧和集丛规格(高额的设计费和印制费)、编委或推荐人的显赫名气(大笔聘金和公关开支)、作者在传媒上获奖的消息、开会的消息、出国的消息、离婚的消息或者遇险的消息等等(一切隐藏在作品之后的酬金、会议费、旅费以及媒体宣传费用),更成为他们掏出钱包时脑子里的主要闪念。

明星"包装"运动的一般结果,是文化的明星化,是文化的明星集权和明星专制,是明星爆出而文化淡出,是大批追星族的文化判断水准一步步下行,只剩下他们物质化的追逐狂热,指向明星们的曝光率、T恤衫、发型、故居、画片、周末、签名、婚姻、命相、外祖母、迷人的笑容或者冷面,还有让人们揪心的胃病或者帕金森氏综合征。对于商家来说,这一切无疑都意味着不可不为之摩拳擦掌的潜在商机。他们终于和他们的顾客一起合作,找到了一种在"精神"中共享"物质"的方式。

在这种情况下,文化也作金元响,越来越多地被纳入投资业务,在拘泥于经典概念的文人们眼里,当然已经程度不同地虚拟化了,进入了经济主导的形态。

于是,文化差不多变成了经济。

一方面是品牌经济,是物质的文化异态;另一方面是明星文化,是文化的物质异态。这种逆向的运动和演变,将编织出我们这个时代一种怎样的生活?当经济和文化的界线在这里日渐模糊和消融,我们继续使用"经济"或者"文化"这些词语时,是不是需要一种必要的小心?

持 有 价 值

新加坡是一个纬度近于零的国家,长夏久热。奇怪的是,这里的貂皮女装却行情颇佳。有的女士甚至家藏貂皮盛装十几件,还频频去商店里的貂皮前流连忘返。她们的貂皮显然不是用来穿的,即便去寒带国家旅游也完全不可能这么多皮毛加身。这就是说,这种商品的使用价值对于她们来说已经毫无意义,与她们的流连忘返毫无关系。但她们压抑不住对貂皮的持有欲望。持有而非使用,是购买的主要动因。持有可能带来一种愉悦,可能意味着安慰、关注、尊严的收入,意味着回忆和憧憬的收入。经常把貂皮拿出来示人或者示己,心里就可能美滋滋地踏实好几分:这东西张太太有,我也有。

这种对貂皮的消费,暴露了商品在使用价值之外,已经有了另一种重要的属性:持有价值。

其实,不光是狮城女士的貂皮与实用性无关,也不光是当今越来越多的服装在男女消费者那里藏多于用,符号储备的意义多于用物储备的意义,在更多的消费领域里,人们的购物行为也让传统经济学家们觉得可疑起来。BP 机都是用来通讯的吗?恐怕不是,众多穷国的中学生腰里都别着它,但无从用起。哲学名刊都是用来阅读的吗?恐怕也不是,众多高雅之士把它买来搁在书架或者餐桌旁的显眼之处,并不打算真正翻上几页。风景旅游区是让人亲近大自然的,然而有些游客千辛万苦驱车赶到这里,到头来几乎什么也没干,甚至对山光水色看都没有看一眼,只是把自己关在宾馆里打一夜的麻将或者看一天的电视。他们并不在乎这里的自然怎么样,他们只在乎这里的风景区很著名,是上流人周末或节日应该来消受消受的地方,是不可不来的地方——而他们已经这样干了,事情就已经完结。

这些人的消费,显然只是一种持有(BP 机、哲学名刊、旅游风景区的名声以及其他一些人们认为很好的东西)的实现,因此品牌和明星当然最有可能成为他们的目光所向。他们的需求不能说不是一种真实,不能说不是生命中的重要内容,却已经大大偏离了实用(包括备用)的需要,偏离了传统经济学曾经奉为基石的使用价值,正在被扑朔迷离的心理/文化信号所虚构。在这个意义上来说,他们身上如火如荼的持有需求,是第二级需求,是需求的转喻和能指。难怪 F·杰姆逊总是在日本、法国这些发达国家而不是在穷国,更多地发现生活"能指化"现象。在我看来,所谓"能指化",不过是对虚拟经济和虚拟文化的另一种解读。

需要指出,第二级需求使市场这只"看不见的手"之后多了文化这一只"更加看不见的手",正在使供求关系出现扭曲和失常。既然偏离了人们的实用,市场或可容纳的商品数量,或可出现的商品价位,便不再可能以人口一类的数据作为测定基础,而只能被变幻莫测的文化潮流所左右。消费已不再是自然行为,而是需要"引导"的,是"引导"出来的变数。文化潮流可以刺激某些商品的超常生产,却不会对潮流突变前后的生产过剩和市场动荡负责,更不会对这种生产加之于自然资源的恶性榨取负责。照某些传统经济学家预测,地球的有限自然资源在一段时间内还可以支持人类生存,因为人类需求尽管有弹性,却仍然有限,比如一日三餐就是一个基本限度。然而,现代人的持有需求正在取消这个基本前提,它的重要特征恰恰就是无常和无限,它使一食可费千金,一乐可费千金,使市场变成一个突然出现在现代社会里的无底洞——再多的貂皮大衣也不一定能将其填满。如果我们的商品生产在利润驱使之下,开足马力去填补这一巨大的空间,如果我们的生产和消费变成这样一种"无限制资本主义(美国学者语)",可以肯定,人与自然的紧张关系只可能迅速加剧。不光是貂皮,这个星球上所有资源都将很快地耗竭一空。

这个无底洞应该让人不寒而栗。

持有价值的条件

持有价值古已有之。比方说我一直没有把乔伊斯的《尤利西斯》读明白,没读出什么兴趣,但书店里有这一套书的时候,我还是急切地把它买了回来。似乎没有这一套书,我书柜里文化格局就不大完整,自己就有点不大放心。

我一直以为,这种行为不过是一种虚荣追求,属于人类普遍的弱点,不值得我们大惊小怪——以这种本质主义的态度,总是很容易把什么问题都打发掉。

事情可能没有这么简单。

持有需求离不开虚荣却不等于虚荣。作为一种大面积大规模涌现的现象,作为一种意识形态化的文化潮流,它显现出特定的区位和轨迹。至少,在财产私有体制之外,持有价值大概是不可想象的。稍有一点历史经验的人都可以记得,在实行共产主义供给制的当年,人们天天都会需要吃喝拉撒,需要使用价值,却很难产生持有兴趣。持有多余的三套棉被或者五处住房,即便不受查究,也是不可理喻的怪诞——因为这除了是一种累赘和麻烦的保管服务,根本不可能给持有者带来什么好处。一直到现在,也没有任何人会对空气、泥沙、野草、海水等等产生持有热情,没有任何人对气象台一类公共服务设施会产生持有冲动,比如说没有人会牛皮哄哄地说他名下有三个气象台,就像有些人夸耀他名下有三座别墅。作为社会的共有资源和财产,从空气到气象台永远在私权范围之外;对于人们来说,它们永远只有使用价值,不可能诱发出持有的需求。义务的公物保管员毕竟不是什么美差。

持有价值也不大可能产生在贫困线以下。在那条线以下,穷人都很朴质,只可能朴质。他们不会觉得貂皮比羊皮更保暖,不会觉得保暖之余的貂皮或羊皮还有什么用途。他们最讲实际,除了肠胃之类器官的生理需要,他们不愿意为任何“不中用”的东西花上半个铜板的冤枉钱,对上等人如数家珍的品牌怎么也找不到感觉。这证明持有需求是一种剩余购买力的表现,是一种小康现象、富裕现象、发达和准发达社会的现象。人在这种社会里,生存已不成其为问题,体面的生存才会成为问题,关于体面的符号构造和符号流通才会成为问题,才会成为人心所系的要务,并且重塑人们对待商品的态度。

最后,发达的传媒手段和强大的文化传播,也是产生持有价值的一个重要条件。查一查我们身边那些品牌和明星并不生效的地方,那里一般是孩童、老人、乡下人,还有一些不大关心时务的人,比如说有点“呆”气的潮流落伍者。这些人花钱讲究实惠,关心冰激凌的口味但不会在乎它的品牌,喜欢好听的歌曲但不会在乎歌手的名气。这不取决于他们有没有钱(他们很可能不缺钱),而是因为他们较少受到大众传媒的影响,较少接受从报纸、电视以及邻居那里传来的广告信息,对时尚不怎么感光。他们是文化潮流的边缘人或者局外者。在他们身上,至少在消费的这一层面上,更多地表现着人的自然和本真面貌。他们也会要求体面,关于体面的概念同样也会因人而异、因文化而异,受制于审美和功利、个性和公众、经验和幻想等各种各样的因素,以及各种各样因素之间互渗和互动的过程。但他们受年龄或别的什么原因所限,置身于文化潮流之外,持有价值就不能使他们兴奋起来。可惜的是,这样的消费者并不为多数商家喜爱。很多商家的金矿只能在人们的持有需求那里开掘。当全球进入传媒信息时代,这些商家正在利用电子大众传媒的高速扩张,把大众成功地改造成"受众",正在全面引导和训练着大众的消费态度。为了尽可能地不放过漏网者,专门针对小孩、老人、乡下人以及其他不识时务者的商业宣传手段也正开发。在这种情况下,人们自然而本真的生存,或者说大体上自然而本真的生存,还有多大的可能来抵抗文化工业的强制?

有意思的是,文化工业在当今的兴盛一时,恰恰是大众亦即"受众"自己造成的。对文化工业源源不断的资金注入,来自大众在温饱之后的消费重心偏移,来自大众对符号和感觉的购买,包括对每一件商品里广告成本的自愿支付,包括通过广告公司对一切无线电视和无线广播的间接性支付——人们不必有享受免费服务的窃喜。文化工业正是依赖这些钱,依赖人们在持有需求方面的财务安排,才得以聚水养鱼,得以弹足粮充和兵多将广,形成独立和日益壮大的产业,并以雄厚实力进一步开发和调教大众亦即"受众"的持有需求,进一步源源不断地制作出品牌或明星的时尚。在一个传统权威广受挑战的时代,人们总算找到了替代之物,让时尚正在成为新的权威,由大众供养并反过来强制大众。

从这个意义上来说,持有价值并非永恒和普遍的现象,不过是私产体制、富康阶段、传媒社会以及文化工业的产物——而文化工业与持有需求互为前提,互为血源和母体,是人们自己造就出来然后再来造就自己的力量,是自己的异在、异变和异化。

文化工业的出现,正在空前加剧出自然人与文化人的紧张,每一个人自己与自己的紧张。

贫困与贫困感

我曾相信,任何不能充分运用数学方法的学问,都不能称其为科学。不过,一个也许无知的问题一直在跟随着我:数量化方法如何适用于心理/文化现象? 如果说,我们可以把蒸汽机和棉花的生产销售数量化,甚至可以把教育、出版及其他高智能产业不无牵强地数量化——把智能描述成工业货品的模样,但我们能不能计算一下持有价值? 能不能努一把力,弄出几个关于人们持有价值的开发、流通、储存、分配的数学模型?

但愿是可以的。但愿有朝一日,任何一种心理/文化现象,这些忽有忽无、忽聚忽散、忽大忽小的东西,统统在电子计算机的规划和控制之下,不再使有些经济学家们神色茫然。在那个时候,经济学家们不但可以计算贫困,还可以计算贫困感。

一般来说,贫困产生着贫困感;但同样是一般来说,前者与后者似乎又并没有必然联系。勉强温饱的人,常常可以自得其乐和自觉其足,在穷乡僻壤悠悠然哼着小调。我访问乡下的时候,为了让这些农民相信眼下天天吃肉的日子算不上皇帝的日子,相信还有比这里更清洁、更漂亮、更富足的村庄,常常得费尽口舌。他们听我说起美国,常常会哈哈大笑:"你诳人!"

比较而言,倒是很多丰衣足食的人,端起碗来吃肉,放下筷子骂娘,家里有了彩电、冰箱、VCD、万元存款,还觉得自己可怜兮兮,简直他妈的活得不像个人。有时候,他们的委屈在肉碗面前也可能有些动摇,他们的一些邻居和朋友却及时地帮助他们坚定,用"外面世界很精彩"的种种传说,逼着他赶快放弃高兴一下的念头。有一位作家曾在南方某个座谈会上就这样百思不解:"我还没觉得自己怎么穷,但周围的人非让你觉得穷不可!"

在今天的现实生活里,其实每个人都可以找到足够根据,来发现自己的贫困。西方发达国家就不去比了,光是在中国,传媒上告诉我们,每天都有那么多人在消费"人头马"、"劳力士"、"皮尔·卡丹"、"奔驰",影视中的改革家也多是在豪华宾馆里一身名牌地发布格言。在这种超高消费的比照之下,什么样的工薪收入才能免除人们的贫困感呢? 因为自觉贫困,因为自觉贫困深重,人们当然没有理由要安心本职工作及其工薪收入,没有理由不去业余走穴、投机宰客甚至贪污腐败。贫困感像感冒一样的到处流行。这种贫困感不但发生在真正的穷人那里,更多时候发生在不那么穷的人们那里——因为后者比前者更可能接触传媒,更有条件了解到刺激自己的超高消费动态,并为之愤愤不已。常常是,对品牌和明星的持有欲望,还有这种欲望在现实中或多或少的受挫,遮蔽了他们自己实际的富裕。

只要稍稍深入一下实际生活,就可以知道并不是中国人都在喝"人头马",也并不是喝"人头马"的中国人都腰缠万贯——我认识的其中一位,家里其实连一个像样的衣柜都没有。这就像挂着 BP 机的中学生,可能还有学费之虞;穿着名牌衬衫的人,可能还得借钱治病。超前消费只不过是穷人对体面的某种预支。这些人视持有价值重于使用价值,因此并不是想喝酒,而是想喝"人头马"的品牌,喝出自己进入现代生活潮流的感觉,喝出自己想象中西方男士和女士的那种美轮美奂,于是购买力自然指向了高价。他们推动了"人头马"在中国的热销。同样的道理,他们这一类消费者也推动了"劳力士"、"皮尔·卡丹"、"奔驰"等等的热销,让西方商家一次次大跌眼镜,惊叹中国的市场真是秘不可测。他们按照"劳力士"在上海的销量,一度以为上海的富裕程度已经超过了巴黎。他们不明白,持有价值以及公费腐败共同促成的这一超高消费壮观,大大遮蔽了一个发展中国家的贫困——包括这些消费者中很多人实际的贫困。

对贫困和富裕的双重遮蔽,就是这样产生的。

传统社会科学有一句老话:社会存在决定社会意识——这一经典命题眼下在很多学科似乎正在重新复活。但随之而来的问题是:任何存在都只能是一种被意识的存在。于是命题就可以改变成一个绕口令似的说法:被意识的存在决定着意识。被意识的贫困,被意识的富裕,常常与真实相去甚远。而且凭借心理/文化信号的传播,两种被意识的存在可以互相激发和互相强化;越怕被别人看作穷人就越要竞富,越看见别人竞富就越觉得自己是穷人。虚拟化的贫困和富裕,就是这样形成了越来越激烈的交叉震荡,最后导向深刻的认知危机。

这些贫困的富人,或者富裕的穷人,什么时候才可以回到真实?

我一直怀疑,很多现代城市里到处流行着的挫折感、孤独感、无聊感等等,其中也正在增殖虚拟成分。人们从现代文化工业那里获取了太多的感受能力及其知识装备,也从文化工业那里接受了太多有关人类幸福的神话,于是特别容易产生自我感觉的模拟演习,直至在心理上自伤。这并不是说现代人就没有挫折、孤独、无聊等等,不,即便温饱已经不成为问题,社会不公和人生不幸仍会显露出严酷相。但解决难题之前首先需要理解难题。很多现代人也许并不缺乏解决难题的本领,倒是可能被层层叠叠紊乱而失真的文化信号,弄得失去了诊断自己和诊断环境的能力——我不知道自己为什么而痛苦,不知道自己为什么而迷惘。很多流行歌和流行小说就是这么说的。由此我们可能会想起现代主义讨论中常用的一个词:"焦虑"。"焦虑"与"痛苦"相近,但"痛苦"有所指,"焦虑"却莫名;"痛苦"很具体,"焦虑"却抽象。"痛苦"是一个生活性概念,"焦虑"则是一个生存性概念。如果说"痛苦"就是人的挫折、孤独、无聊等等,那么"焦虑"则是被意识的挫折、被意

识的孤独、被意识的无聊等等——而一切意识正在被文化潮流强度干
预和塑造，已经变化万端、飘忽不定、虚实相生、真伪难辨。在高度信息
化的社会里，它们其中的很大一部分，可能不过是一种文本感染，不过
是一些广告并发症或者影视后遗症。

于是我们还可以说，带有传统意味的"痛苦"只是我们人生的外趋
性危机，而"焦虑"意味着我们人生的内趋性危机，主要是对危机的认
知本身出现了危机。

这是第二级危机。

作为符号的全球和民族

美国是世界上最大的品牌出产国。可口可乐，万宝路，西点军校，
好莱坞，因特网，摇滚乐，哈佛学位，读者文摘，美元，波音飞机，NBA，性
解放，民主，福特基金会，马丁·路德·金和巴顿……当然还有英语，都
是名震全球的品牌。美式英语的地位，内含政治和经济的力量，其强势
主要来自地大物博的资源条件，来自富有活力的体制安排和人才精英
的汇集，也来自他们对一个个历史机遇的有效利用。作为一种综合效
应，美国本身很快就成了一个最响亮品牌，成了全球性的"美国梦"。
凡是与美国有点瓜葛的东西，比如任何一种在美国生产的商品，甚至任
何一种只是在美国销售的商品；比如任何一个美国人，甚至不是美国人
而仅仅只是去过一趟美国的人，在很多人眼里都值得刮目相看。似乎
只要一沾上 USA，就有了神奇的附加值。

美国这个品牌是可以持有的。有些人跑到美国，甘心情愿地长时
期过着比在原住国还要糟糕一些的生活，当然只是了却一个心愿：对美
国的持有。

民主和自由的意识形态潮涌和一次次政治革新，使美国少了很多
野蛮凶悍的痕迹，不再贩运黑奴，在一般的情况下也不再把舰队派到弱

小国家去发动政变。本世纪的全球性民族解放运动以后,发达国家大
多有了文雅风格,对穷国和弱国也基本上放弃了殖民统治,解除了历史
上诸多政治、经济的不平等关系。但这并不意味着美国不再有支配地
位,不意味着在外交谈判的席位对等和握手微笑的后面,强国和弱国之
间已经平等。

目下大、中学生们的玩"酷"之风,就是典型的美国产品,最早可能
出现在美国的电影和电视剧里,经由日本以及中国香港地区再进入中
国大陆。因为它总是与影视里的冷面猛男相联系,结果,潇洒、英俊而
且深沉的冷面风格就成了它的注解。作为一次成功的文化输出,"酷"
的东方之旅似无任何暴力性质,而且在所到之处几乎都激起了愉悦、敬
佩乃至甜蜜蜜的爱慕,同市场经济一起成为全球化可喜进程的一部分。
然而,更仔细地考查一下就可以发现"酷"牌文化对于强国和弱国来说
意义是不一样的。酷仔酷哥们常常穿着牛仔服(需要从西方进口),常
常喝威士忌或者白兰地(需要从西方进口),常常英雄虎胆地玩飞车
(汽车是美国或日本的最好),常常提着电话机座皮鞋也不脱就跳上了
床(电话技术和保洁器具需要从境外引进),常常在生死关头遇到了美
丽的碧眼姑娘(要有这样的艳遇就必须带上钱到那里去)……这种文
化一般来说也提供了正义或者勇敢的形象,提供了趣味和知识,但一种
生活态度和生活方式的示范,更隐藏着无处不在的消费暗示,为美国及
其他西方国家的公司拓开了输出产品和技术的空间,为美国及其他西
方国家的政府增加了赢得民心和政治要价的筹码。社会心理开始出现
倾斜。新的依附关系,新的权利支配关系,在赏心悦目的文化流播中差
不多已经悄然就位。

进一步说,影视里的"酷"星们很少埋头读书,而这是教育落后国
家最为急需的;很少大汗淋淋地打工,而这是经济落后国家最为急需
的。他们也没有太多机会遭遇东方式的"走后门"和是非不分的庸众,
而这是中国人经常要面对的现实。他们的文化神话吸引着我们,推动

了中国与外部世界的碰撞,推动了一个个发展中国家主动或被动的经济改革;但另一方面,它在年轻一代发烧友们那里引起的走火入魔,显然遮蔽了这些国家的某些重要现实,遮蔽了社会机体发育不良的一个个危机。当我看到很多无意读书、不会打工的青少年却掀起了喝洋酒的热潮,掀起了考"本"学车的热潮,就不免觉得流行文化的符号剥削与符号压迫有点酷,即残酷——因为这几乎是一种符号致残事故,因为他们中的很大一部分,根本不可能拥有自己的车,连就业都不够资格。更要命的是,中国的土地和能源状况也永远不可能承受美国式的汽车消费。

没有人会对这种人格残疾负责。在当今全球性经济和文化一体化的进程中,经济和文化的自由至高无上,如果"酷"一类的文化符号在什么地方产生什么剥削、压迫乃至摧残效应的话,是没有理由要求文化制作者来承担责任的——你甚至找不出他们,不知道他们具体是谁。

当然,你可以反抗这种文化入侵,比方说你有可能采取一种民族主义的文化态度,对外来文化的霸权扩张给予激烈阻击,就像法国人抵制好莱坞,原教旨主义抵制摇滚。但问题在于,民族主义同样可以是一种文化虚构。冷战结束以后,东西两大阵营的意识形态之争已经降温,这个时候的民族主义便最有可能成为新的文化题材、新的文化品牌,成为有些人激情、风头、振振有词和学科地位的新支点,并且同辛普森案件和瑜伽功一样走上电视的黄金时段。如果政治集团需要的话,完全可以把它用来凝结和巩固自己的利益群体,用来打击或肢解自己的利益对手。事实上,不同大国之间相互"妖魔化"的宣传已经引起了兴奋,文化分离主义在全世界很多地方也已经成为热点。由于 CBS、BBC 一类传媒巨头身后伟大的西方背景,有关分离的符号爆炸当然更多地被输往波黑、车臣以及其他什么地方,而不是在纽约——尽管纽约的民族类别更为多样,族际隔膜的程度也未见得轻微。一种肤色,一种教派,一种语法,一桩常见的刑事案,眼下都成为分离主义的根据。奇怪的是,分离各方在全球化过程中实际上越来越趋同的经济体制、政治理念以及生活方式,还有各个领域里越来越多的"跨国化"现象,作为刚刚爆炒于电视黄金时段的题材,为什么突然就被人们有意或无意地视而不见?

要在湖南人和湖北人之间找出差异,要在纽约人和费城人之间找出冲突,其实都不困难。在一种可疑的夸张之下,这些差异和冲突有朝一日是否也要变成仇恨和战争的合理依据?一句古老的谚语指出:如果你把什么人当作敌人,这个人就真成为你的敌人。这句话可以换成另外一句:如果传媒符号书写出敌人,我们的周围可能就真的有了敌人。敌人的意识完全可以构造出敌人的存在。

"妖魔化"一类的文化制作,当然很难说是出于传媒的阴谋。由某一些制片人、广告人、报纸、多媒体、教授、歌厅、服装师以及街谈巷议所组成的文化工业鱼龙混杂,各怀心思,步调有异,是一个巨大而复杂的系统。他们一般情况下并没有恶意的共谋,却有各自的私心。他们一会儿把美妙无比的全球化作为"卖点",似乎是制造人类亲情的专业户,不惜掩盖民族国家之间实际上的文化差异和利益冲突;一会儿又以怒火熊熊的民族主义、文化分离主义作为"卖点",似乎是制造民族敌情的专业户,不惜掩盖人类当今实际上正在出现的文化融合和利益共同。他们这样做,很多时候只是为了别出新招,猎奇哗众,在市场上开发时尚并且争夺文化份额。时间长了,他们甚至成了一些缺肝缺肺的技术人,并无自己确定的立场,陷入各种符号迷阵而无力自拔。

文化似乎已经自由了,但文化工业无法完全摆脱政治集团或经济集团的介入,即使在较好的情况下,它也常常是一种立场暧昧的文化,没有立场的文化——如果说还有立场的话,那么立场只有一个:利润。这是一个很重要的特征。在一个文本和符号超常生产的"传媒资本主义"时代,文化工业是一列制动闸失灵的火车,是一头谁也管不住的九头怪兽。从总统到老百姓,包括文化的制作者们本身,很多时候都只能眼睁睁地看着这个巨无霸向前狂奔,不知它将把我们带去什么地方。

第 二 级 历 史

冷战结束以后,有些人欢呼全世界进入了"历史的终结"(日裔美国学者福山语),断言市场经济和民主政治所代表的现代化大潮将征服全球。这种说法也许可以成立,因为某种现存知识体系所能感应到和呈现的"历史",确实已经到了尽头,已经逼近诸多有缺憾的选择中较少缺憾的一种最终选择。

只是放开眼界来看,这并不是历史的终结,只是一种有关历史的知识的终结。历史还在前行,需要新的知识将其感应和呈现。如果我们把目光投向身边,投向每时每刻都在发生着的现实动静,比方把目光从人的自然性需求,转向人们当下更为活跃的心理/文化需求,转向与这种需求相伴生的文化工业及其对个人行为和民族境遇的深刻影响,就不难发现另一种千头万绪的历史远未终结,甚至可以说才刚刚开始不久。

我们还不太清楚它是什么东西,只能困于眼下的臆测和猜度,但这不能证明它的不存在,只能证明我们还缺乏描述它的语言和逻辑,比如我们熟悉运用的计划/市场、专制/民主、左/右诸多两分法模式,对它已力所不及。这个世界依然直面着财产和权利的分配关系,只是这种分配,可能以符号化财产和符号化权利的分配为隐形主导。这种分配似乎正在以心理和文化为主题,重构我们的各个生活要件,布设新的利益格局,启动新的冲突和解决过程,向我们洞开一个个更多成果也更多风险和灾难的世界——如果我们对它失去思想的控制,如果我们的符号书写同样失去了真实和真诚的牵引。

相对于福山的历史而言,它是第二级历史。

1997 年 8 月

＊　最初发表于 1998 年《读书》杂志,后收入文集《韩少功散文》。

喝 水 与 历 史

有些中国人到欧美国家旅游,见宾馆里没有准备热水瓶,不免大惊小怪,甚至有点没着没落。他们如果不打算喝咖啡或者喝酒,就只能在水龙头下接生水解渴,不是个滋味。好在现在情况有所改变,一是商店里有矿泉水出售,二是欧美有些宾馆为了适应东亚游客的习惯,开始在客房里配置电热壶。

中国人习惯于喝开水,没开水似乎就没法活,即使是在穷乡僻壤,哪怕再穷的中国人,哪怕穷得家里没有茶叶,也决不会用生水待客。烧开一壶水必定是他们起码的礼貌。这个情况曾经被法国史学家布罗代尔记在心上。他在《十五至十八世纪物质文明、经济与资本主义》一书中说:中国人喝开水有四千多年的历史,这个传统为西方所缺乏。

喝开水有利于饮水消毒。开水喝多了,虽然可能失去欧洲人口舌于水的敏感,不能像传说中的土耳其人那样细辨泉水、井水、河水、湖水的差别,但生病概率一定大大降低。于是可以理解,古代的欧洲文明的宏伟大厦常常溃于小小病菌的侵噬。黑死病、伤寒、猩红热等等,一次次闹得欧洲很多地方十室九空,以至"掘墓人累得抬不起胳膊","满街是狗啃过的尸体"——史家们这些记载至今让人惊心动魄。著名文学著作《十日谈》的产生,据说就始于一群男女藏入佛罗伦萨地下室里以躲避瘟疫时的漫长闲谈。

中国人热爱开水,这一传统很可能与茶有关。中国是茶的原生地。

全世界关于"茶"的发音,包括老英语中的 chaa 以及新英语中的 tea,分别源于中国的北方语和闽南语。《诗经/邶风》中已有"荼(茶)"的记载,汉代典籍中多见"烹茶",可见饮茶必烹,必烧开水,此习俗的形成至少不会晚于汉代。喝开水传统又很可能与锅有关。英国学者李约瑟在《中国科学技术史》里说"中国化铁为水的浇铸技术比欧洲早发明十个世纪"。《史记》中有"汤鼎"一词,《孟子》中有"釜甑"一词,都表明那时已广泛运用金属容器,堪称高科技产品。相比之下,游牧人还处于饮食的烧烤时代,面包也好,牛排也好,架在火上烧一把了事,到喝水的时候,不一定能找到合用的加温设备。

中国古人还有农耕民族丰富的草木知识,进而还有发达的中医知识。宋代理学家程颐强调"事亲者不可不知医"。因为要孝悌亲人,就必须求医问药,甚至必须知医识药,医学发展的人文动力也就这样形成。春秋时代的中国就有了扁鹊和仓公这样的名医。成于汉代的《黄帝内经》、《诊籍》、《伤寒论》、《金匮要略》、《脉经》等等,更使中国医学的高峰迭起。事情到了这一步,技术条件有了(如锅),资源条件有了(如茶),更重要的文化条件也有了(如巫医分离、以孝促医等),喝开水保健康当然就成了一件再正常不过的小事。相比较之下,在少茶、少锅、少医的古代欧洲,喝开水的传统如何可能? 欧洲也有优秀的医学,但按照美国著名生物学家刘易斯·托马斯的说法,西医的成熟来得太晚,晚至抗生素发明的现代。他在《水母与蜗牛》一书中感慨:至十九世纪中期,"人们才发现西医大部分是无聊的胡闹"。这当然是指旧西医那些放血、灌肠、禁食之类的折腾,有时竟由修鞋匠一类游民胡乱操持,大多出自一些莫名其妙怪诞无稽的想象。据说大诗人拜伦就在灌肠管下给活活灌死,其情状想必惨不忍睹。

作为中国保健传统的一部分,喝开水实为民生之福。

几乎是出于同样原因,在漫长的历史上,学历再低的乡村农民,也大多懂得一些草药土方或推拿技巧,好像中国的成年农民都是半个郎中,碰到小病一般不用他求——这种几乎百草皆药和全民皆医的现象,为农耕社会里民间知识的深厚遗存,虽对付不了某些大病难疾,也有其自身局限性,但作为一种成本极为低廉的医药普及,曾帮助中国人渡过一个个难关。即使在改革开放的转型阵痛期,承受着医药价格高涨的中国人,尤其是缺乏公共保健福利的广大农民,如果没有残存的医药自救传统,包括没有喝开水的好习惯,病亡率的大大攀升恐难避免。可惜的是,这种受古人之赐的隐形实惠,倒是被很多现代人盲视。有些享有保健福利的上层精英,不过是读了几本洋书(肯定不包括《水母与蜗牛》等)就大贬中医中药,更让人吃惊不小。

不过,福祸相因,利弊相成,喝开水未必就没有恶果?

人的寿命很长,人口数量很多,在一定条件下就不会好事变坏事?比方说,中国没有欧洲十五世纪前一次次流行病疫造成的人口大减,但也可能因此而丧失了欧洲十六世纪以后科学技术发明的强大动力——从某种意义上说,发明浪潮不过是对人力稀缺的补偿和替代。又比方说,中国古人避免了放血、灌肠、禁食一类瞎折腾,但人口强劲繁殖又构成巨大人口压力,构成了巨大的粮食危机,从而使重农主义势在必行。再往下走一步,从重农主义出发,安土重迁、农尊商贱、守旧拒新、家族制度等等都变得顺理成章。一旦粮食出现缺口,人命如草、官贪匪悍、禁欲主义、战祸连绵等等也就难以避免……这样想下来,足以让人心烦意乱和不寒而栗。十七世纪末,一些传教士从空荡荡的欧洲来到中国,觉得中国人吃肉太少,委实可怜。他们不知道,如果不是流行病疫使欧洲人口减至六千万以下,欧洲哪有那么多荒地来牧牛放马?另一位名叫卡勒里的神父,惊讶地发现中国人比马贱,官员们不坐马车而坐人轿,"轿夫的一路小跑竟如鞑靼小马"。他不知道,当这个国家的人口从清代初期的一亿再次爆炸到三亿多(有一说是四亿多),远远超出了农业生产力的承受极限,饿殍遍地,民不聊生,人命是没法珍贵得起来的,人道主义也就难免空洞而遥远。一旦陷入这种困境,不管有多少好官,不管有多少好主义,社会离灾荒和战乱这一类人口剪除大手术不会太远,脚夫们大汗淋漓又算得了什么?

面对危机的社会,思想家们能诊断出各种政治的、经济的、文化的祸因,但是否漏诊了人满为患这一条更为深远之因?是否漏诊了导致人满为患的各种条件——包括喝开水这一伟大而光荣的创造?

在人满为患的刚性条件之下,光是吃饭这一条,就不可能不使各种社会矛盾尖锐化和灾难化。如果没有控制人口之策(如计划生育、独身主义等等),如果也没有增加食品之策(如江河治理、增产化肥、发明杂交水稻等等),诸多制度层面的维新或革命,诸多思想层面的启蒙或复古,终究只有治标之效,只是隔靴搔痒和事倍功半,甚至左右俱失和宽严皆误,一如十九世纪以前的西方医学:纯属"无聊的胡闹"。

端起水杯的时候,想起这些纷纭往事,一口白开水也就变得百味交集了,为历史上的成功者,也为历史上的失败者。

2003 年 6 月

---

* 最初发表于 2003 年《读书文摘》杂志。

哪 一 种 大 众

说到"大众",很容易把它抽象化。其实,再大之众也没有自我神化和逃避解析的特权。小农经济的大众,与游牧经济的大众,显然有些不同。西方基督教文明圈内的大众,与伊斯兰地区的原教旨主义大众,也不是一回事。在不同的时间与空间,与不同的政治、经济、文化等条件相联系,所谓大众可呈现出不同的形态、品质以及性能。单是着眼于人口统计中的数据大小,并不能给大众赋予多少意义。即便这种统计真实可信,对于相关讨论来说也远远不够。

在工业消费社会形成以前,与大众相区别甚至相对立的小众,是指贵族。人们做出这种区分,使用的是经济尺度,是阶级分析方法。这与后来人们转用文化尺度,把人群划分为"大众"与"精英"两个类别,大为异趣。精英与贵族当然不能互等。但是在很长一个历史阶段里,多数文化精英出身于贵族阶层,使这两个概念又结下了不解之缘,以致被后人经常混用。在文化的民主体制实现以前,贵族不仅控制着社会的主要财富,也主宰了学术、教育、宗教、戏剧以及绘画,成为文化积累和传承的主要承担者——包括用科举考场或者贵族沙龙,吸纳贵族圈以外的各种人才和成果,将其纳入主流体制。文化的腐灭也好,新生也好,多是有钱人的事。

当然,贵族一旦精英起来,常常把批判锋芒指向贵族以及贵族制度本身,显示出贵族的自我解体和自我否定方向。尤其在十八世纪启蒙运动以后,他们的批判性、平民意识以及人道主义理想,确立了"精英"的应有之义,成为精英们的文化标志。看一看托尔斯泰的传记、勃勒东的博物馆,还有泰戈尔的故居,便可以使往日精英们的形象渐渐清晰。那是一种根植于锦衣玉食、深宅大院里的道德自省的精神反叛,是贵族逆子们的浴火新生。对于这一些不安的灵魂来说,大众是他们自救的导向和目标,并且在他们的深切的同情和热切的向往中,闪耀出神圣的光芒。"劳工神圣"、"大众化"、"到民间去"等等观念,也就是在这个时候成为知识界潮流,并且长远地影响了后来的历史。他们或是把自己的土地分给穷人(托尔斯泰等),或者试着描写车夫、奶妈、佃农一类颇为生疏的形象(鲁迅等)。当革命的大潮汹涌而来,更多的知识精英直接投入到大众行列,亲身参加土地改革、战争、建设等历史实践,在那里胼手胝足摸爬滚打,"改造世界观",力图洗掉自己身上"原罪"般的贵族烙印,诀别自己以前既不会做工也不会种田的腐败生活方式。以至到了后来的"文革",无论有多少极端政策让知识分子暗暗生疑,但单是"与工农大众相结合"这一条口号,就具有道德上的绝对优势,足以摧垮知识分子的全部心理抵抗,使他们乖乖就范。在这里,运动当局对他们轻而易举的征服,不仅仅依靠权力,更重要的是利用了不公正历史的自我惩罚,利用了精英们的富贵门第以及由此而来的心理特征:对大众深怀愧疚并且或多或少的无知。

对于精英们而言,大众几乎一直是贫困的同义语,是悲惨命运的同义语。光是这一条,就足以使大众获得神圣地位,并且成为精英们愧疚的理由。但是,如果把这种历史情结带入现代的工业消费社会,事情就有些可疑和可笑了。这个社会正在对财富和利益的分配格局给予重构,如果发展正常和顺利的话,如果国民福利制度成熟的话,穷人将变成小众。在很多国家和地区,"两头小、中间大"成为分配常态,定义为中产阶层的群体已经由原来的百分之五扩展到百分之七十甚至更多,一个优裕的、富庶的、有足够消费能力的大众正在浮现,"白领贵族"、"电脑贵族"、"广告贵族"、"股票贵族"等等,正在成为他们各自的别号。与这个大众或者行将大众起来的群体相比,与他们的火旺日子相比,倒是文学和哲学有了寒酸味,一切人文学科的兴趣,常常只能在一些清贫者那里存活。除了少数幸运者出人头地(比如获奖或写出了畅销书),一般来说,对现实批判和价值理性创造的担当,常常成为一些知识分子收入渐薄的原因——而他们正是传统意义上的"精英"。他们如果不想成为工具式技术专家,如果不想变成社会这个强大盈利机器上的从属性部件,就得准备在一个金钱和利欲主导的社会里,接受边缘位置。他们不仅无法再向大众分送土地,连他们的思想和趣味,也大多只能出现在朴素而且印量很少的书刊里,甚至苦苦寻找着出版机会;而那些豪华的、花哨的、昂贵的而且一定是畅销的书刊,更多地容纳着时装、美容、家具、高尔夫、风水术、生意经,显示出社会对俗文化的强大购买力,显示出社会的主要财富正在向中产阶级化的大众转移。他们回头看一看的话,就会发现他们几乎与大众交换了贫富的定位。

在这些地方,大众富起来了,至少是比较富了,而且开始与时尚结盟,这也许是事情另一方面变化。大众在往日的贵族专制下,基本上与文事无缘,远离各种传播媒体,当然处于文化时尚之外。时尚只是上流社会里的景观。从文风到官仪,从食谱到花道,只有贵族才可能附庸风雅,追随外部世界一个个潮流的引导。那时的大众文化,或者叫做俗文化,不过是民间文化的别名,具有自生自灭、自给自足的特点,呈现出质朴和原真的生命面貌,类似一种自然生态群落,常常历时百年乃至千年而恒定不变。一首民歌,一唱就是几代人或几十代人。这种民间文化,与工业消费时代的市民文化大有差别,却一直没有得到过人们足够的重视和深入的研究。

事实上,同为"大众"喜闻乐见,但市民文化与民间文化大异,具有非自然的特征，受到文化工业的制约和支配，几乎就是文化工业的产物。在大众传媒无孔不入的情况下，男女发型、饮食习惯、消闲方式、政治观念乃至日常习语，都被电视、小报以及广告所指导和训练。一个女中学生的微笑，都可能带上了好莱坞的商标，并且随着潮流的更迭不断有新品牌推出。从根本上说，这不是大众原生的文化，而是大众从少数文化制作商那里所接受的潮流文化，充其量也只是大众被潮流改造之后的文化。有意思的是，就像往日的大众处在时尚之外，现在轮到一些精英来充当这种寂寞和疏离的角色。任何一个愿意保护自己精神个性的哲学家、作家、艺术家，都可能比一个普通的餐馆女招待，更缺乏有关流行歌星和新款家具的知识，缺乏美容和时装的知识。他们是一群落伍者，一些差不多有自闭症嫌疑的独行人，对很多社会风向茫然无知。也只有这一个小众，才可能对昔日的大众文化，对那些旧民歌、旧传说、旧演艺、旧民居等等不入时的劳什子，表现出特别的兴趣。他们回头看一看历史的时候，难免会有一些惊讶：他们心目中那个存在于民间文化中的大众到哪里去了？他们奔赴的这个自然态民间，为何突然间变得人迹寥落？

　　清除财富的腐蚀，警觉时尚的污染，是精英们从贵族营垒里反叛出走时的重要功课。今天，当财富和时尚迅速移位，成为大众的义涵和背景，精英们对这样一个全新大众也许会感到有些陌生，甚至有点不知所措。这一时代的巨变有什么不好吗？也许不，因为它是精英们一直为之奋斗的社会变革目标，是民主和人道主义原则来之不易的胜利实现。但这一变局将会如何开启文化新的走向？精英们今后的新的文化动力和新的文化资源将从何而来？他们与大众的关系，将是他们必须面对的两难：他们是拒绝他们一直心神向往的大众呢，还是应该在大众那里停止他们一直矢志不移的反叛？

　　这些问题已超出本文所设定的范围，该由另一篇文章来探讨。有关的价值判断，相信也是一条充满着种种不确定性的险径。如前所说，本文只是想在有关大众文化的讨论之前,清理一下"大众"的具体内容,给不同类型的大众一点区分。

这种区分可能是讨论的必要起点之一。

1996 年 11 月

---

* 最初发表于 1996 年《读书》杂志,后收入随笔集《完美的假定》。

自我机会高估

　　赌场里没有常胜将军，入赌者总是输多赢少，连一个个赌王最终也死得惨惨。但无论这一高风险是如何明白无误，无论胜出概率在专家们反复计算之下是如何的微小，赌业自古以来还是长盛不衰。赌徒们从来不缺乏火热的激情、顽强的意志以及前仆后继的大无畏精神。原因很简单：他们的眼中多是成功，没有失败，总是把希望情不自禁地放大，诱导自己一次次携款前往。

　　在这里，赌业显现出一切骗局的首要前提，显示出一种人类普遍的心理顽症：自我机会高估。

　　自我机会高估不仅支撑赌业，也是诸多强权和罪恶的基础。"文革"那些年，人们虽然经济状况大体平等，政治上却有三六九等森严区分。奇怪的是，很长时间内多数人对这种地位分化非但不警觉，反而打心眼里高兴：革命的"依靠对象"觉得自己比"团结对象"优越，"团结对象"觉得自己比"争取对象"优越，"争取对象"觉得自己比"打击对象"要安全和体面——即便是一些灰溜溜的知识分子，也暗暗盘算着自己如何荣升"工农化"和"革命化"之列，相信灾难只会落在邻家的头上。机会非我莫属，倒霉自有他人，如此幻想使一批批潜在受害者同时成为伤害者，大家共同推动了政治倾轧，直到运动结束方大梦初醒，发现人人都窝着一肚子冤屈，没有几个赢家。

　　眼下，政治歧视渐少，人际之间的经济差距却在拉开，甚至出现了以掠夺国民财富为主要手段的腐败型暴富。有意思的是,很多人在怨恨腐败的同时,对腐败者的威风和奢华却不无羡慕,对滋养着腐败的拜金文化居然心神向往,对贫富过度分化甚至兴高采烈——尽管他们大多身处社会金字塔的中下层。他们无非是面对新一轮的时代博彩,照例高估自己的机会。不能骗得省长的批文,至少也可吃吃单位的公款吧? 不能吃吃单位的公款,至少可以向学生家长要点红包吧? 不能向学生家长要红包,至少还可用假文凭捞个职称吧? 不能用假文凭捞职称,至少也可倒卖点假烟假酒吧? ……很多人憧憬着自己的美事,算计着眼前的飞蝉,却不知黄雀在后,自己更有宰杀之虞。这一种由层层幻想叠加起来的普天同欢,使腐败逻辑开始合法化和公理化,蓄积日趋严重的社会危机。一旦破产和洪水到来,一旦崩市和骚乱出现,受害者肯定不仅仅是少数可怜虫。

　　无望当上赢家之后,才可能怨恨赢家。不幸的是,赢家的规则就是全体赌徒曾经甘愿服从的规则。所有输家的"候补赢家"心态,最终支持了赢家的通吃;所有输家那里"别人遭殃"的预期,使自己最终被别人快意地剥夺。在这个意义上,自我机会高估意味着人们自寻绝路,意味着我们的敌人其实源于我们自己。

　　制度易改而人性难移。正是受制于人性这一弱点,社会改造才总是特别困难:因为这样做的时候,改造者需要面对既得利益者(赢家)的反对,还经常面对潜在受害者(输家)的心理抵抗。历史上一个个危险的政治、经济、文化潮流,通常就是在赢家和输家身份不太分明的情况下,由大多数人共同协力推动而成——可惜很多历史描述都忽略了这一点。只有当失控的历史之轮一路疯狂旋转下去,离心力所致,才有越来越多的人被甩到局外的清醒中来。但到了那个时候,事情就有些晚了。即便历史流向还可以向合理的方位调整,即便人们又一次学会了抗议、揭发、反思、抹鼻涕、比伤疤、高论盈庭、大彻大悟,但苦酒已经酿就,过去的代价已不可追回。有什么办法呢?

　　人民是真正的英雄吗？是的,但这里是指觉悟了的人民。从人民的未觉悟到已觉悟,往往有漫长时光,有一个受害面逐渐扩大的过程。在这种变化到来之前,人民——至少是人民中的多数——也常常充当自掘陷阱的帮凶,使有识之士非常为难。因为能够"学而知之"(孔子语)的毕竟不多,"困而知之"(孔子语)的才是多数。正因为如此,忠告的效果往往有限,忠告无法代替聆听者的切肤之痛,常常要倚重于忠告者最不愿意发生的灾难,才能激发出人民的觉悟和行动。

　　请注意:这些灾难,这些反复上演的历史悲剧,总是在人们得意洋洋自我机会高估的时候悄悄逼近。

1998 年 8 月

＊ 最初发表于 1998 年《芙蓉》杂志,后收入随笔集《性而上的迷失》。

货 殖 有 道

中国古人对经济事务并不鄙夷，亦非无知。公元前"富商大贾周流天下，交易之物莫不通"（司马迁语），其繁荣程度大概不在希腊和罗马之下。白圭、计然、朱公一类大实业家名声远播，连孔子门徒子贡也是生意高手，商队有"结驷连骑"之盛，足与各国王侯"分庭抗礼"，其事迹载于《史记》。墨子对于生产，管子对于流通，都留下丰富知识，可算中国最早的经济学，即"货殖"之学。只是这种经济学不那么唯物质主义和唯技术主义，更不像现代某些经济学家夸耀的那样"不讲道德"。所谓倡"本"富、容"末"富、斥"奸"富，就是古人的经济道德纲领。又有"齐民"一说："齐"者，均也，同也，共同富裕也，是为经济道德目标。北魏贾思勰著《齐民要术》，一部农业技术书冠以"齐民"，便是承前人货殖之道，坚持以民为本的实业方向。

笔者对文学以外话题一直慎言。然货殖既为齐民之术，与万民相涉，凡民皆有建言资格，于是才有如下不吐不快的两则感想。

关 于 数 据

一个全国著名的经济模范村，注册常住人口一千余，年人均利润数十万，全村居民住进了统建小洋楼，享受公费医疗、公费就读等福利。这当然是骄人的成绩。但深入了解一下便知，这些利润的创造者远不止常住居民,另有一万多外地民工在这里打工,只由于没有当地户籍,不进入当地人口统计,也就未纳入人均利润核算,于是他们创造的利润全部转移到当地户籍的一千多人名下。"人均"利润就是这样拉高的:至少拉高了十倍。

有良知的经济学家大概都不会同意这样的统计,否则外地打工者创造的剩余价值将被完全抹杀。当然,在正常情况下,打工者拿到了工资即劳务费,比无业者要强。但常识又告诉我们,摊入成本的劳务费并不意味利润分配。也就是说,在上述案例里,一万多人创造了利润,却由一千多人来享受利润,包括享受利润带来的高福利——可能的权力腐败尚不考虑在内。这种分配的依据,当然是上述那种至少虚增了十倍的人均利润统计,是把外来打工者统统删除以后的所谓经济奇迹。

中国人口众多,造成了劳动力价格低廉,以至从八十年代末期到现在,公务员、教师、记者、军警等从业者的工资一般增长了一、二十倍,但底层打工者月薪仍在三百元到五百元之间徘徊,几乎一直无增长。如果说中国经济持续高速发展有什么奥秘的话,那么这种劳动力价格的冻结性低廉,以及由此产生的生产成本低廉,就是诸多原因中极为重要的一条。从这个意义上来说,没有参与利润分配的庞大打工群体,更多承担了繁荣之下的牺牲,并且在一种十分可疑的经济统计之下,其牺牲被合理化了,自然化了,隐形化了。这种统计不仅掩盖了一个模范村的真相,同样也大大折扣了农民工对都市经济繁荣的贡献,大大折扣了中、西部外出务工群体对东南沿海经济繁荣的贡献——深圳、广州、上海、北京等地让人目眩的"人均"高产值和高利润,无不包含这些群体的心血——只是他们通常被排除在有关统计的人口分母之外。结果,这些地区的增长与外来打工者似乎没关系,与广大欠发达地区持久性的劳力低价输出似乎没关系。相反,有些人会耸耸肩,把那些地方的困难看作落后者们"懒惰"、"蒙昧"的自食其果。比方说谁都会知道深圳对贵州的"支援",但谁会知道在这种支援之前有贵州对深圳的输血?

数据可以反映现实,也可以扭曲现实。即使是一些真实数据,受制于统计方法的预设,受制于导控者的理论定向和制度定向,就会成为有选择的数据,甚至是造成假相的数据。如果我们打破所谓常住人口与流动人口的身份界限,如果我们把农民工纳入有关企业或地区的经济统计,各种"人均"数据必发生巨大变化。这会使某些企业或地区的"政绩"合理缩水,但可恢复经济运行的本来面目,帮助人们对经济获得更可靠的知识,获得更道德的眼光,即一种关切大局和关注弱者的眼光。可惜的是,很多理论家常常夸耀经济学的"客观性"、"科学性"、"价值中立性",却不知他们的私利和偏见总是在这些数据里隐藏。

这种情况同样出现在对西方经济的描述之中。所谓评选世界五百强可算另一例。这种大吹大擂的评选只是关注利润、产值、生产率、资产规模等指标,其统计方法从来没有设置过"就业贡献率"、"环保贡献率"、"分配公正率"一类指标。于是,世界企业"五百强"不一定是"五百优"或者"五百善"——为了争"强",公司裁减员工增加失业可能会被持股者欢呼,公司制造污染破坏环境可能会被总统和议员庇护,公司内部严重的分配不公可能会被社会舆论忽略。这一切都关涉到很多人的利益——常常是更大多数人的利益。然而,据说从来只关心利益的经济学偏偏不在乎这些利益,在评选这"强"那"强"时从不采集和公示这些方面的数据,不对更广泛和重要的得失给予评估。

公司当然不能亏损,当然不能没有利润,这是一条市场经济底线。但是不是利润越多就越好?产值越高就越好?对于公司广大员工来说,对于全人类公共利益来说,那些在经济竞争中既有优胜之"强",同时又能在"就业贡献率"、"环保贡献率"、"分配公正率"等方面表现卓越的企业,不是更值得全社会尊敬和表彰?为什么我们的经济学家们就不能创造一种新的年度评选?

评胜选优不讲公共利益,是利润和资产挂帅的表现,意识形态的偏执暗伏其中。经济活动终究是为人服务的,因此就业、环保、分配公正等等正是经济学应有之义,不应排除在经济学之外;应落实为公司业绩评估的重要指标,不能停留于某些经济学家业余的道德空谈。这些指标的长久缺失,这些数据被某些利益集团本能地反感和拒绝,暴露了诸多经济学所谓"客观性"、"科学性"、"价值中立性"的可疑,暴露了这些经济学的深刻危机:充其量只是一种公司经济学而不是社会经济学,是以小利损害大利的经济学,是以物为本而不是以人为本的经济学。

如果说主流经济学以西方发达国家为经验背景,难免有一些统计盲区,那么一个人均资源十分匮乏和国际环境并不宽松的人口大国,一个在就业、环保、分配公正方面正面临超常压力的后发展大国,国情如此特异,理论就不可照搬。其经济学如果同样缺失这些指标,鹦鹉学舌的后果肯定无"齐民"之效,反有误国与祸民之虞。

从这个意义上说,建设社会主义的市场经济,首先需要创新统计原则和统计方法——这是一个紧迫而切实的起点。

关 于 市 场

"要想富,先修路",是一句流行标语,出现在很多田头村口,当然是很好的说法。但"修了路必然富"的逆定律并不成立,因为开路不是挖金元宝,道路通达之处可能富,也可能穷。据联合国一九九九年人类发展报告统计:全世界有四十多个国家比十年前更穷,而这些国家的道路越来越多。

在没有交通便利以前,一个中国乡下青年结婚成家,几千元的家具开支只能就地消费,让当地木匠来赚。一旦有了公路,这笔钱就可能坐上中巴或者大巴,进入广州或者上海家具商的腰包,那里的家具一定款式更多,在大批量和集约化生产之下也一定价格更廉。这就是路网拓展以后购买力向经济核心地区集中的寻常例子。正是在这种情况下,核心地区的信息、技术、资金、人才以及政治优势将获得更大的扩张空间,其商品反过来更容易倾销边缘地区,使那里的很多企业在竞争压力下淘汰出局。还是在这种情况下,在边缘地区找不到什么出路的人才,在父母和社会支付了越来越昂贵的教育成本之后,将进一步流向核心地区。这样的过程少则数年,多则数十年,前者便不再可能复制后者的产业结构并且与之竞争,只能拱手交出产品深加工的能力和利润,一步步沦为纯粹的原材料供应方。不难想象,一块芯片换几十吨木材,这样的"平等"的市场交换在富国和穷国之间发生,也正在中国的富区和穷区之间出现。

落后地区可以发展自己的特色产业,比如高附加值农业等等。但只要相关消费力仅限于少数富人,与大面积的人口无缘,比如与普通市民与村民无缘,那么生产者就只是在争夺一个很小的市场,高附加值农产品就太容易过剩。反季节瓜菜、鲜花和草木、牛奶和肉鸽,这都是好东西,大家都愿意享受,但在多数人购买力有限的情况下,这种自然生理需求无法变成市场需求——这就是"需求不足"或者"生产过剩"的真实含义。当生产者一拥而上的时候,物多价贱,物贱伤农,生产什么就积压什么,高附加值可能变成低附加值,甚至是负附加值,进一步削弱广大生产者的消费力,形成一种低收入→低消费→更低收入→更低消费的恶性循环。因此,乡村产业结构调整的说法不是不对,但必须以扩大市场需求为前提,以国家加强利益分配调节力度从而使大多数人手里有票子为前提的前提。否则需求持续不足,先行者还有点赚头,盲目跟进者就要大栽跟头。

这就是沿着公路网络而迅速扩张的市场化。从全局上来说,这种趋势将优化资源配置,提高生产效率,促进技术创新,增强综合国力。但这种趋势的另一面将是各种资源的加速流动,如得不到有效调控,便可能扩大贫富差距。九十年代以来中国东部与西部已加剧了横的差距。竖的差距近年来也触目惊心:五级财政结构中,顶端的中央财政金潮滚滚,县、乡两级财政却寒风习习,借钱缴税成了基层普遍现象,只是一直被各种"政绩"掩盖。这两种差距交织的结果，一方面是很多人"消费升级"，狂购奢侈品和囤积房地产，另一方面是更多的人求学、求医、求生的困难——连广东这样的富省都有相当多的市县拖欠职工工资。不管是依据哪一种统计，中国已逼近或超过贫富差距的危机临界点。

市场能自动造就公正吗？能自动带来均富和普惠吗？

一国之内的市场尚不可能，全球市场就更不可能。因为国家有政府调控能力，而全球没有政府，更缺乏调控手段。换句话说，一个国家，只要腐败还在可控范围，只要行政权威尚未完全丧失，至少可采取下列政策缓解贫富矛盾：

一是让农民工去城里打工。尽管都市已有严重的失业压力，尽管有些都市当局曾企图清退农民工以保市民就业，但中国的政策仍然禁止劳工市场壁垒，使都市大门一直向农民工敞开。这样，农民工尽管不能分享利润，尽管压低了城里的雇工价格从而增加了他们不能分享的利润，但毕竟有些收入——在很多乡村，农民进城务工已成主要富民手段。可以比较的是，这种劳动力自由流动在全球范围内并不存在。富国要求投资自由、贸易自由、金融自由等等，却不容许移民自由。一般来说，人家只需要投资移民和技术移民，只要你的硕士和博士，绝大部分劳工都得作为"非法移民"被驱逐出境。富国的境外投资虽带来一些就业机会，但这种投资只是外移一些中低端产业，在国家政策控制之下，高酬和高利的核心产业却总是留在母土不容外人染指，劳动成本中最有油水的一瓢，还是优先母国的就业群体。

二是国家以税收调节分配，靠财政转移支付实现以富补贫，比如直接承担贫困地区水利、交通、电力、生态环境等方面的公共建设，甚至部分承担那里教育、行政、卫生、扶贫等方面的支出，增强中下层的消费力，以非市场手段"扩大内需"。光是前不久的农村"费改税"，中央财政就再拿出四百亿以缓减农民负担——虽然还远远堵不上一千二百亿的缺口(另一统计说缺口更大)。将来建立农村公共教育和公共医疗的保障,恐怕也只能由政府承担责任,不能把希望寄托于市场。可以比较的是,全球范围内的市场缺乏政府调控,既没有全球税,也没有财政转移支付。心诚善意的富国有时减免一些债务,或者给一点无偿援助,那已是大恩大德,令穷国感激不尽。但富国并没有扶贫的法定责任,国际"慈善"事业力度总是相当有限。正是针对这一点。经历了亚洲金融危机的马来西亚首相马哈蒂尔,曾提出全球税概念,指出没有税收调控的自由市场缺乏公正性,无法对市场化过程中受到盘剥和侵害的弱势国家给予补偿。这位首相一句话点中了穴位,但国际商界和国际政界的大人物们都装作没听见。他们更愿意谈的是全球化和市场化,谈穷国不开放市场就永无繁荣之日,谈富国对穷国的发展做出了多少无私奉献。

这些话对不对呢?当然也对了一部分,至少是对了一小部分。若以全球为一个利益单元,全球化和市场化无疑将促进资源优化配置,促进全人类技术和经济的进步。对抗这个潮流,以高关税或非关税壁垒保护民族产业,常常是保护落后,保护低品质的国际"乡镇企业"。但这些话也有虚假。因为全球远远还不是、甚至永远不会是人们唯一的利益单元。各国的国界还在。各国财政还没有"合灶吃饭"和统一调度。因此,在一个心系五洲体恤万国的全球政府建立起来之前,全球化只是有选择的全球化,充其量只是投资经营的全球化,没有利益分配的全球化。光是没有全球性劳动力的自由流动,没有全球性财税体制对分配的调控,这两条就暴露出全球市场的致命缺陷——它不是一国市场的简单放大。在这种情况下,市场所造成的贫富分化和需求不足等等,将很难得到缓解。不久前,世贸组织"多哈"会议上,穷国与富国在修改规则方面分歧严重,谁也不让谁,可见全球化并不是全球爱心的别名。人们对此不必过于天真。

在理论和实践上,中国农民确实可能搭上市场化和全球化的快车。

但同是在理论和实践上,他们也可能因为村前一条公路开通,因为对市场化和全球化身不由己的卷入,被这列快车甩得更远——失控的市场经济或缺德的官僚经济,都可能是这条公路前面的陷阱。在这里,面对国内媒体对市场化众口一词的赞颂,把丑话说在前头,把风险和困难讲足一点,可能有利于我们趋利避害,更为理性地观察经济现象。

2002 年 9 月

---

* 原为某县域经济座谈会上的发言,最初发表于 2002 年《当代》杂志,原题《货殖两题》。

人情超级大国

一

走进中国的很多传统民居,如同走进一种血缘关系的示意图。东西两厢,前后三进,父子兄弟各得其所,分列有序,脉络分明,气氛肃然,一对姑嫂或两个妯娌,其各自地位以及交往姿态,也在这格局里暗暗预设。在这里的一张八仙大桌前端坐,目光从中堂向四周徐徐延展,咳嗽一声,回声四应,余音绕梁,一种家族情感和孝悌伦理油然而生。

中国文化就是在这样的民居里活了数千年。这些宅院繁殖出更庞大的村落:高家庄、李家村、王家寨等等,一住就是十几代或几十代人。即便偶尔有杂姓移入,外来人一旦落户也热土难离,于是香火不断子孙满堂的景观也寻常可见。生活在这里的人们,秉承明确的血缘定位,保持上下左右的亲缘网络,叔、伯、姑、婶、舅、姨、侄、甥等称谓不胜其烦,常令西方人一头雾水。英文里的亲戚称谓要少得多,于是嫂子和小姨都是"法律上的姐妹(sister in low)",姐夫和小叔都是"法律上的兄弟(brother in low)",如此等等。似乎很多亲戚已人影模糊,其身份有赖法律确认,有一点法律至上和"N 亲不认"的劲头。

农耕定居才有家族体制的完整和延续。"父母在,不远游";即便游了,也有"游子悲乡"的伤感情怀,有"落叶归根"的回迁冲动,显示出祖居地的强大磁吸效用,人生之路总是指向家园——这个农耕文明的特有价值重心。海南省的儋州人曾说,他们先辈的远游极限是家乡山头在地平线消失之处,一旦看不见那个山尖尖,就得止步或返回。相比较而言,游牧民族是"马背上的民族",逐水草而居,习惯于浪迹天涯,"家园"概念要宽泛和模糊得多。一个纯粹的游牧人,常常是母亲怀他在一个地方,生他在另一个地方,抚育他在更遥远的地方,他能把哪里视为家园?一条草原小路通向地平线的尽头,一曲牧歌在蓝天白云间飘散,他能在什么地方回到家族的怀抱?

定居者的世界,通常是相对窄小的世界。两亩土地一头牛,老婆孩子热炕头,亲戚的墙垣或者邻家的屋檐,还有一片森林或一道山梁,常常挡住了他们的目光。因此他们是多虑近而少虑远的,或者说是近事重于远事的。亲情治近,理法治远,亲情重于理法就是他们自然的文化选择。有一个人曾经对孔子说,他家乡有个正直的人,发现父亲偷了羊就去告发。孔子对此不以为然,说我们家乡的人有另一种正直,父亲替儿子隐瞒,儿子替父亲隐瞒,正直就表现在这里面。这是《论语》里的一则故事,以证"法不灭亲"之理。《孟子》里也有一个故事,更凸现古人对人际距离的敏感。孟子说,如果同屋人相互斗殴,你应该去制止,即便弄得披头散发衣冠不整也可在所不惜;如果是街坊邻居在门外斗殴,你同样披头散发衣冠不整地去干预,那就是个糊涂人。关上门户,其实也就够了。在这里,近则舍身干预,远则闭门回避,对待同一事态可有两种反应。孟子的生存经验无非是:同情心标尺可随关系远近而悄悄变易,"情不及外"是之谓也。

孔子和孟子后来都成了政治家和社会理论家,其实是不能不虑远的,不能不忧国忧天下的。"老吾老以及人之老,幼吾幼以及人之幼",循着这一思维轨道,他们以"国"为"家"的放大,以"忠"为"孝"的延伸,由近及远,由亲及疏,由里及外,编织出儒家的政治和伦理。但无论他们如何规划天下,上述两则故事仍泄露出中国式理法体系的亲情之源和亲情之核,留下了农耕定居社会的文化胎记。中国人常说"合情合理""情"字在先，就是这个道理。

同样是因为近事重于远事，实用济近，公理济远，实用重于公理自然也成了中国人的另一项文化选择。儒学前辈们"不语乱力怪神"，又称"不知生焉知死"，搁置鬼迹神踪和生前死后，于是中国几千年文化主流一直与宗教隔膜。与犹太教、婆罗门教、基督教、伊斯兰教等文明地区不同，中国的知识精英队伍从来不是以教士为主体，而以世俗性的儒士为主体，大多只关心吃饭穿衣和齐家治国一类俗事，即"人情"所延伸出的"事情"。汉区的多数道士和佛僧，虽有过探寻宇宙哲学的形而上趋向，仍缺乏足够的理论远行，在整个社会实用氛围的习染之下，论着论着就实惠起来。道学多沦为丹药、风水、命相、气功一类方术，佛门也多成为善男信女们求子、求财、求寿、求安的投资场所，成为一些从事利益交易的教门连锁店。一六二〇年，英国哲学家弗兰西斯·培根写道："印刷术、火药和磁铁，这三大发明首先是在文学方面、其次是在战争方面、随后是在航海方面，改变了整个世界很多事物的面貌和状态，并引起无数变化，以至似乎没有任何帝国、派别、星球能比这些技术发明对人类事务产生更大的动力和影响。"培根提到的三项最伟大技术，无一不是来源于中国。但中国的技术大多不通向科学，仅止于实用，缺乏古希腊从赫拉克利图、德模克里特一直到亚里士多德的"公理化"知识传统——这个传统既是欧洲宗教的基石，欲穷精神之理；也是欧洲科学的基石，欲穷物质之理。就大体而言，中国缺乏求"真"优于求"善"的文化特性，也就失去了工具理性发育的足够动力，只能眼睁睁看着西方在数学、物理、化学、生物学、航海学、地理学、天文学等方面后来居上，直到工业化的遥遥领先。

这是现代中国人的一桩遗憾，但不一定是古代儒生们的遗憾。对于一个习惯于子孙绕膝丰衣足食终老桑梓的民族，一个从不用长途迁徙到处漂泊四海为家并且苦斗于草原、高原和海岸线的民族，它有什么必要一定得去管天下那么多闲事？包括去逐一发现普适宇宙的终极性真理?——那时候,鸦片战争的炮火还没灼烤得他们坐立不安。

中国古人习惯于沉醉在现实感里。所谓现实,就是近切的物象和事象,而不是抽象的公理。当中国古人重在"格物致知"的时候,欧洲古人却重在"格理致知"。当中国古人的知识重点是从修身和齐家开始的时候,欧洲古人却展开了神的眼界,一步跃入世界万物背后的终极之 being——他们一直在马背上不安地漂泊和游荡,并且在匆匆扫描大地的过程中,习惯于抽象逻辑的远程布控,一直到他们扑向更为宽广的蓝色草原——大海。那是另一个故事的开端。

二

烧烤的面包和牛排,能使我们想象游牧人篝火前的野炊。餐桌上的刀子和叉子,能使我们想象游牧人假猎具取食的方便。人声鼎沸的马戏、斗牛、舞蹈,能使我们想象游牧人的闲暇娱乐。奶酪、黄油、皮革、毛呢、羊皮书一类珍品,更无一不是游牧人的特有物产。还有骑士阶层,放血医术,奥林匹克运动,动不动就拔剑相向的决斗,自然都充满着草原上流动、自由、彪悍生活的痕迹。这可能是欧洲人留给一个中国观察者的最初印象。统计资料说,现代美国白人平均五年就要搬一次家,这种好动喜迁的习性,似乎也暗涌着他们血脉中游牧先民的岁月。

当然,古欧洲人不光有游牧。他们虽然没有东亚地区那么足够的雨水和温暖,却也有过葡萄、橄榄、小麦以及黑麦,有过农业的繁荣。只是他们的农耕文明并非主流。相比之下,中国虽然也曾遭北方游牧民族侵迫,甚至有过元朝和清朝的非汉族主政,但农耕文明的深广基础数千年来一直岿然不动,而且反过来一次次同化了异族统治者,实为世界上罕见的例外。直到二十世纪前夕,中国仍是全球范围内一只罕见的农耕文明大恐龙,其历史只有"绵延"而没有"进步"(钱穆语)。了解这只高龄恐龙,不能不了解文明源头的差异。如果这个差异不是造成当今文明交流和文明冲突的全部原因,甚至不是最主要原因,但起码不应成为人们的盲点。

一个游牧人,显然比一个农耕人有更广阔的活动空间,必须习惯在陌生的地方同陌生的人们交道,包括进行利益方面的争夺和妥协。在这个时候,人群整合通常缺乏血缘关系和家族体制,亲情不存,辈分失效,年长并不自动意味着权威。加上人们都以马背为家,远道驮来的物品十分有限,彼此富不了多少也穷不了多少,个人财富也就不易成为权力的来源和基础。那么谁能成为老大?显而易见,一种因应公共生活和平等身份的决策方式,一种无亲可认和无情可讲的权力产生方式,在这里无可避免。

武力曾是最原始的权威筹码。古希腊在荷马时代产生的"军事民主制"就是刀光剑影下的政治成果之一。现在西方普遍实行的"三权分立"在那时已有蓝本:斯巴达城邦里国王、议会、监察官的功能渐趋成熟。现代西方普遍实行的议会"两院制"在那时亦见雏形。"长老院"senate 至今还是拉丁语系里"参议院"一词的源头。当时的民众会议即后来的 public 握有实权,由全体成年男子平等组成,以投票选举方式产生首领,一般都是能征善战的英雄。而缺乏武力的女人,还有外来人所组成的奴隶,虽然占人口的百分之九十却不可能有投票权。这当然没什么奇怪。女人无法力制男人,奴隶已经降于主子,希腊式民主一开始就并非全民做主,不过是武力竞斗中少数胜出者的一席政治盛宴,弱败者不可入席。

随着城邦的建立和财富的积聚,长老院后来有了更大影响力。随着越洋拓殖和商业繁荣,中产阶级的市民逐渐取武士而代之,成为民主的主体。随着世界大战中劳动力的奇缺和妇女就业浪潮,还有工人反抗运动和社会福利保障政策的出现,妇女、工人、黑人及其他弱势群体也有了更多民主权利……这就是民主的逐步发育过程。可以肯定,面对投资和贸易全球化的大潮,要处理贫困、环境、恐怖主义一类全球联动式的挑战,以民族国家为利益单元的民主已力不从心,民主的内容和形式还将有后续发展。如果没有更为开放和包容的"欧盟"、"亚盟"、"非盟"一类机制,如果没有全球性的权利分享和权利制衡,所谓全球化就将是一个巨型多头怪兽,一身而数心,身同而心异,将永远困于自我纷争和自我伤害。这是一个新的难题。

但民主不管走到哪一步,都是一种与血缘亲情格格不入的社会组织方式,意味着不徇私情的人际交往习俗。在这个意义上来说,民主是一种制度,更是一种文化。一个观察台湾民主选举的丁学良教授写道:八十年代台湾贿选盛行,一万新台币可买得一张选票,但人们曾乐观地预言:随着经济繁荣和生活富裕,如此贿选将逐步消失。出人意料的是,这位教授十多年后再去台湾,发现贿选不仅没有消失,反而变本加厉,"拜票"之风甚至到了见多不怪的程度。人们确实富裕了,不在乎区区几张纸币,但人们要的是情面,是计较别人"拜票"而你不"拜票"的亲疏之别和敬怠之殊。可以想见,这种人情风所到之处,选举的公正性当然大打折扣。

在很多异域人眼里,中国是一个人情味很浓的民族,一个"和为贵"的民族。中国人总是以家族关系为一切社会关系的母本,即便进入现代工业社会,即便在一个高度流动和完全生疏的社会里,人们也常常不耐人情淡薄的心理缺氧,总是在新环境里迅速复制仿家族和准血缘的人际关系——领袖是"毛爷爷"和"毛爹爹",官员是"父母",下属是"子弟",朋友和熟人成了"弟兄们",关系再近一步则成了"铁哥""铁姐"。这种现象在军队、工厂、乡村、官场以及黑社会皆习以为常。从蒋介石先生开始,就有"章子不如条子,条子不如面子"一类苦恼:公章代表公权和法度,但没有私下写"条"或亲自见"面"的一脉人情,没有称兄道弟的客套和请客送礼的氛围,就经常不太管用。公事常常需要私办,合理先得合情。一份人情,一份延伸人情的义气,总是使民主变得面目全非。这样看来,中国茶楼酒馆里永远旺盛的吃喝风,醉翁之意其实不在肠胃,而在文化心结的恒久发作,是家族亲情在餐桌前的虚构和重建。中国式的有情有义,意味着有饭同饱,有酒同醉,亲如一家,情同手足;同时也常常意味着有话打住,有事带过,笔下留情,刀下留情,知错不言,知罪不究,以维护既有的亲缘等级(讳长者或讳尊者)与和睦关系(讳友人或讳熟人)。一位警察曾对我说,很多司法机关之所以结案率低,很重要的原因就是取证难。好些中国人只要与嫌犯稍沾一点关系,甚至算不上亲属,也开口就是伪证,没几句真话。这种"见熟就护"往往导致司法机构在财力、物力、人力方面不胜其累,还有悬案和死案的大量积压。

民主与法制都需要成本,光人情成本一项,一旦大到社会不堪承受,人们就完全可能避难就易,转而怀念集权专制的简易。既然民主都是投一些"人情票",既然法制都是办一些"人情案",那么人们还凭什么要玩这种好看不好用的政治游戏? 解决纠纷时,宁走"黑道"不走"白道",就成了很多人的无奈选择。显而易见,这是欧式民主与欧式法制植入中土后的机能不适,是制度手术后的文化排异。

我们很难知道这种排异阵痛还要持续多久。从历史上看,中国人曾创造了十几个世纪的绩优农业,直到十八世纪初还有强劲的"中国风"吹往西方,中国的瓷器、丝绸以及茶叶风靡一时,令欧洲的贵族趋之若鹜。中国人也曾创造了十几个世纪的绩优政治,包括排除世袭的开科取士,避免封建的官僚政府,直到十八世纪还启发着欧洲的政治精英,并且成为赫赫《拿破仑法典》制订时的重要参考。在这十几个世纪之中,大体而言,一份人情不是也没怎么坏事么? 但工业化和都市化的到来,瓦解了农耕定居的生活方式。以家庭关系经验来应对公共生活现实,以"人情票"和"人情案"来处理大规模和高强度的公共管理事务,一定会造成巨大的混乱灾难。当然,这并不是说人情应到此为止。作为一种传统文化资源,亲缘方式不适合大企业,但用于小企业常有佳效。至少在一定时间内,认人、认情、认面子,足以使有些小团队团结如钢所向无敌,有些"父子档"、"夫妻店"、"兄弟公司"也创下了经济奇迹。又比如说,人情不利于明确产权和鼓励竞争,但一旦社会遇到危机,人情又可支撑重要的生存安全网,让有些弱者渡过难关。有些下岗失业者拿不到社会救济,但能吃父母的,吃兄弟的,吃亲戚的,甚至吃朋友熟人的,反正天无绝人之路,七拉八扯也能混个日子,说不定还能买彩电或搓麻将,靠的不正是这一份人情? 这种民间的财富自动调节,拿到美国行得通么? 很多美国人连亲人聚餐也得 AA 制,还能容忍人情大盗们打家劫舍?

很多观察家凭着一大堆数据,一次次宣布中国即将崩溃或中国即将霸权,但后来又一次次困惑地发现,事情常在他们意料之外。这里的原因之一,就是他们忘了中国是中国。他们拿不准中国的脉,可能把中国的难事当作了想当然的易事,又可能把中国的易事当作了想当然的难事。

比方说,中国要实行欧式的民主和法制,缺乏相应的文化传统资源,实是一件难事;但承受经济危机倒不缺文化传统资源,算不上什么难事。

三

西方的知识专家们大多有"公理化"的大雄心,一个理论管天下,上穷普适的宗教之理,下穷普适的科学之法。不似中国传统知识"无法无天",弱于科学(法)亦淡于宗教(天),但求合理处置人事,即合理处置"人情"与"事情"。

先秦诸子百家里,多是有益世道人心的"善言",不大倚重客观实证的"真理"——善在真之上。除墨家、名家、道家有一点抽象玄思,其余只算得上政治和伦理的实践心得汇编。少公理,多政策;少逻辑,多经验;有大体原则,多灵活变通——孔子谓之曰"权",为治学的最高境界。农耕定居者们面对一个亲情网织的群体环境,处置人事少不得内方外圆,方方面面都得兼顾,因此实用优先于理法,实用也就是最大的理法。

多权变,难免中庸和中和,一般不会接受极端和绝对。"物极必反"、"否极泰来"、"过犹不及"、"相反相成"、"因是因非"、"有理让三分"、"风水轮流转"、"退一步海阔天空"……这些成语和俗语,都表现出避免极端和绝对的心态。墨子倡"兼爱"之公心,杨子倡"为我"之私心,都嫌说过了,涉嫌极端和绝对,所以只能热闹一阵,很快退出知识主流,或被知识主流汲收掉。与此相适应,中国传统的各种政治、经济、社会安排也从来都是混合形态,或者说是和合形态。几千年的历史上,没有出现过标准的奴隶制社会,有记载的奴婢数量最多时也只占人口的三十分之一(据钱穆)。没有出现过标准的封建社会,中央政府至弱之时,郡县官僚制也从未解体,采邑割据形不成大势。更没出现过标准的资本主义社会,尽管明清两代的商业繁荣曾雄视全球,但"红顶商人"们亦官亦儒亦侠,怎么看也不像是欧洲的中产阶级。这样数下来,欧洲知识界有关社会进步的四阶或五阶模式,没有一顶帽子适合中国这个脑袋,于是马克思只好留下一个"亚细亚生产方式"存而不论,算是留下余地,不知为不知。

说到制度模式,中国似乎只有"自耕小农/官僚国家"的一份模糊,既无纯粹的公产制,也无纯粹的私产制,与欧洲人走的从来不是一路。从春秋时代的"井田制"开始,历经汉代的"限田法"、北魏的"均田法"等等,私田都是"王田"(王莽语),"王田"也多是私田,基本上是一种统分结合的公私共权。小农从政府那里授田,缴什一税,宽松时则三十税一,差不多是"责任制承包经营",遇人口资源情况巨变或者兼并积弊严重,就得接受政府的调整,重新计口派田,再来一次发包,没有什么私权的"神圣不可侵犯"。后来孙中山、毛泽东、邓小平的土地改革政策,也大多是国家导控之下"耕者有其田"这一均产传统的延续。

很多学者不大习惯这种非"公"非"私"的中和,甚至不大愿意了解这一盆不三不四的制度糨糊。特别是在十六世纪以后,欧洲的工业革命风云激荡,资本主义结下了甜果也结下了苦果,知识精英们自然分化出两大流派,分别探寻各自的制度公理,以规制人间越来越多的财富。

流派之一,是以"公产制"救世,这符合基督教、伊斯兰教——尤其符合犹太教的教义。作为西方主要教派,它们都曾提倡"教友皆兄弟姐妹"的教内财产共有,闪烁着下层贫民的理想之光。欧洲早期社会主义者康帕内拉、圣西门、傅立叶等,不过是把这种公产制由宗教移向世俗,其中很多人本身就是教士。接下来,犹太人马克思不过是再把它从世俗伦理变成了批判的政治经济学。显而易见,共产主义不是天上掉下来的,在某种意义上只是欧洲文化几千年修炼的终成正果,对于缺乏宗教传统的中国人来说当然有些陌生。公产制在表面词义上能与中国的"公天下"接轨,正如"自由"、"民主"、"科学"、"法制"等等也都能在中国找到近义词,但作为具体制度而不是情感标签的公产制一旦实施,连激进的毛泽东也暗生疑窦。针对苏联的国有化和计划经济,他在《政治经济学笔记》一文中曾多次提出中国还得保留"商品"和"商品关系",并且给农民留下一块自留地和一个自由市场,留下一线公中容私的遗脉。刘少奇等中共高层人士虽然也曾膜拜过公产制教条,但遇到实际问题,还是软磨硬抗地抵制"共产风",一直到八十年代后推广责任田,重启本土传统制度的思路,被知识界誉之为"拨乱反正"。

流派之二,是以"私产制"救世,这同样是欧洲文化几千年修炼的终成正果。游牧群落长于竞斗,重视个人,优胜劣汰乃至弱肉强食几乎顺理成章。在世俗领域里,不仅土地和财富可以私有,连人也可以私有——这就是奴隶制的逻辑(直到美国工业化初期还广获认可),也是蓄奴领地、封建采邑、资本公司等一系列欧式制度后面的文化背景。这种文化以"私"为基,既没有印度与俄国的村社制之小"公",也没有中国郡县制国家和康有为《大同书》之大"公"。可以想象,这种文化一旦与工业化相结合,自然会催生亚当·斯密和哈耶克一类学人,形成成熟的资本主义理论。与此相异的是,中国人有"均富"的传统,"通财货"的传统,"不患寡而患不均"的传统,最善于削藩、抑富、反兼并——开明皇帝和造反农民都会干这种事。董仲舒说:"大富则骄,大贫则忧。忧则为盗,骄则为暴。此众人之情。圣者使富者足以示贵而不至于骄,使贫者足以养生而不至于忧。"董仲舒在这里强调"众人之情",差不多是个半社会主义者,但求一个社会的均衡的安定:贫富有别但不得超出限度,私财可积但不可为祸弱小。在这样一个社会里,"中和"精神重于"零和"规则,私中寓公,以公限私,其制度也往往有一些特色,比如乡村的田土公私共权,表土为私有,底土为公有,国家永远持有"均田"的调剂权利,实际上是一种有限的土地私有制,较为接近当今的土地责任承包制。需要指出的是,这种制度可能不是实现生产集约化和规模经济的最佳安排,但它的社会效益和经济效益能花开别处:第一,使暂时无法得到社保福利的农民有了基本生存保障;第二,进城的农民工有了回旋余地,一旦遭遇经济萧条,撤回乡村便是,与欧洲当年失地入城的无产阶级有了巨大区别,不至于导致太大的社会动荡。在九十年代的亚洲金融风暴期间,很多中国的企业订单大减,但正是这种土地制度为中国减震减压,大大增强了农民工的抗风险能力,非某些学者精英所能体会。

由此看来,"共产风"曾经短命,"私有化"一再难产,这就是中国。中国的优势或劣势可能都在于此。中国知识界曾师从苏联,后来也曾师从美国,到底将走出一条什么道路,眼下还难以预料。但有一点可以肯定,中国以其独特的历史传统和文化资源,以其独特的资源和人口国情,不可能完全重复苏联或美国的道路,不可能在"姓社"还是"姓资"这个二元死局里憋死。如果说欧洲代表了人类的第一阶现代化,苏联和美国代表了人类的第二阶现代化,那么假使让中国及其他发展中国家成功进入第三阶现代化,中国一定会以思想创新和制度创新,向世人展示出较为陌生的面目。

四

从十四世纪到十六世纪,大明中国的航海活动领先全球。郑和七下西洋,航线一直深入到太平洋和印度洋,其规模浩大、技术精良几乎都远在同时代的哥伦布探险之上。首次远航,人员竟有两万八千人之多,乘船竟有六十二艘之众,简直是一个小国家出海,一直航行到爪哇、锡南及卡利卡特,并且在苏门答腊等地悉歼海盗船队。后来的几次出航的线路更远,曾西抵非洲东海岸、波斯湾和红海海口,登陆印度洋上三十多个港口。而这一切发生时,葡萄牙人刚刚才沿非洲海岸摸索着前进,直到一四四五年才到达佛得角。

不过,与欧洲航海探险家的姿态不同,郑和舰队不管到了什么地方,不是去寻找黄金和宝石,不是去掠取财富回运,而是一心把财富送出去,携金带玉大包小裹去拜会当地领袖,向他们宣扬中国皇帝的仁厚关怀,劝说他们承认中国的宗主地位。原来,他们只是去拉拉人情关系,来一把公关活动和微笑外交。出于农耕定居者们的想象,这个世界的统一当然只能以人情关系为基础,只能以"王道"而不是"霸道"为手段。

这种越洋外交后来突然中止,原因不详。历史学家们猜测,朝廷财政紧张应该是主要原因。于是中国人只好撤离大海,把无边海洋空荡荡地留给了欧洲人。意大利教士利玛窦曾对此百思不解。在纽约出版的《利玛窦日记》称:"在一个几乎可以说疆域广阔无边、人口不计其数、物产丰富多样的王国里,尽管他们有装备精良、强大无敌的陆军和海军,但无论是国王还是人民,从未想到要发动一场侵略战争。他们完全满足于自己所拥有的东西,并不热求征服。在这方面,他们截然不同于欧洲人;欧洲人常常对自己的政府不满,垂涎于他人所享有的东西。"

但这个世界没有多少人领中国这一份情。

这样的教训多了,中国的文化自信不免陷入危机,包括绝情无义就成了很多人的最新信念。尽管中国人说"事情"、"情况"、"情形"、"酌情处理"等等,仍有"情"字打底,仍有"情"字贯串,但这些都只是文字化石,已不再有太多现实意义。很多中国人开始学会无情:革命革得无情,便出现了六十年代的红色恐怖;赚钱赚得无情,便出现八十年代以后太多的贪官、奸商、刁民以及悍匪。某个非法传销组织的宣传品上这样说:"行骗要先易后难,首先要骗熟人、朋友、亲戚……"这与"文革"中很多人首先从熟人、朋友、亲戚中开始揭发举报一样,实有异曲同工之妙。传销组织的万众狂热和呼声雷动,也让人觉得时光倒退,恍若又一场"文革"正被金钞引爆。在这里,中国传统文化最核心的部位,正在政治暴力或经济暴力之下承受重击。人们不得不问:中国还是一个富有人情味的民族吗?当然,同一事物也可引出相反的问题:"吃熟"和"宰熟"之风如此盛行,是不是反而证明了中国还有太多人情资源可供利用?

所谓改革,既不是顺从现实,也不是剪除现实,正如跳高不是屈就重力但也不是奢望一步跳上月球。因此,整合本土与外来的各种文化资源,找到一种既避人情之短又能用人情之长的新型社会组织方案,就成了接下来的重大课题。

往远里说,这一课题还关联到现代化的价值选择,正如爱因斯坦所说:"光有知识与科技并不能使人类过上幸福而优裕的生活,人类有充分理由把高尚的道德准则和价值观念置于对客观真理的发现之上。人类从佛陀、摩西以及耶稣这些伟人身上得到的教益,就我来说要比所有的研究成果以及建设性的见解更为重要。"这句话表现出言者对现代化的及时反省和热切期盼。

事情已经很明白,一个不光拥有技术和财富的现代化,一个更

"善"的现代化,即更亲切、更和合、更富有人情味的现代世界,是爱因斯坦心目中更重要的目标。如果这种现代世界是可能的话,那么它最不应该与中国擦肩而过。

2001 年 9 月

＊　最初发表于 2001 年《读书》杂志,后收入随笔集《性而上的迷失》。

"文革"为何结束

对于"文革"产生的原因，社会主流似乎已有共识。有人为此会提到中国的专制主义传统，还有人会提到斯大林主义的影响，并上溯俄国大革命和法国大革命的是非功过。更多的人可能不会这样麻烦和耐心，干脆把"文革"归因于"权力斗争"或"全民发疯"，一句话就打发掉。

我们暂不评说这些结论，但不妨换上另一个问题："文革"为何结束？

既然反思了"产生"，就不能回避"结束"。既然产生是有原因的，那么结束也必有原因。如西方某些人士断言，凡暴政不可能自动退出历史舞台，必以武力除之——这就是当今美英发动伊拉克战争的逻辑。但通常被视为暴政的"文革"看来在这一逻辑之外。因为"文革"既不像晚清王朝结束于各地的造反，也不像二战时期的日本军国政府结束于外国军队的占领。粉碎"四人帮"基本上未放一枪，整个过程还算和平。标志着彻底结束"文革"的中共十一届三中全会，只是依托一场有关"真理标准"的大讨论，在一、两次会议中完成了实权转移，过渡可谓平稳。这就是说，结束"文革"是行动成本较低的一次自我更新和危机化解。

其中的原因是什么？如果说"权力斗争"和"全民发疯"，那么权争疯狂为何偏偏在这一刻停止？如果说"专制主义"或"斯大林主义"，那么这些东西为何在这一刻失灵？它们是被什么力量克服而且如何被克服？

任何转折都有赖于社会大势的缘聚则生和水到渠成。个人作用在历史进程中诚然重要，但对于一个体积庞大的国家来说，其相对的效用概率必定微小。哪怕像毛泽东逝世这种结束"文革"的重要契机，如果离开了全局各方深刻的挤压、博弈以及演化，那么很可能只意味着改朝换代的偶然，而非制度变革的必然。不仅如此，政治路线在历史进程中诚然重要，但往往需要更多相关基础条件的配置，有时甚至离不开一项生产技术的悄悄革新。比如说，如果没有七十年代前期"大化肥"和"小化肥"的系统布局建设，没有以红旗渠为代表的全国大规模农田水利建设，没有以杂交水稻为代表的良种研发和推广，纵有后来意义重大的联产承包责任制，恐怕也难有足够的农产品剩余，那么肉票、布票、粮票的相继取消，还有后来城镇人口的剧增和市场经济的骤兴，恐怕都难以想象——这一类大事不容忽略。

但这里只说及思想政治层面的两点：

新思潮的诞生

一九七六年以四五天安门运动为代表的全国抗议大潮，不是从天上掉下来的，而是民意的厚积薄发，显现出"文革"大势已去。在此之前，一九七三年广州李一哲的大字报呼吁民主，一九七四年张天民等人就电影《创业》问题"告御状"，矛头直指文化专制，此类体制内外不同的抗争早已多见。从近些年来一些最新披露的资料来看，当时全国各地都活跃着众多异端思想群落，如北京有郭路生（食指）等人组成的文学团体（见多多文），在上海（见宋永毅文）、湖北（见王绍光文）、河南（见朱学勤文）、四川（见徐有渔文）、贵州（见钱理群文）等地，则有各种地下"读书小组"从事政治和社会的批判性思考。陈益南先生著《一个工人的十年"文革"》,也提供了一份生动而翔实的亲历性见证,记录了一些工人造反派的心路历程,记录了他们思想上的迷惘和最终清醒。这些都显示出,当年的天安门事件并非孤立事件,其背后有广阔而深厚的民间思想解放运动,有色彩各异的思想者组成了地火运行。

新思潮以民主、自由、法制、人道、社会公正等等为价值核心,其产生大致有三种情形:

一是"逆反型",表现为对"文革"的硬抵抗。在"文革"的极权体制和政治狂热之下,遇罗克、张志新、林昭、刘少奇、贺龙、彭德怀一类冤假错案屡屡发生,人权灾难层出不穷,迫使很多人进入了对政治和社会体制的反思。包括共产党内不少高层人士,在"文革"前曾是各项政治运动的信奉者与追随者,习惯于服从权力的指挥棒,只是因自己后来身受其害,有了切肤之痛和铭心之辱,才有各种沉重的问号涌上心头。胡耀邦后来成为"民主"的党内倡导者,周扬后来成为"人道主义"的党内倡导者,显然与他们的蒙难经历有关。

二是"疏离型",表现为对"文革"的软抵抗。当时没有直接受到过政治迫害的更多人,也对"文革"隔膜日深和怀疑日增,是因为"文革"妨碍了他们的个人生活欲望。这些人一般没有强烈政治意识和直接政治行为,但对"文革"形成了更为广泛而巨大的价值离心力。七十年代中期出现了青年们"革命还俗"后的"自学热"、"艺术热"乃至"家具热"——上海品牌的手表和自行车也被市民们热烈寻购。湖南著名的"幸福团"由一些干部子弟组成,寻欢作乐,放浪不羁,听爵士乐,跳交谊舞,打架斗殴甚至调戏女性。作家王朔在《阳光灿烂的日子》里描写的一伙军干子弟,也接近这种个人主义、颓废主义、虚无主义的状态。这证明即使在当时执政营垒的内部,禁欲教条也被打破,世俗兴趣逐步回暖,加速了"文革"的动摇和解体。

三是"继承型",即表现为对"文革"中某些积极因素的借助、变通以及利用。"文革"是一个极其复杂的历史现象,从总体上说,具有革命理想和极权体制两种导向互为交杂和逐步消长的特征,两者一直形成内在的紧张和频繁的震荡,使解放与禁锢都有异常的高峰表现。一九六六年,毛泽东在主要政敌失势之后仍然发起运动,是"权力斗争"说难以解释的。他倡导"继续革命"和"造反有理","发动广大群众来揭发我们的黑暗面",在随后两年里甚至使大部分国民享受了高度的结社自由,言论自由,全国串联,基层自治,虽然其最终目标至今让人疑惑不解和争议不休,但民主的激进化程度足以让西方人士望尘莫及。他后来政策进退失据,反复无常,越来越陷入极权弊端的困锁,但就全社会而言,反叛精神和平等目标的合法性还是得到了暧昧的延续,如大字报等手段获得法律保护,"反潮流"精神得到政策鼓励。这一极为矛盾的状态和过程,给结束"文革"留下了活口。回荡着《国际歌》声的四五天安门运动,以及后来被取缔的"民主墙",不过是历史向前多走了半步,是"造反有理"的变体。

从这一点看,"文革"不同于一般的极权化整肃,比如一九六八年全国大乱被叫停以后,异端思潮仍在全国范围内继续活跃与高涨,与五十年代末期"反右"以后的万马齐喑大有区别。同是从这一点看,对"文革"的反对,也不同于一般的西方式民主,比如新思潮并不是对BBC或者VOA的照搬,亦无中产阶级作为社会支撑,而是一种根植于中国历史和现实中的中国特产。遇罗克、李一哲、杨曦光(杨小凯)、张志扬等知名异端人物的经历证明,他们既有"逆反型"状态,从"文革"中获得了负面的经验资源;又有"继承型"状态,从"文革"中获得了正面的思想资源——在他们的各种文本中,红卫兵或造反派的身份背景隐约可见,马克思列宁主义的理论遗传明显可见。

正因为如此,有很多研究者认为"文革"中没有民主,至少没有真正的民主,因为所有造反都是在服从中央"战略部署"的前提下进行,而且即使是异端思潮也往往带有红色的话语胎记。这些说法不无道理。不过历史从来不是发生在无菌箱里,民主从来没有标准范本。俄国叶卡捷琳娜的启蒙,是有专制前提的启蒙。法国拿破仑的改革,是有专制前提的改革。人们并没有因此而一笔勾销历史,并没有对他们的启蒙或改革视而不见。古希腊的民主制与奴隶制两位一体,从来都不乏劣迹和伤痛,但后人并没有说那不是民主。"文革"其实也是这样,"尊王奉旨"是一方面,革命旗号之下的一题多作和一名多实,作为某些书生最难看懂的历史常态,是不可忽略的另一方面。在这后一方面,反叛精神和平等目标既然有了合法性,就固化成一种全社会的心理大势,如同一列狂奔的列车,脱出极权轨道并非没有可能。回顾当时众多异端人士,我们即使用西方某些最傲慢和最挑剔的眼光,也不能因为他们有一个红色胎记,就判定他们与民主无缘。

"文革"结束多年以后,市场化进程中冒出很多群体事件。工人们或农民们高举毛泽东的画像,大唱革命时代的歌曲,抗议有些地方的贫富分化和权力腐败,怀念着以前那种领导与群众之间收入差别很小的日子,甚至是粮票一样多和布票一样多的日子。作为"文革"的遗产之一,这种"怀旧"现象引起了广泛争议,很难被简单化地全盘肯定或全盘否定。也许,这种"后文革"时代社会思潮的多义性,在一定程度也正好重现了"文革"时代社会思潮的多义性,为我们留下了一面检测历史的后视镜。

旧营垒的恢复

"文革"中的某些激进派曾抱怨毛泽东没有"彻底砸烂旧的国家机器",对"官僚主义阶级"过于软弱和姑息(见杨小凯一九六七年文)。这从反面泄露出一个事实:由党政官员以及大多知识分子组成的上层精英群体,当时虽然受到了重挫,但并没有消灭,甚至没有出局。事实上,正像陈益南在书中描写的那样,在一九六八年到一九六九年全国恢复秩序之际,受到冲击的党政官员在各级"三结合"的权力重组中构成了实际性主体,并没有全部下台。即使是下台的党政官员和知识分子,在一九七二年以后,经过一段时间下放劳动,也大多陆续恢复工作,重新进入了国家机器。这些富有政治能量和文化能量的群体在红色风暴之下得以幸存,是日后结束"文革"的重要条件。

二十世纪是"极端年代"(史学家霍布斯鲍姆语),冷战政治双方都具有多疑、狂热以及血腥的风格。苏联当局在大肃反期间先后处决了中央委员和候补委员中的大半,苏军元帅的大半,还有苏军其他高官的大半,包括十五名军区司令中的十三名,八十五名军级干部中的五十七名。六十年代的印尼政变受美国、英国、澳大利亚官方的支持,先后共屠杀了近百万左翼人士,光是美国驻印尼大使亲手圈定的捕杀对象就多达数千。街头的割头示众时有所见,军人与穆斯林极端组织联手,在两年之内每天至少杀害共产党嫌疑分子一千五百多人。[1] 作为这个血淋淋世纪的一部分,中国的"文革"也出现大量非正常减员。一时间人命如草,一部分是国家暴力所为,一部分是国家失控时的民间暴力所为——但作为长期意识形态熏陶的结果,后一种暴力仍暴露出体制的必然性,与其他暴力共同构成了极权化过程中最黑暗和最血腥的一页。

不过,就大面积的情况而言,混乱与血腥并不是当时事实的全部。红卫兵"联动"组织的打杀行为受到了司法追究,广西、湖南、江西等地少数农村的打杀风潮被军队紧急制止和弹压——这一类故事并非不值一提。一大批精英恢复名誉(如陈毅等),或者恢复权力(如邓小平、万里、胡耀邦等),也并不是发生在"文革"终结之后。这些有别于苏联和印尼的现象,这种有生力量的大批保全甚至奇妙地复出,是受益于革命时期"不虐待俘虏"的政策传统延续?抑或也得助于中国社会深层"中庸"、"和合"的柔性文化传统遗存?……这些问题对于史家而言,也许不能说多余。

---

[1]　见澳大利亚《悉尼晨报》1999 年 7 月间 Mike Head 的连续报道文章及档案材料公布。

"要文斗不要武斗","团结干部和群众两个百分之九十五","一个不杀大部不抓"等等,是针对这些人的官方律令。有意思的是,在多年来的主流性"文革"叙事中,这些律令在有些地方、有些时候的名存实亡被大量泼墨,在有些地方、有些时候的大体有效却很少落笔入文。正如同样是二十世纪的史实,苏联的红色恐怖几乎家喻户晓,而印尼的白色恐怖却已销声匿迹——这很难说是舆论的正常。其实,基本的事实之一是:如果中国也成了苏联或印尼,如果邓小平等大批高层人士像季诺维也夫、加米涅夫、托洛茨基、布哈林、皮达可夫一样死于杀戮,或者被某个外国大使圈入捕杀名单,他们后来就不可能成批量地出山,结束"文革"的时间就必定大大后延。

从事后的回忆来看,上层精英们谈得最多的"文革"经历是"下放"——这包括党政官员和知识分子贬入下层任职,或者直接到农村、工厂、"五七干校"参加学习和劳动。近两千万知识青年的上山下乡也是与此相关的放大性安排。

"下放"无疑具有惩罚功能。当事人的社会地位降低,还有歧视、侮辱、恐惧、困苦、家人离散、专业荒废等伤害也往往随之而来。这种经历大多逼出了当事人对"文革"的合理怨恨,成为了他们日后投入抗争的心理根源。可以想象,当这些人冤屈满腔的时候,专案组的阴冷和大字报的专横是他们的唯一视野。自己曾一度追随潮流投身批斗的壮志豪情,不一定能长存于他们的记忆。至于合作医疗、教育普及、文化下乡、自力更生、艰苦奋斗等革命亮点,更难进入他们的兴奋。这里有回忆视角的逐步位移和定向,不易被后来的文本检阅者们察觉。

在另一方面,除了少数人遭遇遣返回乡或拘捕入监,就标准定义下的"下放"者而言,其绝大多数保留干籍甚至党籍,保留全薪甚至高薪——这在大批当事人后来的回忆录中都有不经意的泄露,但不一定成为他们乐意讲述的话题。对比《往事并不如烟》一书中受难者们忙着化妆、看戏、赴宴的"往事",此时的厄运当然已经够苦了,但这毕竟使"下放"不太像惩罚,不过是浅尝困苦时的过敏和夸张。在更大的范围里,灰溜溜的大多数"下放"者也仍然不失民众的几分尊敬,几分羡慕、巴结乃至嫉妒。他们仍然构成了潜在的社会主流,不过是在重获权力之前,经历了一次冷冻,接受了一次深入底层的短期教育。当局似乎想以此调整社会阶层结构,强迫上层精英与下层民众融合,尝试革命化"五七道路"的可能。在一次已经失败的民主大跃进以后,这无异于又来一次削尊抑贵的民粹大跃进,在世界史的范围内同样令人目瞪口呆。

但与当局的估计相反,民众对革命并无持久感恩的义务,倒是对极权弊端日渐厌倦与不满,物质和文化欲求也与禁欲化的强国路线尖锐冲突。民众不但没有使"下放"者受到拥护"文革"的再教育,反而给他们输入了怀疑和抵触现实的勇气。"下放"所带来的丰富经验,更使他们在日后的抗争中富有生机活力。以文学为例:作家们在批判"文革"的文学解冻中,大多有"为民请命"的姿态,即便是个人化的表达,也大多与农民、工人、基层干部心意共鸣,显示出广阔的人间关怀和社会视野。即便这种视野也有个人情绪滤镜下的某种变形,但它至少把下层民众始终当作了同情、感激、崇敬、怀念的对象,就像电影《牧马人》所表述的那样。这与九十年代以后文学中较为普遍的自恋和冷漠,形成了明显的对照。九十年代的批判似乎还在继续甚至正在深化,但有些文学精英一旦把"下放"过程中所积蓄的思想情感释放完毕,兴冲冲的目光就只能聚焦粉面和卧房,顶多再回望一下门第和权位,比如对"最后的贵族"一类话题津津乐道,比如在报刊上制作出喜儿嫁大春是错失致富良机的笑料——他们情不自禁地把社会等级制重建当作辉煌目标,与民众的阶层鸿沟正在形成。显然,事情到了这一步,与"文革"后期那些与民众紧密结盟的下放者相比,这些精英的批判是否正在变味、走形乃至南辕北辙?倘若他们所向往的阶层鸿沟进一步扩大,倘若摆脱极权主义锁链的结果,只是要让社会中、下阶层落入极金主义的囚笼,民众对革命乃至"文革"的怀念冲动会不会如期到来?

执政当局在"文革"中低估了民众的不满,更低估了精英们在表面服从后面的不满,以中外历史上罕见的"下放"运动加速了自己的失败。当精英从民众那里一批批归来,当他们的名字开始陆续重现于报刊和会议,"文革"的反对派实际上已经出炉成剑,已经形成了体制内的力量优势,而且遍布政治、经济、文化、科技、教育、外交等各种重要岗位。此时新思潮已经入场,新中有旧。旧营垒已经复位,旧中有新。各种社会条件出现了复杂的重组,貌似强大的"文革"已成残破的蛹壳。一九七四年以后的"批林批孔"和"反击右倾翻案风"力不从心,到处受到阳奉阴违的抵制,已经预示了一个朦胧若现的结局。一旦时机到来,改革领袖就可以顺从和借重民意,以实现中国的四个现代化为号召,以四五天安门运动为依托,第一打民意牌,第二打实践牌,从而形成马克思主义化的巨大道德威权和政治攻势。在这一过程中,他们没有另起炉灶,而是利用现存制度资源和制度路径。比方逮捕"四人帮"和挫败上海方面的割据图谋,是利用"下级服从上级"的集权原则——华国锋是当时最高领导,全党全军全国都得服从。比如召开十一届三中全会,则依据"少数服从多数"民主原则——"凡是派"当时尽管掌握了党、政、军几乎所有的最高职位,但不得不尊重全会多数人的意志,向务实改革派交出实权。

这一套"民主集中制",是一种时而集权时而民主的弹性做法,与其说是制度,不如说更像是制度的未成品,有时甚至是非制度的应急运动。如果说它曾被有效地用来应对过救亡和革命的难局,但并没有阻止过"文革"灾难的发生,最终还出现了强权化和极端化的恶变,让人们余悸难泯和暗虑难消。因此,旧营垒在成功结束危机以后,如果还要继续往前走,如果要承担一个人口大国全面振兴的全新使命,就不得不面对制度建设和制度创新的巨大难题。

这个难题留给了未来。

结语：不难理喻的"文革"

对"文革"的简单化叙事几乎积重难返。很多新生代和外国人被某些"伤痕"式作品洗脑以后，说起中国的"文革"，只能倒抽一口冷气，摇头瞪眼地惊叹"不可理喻"。这恰好证明当今主流性"文革"叙事的失败。理喻是什么？理喻就是认识。我们需要自然科学，正是因为自然科学能把种种不可理喻的自然现象解说得可以理喻。我们需要人文社会科学，正是因为人文社会科学能把种种不可理喻的人文社会现象揭示得可以理喻——我们决不可把"文革"越说越奇，越说越怪，越说越不可理喻，再把这个认识黑洞当作自己大获成功的勋章。

"文革"是上十亿大活人真实存在的十年，是各种事变都有特定条件和内在逻辑从而有其大概率的十年，决不是一堆荒唐的疯人院病历再加一个离奇的宫廷斗争神话。只要不强加偏见，只要不扭曲记忆，一个贫穷大国急切发展中的多灾多难，就不会比我们身边任何一种爱或者恨更难于理解，不会比我们身边任何一位亲人或邻居更难于体会——从根本上说，他们非神非妖，"文革"就是由这些活生生的人来参与和推动，并最终予以怀疑和终结的。今天，"文革"已经结束三十年了，已经退到可供人们清晰观察的恰当距离了。我们需要更多视角与立场各异的作者，来拓展和丰富对"文革"的叙事，还"文革"中国一个不难理喻的面貌。这样做，可能会增加批判"文革"的难度，但只会使批判更加准确和有力，成为真正的批判。

彻底否定"文革"，是多年来的官方政策和主流观念，自有不算恩怨细账和调整全局战略的好处。换句话说，这种否定如果意在根除极权体制及其种种弊端，那么再怎样"彻底"也许都不为过。即使当事人有点情绪化，也属于人之常情。但这样做如果只意味着迁就于思维懒惰，意味着划定学术禁区，对十年往事格讳勿论、格禁勿论、格骂勿论，那么一种妖化加神化的两极叙事,一定会造成巨大的认识混乱和认识隐患。长长十年中与极权关系不大的事物(如惠民的创制和强国的建设),对极权给予磨损、阻滞、演变以至克服的事物(如启蒙的民主和革命),就可能成为连同病毒一起灭亡的宝贵生命,而结束"文革"的生动过程和历史意义就会永远空缺。这种历史上似曾相识的偏执论竞赛并不光荣。它不仅会给某些空幻和夸张的红色"怀旧"之潮伏下诱因,更会使人们在西方冷战意识形态面前未战先乱,自我封嘴,盲目跟潮,丧失自主实践的能力。

正是在这个意义上,"文革"长久处于不可理喻的状态,就会成为一截粗大的绝缘体,无法接通过去与未来。这块绝缘体一定会妨碍人们认识"文革"前半个世纪的革命——"文革"就是从那里逐渐生长出来的;也一定会妨碍人们认识"文革"后的近三十年的改革开放——"文革"是后续历史不可更换的母胎,孕育出后来各种出人意料的成功和突如其来的危机。

当中国正成为一个世界性热门话题之际,"文革"是绕不过去的,更不应成为二十世纪以来国情认知迷宫前的一把锈锁。

2005 年 7 月

* 此文最初发表于 2006 年《开放时代》杂志与《今天》杂志,为陈益南《青春无痕——一个工人的十年"文革"》(香港中文大学出版社)代序,已译成英文发表。

民主:抒情诗与施工图

　　"民主"仍是一个敏感的词,被有些人说得吞吞吐吐——只有美国总统布什这样的人才把"民主价值"和"民主联盟"当一碗饭,走到哪里就说到哪里。

　　这也难怪,民主的概念与体制本是西方所产,从游牧时代一直延伸到工业化和信息化时代。那里的民主虽一度与古代的奴隶制相配套,一度与现代的殖民主义相组合,但毒副作用大多由民主圈之外的弱势阶级(如奴隶)或弱势民族(如殖民地人民)消化,圈内很多人感受不会太强烈。他们即便也痛苦过、危机过、反抗过,但堤内损失堤外补,圈外收益多少可有助于减灾止损。就一般情况而言,他们更多的印象来自官吏廉能、言论自由、社会稳定、经济发展等圈内的民主红利,有足够理由为民主而骄傲。有机构宣布:世界上前十位最廉政国家中有九个实行民主制。仅此一条,就不难使民主成为很多人的终极信仰乃至圣战目标——十字军刀剑入库以后,民主义军的炸弹不时倾泻于外。

　　后发展国家似乎有点不一样。它们移植民主既缺乏传统依托,也没有役奴和殖民等外部收益以作冲突的回旋余地,各方一较上劲就只能死嗑。一旦法制秩序、道德风尚、财政支持、教育基础等条件不到位,民主大跃进很可能加剧争夺而不是促进分享。小魔头纷起取代大魔头,持久的部落屠杀、军阀割据、政党恶斗、国家解体和管治崩溃,成了这些地方的常见景观。迄今为止,二十世纪一百多个"民主转型"国家中的绝大多数,一直在民选制和军政府之间来回折腾,在稳定与民主面前难以两全,前景仍不明朗。自以为民主了的俄罗斯、新加坡等不入西方政界法眼,蒙受一次次打假声讨。靠全民直选上台的巴勒斯坦哈马斯政府更被视为恐怖主义。中国一九一一年至一九一三年的民主,引发了时旷日久的混乱与分裂,后来靠多年铁血征战才得以恢复稳定和统一国家。一九六六至一九六八年的红色民主同样导致灾难,最后借助全面军管和反复整肃才收拾残局。毫无疑问,很多过来人对此心存余悸,对民主化的性价比暗自生疑。民主教练们虽然硬在一张嘴,硬在台面上,实际上也经常无所适从。美国就支持过皮诺切特(智利)、苏哈托(印尼)、马科斯(菲律宾)、佛朗哥(西班牙)、索莫查(尼加拉瓜)等多个独裁者。据前不久《国际先驱导报》报道:当伊拉克的爆炸此起彼伏,美国纽约大学全球事务中心的智囊们立刻向政府建言:必须在伊拉克建立独裁。

大多后发展国家似乎一直是民主培训班的劣等生和留级生?是这些地方的专制势力过于强大和顽固吗?是这些地方缺少足够的物质资源和杰出的民主领袖?抑或这些野蛮人从来就缺少民主的文化遗传乃至生理基因?……

这些问题都提出过的,是可以讨论的,然而误解民主也可能是原因之一。

误解源自无知,源自操作经验太少,源自很多人只是在影视、报纸、教科书、道听途说中遥望梦中天国,对具体实践十分隔膜。这些误解者最可能把民主当成一首抒情诗而不是一张施工图,缺乏施工者的务实态度、审慎研究、精确权衡、不断总结经验的能力,还有因地制宜除弊兴利的创造性思考。一般来说,抒情诗多发生在大街和广场,具有爆发力和观赏性,最合适拍电视片,但诗情冷却之后可能一切如旧。与此不同,施工图没有多少大众美学价值,不能给媒体提供什么猛料,让三流演艺明星和半吊子记者使不上什么劲。它当然意味着勇敢和顽强的战斗,但更意味着点点滴滴和不屈不挠的工作,牵涉到繁多工序、材料以及手艺活,任何一个细节都不容人们马虎——否则某根大梁的倾斜,一批钢材或水泥的伪劣,可能导致整个工程前功尽弃。

成熟施工者们还必明白物性万殊和物各有长的道理,不会用电锯来紧固螺丝,不会将水泥当作油漆,更不会坐在沙滩上坐想高楼。这就是说,他们知道民主应该干什么,能够干什么,知其短故能用其长。

作为管理公共事务的现有民主,其实也有力所不及之处,有一用就可能出错的地方:

涉外事务——用民主治理内部事务大多有效,反腐除贪、擢贤选能,伸张民意等是人们常见的好处。但一个企业决议产品涨价,民主时往往不顾及顾客的钱包。一个地区决议建水坝,民主时往往不顾及邻区的航运和灌溉。一个个国家的民选议会还经常支持不义的对外扩张和战争。对印第安人的种族灭绝就曾打上入侵者或宗主国的民主烙印。二十世纪的两次世界大战也曾得到民主声浪的催产:一旦议员们乃至公民们群情激奋,本国利益最大化顺理成章,一些绥靖主义或扩张主义的议案就得以顺利通过民主程序,让国际正义原则一再削弱,为战争机器发动引擎。其实,这一切并非偶然事故,与其归因于小人操纵民意,毋宁说是制度缺陷的常例。民主者,民众做主也,意指利益相关者平等参与公共事务的管理。如果这一界定大体不错,那么以企业、地区、民族国家等等为单元的民主,在处理涉外事务方面从一开始就违背这个原则:外部民众是明显的利益相关者,却无缘参与决策,毫无发言权与表决权。这算什么民主?或者说这种民主是否有重大设计缺陷?即便在最好的情况下,这种半聋半瞎的民主是否也可能内善而外恶?

涉远事务——群体如个人,追求自身利益最大化,经常表现于追求现时利益最大化,对远期利益不一定顾得上,也不一定看得明白。俄国的休克疗法方案,印度的锁国经济政策,都曾是民主的一时利益近视,所谓远得不如现得,锅里有不如碗里有,只是时间长了才显现为令人遗憾的自伤疤痕。美国一九九七年拒签联合国《京都协议书》,就是以为气候灾难与生态危机还十分遥远,至少离美国还十分遥远。美国长期来鼓励高能耗生活消费,也就是以为全球能源枯竭不过是明日的滔天洪水。较之这些远事,现时的经济繁荣似乎更重要,支持社会福利的税收增长似乎更重要。但这个民主国家的政府、议会以及主流民众考虑到十年、二十年、三十年以后的美国了吗?——那时候的美国民意于此刻尚待初孕。考虑到美国的子孙后代了吗?——那时候的美国人在眼下更不可能到场。于是,又是一大批利益相关者缺席,接下来却无辜承担另一些人短期行为的代价,再次暴露出民主与民本并不是准确对接。正是为了抗议这一点,一些生态环境保护会议的组织者最喜欢找一些儿童来诵诗、唱歌、发表宣言、制定决议。从某种意义上说,这种象征性的儿童参政不过是预报未来民意的存在,警示民主重近而轻远的功能偏失。

涉专事务——民众常有利益判断盲区,就算是民意代表都高学历化了,要看懂几本财政预算书也并非易事,更遑论其他。真理常常掌握在少数人手里,远见卓识者在选票上并不占有优势,特别是在一些涉及专业知识的话题上,如果不辅以知识教育与宣传的强力机制,那么民主决策就是听凭一群外行来打印象分,摸脑袋拍板,跟着感觉走。由广场民众来决定哲学家苏格拉底的功罪,由苏维埃代表来决定沙皇和地主的生死,由议会来决定是否修一座水坝或是否大规模开发生物能源,这样的决策并无多少理性可言,不过是独裁者瞎整的音量放大。不久前,中国一次"超女"选秀大赛引起轰动,被一些外国观察家誉为"中国民主的预演"。有意思的是,能花钱和愿花钱的投票者能否代表民众,在多大程度上代表民众,并非不成为一个问题。更重要的是,对文艺实行"海选"式大民主,很可能降低社会审美标准,错乱甚至倒置文明的追求方向。文艺如同学术、教育、金融、法律、水利或能源的技术,有很强的专业性,虽然也要适度民主,但民主的范围和方式应有所变通。对业内很多重大事务(自娱性群众文艺活动一类除外)的机构集权似不可少——由专家委员会而不是由群众来评奖、评职称、评审项目,就是通常的做法;用对话协商而不是投票的方式来处理某些专业问题,也是必要的选项。专家诚然应尊重群众意见,应接受民众监督机制,但如果放弃对民众必要的引导和教育,人民就可能异变为"庸众"(鲁迅语),民意就不是时时值得信任。否则孔子就会不敌超女,《红楼梦》就会被变形金刚覆盖,色情和迷信网站就可能呼风唤雨为害天下。也许经历过不少痛苦经验,柏拉图一直主张"哲学家治国",在《理想国》一书中认定民主只会带来大众腐败,带来"彻底的价值虚无"(no one of any value left)。《论语》中的孔子强调"上智下愚",与商鞅"民不可与虑始而可与乐成"一说相近,把希望仅仅寄托于贤儒圣主。他们的精英傲慢令人反感,天真构想不无可疑,但他们承认民众弱点的态度却不失几分片面的诚实,至少在涉专事务范围内可资参考。人们在"文革"期间质疑工宣队和农宣队全面接管上层建筑,在市场化时代质疑用市场(包括部分工农兵在内的消费者)来决定一切,特别是决定人文与科学的价值选择。他们只是受制于某种时代思想风尚,不敢像古人那样把零散心得做成理论,说得那么生猛和刺耳。

按照现代的某种标准,柏拉图和孔子是严重的"政治不正确"。新加坡李光耀先生主张"精英加权制"(一人五票或十票)同样是严重的"政治不正确"。这样私下想一想尚可,说出口就是愚蠢,就是自绝于时代——不拍民众的马屁,岂不是自己制造票箱毒药? 一个公众人物的政治表态如何能这样业余和菜鸟? 贵族统治时代早已成为过去,思维与言说的安全标准须随之改变。眼下无论左翼或右翼的现代领袖,无论他们是高喊"人民万岁"还是高喊"民主万岁",其实都是挑人多的地方站,自居民众公仆的角色,确证自己权力的合法性。这当然没错。民众利益确实是不可动摇的普世价值基点,是文明政治的宗旨所系,是一切恶政和暴政终遭天怨人怒的裁判标尺。但有一些他们经常含糊其辞的话题还需要提出：

民众利益与民众意见是不是一回事？

民主所释放的民众意见又是不是可靠的民众意见？或者怎样才能成为可靠的民众意见？

这是一些基础性的哲学问题，民主的施工者们无法止步绕行。

美国前副总统戈尔算得上一个政坛老手。在不久前出版的《对理性的侵犯》一书中，他指出"铅字共和国"正在被"电视帝国"侵略和占领，电子媒体已可以成功对民众洗脑，"被统治者的同意"正逐渐成为一种商品，谁出价最高，谁就可以购买。据他回忆，他的竞选班子曾建议投放一批电视政治广告，并预计这笔钱花出去以后，他的支持率可以提高几个百分点。他开始根本不相信这种计算，但叫人大跌眼镜的是，有钱能使鬼推磨，后来的事实完全证明了他是错的而助手们是对的——一张张支票开出去以后，支持率不多不少果然准确上升到了预估点位，民众的理性竟然如期被逐一套购。人们不难看出，这个时代已用电视取代了竹简，已用光缆取代了驿道，很多人的大脑不过是一些电子声色容器，民意的原生性和独立性易遭削弱，民意的依附性与可塑性却正在增强。在很多时候，政治就是媒体政治，民意可以强加给民众，由权力和金钱支配的媒体正在成为庞大的民意制造机，"可以在两周之内改变政治潮流"（戈尔语）。不仅如此，组织集会造势是要花钱的，雇请公关公司是要花钱的，"涮楼"（港台语）拜票是要花钱的，延揽高人来设计候选人的语言、服装、动作、政策卖点等等也是要花钱的……美国总统竞选人都必须是抓钱能手，必须得到财团、权贵、部分中产阶级等有效出资者的支持，手里若没有一亿美元的竞选资金，就只能死在预选门槛之外。一个中国的贪官也看懂了其中门道，因此贪污千万却一直省吃俭用家贫如洗。据他向检察机构交代：他积攒巨资的目的就是为了有朝一日投入竞选（见海南省戚火贵案相关报道）。可以想象，如此高瞻远瞩的贪官在中国何止一二？他们都已明白：只要大家都爱钱，烧钱就是购买民主的硬道理。在一个社会资源分配不均的情况下，在专制者几乎都转型为资产者的情况下，"一人一票"的民主原教旨已变成"N 元一票"的民主新工艺。

政教合一结束以后，不幸有金权合一来暗中补位。选民们放弃投票的无奈和冷漠流行病一般蔓延，是这一事态的自然结果。

人们就不能采取更积极一些的反抗么？比方说用立法来限制各种政治、资本、宗教势力对媒体的控制？比方说限制主流媒体的股权结构和收入结构，从而确保它们尽可能摆脱金钱支配，尽可能体现出公共性和公平性？……再不济，用古希腊亚里士多德最为赞赏的"抽签制"（某些基层社区已经用这种方式来产生维权民意代表）来替代选举制，是否也能多少稀释和避开一点劣质民主之害？

遗憾的是，现代社会殚精竭虑与时俱进，不断改进对金融、贸易、生态、交通、玩具、化妆品、宠物食品的管理，MBA 大师满街走，法规文本车载斗量，但不论是民主行家还是民主新手，在政治制度创新方面都经常裹足不前和麻木不仁。一般来说，找一个万能的道德解释，视结果顺心的民主为"真民主"，视结果不顺心的民主为"假民主"，成为很多人最懒惰也最便利的流行判断，差不多是一脑子糨糊的忽热忽冷。权势者更不愿意展开相关的制度反思和政治辩论——因为这只能使貌似合理的现存秩序破绽毕露，使权力合法性动摇，危及他们的控制。他们更愿意在"民众神圣"一类慰问甜点大派送之下，继续各种熟练的黑箱游戏。

民众并不是神，并无天生的大爱无私和全知全能。因此理性的民意需要培育和保护，需要反误导、反遮蔽、反压制、反滥用的综合制度保障，才能使民主不被扭曲，从而表现出相对于专制的效益优势：贪腐更少而不是更多，社会更安而不是更乱，经济更旺而不是更衰，人权更能得到保护而不是暴力横行性命难保……特别是在涉外、涉远、涉专等上述事故多发地带,原版民主的制度修补不容轻忽。从更高标准来看,一个企业光有董事会民主和股东会民主是远远不够的。更合格的企业民主一定还包括员工民主(工会和职工代表大会)、顾客民主(价格听证与监管制度)、社区民主(环境听证与监管制度)等各个层面,包括这个丰富民主构架下所有利益相关者权力与责任的合理分配,以防"血泪企业"、"霸王企业"、"毒魔企业"在民主名义下合法化。《公司法》等法规在这方面还过于粗陋。一个民族国家光有内部民主也是有隐患的。考虑到经贸、技术、信息、生态安全等方面的全球化现实,更充分的民主一定要照顾到"他者",要包括睦邻和利他的制度设计——就像欧盟的试验一样,把涉外的一部分外交、国防、金融、财政权力从民族国家剥离,交给一个超国家的民主机构,以兼顾和协调各方利益,消除民族主义的利益盲区,减少国与国之间冲突的可能性。至于欧盟与"X盟"之间更高层级的民主共营构架,虽然面临着宗教、文化、经济等令人头痛的鸿沟,但只要当事各方有足够的诚意和理性,也不是不可以进入想象。

可以预见,如果人类有出息的话,新的民主经验还将层出不穷。一种以分类立制、多重主体、统分结合为特点的创新型民主,一种参与面与受益面更广大的复合式民主,不管在基层还是全球的范围内都可以期待。作为一项远未完成的事业,民主面临着新的探索旅程。

中国是一个集权专制传统深厚的国家,百年来在体制变革方面寻寻觅觅进退两难,既受过专制僵化症之祸,又吃过民主幼稚病的亏——后者用民主之短不少,用民主之长不多,有时未得民主之利,先得民主之弊,最终结果是损害民主的声誉,动摇人们的民主信心,窒息人们对民主的深度思考,为集权专制的复位铺垫了舆论压力。中国一九一一至一九一三年与一九六六至一九六八年的民主,就是这样分别使军人铁腕成为当时的民心所向。从这一点看,专制僵化症与民主幼稚病是一体两面,共同阻滞了政治改革,使各种山大王和家长制至今积习难除。

丘吉尔有名言:民主是"坏体制中的最好体制"。尽管集权乃至专制也能带来社会稳定,也能支持经济发展①,但至少在现代社会条件下,没有民主的繁荣如同白血球不足的肥体,缺乏发展的可持续性。现代社会的复杂程度和管理量与日俱增,需要更灵便、更周密的信息传感系统和调控反应系统。一个官吏体系掌控着越来越多的国家财富和财政资源,如无民众全方位的监督和制约,必滋生很多自肥性利益集团,无异于定时炸弹遍布各处,造成"矿难恐怖主义"、"药价恐怖主义"、"污染恐怖主义"一类让人应接不暇,也使体制内忙碌的消防队成为杯水车薪。另一方面,身处一个因特网和高速公路的时代,民众的知情触角已无所不及,根本不需要什么黑客手段,就能轻易穿透任何铁幕,其相应的参与、分享、当家做主等要求如未及时导入建设性的政治管网,不满情绪一旦积聚为心理高压,就可能酿成破坏性的政治风暴。事实多次证明,任何一个再成功的现代君王也总是危险四伏。当年发展经济和改善福利并不算太差劲的罗马尼亚齐奥塞斯库君,刚被英国女王授了勋章,刚被国际社会誉为改革模范,马上就死在本国同胞的乱枪之下,不能不令人深思。

只是丘吉尔的名言还可补充,即民主不仅是"坏体制中的最好体制",而且民主本身还有问题,至少还可以更好,还需要换代升级,在一个动态过程中实现民主功能的更完善,在一个复杂世界里实现民主形态的更多样和更合用。以民主进程中后来者的身份,后发展国家缺乏传统依托,却也没有传统负担,完全可以利用后发优势,不仅参考借鉴西方的普选制、代议制、多党制、三权制等管理经验,还可以博采本土的

---

① 很多资本主义国家或地区在新兴时期或困难时期都曾借助集权或威权管制手段,如二十世纪后半期的"亚洲四小虎",又如克伦威尔时期的英国,拿破仑时期的法国,卑斯麦时期的普鲁士等。

一切制度资源,比如君权时代的"禅让"制、"谏官"制、"揭贴"制、"封驳"权等,比如革命时代的"群众路线"、"多党参议"、"民主生活会"、"职工代表大会"等,比如改革时代的"法案公议"、"问卷民调"、"网上论坛"、"NGO 参与"、"消费者维权"……这一切或多或少含有民主元素的做法,一切有助于善政的举措,都可以通过去芜存菁而得到整合与汲取,从而让人们真正放开眼界解放思想,培育出民主的本土根系,解决所谓民主"水土不服"的难题;同时也丰富和扩展民主内涵,走出有中国特色和开拓意义的民主道路,为人类政治文明建设做出独特贡献——一个文明复兴大国在追求富强的进程中理应有此抱负和责任,不可缺失制度创新的智慧。

几年前,笔者遇到一位瑞典籍学者兼欧盟官员。他说民主不仅仅是一种政体,更是一种交往习俗和生活方式。他引导笔者走进一座旧楼,参观他们主办的妇女手工活培训班、职工读书沙龙,还有社区青年的环保画展,说这都是很重要的民主。因为分裂而孤独的个人"原子"状态就正是专制的理想条件,人们只有经常在一个共同体内交流、参与以及分享,才可能增强民主的意识与能力,才可能有民意的形成、成熟以及表达,包括尽可能消解某些误导性宣传。在他看来,欧盟民主的希望与其说在于电视里某些政治秀,不如说更在于这些老百姓脸上越来越开朗而且自信的表情——他和他的同道正为此争取更多的预算、义工以及跨国性讨论。

这是一个满头银发的长者。

可惜我的几个中国同行者听不懂他的话,对捞什子手工活一类完全不感兴趣,一个个东张西望哈欠滚滚,只想早一点返回宾馆。连译员也把"民主"一词译得犹犹豫豫,好像老头说跑了题,好像自己耳朵听错了话——这些鸡毛蒜皮与伟大的 democracy 能有什么关系呢? 也许在他们看来,只有大街和广场上的激情才够得上民主的劲道。

我也曾举着标语牌走向中国和他国的大街广场,但我知道,民主要比这多得多,要繁重的深广得多。

此时的银发长者有点沮丧,已不知道该说什么好。

正是这尴尬一刻,成为本文的缘起。

2007 年 9 月

＊ 最初发表于 2007 年《天涯》杂志。

张家与李家的故事

从前有一个张家,时运不济,父亲早故,又遭火烧与水淹,家里穷得叮当响。这一家有三个儿子,都长得虎头虎脑,眨巴着可爱的大眼睛。但母亲掐指一算,全家收入只够一个人上学,于是狠狠心,将机会给了老大。

"你记住,"母亲在村口送别老大时说,"全家勒紧肚皮供了你一个。你在城里好好读书,若有出头之日,不要忘了两个兄弟。"

老大咬住嘴唇,点了点头。

留下来的老二、老三虽然有些失落感,偷偷叹一口气,但也没有多言。他们觉得事情别无选择,于是按母亲的安排,一个去种地,一个去砍柴烧炭,都干得十分卖力。他们知道,只有多挣钱,让大哥学业有成,才能带回全家的希望。

如果这个村子里人都穷,大家会觉得这事顺理成章。不巧的是,这村居然还有个李家,牛肥马壮,地广田多,还开了榨房和染房,高门大宅里经常飘出肉香。他家三个儿子都在城里上学,遇到学校放假,便穿着皮鞋、戴着墨镜、哼着小曲回了村。这就有了点麻烦。比方,他们会对张家的老二、老三说:"你们只有老大去读书,这事通过了民主程序吗?"

张家两个娃娃茫然不知,面面相觑。

"你们愚蠢吗?不是。你们懒惰吗?也不是。你们是来历不明的野种吗？更不是。人生而平等。为什么只有你家老大读书，而你们在这里做牛做马？多不公平呵。"

张家老二说："我们家没那么多钱……"

"没钱不讲民主了？没钱就不讲人权了？没钱就不讲普世价值了？天外奇谈，是可忍孰不可忍。要是把你家老大读书的钱拿来平分，你们至少都可以穿上皮鞋。"

张家老三说："妈说，皮鞋没有布鞋好……"

"愚民，愚民政策！"

"我家与你家不同……"

"是不同，但最大的不同，是你们缺乏独立思考，总觉得爹妈放屁也是香的。就凭这一条，你们一辈子活该受穷。"

启蒙者恨铁不成钢，摇头叹气地走了。

张家老二倒没什么，只当一阵风过耳。倒是老三对新名词有点动心。虽不懂什么民主、人权、普世价值，但他一直暗中羡慕李家少爷们的皮鞋。想到这里，想到伤心处，他不好好砍柴烧炭了，不但对母亲拒交炭款，而且成天闹着要支钱，要查账，要分家散伙，还有宁做李家犬不做张家人一类恶语，气得母亲火冒三丈扇了他一耳光。事情到这一步，他悲屈得更有根据了，捂着脸去李家诉苦时，启蒙者看看他脸上的红肿，都十分同情和愤慨："太专制了吧？太暴力了吧？什么人家呢！"

他们对张家远远投去鄙夷的目光。

一晃好些年过去了。张家老大学业有成，果然有出息，在江湖上打下一片天地，连李家人也刮目相看，想同他联手做生意，经常请他吃吃饭，喝喝茶。但老大没忘记已故母亲的嘱托，把两个兄弟接到城里，陆续为他们找到生计，还分别盖上了房子。老二很感激，抓住老大的手忍不住一阵鼻酸："兄弟没出息，如今只能借你的光，惭愧呵惭愧。"

老大也有些鼻酸："什么话呢？当年不是你们流血汗，我也不可能有今日。我欠你们的太多。"

此时只有老三嘟嘟哝哝，对房子并不满意。在他看来，房子不够大也不够高，特别是式样不时髦，没用上琉璃瓦和大理石板。何况过去的时光不可追回，一座房子能抵消他多年来砍柴烧炭的委屈和痛苦吗？能抚平他内心中累累伤痕吗？他相信，如果当年母亲是送他读书，眼下他肯定比老大更威猛，别说几座房子，就是整个老皇宫或整个金融区，他肯定也可以买下来的。

"好日子你一直过着，大好人这下你也做了。"老三对老大冷笑一声，"你又有钱财又有善名，左右逢源，好处占尽呵。"

老大听出话中有音，说不出什么，闷闷地走了。

老大在街上遇到李家三兄弟，黑黑的脸色引起了对方注意，在一再追问之下，只好道出原委。三位老校友都同情他，大有天下精英是一家的深情厚谊。其中一位大声说："你怎么这样脑残呢？以前我邀你来入股，你不入，要省钱，原来就是要做这些傻事呵？凭什么说你欠他们的？当初你妈让你读书，肯定是你读得好，他们读得赖。退一万步——他们为什么不能自学成才？"

老大支吾："当年我是读得好一点，但话不能这样说……"

"还能怎样说？人生而自由，自由就是优胜劣汰。谁落后，谁活该。谁受穷，谁狗熊。"

"你言重了，老三今天只是对房子不太满意……"

"那是仇富，想吃大锅饭。"

"我去想办法把房子再做好一点就是，他不就是要琉璃瓦么……"

"可怜人自有可恶之处，你连这个道理都不懂呵？你这是保护落后，鼓励懒惰，支持腐败！"

"……"

李家三兄弟还说了一大堆，包括人情网、大锅饭、道德理想主义十恶不赦，祸国殃民，完全违反普世价值等等。这些话听上去不无道理，让老大思前想后，几天来无心茶饭。

李家人这样说说也罢了,要命的是张家老大有一个儿子,还未学成立业,就在歌舞厅同李家三位爷混出一个熟,听来听去也动了心,每次回家就埋怨父亲是木瓜脑子,跟不上时代潮流。这儿子早就不喜欢两个叔叔,觉得这两个臭乡巴佬,特土气,特笨蛋,特不要脸,简直是血吸虫。如果不是给他们找生计盖房子,父亲对儿子何至于这样出手小气?别说名牌的球鞋和手表,恐怕早给他一台红色法拉利的车钥匙了吧?

他把李家的说辞照搬一大堆,见父亲仍默然无语不为所动,便跺着脚威胁:"那好,你既无情,我就不义。你把银行存折交出来,我同你分家,从此井水不犯河水。"

"你反了你?"

"你心里没我这个儿子,我心里就没你这个爹。"

"你姓张,你是张家人,这是你的家!"

"我爱这个家,可谁爱我呢?实话同你说,我明天就到李家做儿子去!"

父亲脸色大变,一时胸堵气结,扇了儿子一耳光,把他扇到墙角去了。事情到这一步,儿子当然悲屈得更有理由了。他捂着脸去李家诉苦时,李家三兄弟看看他脸上的红肿,再次表示同情和愤慨。"太专制了吧?太暴力了吧?什么人家呢!"

他们再次对张家远远投去鄙夷的目光。

就这样,张家多年来不平静,似乎永远是个问题家庭。即使张家人后来都富裕了,体面了,出人头地了,但好吃好喝有说有笑也无法使这一家洗脱历史污名。连张家一代代后人回忆往事,也觉得脸上无光,也承认往事不堪回首,比方扇耳光肯定是不文明和反人性的吧——丢人,实在丢人呵。可耻,实在可耻呵。

至于李家以后的情况,我不知道,只能按下不表。我当然希望李家不要出现夭折,不要出现火灾和水灾,不要遭遇癌症和瘫痪,不要有人吸毒与坐牢……总之,我希望这一家诸事顺遂,洪福齐天,财务状况永远良好,千万不要出现多个孩子只有一份学费的现象,否则我不知该对他们怎么说了,更不知张家人反过来对此会怎样启蒙和拯救了。

2009 年 3 月

＊ 最初发表于 2009 年《天涯》杂志。

关于人生与道德

看 透 与 宽 容

　　谢谢你认真地阅读了我的小说，并不辞劳累地写下这些字来。文字是理性的产物。你运用文字，实际上就已经把感觉筛滤了，分解了。这样你训练了自己的理性，却损耗了自己的不少感觉。因此我不得不费力来译解你这些字，揣度你内心中那些情绪化了的意思。

　　揣度别人是很困难的。子非鱼，安知鱼之乐？甚至揣度自己也未见得容易多少。《女女女》写过这么久了，尽管我现在能尽力回忆当时写作的心境，但时过境迁，当时心境是绝对不可能再完整重现了。因此作者的回顾，事后的创作谈，能在多大程度上与实际创作情状复合，是并非不值得怀疑的。人不能把脚两次伸进同一的流水里。任何心理活动，任何创作，也许都具有"一次性"。

　　还是来谈点别的吧。你提到的禅宗、东方神秘主义等等。我知道，在现在一些文学圈子里，谈佛谈道颇为时髦。我并不认为研究宗教——这一份灿烂丰厚的文化遗产——对于作者来说是不必要甚至是很危险的，也不认为宗教作为一种精神鸦片将很快消亡。只要人类还未能最终驾驭自然和人类自己，还不能铲除杜绝人类一切刺心的人生矛盾，人类的灵魂深处就还会隐着某种不宁和茫然，就还会有生成宗教的基础。即便是一种精神鸦片的麻醉作用，对于某些缺乏勇气和力量来承受痛苦的人，要麻醉就让他们麻醉吧。这样做不是很人道吗？不就是医生们常干的事吗？但我对宗教又不无怀疑。我不喜欢它们那些压迫生命欲望的苛刻教规,那些鹦鹉学舌人云亦云的繁琐教条,不喜欢那些关于天国和来世的廉价许诺,不喜欢那种仅仅是为了得到上天报偿这种可怜私欲而尽力"做"出来的种种伪善。康德说:道德是一种自我律令。任何迫于外界权威压力而不是出自内心的道德行为,都只是伪善。我到过一些寺院,见过一些和尚和居士,我发现某些教徒大慈大悲的精神面具后面,常常不自觉地泄露出一些黑暗:贪财嗜利,趋炎附势,沽名钓誉……也许像很多从事政治的人并不爱好政治,很多从事文学的人并不爱好文学,很多从事宗教的人也不是爱好宗教。他们没有爱,只有欲。他们的事业只是一种职业,一种谋取衣食的手段而已。香港一位大法师在他的著作里也说过,只有极少数的教徒才是真正有宗教感的。这想必是实情。

比较起来,禅宗的中国味道和现世主义色彩,使它显得可亲近一些。作为一种知识观和人生观,它包含着东方民族智慧和人格的丰富遗存,至今使我们惊羡。法无法,念无念——你不觉得这里面闪耀着辩证思想的深刻内核和基质吗?但作为教派,禅宗也有"南能北秀"一类为争正统而互相攻讦的历史,显得并不那么超脱和虚净;也有妄自尊大故弄玄虚繁文缛节大打出手,使那种清风明月似的禅境同样叠映上诸多污迹。

也许,真正的宗教只是一种精神和心智,一种透明,一种韵律,一种公因数,它的任何外化和物化,它对任何教派的附着,都只能使它被侵蚀被异变。于是我不愿意接受任何现实的宗教活动。

但我能理解很多作者对宗教的兴趣。在我看来,这种兴趣表现了他们创造现代新人格新智慧的急迫追求。他们处于改革的动荡之中,处于中西文化撞击的隘口,身后是残破的长城和一片暖土,前面是大洋那边的陌生的摩天大楼和滚石乐中的吸毒——到底选择什么?这当然是似乎很学究气的问题。在西方,从嬉皮士到雅皮士,从理想主义的否定到现实主义的肯定,从愤世嫉俗玩世不恭到温文尔雅舒服安闲,很多青年人终于接受现实而变得安宁起来了。他们就这样活下去。但问题就这样一劳永逸地解决了吗？没有。西方叫嚣似的滚石乐，使我们听到了他们某种需要充实和慰藉的心灵躁动。而更重要的问题当然还在于我们自己，我们当上嬉皮士或雅皮士，就够了么？

历史赐予厚爱，让中国人付出数倍于其他民族的代价来重建人生。很多朋友已经学会了"看透"。在他们犀利的调侃、反讽、刻薄面前，一切故作姿态的说教者都免不了冷汗大冒，一切曾神圣显赫的观念都狼狈不堪。这些人总是带着有毒的眼光东张西望，既挑剔豪贵也挑剔平民，既挑剔改革者也挑剔保守者，既挑剔哲学也挑剔武侠小说，既挑剔对他们的褒奖也挑剔对他们的指责，似乎什么也满意，什么也无所谓不满意。这些文化的弃儿，强有力地反抗和消解文化，摧毁一切意识形态，包括集权主义也包括自由主义。如果撇开他们中间一些自大狂和自私狂不说，他们显然折射了民族灵魂的某种觉醒。他们的"看透"，将成为在中国复活封建专制主义的强大障碍。这种障碍不一定来自成熟的理论修养——他们不具有；不一定来自强大的组织体制力量——他们往往吊儿郎当游离组织之外。这种障碍是来自他们制造了一种流行的人生意识，来自他们对社会传统习尚、情绪、思维方式等等的一种破坏式检验。就这个意义来说，我觉得他们客观上并没有出世和消极，而且以另外一种方式参与了社会，推动了社会的前进。

但从主观上来说，他们中间某些人确是经常宣布要出世或玩世的，经常预告要消极的，有的甚至以自大自私为荣，以承担责任为耻。这些人享受朋友的帮助但转脸就嘲笑友情，一边挥霍建设的成果却一边鄙弃建设，他们肆无忌惮地刻薄一切人之后又经常抱怨得不到他人的理解，他们骂倒一切传统的作品之后又经常为捍卫自己的作品与更激进的作者争个面红耳赤。对这些家伙，我们唯一可做的事似乎就是拨开他们那些油嘴滑舌或慷慨激昂，也来"看透"一下他们，看一下他们那种矫饰或坦露的狭小胸怀、浅薄思维以及小霸主、小法西斯分子的人格素质。西德作家伯尔说:将要进入自由的人必须作好思想准备,学会如何运用自由,否则自由会把他们毁灭的。伯尔这句话似乎是对中国现实的预见。我们某些同胞至今还未体会到,自由是对自己的尊重,也是对他人的尊重;是对自己的解放,也是对他人的解放。那种不负任何责任的自由,不是现代公民的自由,而只是封建帝王的自由——即使这个帝王穿上了牛仔裤在大街上哼着小调,但他屁股上的传统烙印仍让人恶心。

　　没有把看透也看透,实际上没透。正如有些朋友什么也不在乎,实际上很在乎他们的不在乎;什么也虚无,却把这种虚无拿去说去写去唱去呻吟去叫嚣,弄得百般的实有。用禅宗的语言来说,这些人只知"无"而不知"无无",仍是执迷。

　　看透与宽容,应是现代人格意识的重要两翼。这使我想起了陶渊明,他心智的高远与处世的随和结合得十分自然。又使我想起了鲁迅,他知世故而不用世故,有傲骨而无傲气,常常知其不可而为之,只缘了"并不愿将自以为苦的寂寞,再来传染给也如我那年轻时候似的正做着好梦的青年",只缘了"聊以慰藉那在寂寞里奔驰的勇士,使他不惮于前驱"。这种真正的东方式的看透与宽容,东方式的大彻大悟大慈大悲,亦是你说的那种齐生死、等凡圣、平愚智、一有无的人生境界。

　　也许你会说,看透不就是"看破红尘"吗? 宽容不就是"普度众生"吗? 那么你是对宗教表示认同? 我觉得,如果今人的人生意识中出现了与传统宗教的相通相接之处,这是并不奇怪的。在马克思的学说中也可辨出康德、黑格尔等前人甚至古希腊哲学的基因。但我更愿意把这种心态意向称之为审美化的人生信仰。它将避免宗教那种非科学甚至反科学、非社会甚至反社会的缺陷,却能继承和发展前人对人生奥秘的探索,顺应着整个民族文化心理结构的转换,如星光把人们导出漫漫的精神长夜,导向和谐、幸福和坚强。它不会许诺终极的目标,只是昭示奋进过程本身的意义。

其实这也不是我的创见。很多前辈都说过,以后很可能用美育来代替宗教。细想是有道理的。

写上这么多,其实我多次下决心戒写这类胡言乱语。说这些,实是愚蠢之极。

1986 年 8 月

* 最初发表于 1986 年《新创作》杂志,后收入随笔集《海念》。

词 语 新 解

生活的不断丰富变化,也就有了语言的不断丰富变化。国外常有新词词典出版以跟踪动向,搜新抉奇,框定规范以方便普及流通。笔者仿其制一试,汇成若干条,意在清理个人体会,其实与语词学无关,当然也就不宜通用。

记忆——被欲望筛选或改写了的往事,能为欲望提供更多振振有词的理由。

潇洒——享受了别人善良的帮助,立即耸耸肩,指斥善良是虚伪透顶的鬼话。

浅薄——大胆行动的宝贵能源,因此历史常常由浅薄者创造,由深刻者理解。

造反——要求民众为了以后的利益,先牺牲现在的利益;要求民众为了对外争取民主,先习惯内部的不民主。

慈善主义——贵族们自我拯救的心理减肥操,对贫民们物质剥夺之后的精神剥夺。

科长——比副科长有更多机会和更多义务,对不好笑的话哈哈大笑。

门窗防盗网——良民与罪犯互换场地。

便携式电话——时下的一种荣耀,通常表示受他人役使的时间由八小时无偿地扩大至二十四小时。

家用健身器——懒惰得连大门都迈不出去的人,表示自己也爱好体育的威武物证。

名片——印上越来越多的职务头衔以强调自己缺乏自信,这一点让他人一见面就知道,而且带走备忘。

现代佛庙——(一)佛教旅游开发公司或佛道联营旅游开发公司;(二)吸收对来世幸福的投资,与股票市场差不多。

傲慢——对小人物可以傲慢,对顶头上司以外的鞭长莫及难以报复的大人物都可以傲慢,傲慢者都懂得这一条安全规则。

拜年——熟人们对日渐衰老之躯的相互年检。

闲暇——很多人最累最慌最无聊最难熬到头的刑期。

文学——花言巧语。

伪劣作家——做派最像作家的人。

作家协会——除反常的情况,通常是一些已经不写作的人代表所有作家向政府和社会要钱并把钱花掉。

后现代主义——眼下一切不好解释的文化现象都可由其统称。

人生痛苦——文化人吊膀子时的流行话题,常佐以不那么痛苦的吃喝玩乐并给你看手相。

最高智慧——说三个问题时知道哪一个是主要问题。如此而已。

阿Q——差一点火候的庄子。

美德——一种使近从者感到压抑而使远观者赞叹的精神现象,因此美德总是属于书上的古人。

孩子——使很多夫妻重新找到话题的精神救援品。

无知——被电视机培育出来的无所不知,在信息爆炸时代日渐普遍的现象。

自由——常常比专制更为可怕。自由使低能者与卑劣者暴露无遗,没有客观原因可供自我开脱和自我安慰,一切责任自己承担。

老实——弱者最后的社交资本。

　　孤独感——很想受到别人注意的感觉,并经常说给别人听。

　　A 总统——很像 A 总统的那个人。

1992 年 5 月

＊ 最初发表于散文集《夜行者梦语》。

处贫贱易，处富贵难

安乐死的问题正争议热烈，其实，未知生焉知死？我们该讨论一下安乐生的问题。

这个问题曾经不成问题。中国早有古训：安贫乐道。安贫者，得安；乐道者，得乐。安贫乐道便是获得人生幸福的方便法门。采菊东篱下，悠然见南山。晨兴理荒秽，戴月荷锄归。（陶渊明）无事以当贵，早寝以当富，安步以当车，晚食以当肉。（苏东坡）这不是一幅幅怡然自适遗世独立的君子古道图吗？不过，也许是先辈们太安贫，安得人欲几灭、功利几无，中国就一直贫下来，贫到阿Q就只能宿破庙捉虱子了。被人打，就说是儿子打老子，有精神胜利法以解嘲，充当了"安贫乐道"论的另一版本，一种退化了的遗传，最后被豪强抓去砍了脑袋。看来，富者不让贫者安乐，贫过了头就要被老太爷或八国联军欺压。要想活下去，得另外找办法。

西来的工业文明亮了中国人的眼。安贫乐道作为腐儒之论被讥嘲被抛弃被pass。贫怕了的中国人开始急切致富，而很多社会学者几乎有"发展癖"，无论左翼右翼都一齐奉"发展"为圣谕，力图让人们相信，似乎只要经济发展了即物质条件改善了，人们就会幸福的。确实，革命和建设带来了两亩土地一头牛，老婆娃娃热炕头。还带来了楼上楼下，电灯电话，"三转一响"，"新八件"，还有国民生产总值翻番的炫目前景。但是，随着物质财产神奇的增聚，随着物欲得到充分满足，厌倦作为满足的影子紧紧随后也在悄悄滋长,并繁殖出更多的心理黑暗。很多人反倒不怎么会安,不怎么会乐了。称作"文明病"的莫名焦灼感孤独感正在富起来的人群中蔓延。这些人最爱问的是:"有意思吗?"(在美国的同义语:是不是 interesting? 能不能够 make fun?)他们最常回答的,也是使用频率最高的词句之一:"没意思。"——我们在很多场合都可以听到。俭朴,读书,奉献社会,当然早成了头等没意思的事。看电视没意思,电视停了更没意思。假日闲逛没意思,辛苦上班更没意思。找个情人没意思,厮守着老婆或丈夫更没意思。他们渐渐失去了独处半日乃至两小时的能力,在闲暇里自由得发慌,只得去大街或酒吧,绷着脸皮,目光黯淡,对三流通俗歌手假惺惺的爱呵恋呵,表示漠然的向往;对这些歌手假惺惺的愁呵苦呵,表示漠然的共鸣。他们最拿手的活就是抱怨,从邻居到联合国,好像都欠了他们十万大洋。

奇怪的现象是:有时幸福愈多,幸福感却愈少。如果七十年代的一位中国青年,可以因为一辆凤凰牌自行车而有两年的幸福感,现在则可能只有两个月甚至两天。大工业使幸福的有效性递减,幸福的有效期大为缩短。电视广告展示出目不暇接的现代享受,催促着消费品更新换代的速率。刚刚带来一点欢喜的自行车,在广告面前转眼间相形见绌。自行车算什么? 自行车前面是摩托,摩托前面是小轿车……电子传媒使人们知道得太多,让无限的攀比对象强入民宅,轮番侵扰。人们对幸福的程程追赶,永远也赶不上市场上正牌或冒牌的幸福增量。幸福感就在这场疲倦不堪的追逐赛中日渐稀释。

现代新人族都读过书识过字,当然也希望在精神领地收入快感。现在简单啦,精神也可以买,艺术、情感、宗教等等都可以成为有价商品。凡·高的画在拍卖,和尚道场可以花钱定做,思乡怀旧在旅游公司里推销,日本还出现了高价租用"外婆"或"儿子"以满足亲情之需的新兴行业。金钱就这样从物质领域渗向精神领域,力图把精神变成一种可以用集装箱或易拉罐包装并可由会计员来计算的东西,一种也可以

"用过了就扔"的东西,给消费者充分的心灵满足。

是不是真能够满足?

推销商能提供人们很多幸福的物质硬件,社会发展规划也制订出钢产量、人均生产值、学校数目和病床数目等等指标。但一个人所得亲情的质与量,一个人所得友谊的质与量,一个人创造性劳动所得快感的质与量,一个人洽处和感悟大自然的质和量,一个人个性人格求得丰富美好的质与量……这些幸福所不可缺少的精神软件,推销商不能提供,也没法找到有关的计量办法、质检办法,以把它们纳入发展规划然后批量生产。正如推销商可以供给你一辆小轿车,但并不能配套服务——同时供给你朋友的笑脸或考试的成功,让你驱车奔赴。推销商可以供给你一台电话,但没法保证话筒里都流淌出友善、有趣、令人欣喜的语言,而不是气恼咻咻的吵架或哀哀怨怨的唠叨。

精神是不能由别人给予的。政客和推销商们从来在这方面无所作为,他们只能含糊其辞,或者耸耸肩,最好让大家都把这件事忘记。

苏东坡洞悉人性的窘境,早就说过:"处贫贱易,处富贵难。安劳苦易,安闲散难。忍痛易,忍痒难。"贫贱者易生焦渴,富贵者易生厌倦,二者都不是好事。但贫贱者至少可以怨天尤人,把焦渴之苦归因于外部困难的阻迫,维持对自己的信任。而富贵的厌倦之苦完全是自作自受,没法向别人赖账,必须自己承担全部责任,不能不内心恐慌。贫贱者的焦渴是处在幸福的入口之外,还有追求的目标,种种希望尚存。富贵者的厌倦则是面临着幸福的出口,繁华幻影已在身后破灭,前面只有目标丧失的茫然和清寂。这样比起来,东坡先生所言不差。难怪他常常警告自己:"出舆入辇,蹶痿之机;洞房清宫,寒热之媒;皓齿娥眉,伐性之斧;甘脆肥浓,腐肠之药。"亦如德国人尼采说的:"人生的幸运就是保持轻度贫困。"他们都对富贵瞪大了警惕的眼睛。人类虽然不必太富贵,但总是要富贵的。东坡、尼采二位的拒富仇富主义终不是积极的办法,不能最后解决灵与肉、心与物这个永恒难题。只是现代不少人富后的苦日子,不幸被二位古人言中,实是一桩遗憾。应该说,事情还刚刚开始,东西方都在较着劲干,没有人能阻止经济这一列失去了制动闸的狂奔列车。幸福的物质硬件不断丰足和升级,将更加反衬出精神软件的稀缺,对局中人构成日益增强的压力。在这个意义上,现代化不过是上帝同人类开的一个严酷玩笑,是对人类的强化考验。

苏东坡一生坎坷,但总是能安能乐。如果说陶渊明还多了一些悲屈,尼采还太容易狂躁,那么苏东坡便更有健康的光彩。他是一个对任何事都有兴趣的大孩子,是一位随时能向周围的人辐射出快乐的好朋友,是一位醉心于艺术探索、政治改革以及兴修水利的实干家——可见他的安贫不意味着反对"富"民。我每次想起他的形象,便感到亲切并发出微笑。

1992 年 10 月

---

* 最初发表于 1992 年《天涯》杂志,后收入随笔集《夜行者梦语》。

夜 行 者 梦 语

一

人类常常把一些事情做坏,比如把爱情做成贞节牌坊,把自由做成暴民四起,一谈起社会均富就出现专吃大锅饭的懒汉,一谈起市场竞争就有财迷心窍唯利是图的铜臭。思想的龙种总是在黑压压的人群中一次次收获现实的跳蚤。或者说,我们的现实本来太多跳蚤,却被思想家们一次次说成龙种,让大家觉得悦耳和体面。

如果让耶稣遥望中世纪的宗教法庭,如果让爱因斯坦遥望广岛的废墟,如果让弗洛伊德遥望红灯区和三级片,如果让欧文、傅立叶、马克思遥望苏联的古拉格群岛和中国的"文革",他们大概都会觉得尴尬以及无话可说的。

人类的某些弱点与生俱来,深深根植于我们的肉体,包括脸皮、肠胃、生殖器。即使作最乐观的估计,这种状况也不会因为有所谓后现代潮出现就会得到迅速改观。

二

有一个著名的寓言:两个人喝水,都喝了半杯水,一位说:"我已经喝了半杯。"另一位说:"我还有半杯水没有喝。"他们好像说的是一回事,然而聪明人都可以听出,他们说的是一回事又不是一回事。

　　一个概念,常常含注和载负着各种不同的心绪、欲念、人生经验,如果不细加体味,悲观主义者的半杯水和乐观主义者的半杯水,就常常混为一谈。蹩脚的理论家最常见的错误,就是不懂得哲学差不多不是研究出来的,而是从生命深处涌现出来的。他们不能感悟到概念之外的具象指涉,不能将概念读解成活生生的生命状态,跃然纸页,神会心胸。即使有满房子辞书的佐助,他们也不可能把任何一个概念真正读懂。

　　说说虚无。虚无是某些现代人时髦的话题之一,宏论虚无的人常被划为一党,被世人攻讦或拥戴。其实,党内有党,至少可以二分。一种是建设性执著后的虚无,是呕心沥血艰难求索后的困惑和茫然;一种是消费性执著后的虚无,是声色犬马花天酒地之后的无聊和厌倦。圣者和流氓都看破了钱财,但前者首先看破了自己的钱财,我的就是大家的。而后者首先看破了别人的钱财,大家的就是我的。圣者和流氓都可以怀疑爱情,但前者可能从此节欲自重,慎于风月;而后者可能从此纵欲无忌,见女人就上。

　　尼采说:上帝死了。对于有些人来说,上帝死了,人有了更多的责任。对另外一些人来说,上帝死了,人就不再承担任何责任。我们周围拥挤着的这些无神论者,其实千差万别。

　　观念总是大大简化了的,表达时有大量信息渗漏,理解时有大量信息潜入,一出一入,观念在运用过程中总是悄悄质变。对于认识丰富复杂的现实来说,观念总是显得有点不堪重用。它无论何其堂皇,从来不可成为价值判断标准,不是人性的质检证书。正因为如此,观念之争除了作为某种智力保健运动,没有太多的意义。道理讲不通也罢,讲通道理不管用也罢,都很正常,我们不妨微笑以待。

三

虚无之外,还有迷惘,绝望,焦虑,没意思,荒诞性,反道德,无深度,熵增加,丧失自我,礼崩乐坏,垮掉的一代,中心解构,过把瘾就死,现在世界上谁怕谁……人们用很多新创的话语来描述上帝死后的世界。上帝不是一个人,连梵蒂冈最近也不得不训示了这一点。上帝其实是代表一种价值体系,代表摩西十诫及各种宗教中都少不了的道德律令,是人类行为美学的一种民间通俗化版本。上帝的存在,是因为人类这种生物很脆弱,也很懒惰,不愿承担对自己的责任,只好把心灵一股脑交给上帝托管。这样,人在黑夜里的时候,上帝说,要有光,于是便有了光,人就前行得较为安全。

上帝据说最终死于奥斯维辛集中营。这个时候,一个身陷战俘营的法国教书匠,像他的一些前辈一样,苦苦思索,想给人类再造出一个上帝,这个人就是萨特。萨特想让人对自己的一切负责,把价值立法权从上帝那里夺回来,交给每个人的心灵。指出他与笛卡尔、康德、黑格尔的差别是很容易的,指出他们之间的相同点更是容易的。他们大胆构筑的不管叫理性,叫物自体,还是叫存在,其实还是上帝的同位语和替代品,是一种没商量的精神定向,一种绝对信仰。B·J·蒂利希评价他的存在主义同党时说:"存在的勇气最终源于高于上帝的上帝","他是这样的上帝,一旦你在怀疑的焦虑中消失,他就显现。"

尼采也并没有摆脱上帝的幽灵。他的名言之一是:"人为自己的不道德行为羞愧,这是第一阶段,待到终点,他也要为自己的道德行为羞愧。"问题在于,那时候为什么还要羞愧? 根据什么羞愧? 是什么在冥冥上天决定了这种差而且愧?

人类似乎不能没有依恃,没有寄托。上帝之光熄灭了以后,萨特们这支口哨吹出来的小曲子,也能凑合着来给夜行者壮壮胆子。

四

一个古老的传说是,人是半神半兽的生灵,每个人的心中都活着一个上帝。

人在谋杀上帝的同时,也就悄悄开始了对自己的谋杀。非神化的胜利,直接通向了非人化的快车道。这是"人本论"严肃学者们大概始料未及的讽刺性结果。

二十世纪的科学,从生物学到宇宙论,进一步显示出人是宇宙中心这一观念,和神是宇宙中心的观念一样,同样荒唐可笑。人类充其量只是自然界一时冲动的结果,没有至尊的特权。一切道德和审美的等级制度都被证明出假定性和暂时性,是几个书生强加于人的世界模式,随便来几句刻薄或穷究,就可以将其拆解得一塌糊涂——逻辑对信仰无往不胜。到解构主义的时候,人本的概念干脆已换成了文本,人无处可寻,人之本原已成虚妄,世界不过是一大堆一大堆文本,充满着伪装,是可以无限破译的代码和能指,破译到最后,洋葱皮一层层剥完了,也没有终极和底层的东西,万事皆空,不余欺也。解构主义的刀斧手们,最终消灭了人的神圣感,一切都被允许,好就是坏,坏就是好。达达画派的口号一次次被重提:"怎样都行。"

圣徒和流氓,怎样都行。

唯一不行的,就是反对怎样都行之行。在这一方面,后现代逆子倒常常表现出怒气冲冲的争辩癖,还有对整齐划一和千部一腔的爱好。

真理的末日和节日就这样终于来到了。这一天,阳光明媚,人潮拥挤,大街上到处流淌着可口可乐气味和电子音乐,人们不再为上帝而活着,不再为国家而活着,不再为山川和邻居而活着,不再为祖先和子孙而活着,不再为任何意义任何法则而活着。萨特们的世界已经够破碎了,然而像一面破镜,还能依稀将焦灼成像。而当今的世界则像超级商场里影像各异色彩纷呈的一大片电视墙,让人目不暇接,脑无遐思,什么也看不太清,一切都被愉悦地洗成空白。这当然也没什么,大脑既然是个欺骗我们已久的赘物和祸根,消灭思想便成为时尚,让我们万众一心跟着感觉走。这样,肠胃是更重要的器官,生殖器是更重要的器官。罗兰·巴特干脆用"身体"一词来取代"自我"。人就是身体,人不过就是身体。"身体"一词意味着人与上帝的彻底决裂,物人与心人的彻底决裂,意味着人对动物性生存的向往与认同——你别把我当人。

这一天,叫做"后现代"。

"后现代"正在生物技术领域中同步推进着。鱼与植物的基因混合,细菌吃起了石油,猪肾植入了人体,混有动物基因或植物基因的半人,如男猪人或女橡人,可望不久面世,正在威胁着天主教义和联合国的人权宣言。到那时候,你还能把我当人?

五

欧洲是一片人文昌荣、物产丰饶的大陆。它的盛世不仅归因于科学与工业革命,还得助于民主传统,也离不开几个世纪之内广阔殖民地的输血——源源不断的黄金、钻石、石油、黑奴。这样的机遇真是千载难逢。与中国不同的是,欧洲的现代精神危机不是产生于贫穷,而是产生于富庶。叔本华、尼采、萨特,差不多都是一些衣食不愁的上流或中流富家公子。他们少年成长的背景不是北大荒和老井,而是巴洛克式的浮华和维多利亚时代的锦衣玉食,是优雅而造作的礼仪,严密而冷酷的法律,强大而粗暴的机器,精深而繁琐的知识。这些心性敏感的学人,就是在这种背景下开始了追求精神自由的造反,宣示种种盛世危言。

他们的宣示在中国激起了回声,但是这宣示已经大多被人们用政治/农业文明的生存经验——而不是用金钱/工业文明的生存经验——来悄悄地给予译解。同样是批判,他们不言自明的对象是资本社会之伪善,而他们的中国同志们不言自明的对象很可能是"忠字舞"。他们对金钱的失望,到了中国,通常用来表示对没有金钱的失望。一些中国学子夹着一两本哲学积极争当"现代派",从某种意义上来说,差不多就是穷人想有点富人的忧愁,要发点富人脾气,差不多就是把富人的减肥药,当成了穷人的救命粮。

个人从政治压迫下解放出来,最容易投入金钱的怀抱。中国的萨特发烧友们玩过哲学和诗歌以后,最容易成为狠宰客户的生意人,成为卡拉KTV的常客和豪华别墅的新住户。他们向往资产阶级的急迫劲头,让他们的西方同道略略有些诧异。而个人从金钱的压迫下解放出来,最容易奔赴政治的幻境,于是海德格尔赞赏纳粹,萨特参加共产党,陀思妥耶夫斯基支持王权,让他们的一些中国同道们觉得特傻帽。这样看来,西方人也可能把穷人的救命粮,当成富人的减肥药。

当然,穷人的批判并不比富人的批判低档次,不一定要学会了发富人的脾气,才算正统,才可高价,才不叫伪什么派。在生存这个永恒的命题面前,穷人当然可以与富人对话谈心,可以与富人交上朋友,甚至可以当上富人的老师。只是要注意,谈话的时候,首先要听懂对方说的是什么,也必须知道,自己是很难完全变成对方的。

六

请设想一下这种情况,设想一个人只面对自己,独处幽室,或独处荒原,或独处无比寂冷的月球。他需要意义和法则吗?他可以想吃就吃,想拉就拉,崇高和下流都没有对象,连语言也是多余,思索历史更是荒唐。他随心所欲无限自由,一切皆被允许,怎样做——包括自杀——也没有什么严重后果。这种绝对个人的状态,无疑是反语言反历史反文化反知识反权威反严肃反道德反理性的状态,一句话,不累人的状态。描述这种状态的成套词语,我们在后现代哲学那里似曾相识耳熟能详。

但只要有第二个人出现,比如鲁宾逊身边出现了星期五,事情就不一样了。累人的文明几乎就随着第二个人的出现而产生。鲁宾逊必须与星期五说话,这就需要约定词义和逻辑。鲁宾逊不能随便给星期五一耳光,这就需要约定道德和法律。鲁宾逊如若要让星期五接受自己的指导,比如服从分工和讲点卫生,这就需要建立权威的组织……于是,即便在这个最小最小的社会里,只要他们还想现实地生存下去,就不可能做到“怎样都行”了。

暂时设定这种秩序的,不是上帝,是生存的需要,是肉体。在一切上帝都消灭之后,肉体最终呈现出上帝的面目,如期地没收了自己的狂欢,成了自己的敌人。当罗兰·巴特用“身体”取代“自我”时,美国著名理论家卡勒尔先生已敏感到这一先兆,他认为这永远产生着一种神话化的可能,自然的神话行将复辟(见《罗兰·巴特》)。可以看出,后现代哲学是属于幽室、荒原、月球的哲学,是独处者的哲学,不是社会哲学;是幻想者的哲学,不是行动哲学。

物化的消费社会使我们越来越容易成为独处的幻想者,人际关系冷淡而脆弱,即便在人海中,也不常惦记周围的星期五。电视机,防盗门,离婚率,信息过量,移民社会,认钱不认人……对于我们来说,个人越来越是更可靠的世界。一个个商业广告暗示我们不要亏待自己,一个个政治家暗示你的利益正被他优先考虑。正如我们曾经在忠字舞的海洋中,接受过个人分文不值的信条,现在,我们也及时接受着个人至高无上的时代风尚,每个人都是自己最大的明星,都被他人爱得不够。

七

时旷日久的文化空白化和恶质化,产生了这样一代人:没读多少书,最能记起来的是政治游行以及语录歌,多少有点不良记录,当然也没有吃过太多苦头,比如蹲监狱或参加战争。他们被神圣的口号戏弄以后谁也不来负责,身后一无所有。权力炙手可热的时候他们远离权力,苦难可赚荣耀的时候他们掏不出苦难,知识受到尊重的时候他们只能怏怏沉默。他们没有任何教条,生存经验自产自销,看人看事决不迂阔一眼就见血。他们是文化的弃儿,因此也必然是文化的逆子。

这一些人是后现代思潮的天然沃土。他们几乎不需要西方学人们来播种,就野生出遍地的冷嘲热讽和粗痞话。

其实也是一种文化,虽然没有列于文化谱系,也未经培植,但天然品质正是它的活力所在。它是思想统制崩溃的必然果实。反过来,它的破坏性,成为一剂清泻各种伪道学的毒药。

"后现代"将会留下诗人——包括诗人型的画家、作家、歌手、批评家等等。真正的诗情是藐视法则的,直接从生命中分泌出来。诗人一般都具有疯魔的特性,一次次让性情的烈焰,冲破理法的岩层喷薄而出。他们觉得自己还疯魔得不够时,常常让酒和梦来帮忙。而后现代思潮是新一代的仿酒和仿梦制品,是高效制幻剂,可以把人们引入丰富奇妙的生命景观。它恢复了人们的个人方位,拓展了感觉的天地,虽然它有时可能失于混沌无序,但潜藏在作品中的革命性、独创精神和想象力的解放显而易见,连它的旁观者和反对者也总是从中受益。

"后现代"将会留下流氓。对于有心使坏的人来说,"怎样都行"当然是最合胃口的理论执照。这将大大鼓舞一些人,以直率来命名粗暴,以超脱来命名懒惰,以幽默来命名欺骗,以法无定法来命名无恶不作,或者干脆以小人自居,也没有什么不可以。如果说,在社会管制严密的情况下,人人慎行,后现代主义只能多产于学院,成为一种心智游戏;那么在社会管制松懈之地,这种主义便更多流行于市井,成为一种物身的操作。这当然很不一样。前者像梦中杀人,像战争片,能提供刺激、乐趣、激动人心,而后者则如同向影剧院真扔上一颗炸弹——谁能受得了呢? 因此,对后现代主义配置的社会条件不够,就必有流氓的结果。

诗人总是被公众冷淡,流氓将被社会惩治。最后,当学院型和市井型的叛逆都受到某种遏制,很多后现代人可能会与环境妥协,回归成社会主流人物,给官员送礼,与商人碰杯,在教授的指导下攻读学位,要儿女守规矩和懂应酬。至于主义,只不过是今后的精神晚礼服之一,偶尔穿上出入某种沙龙,属于业余爱好。他们既然不承认任何主义,也就无所谓对主义的背叛,没有许诺任何责任。最虚无的态度,总是特别容易与最实用的态度联营。事实上,在具体的人那里,后现代主义通常是短暂现象,它对主流社会的对抗,一直被忧心忡忡的正人君子估计过高。

在另一方面,权势者对这些人的压制,也往往被人们估计过高。时代不同了,众多权势者都深谙实用的好处,青春期或多或少的信念,早已日渐稀薄,对信仰最虚无的态度其实在他们内心中深深隐藏。只要是争利的需要,他们可与任何人亲和与勾结,包括接纳各种晚礼服。不同之处在于,主义不是他们的晚礼服,而是他们某种每日必戴的精神假面。他们是后现代主义在朝中或市中的潜在盟友。

这是"后现代"最脆弱之点,最喜剧化的归宿。

从某种意义上来说,后现代主义是现代主义的分解和破碎,是现代主义燃烧的尾声,它对金灿灿社会主流的批判性,正在被妥协性和认同倾向所悄悄置换。它挑剔和逃避了任何主义的缺陷,也就有了最大的缺陷——自己成不了什么主义,不能激发人们对真理的热情和坚定,一开始就隐伏了庸俗化的前景,玩过了就扔的前景。它充其量只是前主义的躁动和后主义的沮丧,是夜行者短时的梦影。

如果"后现代"又被我们做坏,那也是没法子的事。

夜天茫茫,梦不可能永远做下去。我睁开眼睛。我宁愿眼前一片寂黑,也不愿当梦游者。何况,光明还是有的。上帝说,要有光。

1993 年 2 月

＊　最初发表于 1993 年《读书》,后收入随笔集《夜行者梦语》。

性而上的迷失

一

有些事情如俗话说的：你越把它当回事它就越是回事。所谓"性"就是这样一种东西。

性算不上人的专利，是一种遍及生物界的现象，一种使禽兽草木生生不息的自然力。不，甚至不仅仅是一种生物现象，很可能也是一种物理现象，比如是电磁场中同性相排斥异性相吸引的常见景观，没有什么奇怪。谁会对好些哆哆嗦嗦乱窜的小铁屑赋予罪恶感或神圣感呢？谁会对它们痛心疾首或含泪欢呼呢？事情差不多就是这样，一种类同于氨基丙苯的化学物质，其中包括新肾上腺素、多巴胺，尤其是苯乙胺，在情人的身体内燃烧，使他们两颊绯红，呼吸急促，眼睛发亮，生殖器官充血和勃动，面对自己的性对象晕头晕脑地呆笑。他们这些哆哆嗦嗦的小铁屑在上帝眼里一次次实现着自然的预谋。

问题当然没有如此简单。性的浪漫化也是一笔文化遗产，始于裤子及文明对性的禁忌，始于人们对私有财产、家庭体制、人力资源等务实性需求。性的浪漫化刚好是它被羞耻化和神秘化之后一种必然的精神酿制和幻化，放射出五彩十色的灵光，照亮了男人和女人的双眸。直到这个世纪的一九六八年，时间已经很晚了，传统规范才受到最猛烈动摇。美国好莱坞首次实行电影分级制度，X级的色情电影合法上映令正人君子们目瞪口呆。一个警察说，当时一个矮小的老太太如果想买一份《纽约时报》，就得爬过三排《操×》杂志才能拿到。

避孕术造成了性与生殖分离的可能，使苯乙胺呼啸着从生殖义务中突围而去，旋起一场场快乐的风暴。其实，突围一直在进行，通奸与婚姻伴生，淫乱与贞节影随，而下流话历来是各民族语言中生气勃勃的野生物，通常在人们最高兴或最痛苦的时候脱口而出，泄露出情感和思想中性的基因。即使在礼教最为苛刻和严格的民族，人们也可以从音乐、舞蹈、文学、服饰之类中辨出性的诱惑，而一个个名目各异的民间节庆，常在道德和法律的默许之下，让浪漫情调暖暖融融弥漫于月色火光之中，大多数都少不了自由男女之间性致盎然和性味无穷的交往和游戏，对歌、协舞、赠礼、追打笑闹，乃至幽会野合。这种节庆狂欢不拘礼法，作为礼法的休息日，是文明禁忌对苯乙胺的短暂性假释。

从某种特定意义上说，种种狂欢节是人类性亢奋的文化象征。民俗学家们直到现在也不难考察到那些狂欢节目中性的遗痕。

始于西方的性解放，不过是把隐秘在狂欢节里的人性密码，译解成了宣言、游行、比基尼、国家法律、色情杂志、教授的著作、换妻俱乐部等等，使之成为一种显学，堂而皇之进入了人类的理智层面。

它会使每一天都成为狂欢节么？

二

禁限是一种很有意味的东西。礼教从不禁限人们大汗淋漓地为公众干活和为政权牺牲，可见禁限之物总是人们私心向往之物——否则就没有必要禁限。再往下说，禁限的心理效应往往强化而不是削弱这种向往，使突破禁限的冒险变得更加刺激、更加稀罕、更加激动人心。设想要是人们以前从未设禁，性交可以像大街上握手一样随便，那也就索然无味，没有什么说头了。

　　因此,正是传统礼教的压抑,蓄聚了强大的纵欲势能,一旦社会管制稍有松懈,便洪流滚滚势不可挡地群"情"激荡举国变"色"。性文学也总是在性蒙昧灾区成为一个隐性的持久热点,成为很多正人君子一种病态的津津乐道和没完没了的打听癖、窥视癖。道德以前太把它当回事,它就真成一回事了。纵欲作为对禁欲的补偿和报复,常常成为社会开放初期一种心理高烧。高烧者为了获得义理上的安全感,会要说出一些深刻的话,让自己放心的话。他们中间的某些人,如果吃饱喝足又有太多闲暇,如果他们本就缺乏热情和能力关注世界上更多刺心的难题,那么性解放就是他们最高和最后的深刻,是他们文化态度中唯一的激情之源。他们几乎干不了别的什么。

　　这些人作为礼教的倒影,同样是一种文化。他们的夸大其词,可能使刚有的坦诚失鲜得太快,可能把真理弄得脏兮兮的让人掉头而去。他们用清教专制兑换享乐专制,轻率地把性解放描绘成最高的政治、最高的宗教、最高的艺术,就像以前的伪道学把性压抑说成最高的政治、最高的宗教、最高的艺术。他们解除了礼教强加于性的种种罪恶性意义之后,必须对性强加上种种神圣性意义,不由分说地要别人对他们的性交表示尊敬和高兴。他们指责那些没有步调一致来加入淫乱大赛的人是伪君子,是辫子军,是废物。这样做当然简单易行——"富贵生淫欲"这句民间大俗话一旦现代起来就成了精装本。

　　这些文学脱星或学术脱星,把上帝给人穿的裤子脱了下来,然后要求人们承认生殖器就是新任上帝,春宫画就是最流行的现代《圣经》。他们最痛恶圣徒但自己不能没有圣徒慷慨悲歌的面孔。

　　这当然是有点东方特色的一种现代神话,最容易在清教国家或后清教国家获得信徒们的喝彩。相反,在性解放洪潮过去的地方,X级影院里通常破旧而肮脏,只有寥落几个满身虱子和酒气的流浪汉昏昏瞌睡,不再被公众视为可以获得人生启迪的圣殿。性解放并没有降低都市男女的孤独指数和苦闷指数,并没有缓解"文明病"。作为最早的性解放先锋,舞蹈家邓肯女士后来也生活极其恶化,肥胖臃肿,经常酗酒,胡吵乱闹,不大像一个幸福的退休教母。及时行乐一旦失度,还可能稀释快乐的质量,毁灭家庭的安全,面临冷漠、厌倦、体弱、早衰、吸毒、艾滋病、性变态、无家可归之类可能的苦果。如果有人去红灯区宣言,说只要敢脱就获取了天堂入场券,就可以一劳永逸地解除性苦恼,进而达到人生幸福至境,这种神经病肯定半个美元也赚不着。

自由是一种风险投资。社会对婚姻问题的开明,提供了改正错误的自由也提供了增加错误的自由。解放者从今往后必须孤立无援地对付自己的性,一切后果自己承担,没法向礼教或社会当局赖账。我们可以为勇敢破禁欢呼。但勇敢就是勇敢,勇敢不是包赚不赔的特别股权。美国的一九六八并不是幸运保险单的号码。倒是破禁者们揣着自己有限的苯乙胺,面对着前后两茫茫的自由,是不是要倒抽一口冷气?

三

对理论常常不能太认真。一个女子找到了一个她的意中人,如果受到对方婉言拒绝,就可能断言对方在压抑自己:你怎么活得这么虚伪呢?你太理智了,你不觉得理智是最可恶的东西,是最压抑人性的东西?世事无常,生命苦短,人生能有几时醉?……

这个女子开导完了,出门碰到一个使她极其恶心的男人,如果被对方纠缠不休,就可能说出另外一些理论:你怎么这样不克制自己呢?怎么这样缺乏理智呢?你只能让我恶心,我从没见过像你这样无耻的人……

这个女子的理智论和反理智论兼备,只是根据情况随时各派其用。你能说她是"理智派"还是"感情派"?同样,如果她心爱的丈夫另有新欢,要抛弃她了,她可能大谈婚姻的神圣性;时隔不久如果是她瞄上了人家的丈夫,婚姻的荒谬性肯定就会脱口而出。你能说她是卫道士还是第三者乱党？

理论、观念、概念一类，一到实际生活中总是为利欲所用。尤其在最虚无又最实用的现代，在我们这些凡夫俗子中间，理论通常只是某种利欲格局的体现，标示出理论者在这个格局中的方位和行动态势。一般来说，每一个人在这个利欲格局中都是强者又都是弱者——只是相对于不同的方面而言。因此每一个人都万法皆备于我，都是潜在的理论全息体，从原则上说，是可以接受任何理论的，是需要任何理论的。用这一种而不用那一种，基本上取决于利欲的牵引。但这决不妨碍对付格局中的其他方面的时候，或者在整个格局发生变化的时候，人们及时呈现出完全不同的理论面目。比如一个大街上的革新派，完全可能是家里的保守派；一个下级面前的集权派，完全可能是上级面前的民主派。

这种情形难免使人沮丧：你能打起精神来与这些堂而皇之的理论较个真吗？

纵欲论在实际生活那里，通常是求爱术的演习，到时候与自述不幸、喟叹人生、操弄格言、请吃请喝、看手相、下跪、强迫等等手法合用，也有点像征服大战时的劝降书。若碰上恶心的纠缠者，他们东张西望决不会说得这么滔滔不绝。他们求爱难而拒爱易，习惯于珍视自己的欲望而漠视他人的欲望，满脑子都是美事，因此较为偏好纵欲说。就像一些初入商界的毛头小子，只算收入不算支出，怎么算都是赚大钱，不大准备破产时的说辞和安身之处。

他们中的一些人通常不喜欢读书这一类累人的活，瞭一瞭电视翻翻序跋当然也足够开侃。所以他们的宣言总是繁复而混乱，尤其不适宜有些呆人来逐字逐句较真。比如他们好谈弗洛伊德，从他的"里比多"满足原理中来汲取自己偷情的勇气，他们不知道或不愿意知道，正是这个弗洛伊德强调性欲压抑才能产生心理能量的升华，才得以创造科学和艺术，使人类脱离原始和物质的状态。他们也好谈罗兰·巴特、德里达以及后现代主义,用"延异"、"解构"、"颠覆"等等字眼来威慑听众,大力标榜自己的自然状态。他们不知道或不愿意知道,罗兰·巴特们的文化分析正是从"自然原态"下刀,其理论基点就是揭示"自然原态"的欺骗性和虚妄性,拒绝这一种统治人类太久的神话。一切都是文本,人的一切都难逃文化浸染。他们正是从这一点开始与传统的人本主义和人道主义割席,开始了天才性的叛逆。用他们来伸张"自然原态"或"人之本性",哪儿跟哪儿?

有些人从不注意弗洛伊德和罗兰·巴特的差别,不注意尼采和萨特的差别,不注意孔子和庄子的差别,最大的本领只是注意名人和非名人的差别,时髦与不时髦的差别。他们擅长把一切时髦术语搜罗起来,一股脑儿地用上。就像一个乡下姑娘闯进大都市之后,把商店里一切好看的化妆品都抹在自己脸上。这倒是一种 pastiche——拼凑,杂拌,瞎搅和,颇有后现代风味,把一张五颜六色的脸作为时代标准像。

四

一直有人尝试办专供妇女看的色情杂志,但屡屡失败,顾客寥落。不能说男性的身体天生丑陋不堪入目,也不能说妇女还缺乏足够的勇气冲破礼教——某些西方女子裸泳裸舞裸行都不怕了,还怕一本杂志么?这都不是原因,至少不是最重要的原因。这个现象只是证明:身体不太被女性看重,没有出版商想象的那种诱惑力。女性对男体来者不拒,常常是男作家在通俗杂志里自我满足的夸张,是一种对女性的训练。

在这一点上,女人与男人并不一样。

有些专家一般性地认为,男性天生地有多恋倾向,女性天生地有独恋倾向,很多流行小册子都作如是说。多恋使人想到兽,似乎男人多兽性,常常适合"兽性发作"之类的描述。独恋使人想到很多鸟,似乎女人多鸟性,"小鸟依人"之类的形容就顺理成章。这种看法其实并不可靠。女性来自人类进化的统一过程,不是另走捷径直接从天上飞临地面的鸟人。进入工业社会之后,如果让妻子少一点对丈夫的经济依附性,多一点走出家门与更多异性交往的机会,她们也能朝秦暮楚地"小蜜""小情"起来,不会比男人更呆。

女性与男性的不同,在于她们无论独恋还是多恋,只要不是卖笑卖身,对男人的挑选还是要审慎得多,苛刻得多。大多男人在寻找性对象时重在外表姿色,尤其猎色过多时最害怕投入感情,对方要死要活卿卿我我的缠绵只会使他们感到多余,琐屑,沉重,累人,吃不消。但大多女人在寻找性对象时重在内质,重在心智、能力、气度和品德——尽管不同文化态度的女人们标准不一,有些人可能会追随时风,采用金钱、权势、学位之类简易尺度,但她们总是挑选尺度上的较高值,作为对男人的要求,看重内质与其他女人没什么两样。俗话说"男子无丑相",女性多把相貌作为次等要求,一心要寻求内质优秀的男人来点燃自己的情感。明白此理的男人,在正常情况下的求爱,总是要千方百计表现自己或是勇武,或是高尚,或是学贯中西,或是俏皮话满腹,如此等等,形成精神吸引,才能打动对方春心。经验每每证明,男子大多无情亦可欲,较为容易亢奋。而女人一般只有在精神之光的抚照下,在爱意浓厚情绪热烈之时,才能出现交合中的性高潮。

从这一点来看,男人性活动可说是"色欲主导"型,女人性活动可说是"情恋主导"型。男人重"欲",嫖娼就不足为怪。女人重"情",即便养面首也多是情人或准情人——在武则天、叶卡捷琳娜一类宫廷"淫妖"的传说中,也总有情意绵绵甚至感天动地的情节,不似红灯区里的交换那么简单。男子的同性恋,多半有肉体关系。而女子的同性恋,多半只有精神交感。男子的征婚广告,常常会夸示自己的责任感和能力(以财产、学历等等为证),并常常自诩"酷爱文学和音乐"——他们知道女人需要什么。女子的征婚手段,常常是一张悦目的艳照足矣——她们知道男人需要什么。

这并非说女性都是柏拉图，尤其一些风尘女子被金钱或权势所迷，其市场业务不在我们讨论范围之内。"主导"也当然不是全部。女子的色欲也能强旺（多在青年以后），不过那种色欲往往是对情恋的确证和庆祝，是情恋的物化仪式。另一方面，男子也不乏情恋（多在中年以前），不过那种情恋往往是色欲的铺垫或余韵，是色欲的精神留影。丰繁复杂的文化积存，当然会改写很多人的本性，造成很多异变。一部两性互相渗透互相塑造的长长历史中，男女都可能会演变为对方的作品。两性冲突有时发生在两性之间，有时也可以发生在一个人身上——这需要我们在讨论时留有余地，不可滥用标签。

男性文化一直力图把女性塑造得感官化和媚女化。女子无才便是德，但三围定要合格，穿戴不可马虎，要秀色可餐妩媚动人甚至有些淫荡——众多电影、小说、广告、妇女商品都在作这种诱导。于是很多女子本不愿意妩媚的，是为了男人才学习妩媚的，搔首弄姿卖弄风情，不免显得有些装模作样。女性文化则一直力图把男性塑得道德化和英雄化。坐怀不乱真君子，男儿有泪不轻弹，德才兼备建功立业而且不弃糟糠——众多电影、小说、广告、男性商品都在作这种诱导。于是很多男子本不愿意当英雄的，是为了女人才争做英雄的，他们作深沉态作悲壮态作豪爽态的时候，不免也有些显得装模作样。

装模作样，证明了这种形象的后天性和人为性。只是习惯可成自然，经验可变本能，时间长了，有些人也就真成了英雄或媚女，让我们觉得这个世界多姿多彩，对装模作样不会过多挑剔。

五

黑格尔认为，道德是弱者用来制约强者的工具。女性相对于男性的体弱状态，决定了性道德的女性性别。在以前，承担道德使命的文化人多少都有一点女性化的文弱，艺术和美都有女神的别名。曹雪芹写《红楼梦》，认为女人是水，男人是泥，污浊的泥。川端康成坚决认为只有三种人才有美：少女、孩子以及垂死的男人——后两者意指男人只有在无性状态下才可能美好。与其说他们代表了东方男权社会的文化反省，毋宁说他们体现了当时弱者的道德战略，在文学中获得了战果。

工业和民主提供了女性在经济、政治、教育等方面的自主地位，就连在军事这种女性从来最难涉足的禁区，女性也开始让人刮目相看——海湾战争后一次次美国的模拟电子对抗战中，心灵手巧的女队也多次战胜男队。这正是女性进一步要求自尊的资本，进一步争取性爱自主性爱自由的前提。

奇怪的是，她们的呼声一开始就被男性借用和改造，最后几乎完全湮灭。旧道德的解除，似乎仅仅只是让女性更加色欲化，更加玩物化，更加为迎合男性而费尽心机。假胸假臀是为了给男人看的；要小性子或故意痛恨算术公式以及认错国家首脑，是为了成为男人"可爱的小东西"和"小傻瓜"；商业广告教导女人如何更有女人味："让你具有贵妃风采"，"摇动男人心旌的魔水"，"有它在手所向无敌"，如此等等。女性要按流行歌词的指导学会忍受孤寂，接受粗暴，被抛弃后也无悔无怨。"我明明知道你在骗我，也让我享受这短暂的一刻……"有一首歌就是这样为女人编出来的。

相反，英雄主义正在这个时代褪色，忠诚和真理成了过时的笑料，山盟海誓天长地久只不过是电视剧里假惺惺的演出，与卧室里的结局根本不一样。女人除了诅咒几句"男子汉死绝了"之外，对此毫无办法。有些女权主义者不得不愤愤指责，工业只是使这个社会的男权中心更加巩固，金钱和权利仍然掌握在男人手里，男性话语君临一切，女性心理仍然处于匿名状态，很难进入传媒。就像这个社会穷人是多数，但人们能听到多少穷人的声音？

对这些现象做出价值裁判，不是本文的目的。本文要指出的只是：

所谓性解放非但没有缓释性的危机,从某种意义上来说,反倒使危机更加深重,或者说是使本就深重的危机暴露得更加充分。女人在寻找英雄,即便唾弃良家妇女的身份,也未尝不暗想有朝一日扮演红粉知己,但越来越多的物质化男人,充当英雄已力不从心,哪怕虎背熊腰其外,却有鸡肠小肚在内,不免令人失望。招致"负心汉"、"小男人"、"禽兽"之类的指责,就是常见的结果。男人在寻找媚女,但越来越多被文明史哺育出来的精神化女人,不愿接受简单的泄欲,高学历女子更易有视媚为俗的心理逆反,事事要插一嘴,事事要占个强,以刀马旦风格南征北战,也难免令男人烦恼,总是受到"冷感"、"寡欲"、"没女人味"之类的埋怨。影视剧里越来越多爱呵恋呵的时候,现实生活中的两性反倒越来越难以协调,越来越难以满足异性的期待。

女性的情恋解放在影视剧里,男性的色欲解放在床上。两种性解放的目标错位,交往几天或几周之后,就发现我们全都互相扑空。

捷克作家昆德拉在《生命中不能承受之轻》中表达了一种情欲分离观:男主人公与数不胜数的女人及时行乐,但并不妨碍他对女主人公有忠实的(只是需要对忠实重新定义)爱情。对于前者,他只是有"珍奇收藏家"的爱好,对于后者,他才能真正地心心相印息息相通。如果女人们能够接受这一点,当然就好了。问题是昆德拉笔下的女主人公不能接受,对此不能不感到痛苦。解放对于多数女性来说,恰恰不是要求情与欲分离,而是要求情与欲的更加统一。她们的反叛,常常是力图冲决没有爱情的婚姻,抗拒某些金钱和权势的合法性强奸,像英国作家劳伦斯《查泰莱夫人的情人》中的女主人公。她们的反叛也一定心身同步,反叛得特别彻底,不像男子还可以维持肉体的敷衍。她们把解放视为欲对情的追踪,要把性做成抒情诗,而与此同时的众多男人,则把解放视为欲对情的逃离,想把性做成品种繁多的快食品,像速溶咖啡或方便面一样立等可取,几十分钟甚至几分钟就可以把事情搞定。

性解放运动一开始就这样充满着相互误会。

昆德拉能做出快食的抒情诗或者抒情的快食品么？像其他有些作家一样，他也只能对此沉默不语或含糊其辞，有时靠外加一些政治、偶然灾祸之类的惊险情节，使冲突看似有个过得去的结局，让事情不了了之。

先天不足的解放最容易草草收场。有些劲头十足的叛逆者一旦深入真实，就惶恐不安地发出"我想有个家"之类的悲音，含泪回望他们一度深恶痛绝的旧式婚姻，只要有个避风港可去，不管是否虚伪，是否压抑，是否麻木呆滞也顾不得了。从放纵无忌出发，以苟且凑合告终。如果不这样的话，他们也可以在情感日益稀薄的世纪末踽踽独行，越来越多抱怨，越来越习惯在电视机前拉长着脸，昏昏度日。这些孤独的人群，不交际时感到孤独，交际时感到更孤独，性爱对生活的镇痛效应越来越低。是自己的病越来越重呢，还是药质越来越差呢？他们不知道。他们下班后回到独居的公寓，常常感到自己身处巨大监狱里的单人囚室。

最后，同性恋就是对这种孤独一种畸变的安慰。与生理的同性恋不同，文化的同性恋是社会制度和社会风尚的产物——它意味着这个世界爱的盛夏一晃而过，寒冷的冬天已经来临。

六

在性的问题上，女性为什么多有不同于男性的态度？其原因在于神意？在于染色体的特殊配置？或在于别的什么？也许女人并非天然的精神良种。哺育孩子的天职，使她们产生了对家庭、责任心、利他行为的渴求，那么一旦未来的科学使生育转为试管和生物工厂的常规业务之后，女性是否也会断然抛弃爱情这个古老的东西？如果说是社会生存中的弱者状态，使她们自然而然要用爱情来网结自己的安全掩体，那么随着更多女强人夺走社会治权，她们的精神需求是否会逐步减退，并且最终把爱情这个累心的活甩给男人们去干？

多少年来，大多女性隐在历史暗处，大脑并不长于形而上但心灵特别长于性而上。她们远离政坛商界的严酷战场(在这一点上也许该感谢男人)，得以悠闲游赏于自己的情感家园。她们被男性目光改造得妩媚之后(在这一点上也许该再感谢男人)，一心把美貌托付给美德。她们常常没有干成太多的大事，但她们用眼风、笑靥、唠叨及体态的线条，滋养了什么都能干的男人。她们创立的"爱情"这门学科，常常成为千万英雄真正的造就者，成为道义和智慧的源泉，成为一幕幕历史壮剧的匿名导演。她们做的事很简单，无需政权无需信用卡也无需冲锋枪，她们只需把那些内质恶劣的男人排除在自己的选择目光之外，这种淘汰就会驱动性欲力的转化和升华，驱使整个社会克己节欲和奋发图强，科学和艺术事业得到发展并且多一些情义。她们被男人改造出来以后反过来改造男人自己。她们似乎一直在操作一个极其困难的实验：在诱惑男人的同时又给男人文化去势。诱惑是为了得到对方，去势则是为了永久得到对方——更重要的是，使对方值得自己得到，成为一个在灿烂霞光里凯旋的神圣骑士，成为自己的梦想。

梦想是女人最重要的消费品，是对那些文治武功战天斗地出生入死的男人们最为昂贵的定情索礼。

在这里，"女性"这个词已很大程度上与"灵性"或"神性"的词义重叠。在性的问题上，历史似乎让灵性或神性更多地向女性汇集，作为对弱者的某种补偿。因此，女权运动从本质上来说，是心界对物界的征服，精神对肉体的抗争，爱情对色欲的平衡——一切对物欲化人生的拒绝，无论出自男女，都是这场运动的体现。至于它的女性性别，只能说是历史遗留下来的一个不太恰当的标签。它的胜利也决不仅仅取决于女性的努力，更不取决于某些词不达意胡乱做秀的女权闹腾。

七

人在上天的安排之下获得了性快感,获得了对生命的鼓励和乐观启示,获得了两性之间甜蜜的整合。上帝也安排了两性之间不同理想的尖锐冲突,如经纬交织出了人的窘境。上帝不是幸福的免费赞助商。上帝指示了幸福的目标但要求人们为此付出代价,这就是说,电磁场上这些激动得哆哆嗦嗦的小铁屑,为了得到性的美好,还须一次次穿越两相对视之间的漫漫长途。

人既不可能完全神化,也不可能完全兽化,只能在灵肉两极之间巨大的张力中燃烧和舞蹈。"人性趋上"的时风,经常会养育一些功成名就律身苛严的君子淑女;"人性趋下"的时风,会播种一些百无聊赖极欲穷欢的浪子荡妇。他们通常从两个不同的极端,都感受到阳痿、阴冷等等病变,陷入肉体退化和自然力衰竭的苦恼。这些灭种的警报总是成为时风求变的某种生理潜因,显示出文化人改变自然人的大限。

简单地指责女式的性而上或者男式的性而下,都是没有意义的,消除它们更是困难——至少几千年的文明史在这方面尚未提供终极解决。有意义的首先是揭示出有些人对这种现状的盲目和束手无策,少一些无视窘境的欺骗。这是解放的真正起点。

解放者最大的敌人是自己,是特别乐意对自己进行的欺骗——这些欺骗在当代像可口可乐一样廉价和畅销,闪耀着诱人光芒。

1993 年 8 月

---

* 最初发表于 1994 年《读书》杂志,后收入随笔集《性而上的迷失》,已译成英文。

作揖的好处

中国人以前对外部世界疑惧而排斥,所谓非我族类,其心必异。外国人原来叫"胡人",从西北方的陆路来,带来胡椒胡麻胡琴胡笳胡饼,还有"胡说",此词基本上用作贬义。后来又把外国人叫"洋人",他们从东南海路上来,带来洋油洋火洋枪洋炮洋葱,还有"洋相",也基本上用作贬义。"胡说"与"洋相"两个词,分别含聚了中国历史上两次大规模对外开放时的心态,成为中外文化交流所残留的语言化石,进入字典。

时至今日,国民们不大说西方人的坏话了。相反,进口商品成了荣耀,出国留学令人神往。即便是痛心疾首捍卫着国粹的传统派们,只要随便朝他们瞥一眼,也就知道他们实际上活得非"胡"即"洋"。玻璃,钢笔,热水瓶,电灯,沙发,自来水,汽车……这些东西哪一样不是源于西方文明呢? 人们连语言也越来越多洋味,坐"的士(taxi)",打"扩(Call)机",这一类时髦语言由南向北席卷全国。湖南某地一些汉子用脚踏三轮车拉客,车子还是车子,现在却叫做"踩士"。借用了"的士"的后一半,似乎就沾染了现代气息,就暗示了一种新潮的享受,好让市民听得顺耳。果然,这个词立刻在公众口语中流传开来。只是苦了将来的词源考据家,要查出这个词是英语的嫡亲子还是私生子还是私生子之外甥,恐怕得费一番周折。

"踩士"不足为训,"士"一下就能沾上多少光? 就能使乘客舒服多少? 其实,外国并非什么东西都好。就说握手吧,这种西方礼节已在中国全面普及,但我看来看去,想来想去,觉得它实在比不上我们传统的作揖。

　　一是卫生。握手可传播某些细菌病毒。握手时双方中如有一方的手沾泥带水,也会给另一方带来不舒服。而中国的作揖,施受双方完全没有身体接触,即便到传染病医院去慰问一大群病人,回家后也无须急匆匆先去卫生间洗手。

　　二是省时。当代人的交际繁多,假如一个人会见十多位客人,与每位都握一次手,便要握得很耐心。假如十多个人同时会见十多位客人,那更要握上好一阵工夫。既然说时间就是金钱,为何不用作揖这种方式来惜金?一拱手,顷刻之间,以一当十乃至当百,即便有成千上万的客人,也都接受了你的亲切。

　　三是优美。人在握手时含胸曲背,低头引颈,姿态实在不太好看。如果交际双方的身高差距太大,握手更多见窘态。身高者有折腰之累,身低者有足悬之险,难免把某种庄重的外交或某种欢乐的重聚,搞得有点滑稽。作揖则无须有这种担心,完全可以昂首挺胸,立身如柱,气宇轩昂,雄姿英发,高出手高悬臂抱拳一合,充分展示美的体形和美的气度,让周围的人眼睛一亮——壮士也。

　　四是自主。人们多有这样的体验:握手时,有一方已伸出手来了,另一方没有看见或故意装作没看见,使对方的手停在空中缩也不是,不缩也不是,时间一秒秒过去,尴尬透顶。有时也有另一种情况:刚才没看见的一方突然看见了,赶忙补救,虽然已把对方的手挽救了并已紧紧握住,但怠慢或疏忽已经造成,心中难免留下歉意。这种多发性事故,暴露了握手这一方式最恼人的缺点——它必须由双方协调配合,同时动作才能完成。即便是训练有素的交际家,已经经过了长期的实践摸索,临场仍需要聚精会神,才能掌握好自己出手的时机。这种事干多了,没有不累的道理。比较而言,作揖当然比握手简单多了,完全是自主的,任何人想出手就出手,想什么时候出手就什么时候出手,完全不受对方目光及其眼神的制约,决不可能被对方冷落得进退两难,遭其他人暗笑。

对于某些人来说,作揖还有一个最后的好处,就是在进见大人物时比较能派上用场。握手大体上是一种平等之礼,不管双方孰尊孰卑,也不管双方内心中或傲或谦,至少在表面上,就握手这一行为本身来看,双方是平等的,都得伸手,以示相互的尊重。按通行的规矩,大人物还得先向小人物伸手,预付真实或虚假的诚恳,现代文明风范就是如此温暖着我们。问题是,常有些权势者没有这种教养,端着架子,拉着腔调,根本不屑于与小人物握手。碰到这种人,你怎么办呢?你总不能死皮赖脸抢上前去把他或她的手抓过来握一通吧?你总不能没有任何表示就冷清清地见面或告辞吧?你想分到一间小小的住房,或者你想晋升科长,想把儿子塞进学校重点班,想套购和倒卖国家计划物资,这些活动怎么礼貌而顺利地进行?在这种时候,你很可能会想起作揖,甚至会情不自禁地作揖。作揖适用于不平等的交际。作揖可以有回礼,也可以没有回礼,还可以没有回礼但得到一句"免礼啦"之类的随意安抚,因此它可以成为阿谀者、巴结者、攀附者、奉承者、邀宠者的单向礼貌。有些人把难度较大的公关,说成是"到处作揖",就是这个道理。

显然,作揖的最后这一条好处,是属于奴隶的好处。

中国音译过很多外来词。英语中有 Kowtow,则是中文"叩头"的音译,因为英国以前根本不存在这种礼节,无法意译。"作揖"也是中国特有的国粹,看来也只能音译过去,丰富他们的字典,让他们再长一点见识,领略神奇的东方文明。我得再一次说,我衷心希望西方人能喜欢这一个词,能爱上作揖,并将其推广全球,蔚为风气,进一步美化人类的礼仪——当然,我希望在那个时候,上述第五条好处不再为世人所需。

1992 年 10 月

---

* 最初发表于 1993 年《青年文学》杂志和香港《二十一世纪》杂志,后收入随笔集《海念》。

伪 小 人

　　说真话不容易，让人相信真话也不容易。如果我说不喜欢名牌西装，这话就很难让人相信。很多人惊诧之余，总是从狐疑的笑目中透来诘问：你是买不起就说葡萄酸吧？你是腰缠万贯不想露富？是不是刻意矫俗傲物装装名士？是不是故作朴素想混入下一届领导班子？……他们问来问去，怎么也不觉得这只是个服装的问题。我无论怎样真怎样实地招供，也不会得到他们的核准。这些人不相信也不容忍现在还有人斗胆不向往不崇拜不眼睛红红地追求名牌奢华，他们已经预设了答案，只须招供者签字画押。他们不能使招供者屈服的时候，就只能瞪大眼恍然大悟：世故，见外，城府深，这号人太爱惜自己的羽毛了哈哈哈。

　　他们宽容地大笑，拍拍你的肩膀，表示完全理解并且体谅了你的假话——因为他们也经常需要说假话，这没什么。

　　在这种情况之下，你还有勇气说真话么？你是否还敢冒天下之大不韪，说你不想当局长不想贪污公款不愿意移居纽约不喜欢赴宾馆豪宴不在乎大众对文学的冷落没兴趣在电视台出镜也没打算调戏发廊小姐？这当然不是真话的全部。这些真话当然也不像交通规则可以适用于所有的人。问题是这些话在很多人那里，已经排除于理解范围之外，你能向他们缴出怎样的真实？

　　从来没有通用的真实，没有符合国际标准老少咸宜雅俗共赏敌我兼容的真话。以己之心度他人之腹，人们只能理解自己理解中的他人，都有各自对真实的预期。同他人谈话,与其说是想听到真实,毋宁说更想从对方获得对自己真实预期的印证和满足。正像十多年前,拒绝奢华之举必须被当事者坦白为对地主分子的仇恨和对毛主席的忠诚,才会使首长和记者心满意足;而现在对于很多人来说,一切行为如果没有基于争名夺利的解释,就很不正常,很不顺耳,很有点世故搪塞之嫌。

时尚握有定义真实的强权,真实总是被某种社会潜意识来选择或塑造。革命的辉煌已经落幕,天行健君子自强不息的真实性不再是无可怀疑。在这个某些人心目中金钱至上的世纪末,当然是俗人、庸人、小人最能成为真实的标准蓝本。为了活得被别人认可真实,为了获得围观者赏赐的"真实"桂冠,很多人忙不迭地躲避崇高,及时热爱大街上人们热爱的一切,及时羡慕大街上人们羡慕的一切,就是说,必须操着流行词语一脑门子官司地非利勿视非利勿听非利勿为,用失血的干笑填满每一次交际。如果我们还没有把自己彻底地改造成一张钞票,为了进入某些人的理解,就必须把涉嫌君子的那一部分言行遮遮掩掩,吞吞吐吐,很有犯罪感地愧对他人。在一个以真实为时尚的时代,人们的真实就这样被时尚没收。在一个以个性为时尚的时代,人们的个性不得不对时尚百般逢迎和绝对臣服。谁敢落在时代的后面?

真君子和真小人其实都是较为罕见的。大多数人装君子或装小人,无非是从众心切,给自己增加安全感和防卫手段;或者是向行情看涨的时尚投资,图谋较高的利润回报。在今天,小人身份几乎已是反叛伪道学的无形勋章,而且可以成为一切享受的免费权。只要狠狠心,谁都可以得到。小人无须对自己的行为作啰啰嗦嗦的道德解释,今天与你拉手拍肩,亲热友情一番,要你帮他赚钱帮他扬名也陪着他玩玩感情,明天就可以翻脸不认人,以小人这张超级信用卡结算一切账单,了却一切责任和指摘。既是小人,当然可以无情无义和无法无天,当然可以说假话造假账流假泪谈假爱,谁能对小人认什么真?这就是当小人的实惠。他们的物质实惠之后还要把所有被他们利用过的人判为小人,不承认帮助和被帮助有什么不同,不承认人间还有什么好意。因此他们永远不欠谁,走到哪里都潇洒——这就更添了心理实惠。

除了潇洒,强行把自己打成小人还有一个特别好处,就是主动糟践自己反倒更容易诱钓他人的赞誉。在这个高科技时代,凡事都不能傻干和蛮干,倘若一开始就把自己端成个君子,好话讲得太多,人家一齐要求兑现时你岂不作难? 因此,最好事先降低一点对方的期待值,把自己往坏里夸张,夸张到对方不忍心的程度,到时候你再兴之所至做一点不那么小人的事,给对方一个意外的惊喜,对方岂能不欣喜过望? 其实这也是先抑后扬和欲擒故纵的手段,一条曲线做君子的路线,在实际生活中每每成功行之有效。但恰恰就在这里,自诩小人者泄露出自己的不彻底性和不坚定性——他们居然还暗暗想着给人好感,居然暗藏着君子梦。与真君子的不同点只在于,他们策略高明一些,做起来会省力一些,投入少而产出多,是成本较为低廉的君子制作术。

这样看来,当一个真小人还不是太容易,当来当去,一走神就还会怀念当君子的虚荣,还会鬼使神差往君子的神位上蹿,落下一个"伪"字。这正如某些伪君子一不小心就会暴露出小人嘴脸,是同样的道理。

伪小人作为伪君子的换代产品,是对伪君子的逆反和补充,也是一种文化敌伪势力,属于广义的打假防伪对象。伪小人从根本上说与多数人一样,不那么坏,也不那么好,不值得大惊小怪。他们的伪术可能使他们在时风中趋利避害,多得到一些什么。可惜的只是,有一样东西失去以后就永不可复得,那就是他们常在流行歌中所期盼的:真实。

真实是现代人常感困惑的难题。

1996 年 10 月

---

* 最初发表于 1997 年《青年文学》杂志,后收入随笔集《海念》。

个 狗 主 义

有一种说法,称国门打开,个人主义这类东西从西方国家传进来,正污染着我们的社会风气。这种说法其实有点可疑。我们大唐人的老祖宗在国门紧锁的朝代,是不是个个都不贪污不盗窃不走后门? 那叫什么主义?

欧美国家确实以个人主义为主潮,让一些博爱而忧世的君子扼腕叹息,大呼精神危机。不过,就一般情形来说,大多数欧美人自利,同时辅以自尊;行个人主义,还是把自己看作人。比方说签合同守信用,不作伪证,不随地吐痰,有时候还跟着"票"一把绿色环保运动抗议核弹或热爱海鲸。这种欧美式个人主义我们尽可以看不起,但可惜的是,在我们周围,更多的是签合同不守信用,是毫不犹豫地作伪证,是有痰偏往地毯上吐,是不吃点国家珍稀动物就觉得宴席不够档次。更为严重的,是一个村子一个村子在干部的率领下制造假药——你说这叫什么主义? 恐怕连个人主义也算不上,充其量也只能叫"个狗主义"——不把别人当人,也不把自己当人。

有些人一辈子想有钱,却没想怎么当一个有钱"人"。

人和狗有什么区别呢? 如果说人活着不过就是饮食男女,那么狗也能够"食色性也",并无差别。细想人与狗的不同,无非是人还多一点理智、道德、审美、社会理想等等。一句话,人多一点精神。西方的现代化决不是一场狗们的纯物质运动,从文艺复兴,到启蒙运动,到宗教改革，他们以几个世纪文化精神建设来铺垫现代化，推动和塑造现代化。有些西方人即便沦为乞丐，也不失绅士派头的尊严或牛仔风度的侠义，就足见他们骨血中人文传统的深厚和强大。与此相反，我们的现代化则是在十年文化大破坏的废墟上开始的，在很多人那里，不仅毛泽东思想不那么香了，连仁义道德、因果报应也所剩无多，精神重建的任务不免更为艰巨。我们不常看到乞丐，但不时可以看到一些腰缠万贯者，专干制造假药之类的禽兽勾当。

　　没有一种精神的规范和秩序——哪怕是一种个人主义的规范和秩序——势必侵蚀和瓦解法制，造成经济政治方面的动乱或乱动，就像打球没有规则，这场球最终是打不好的，打不下去的。以"社会"为主义的国家，欲昭公道和正义于世，理应比西方国家更具精神优势，能为经济建设提供更优质的精神能源——起码应少一些狗眼看人、狗胆包天、狗尾摇摇以邀宠之类的狗态。

1993 年 10 月

---

* 最初发表于 1993 年《海南日报》，后收入随笔集《海念》。

人 之 四 种

在钱的面前,人大致可以分为四种:

第一种,能赚钱而不迷钱,可谓全人或至人。生财已经不易,能将钱财看透,保持美好的心灵追求和人格面貌,更为难能可贵。这种人身心俱强,义利兼备,内外双修,庶几乎全矣。

第二种,无能赚钱亦不迷钱,还可称之为雅人。安贫乐道,不失为传统的雅士风范。这种人可能是利益争夺中的弱者,却能找到自己的精神支点,于淡泊处世中自得乐趣,仍可一生安适和快活。

第三种,又能赚钱又迷钱,就只能算作俗人了。一般来说,这种人是大多数,构成了社会的底色和基础。他们因文化视野窄,精神趣味少,一辈子只能与钱碌碌纠缠。孔子说小人言利,抱着很瞧不起的态度。其实只要他们遵法守纪自食其力,还应该得到他人的理解与尊重。

第四种,无能赚钱但偏偏迷钱。这种人不好怎么说,恐怕叫做废人才合适。废人一无可取,什么事也不能干,什么好处也要贪,财迷心窍却只能被别人养着,差不多是一些嗡嗡乱窜四处叮血的蚊子。

被大锅饭喂久了的人,长期靠行政特权牟利的人,最容易成为废人。一见到市场经济浪潮扑来,他们可能也吵吵嚷嚷"下海",但从来都是坐着旧式特权的旅游船或救生船,并不真正识水,也根本不会游泳,一旦船沉了,必定呛死。

长期来偏食消费电视广告的人,长期来欲火旺盛而文化失血的人,也最容易成为废人。他们不会游泳本来也没什么关系，可以站在岸边捡点小螺小贝，过点小日子，但一旦把自己的胃口吊得太高，见别人抓了大鱼就两眼血红，成天在岸上团团转地做着大鱼梦，当然最终只能苦了自己。

我们正在进入一个市场社会，经常会遇到钱的问题。回避钱，既不可能，也不应该。钱是市场竞争的重要动力，能有效激发大众层面的进取心和创造性。但钱也并非万能。人们最基本的物质需求：阳光、空气、水，其实就与钱没有太大的关系。至于人际的和睦，心灵的充实，情趣的活泼，人格的高贵，等等生命价值的重要内容，更不是钱能买得到的。尤其是那些见义勇为的英雄，舍己救人的烈士，他们的义举与金钱无涉。但如果没有他们，我们这个民族是否有点乏味？有否有点丢人？是否有点令人遗憾和恶心？

我们应该有现代的时装、现代的楼房、现代的汽车和飞机，但更应该有更多活得有人样的现代人——这块土地上至少不要成为废人充斥的垃圾场。

1993 年 5 月

---

* 最初发表于 1993 年《海南日报》，后收入散文集《韩少功散文》。

心　想

一

平常听到"做学问"的说法,有点不以为然。这个词有点像时下另一个很时髦的舶来词:"做爱"或者"造爱"——似乎爱是做(make)出来的,只是一种技术和手段,可以在实用手册中被设计被规定被训练指导。只要操作得法,人们都可以做出仿纯真或仿潇洒的成色,做出仿嬉皮或仿雅皮的款式。

英语自有所长,但偏爱人为的造做之技,make 用得太多太滥,"做友谊"、"做快乐"、"做钱"等等,让人匪夷所思。

二

小学问可做,大学问不可做。历史上那些文化巨人,不代表一般的学问和知识。他们哪怕从事枯燥的思辨和考据,生动的原创力也来自生命的深处,透出人的血温、脉跳、价值观以及亲切的情感,成为一种人生的注解和表达,带着鲜明的个人烙印。文与人一,文如其人,风格即人,文学就是人学……凡此等等的评鉴,曾经指示了典范的特征,测定出昨天的标高。

一个中国人想到孔子,脑海里肯定首先不是学问,而是一种东方式的导师风貌:清高而勤勉,坚强而严正,硬得像块石头,始终承担社会责任并热心教育,似乎总是穿着有点式样古怪的长衫,坐着牛车奔波列国不可而为地宣传理想,拘泥小节有时却到了可笑的程度,比如远离厨房远离女人远离靡靡之音而且肉片一定要切得方正……人们对孔子的这些印象,不一定与野史或正史有关,而是来自《论语》本身的人格内蕴。

还有尼采。尼采与其说是一种哲学,毋宁说更是一种精神爆破式的生存方式。他晦暗而尖利的语句,既不可能也没有必要被后人逐一透析,字字确解。但他字里行间迸发出来的孤独、绝望、极度敏感以及无处倾泻的激烈,是任何一个读者不难感受到的。"上帝死了",不是他在书斋里的推究,不过是他心灵的一道伤口,是他的长期的脑痛和半失明的双眼;是他对社会普遍性伪善浑身发抖的愤怒,是他突然在大街上抱住鞭下瘦马时迸涌的热泪。

尼采的脑子坏了。大学问家在一般人眼里,总是有脑子坏了、不够圆通、不够机灵的感觉。

三

人与文不可分离,故有汉语词"人文"。古往今来的人文济济百家,但如果稍加辨认,那些有分量的作品,保持着恒久影响力的作品,决非小聪明和技巧所能支撑。学问越研究到后来,越接近未知和创造的高寒区,就越需要生命力的燃烧,智慧和情怀融为一体。对于那些人文前驱来说,他们在孤灯长夜里面临的重大选择,不是想什么的问题,而是愿意想什么的问题——情感和人格总是成为思维的路标;不仅是怎么想的问题,更是怎么活的问题——"想法"是"活法"的同义语。他们中间的有些人常常为此把自己逼入险恶,逼入一辈子的困顿,甚至付出血和生命的代价。他们的作品无论被后人如何评价和取舍,都适宜用人来命名:柏拉图主义,康德主义,托尔斯泰主义,伏尔泰主义,卢梭主义,雨果主义,甘地主义,列宁主义,罗素主义……而在更早以前,曾经主导人类精神的各大宗教,其《圣经》差不多就是史传,成了先知和教祖的生平事迹记录,更是人文初期的寓言化人生读本。

直到最近的几十年,以人来命名主义才渐渐显得有些罕见了,渐渐为人们不大习惯了。人与文的关系,似乎不再是简单而鲜明的主从关系(或者从主关系),源流关系(或者流源关系),体用关系(或者用体关系)。随着技术潮流的层层覆盖和层层渗透,人的面目在隐退和模糊,已经无关紧要。文过其人,文远其人,文悖其人,这一类现象日益普遍。文化似乎告别了个体手工的时代,遗留着手温并且印刻着工匠独特标记的成品日渐稀有。工业式批量产出的文化很难呈现出个人的光彩,人的光彩,正在留下过于操作化和消费化的词句、论点、模式、文化策略,留下一堆一堆不无华美但未免生硬和金属般冷漠的事名或理名:诸如"后结构"或"后现代"。人们可以在一周之内制作或消费一百个主义,但是,一般来说,人们睁大眼睛也很难看清这些主义后面的人。

这是一个悄悄的变化。

四

变化最早出现在建筑和摄影——这些工作必须依靠机器,也需要很多钱,最容易一步步沦为工业资本的器官和部门,改变文化的个体手工性质。不难理解,人就是在这些领域最先失重,也最先失踪。美国的A·沃霍尔,一个重要的当代艺术家,同时用五十张彩色和黑白的梦露头像拼贴新作,用汤罐头和肥皂盒装配新作。他发现原作的意义已不存在,原作就是复制,可以批量生产,于是留下了一句名言:"我想成为机器,我不要成为一个人。我要像机器一样作画。"

这句话说得很聪明,本身倒不像是复制,不像是机器人的拟音——他何须急匆匆地自愧为人?

五

安迪·沃霍尔处在一个机器无往不胜的年代。工业不断造出新的文化设备,大学便是其中之一。从表面上看,大学越来越像工厂。教师不过是技工,教室不过是车间和流水线,毕业生则需要面向市场的广告和推销。大学不再秉持旧时代那种"全人"或"通才"的神话,只是以工业为蓝本,实行越来越细密的分工,把学生训练成适销对路的专业技术。它越来越被人们视作一个有效的投资项目,被纳入利润的核算和规划,学会对市场拉拉扯扯表示亲近。

大学发育了强大的理科,也迫使人文学科就范,却不能像对待理科那样,给文科提供足够的实验手段。于是,人文分离的可能性大大超乎从前。一般来说,一个现代人是这样走进文科的:从小学读到大学,可能还读到博士甚至博士后,整整读去一个人的半辈子。他或者她眼界开阔,见多识广,只是没法将其一一身体力行,吃了梨子以后再来说梨子的滋味——这种原始而理想的认识模式,似乎带有过多的农业文明意味,在当今的资讯时代已显得迂阔。他需要吞下的课程太多,课余时间只够勉强容下足球、口香糖以及观光旅游,要他亲历更多的实际人事无疑是苛求。他们当然可以像毕加索或高更那样,去寻找非洲或少数民族,去文明的边缘发掘人的原真和丰富,问题是,这种觉悟和勇气,越来越被视为老派、累人、不讨好的愚行,实行起来也不无困难。因此,除了特别的例外,大学意味着文化日渐远离原型,只有一大堆间接的、复制的、再生的、缺乏经验亲证的知识。一些有识之士一直忧虑文科大学要不要办,要怎么办,不是完全没有道理。

工业打破了以往的知识垄断,消除了以往的知识短缺,却大规模普及和加剧了文科的无根状态——这表现在爆炸似的资讯增量中,一个人要成功地保持知识的实践品质,要坚持精神的个性、原创性、真实性,相对来说十分困难。这倒不是说知识越多越愚蠢和越反动，只是说资讯爆炸，对人的消化和把握能力提出了更高更苛刻的要求。一不小心，每个脑袋都塞满异己经验，肩上差不多长着别人的脑袋，或长着一个潮流文化的公共脑袋。

作为人性的载体，作为价值观的沉积和凝固，文科知识的无限增聚也可以使大学成为精神摹本和精神假面的产地——如果学人们不能用生命将其一一重新灌注心血。

六

文本论正在变成唯文本论。这种现代流行哲学消解自然，颠覆真实，宣布"能指"后面没有"所指"，表述不能指涉事实，一句话：梨子的概念并不能反映梨子，真梨子无处可寻。美国"新批评"及其各种学术盟友提倡纯文本研究，认为文本就是文本，真理取决于修辞，是一个封闭自足的世界。至于文本与作者人生经历和社会环境的关系，在他们看来，既没有必要研究，也没有可能研究。

这种哲学对传统人文具有一定的消毒功能和灭杀功能，暂且放下不提。有意思的是，人们不妨瞥一眼这种理论的特定背景。它发动于工业时代，生成于欧美都市的学院氛围之中，可谓应运而生，适得其所——这种哲学的产地确实盛产文本，文本而已的文本，盛产词语的操作，观念的游戏，结构的单性繁殖，逻辑的自我复写，还有总显得头重脚轻的各色文化精英。没有亲历战争的人阐释战争，没有亲历苦恋的人咏叹苦恋，没有亲历英雄业绩的人在大写特写英雄……美国一些大学喜欢办写作训练班，就是在鼓励学院才子们做这种技术活。在这种情况下，文化不再来自生活，不再来自生活的文化本身成了最实际的生活，成了新文化的动力和素材。从书本中产生书本，从书本所产生的书本中产生书本。他们是一千部哲学孕育出来的哲学家，是几千部电影浸泡出来的电影家。技术化成了常见的归属，血管里更多地淌流着油墨和激光盘的气息。积重深厚的文化外壳里日渐空心。

这就是"主体的丧失"吗？就是消解派哲学家们所预言和向往的"人的消亡"、"人的退场"吗？

这是唯文本论的胜利——一个非人化的文本世界确实如期而至，有目共睹，总算结束了关于人的浪漫神话，集中展示了人文真相的一个重要剖面。这当然也是唯文本论的失败——它成了文本高产区"自然"而"真实"的产物，明白无误地"指涉"和"反映"了事实，与文本动物们的"人生经历和社会环境"不无密切相关。它是一种都市生活须知，是一种学院症及其学院症抗体。它与现代人的感受契合，得到现代人经验的确认，因此不仅仅是文本。它的正确性最终喜剧性地在文本以外的世界，即人的现实世界里显影——只是这个世界已没有多少人味，更准确地说，没有多少人的实践。

七

我们欢欣鼓舞地走进工业，但有些辞典对工业的解释并不怎么准确，不怎么完整。工业的要义也许不在于规模和生产的集中程度（修建埃及金字塔或万里长城不是工业），不在于采掘和制造的劳动方式（石匠和炼丹术不是工业），更不仅仅是有效地利用能源（厨子没有工业家的感觉）。

突破人类演变的临界点——工业的意义是从根本上改变了人与自然、技术与自然的关系。狩猎，种植，牧养，手工业，工业以前的种种生产，只不过体现了人对自然的低度导控。这种导控多少改变了自然的某些形态（比如把羊关进圈牢，把木头做成木椅等等），但基本上不触及自然的本质。世界仍是以自然为本的。工业则不是这样。工业以其强大的技术手段制造一个地球化学失衡和重构的全新物境。水泥是新的石头,塑料是新的木头,路灯是新的月光,计算机是新的人脑……工业解脱着人在自然里的劳苦和危险,同时一块块瓦解和消除自然,把人们诱入一个高技术——技术为本的世界。人们走入大都市的高楼群落,屏息探望眼前完全人造的高山和峡谷,完全人造的白日和黑夜,不能不感到自然已成了一个遥远的旧梦。

工业放大了人的力量,不过,"工业化"是一个必须慎用的危险用语。工业不能完全取代农业,更不能取代人文,正如塑料花不能取代鲜花。人文所不可或缺的个性、原创性、真实性等等,隐藏着人与自然的神秘联系,暗示着人道的初原和终极。而工业则意味着制造、效率、实用、标准化、集团行动以及统一体市场,一句话,工业鼓励着事物的非自然化。

对于自然来说,非自然化与自然构成了文明不可或缺的对抗性张力。但这不意味着人可以盲目地神化工业,甚至让工业原则接管一切。早在七十年代,美国有一批机器狂,预言电脑将胜任写诗歌和小说的职能。有人曾给枪匪设定程序,给警察设定程序,给狗、女人、狂风暴雨设定程序,一键启动,一篇侦探小说差不多就在电脑里哗哗哗自动完成,至少也可以得到一个像样的粗坯。这不值得大惊小怪,也无由被小说家们怀疑和轻蔑。事实上,当代大量平庸的小说家,其编造功夫不见得比电脑更强。在他们那里,一切情感早已程式化,幽默成了"搞笑",悲哀成了"煽情",开打和床上戏成了调味品,慷慨激昂的鲜血只不过是"做秀"的红油彩,随时都可以在脸上抹出来。文章既有了定法,编成技术手册或电脑程序就是顺理成章的下一步。

更进一步说,文化的技术化早已开始,比如化妆品是技术的美色,公关术是技术的亲情,世界语是技术的新语言,跨国集团是技术的新国家。肥皂剧、通俗歌带、袋装人生指南、政治宣传套话、微缩景观公园、心理速成训练班等等,这些个性含量越来越少的仿制和组装,为什么不能让电脑来干?

可以肯定,只要做出更为精密和奇妙的软件,电脑就一定能在将来承担更复杂的文化功能,把一批批文化人无情赶入失业的人群。

八

先锋曾经意味着独特和叛逆,是一切意识形态统制的天敌。但事情并不完全是这样。既然一切表情都可以模拟,一切感觉都可以设计,反体制姿态当然也可以被视作某种冷门开发项目纳入市场。人们可以设计出先锋们怪异的头发,语无伦次的癖好,还有孤独、怀疑、虚无的冷目。问题在于,如果这种目光仅仅出于设计,源于参考书目,没有人生隐痛和社会理想打底,它就必然缺乏沉重和坚定,缺乏神圣而不可更改的拒绝,一转眼就可能被市场行情吸引,投向邻居们有钱的好日子。

先锋们内心中的神圣一旦冷却,就与奸商无异。这些仿先锋的冷面,多是早期风格或表面风格,是玩给学院派批评家看的。常见的情况是,他们也可以玩出绝不虚无的广告利润,绝不焦虑的太太读物,绝不孤绝的民族团结仇外反霸热情——区别仅仅在于,他们此时心目中的读者和观众,已经易为俗众或别的重要购买者。

他们并没有什么变化。只有书呆子才会认真看待这种变化并且深究原因和种种差异。技术化的文化也从无自己真正的美学主张,或者说从来就能兼容一切美学主张。一个崇尚相对性的全民狂欢节里,什么都被允许。如果说它的“相对”之中有什么“绝对”,如果说它有恒定不变的什么特点,那就是仿制:从新潮到古典,从具象到抽象,从消解到重建,从高雅到通俗,一切都可以接纳,一切都可以仿制。就像工厂以销定产,今天生产校园用品,明天也可以服务市井。他们的想法无数,但特点在于所有的想法均与活法无关,或者说只与最实惠的一种活法有关——以“想法”牟利。因此,他们的反叛只是偶尔使用的策略,“策略”成为他们最合意的用词。他们热心结伙,勉力造势,乐于在组织和潮流中放弃个人风格。他们"炒作"的标新立异,不过是陈词滥调的才子版,甚至与官僚版同出一炉。他们即便披挂着先锋表情,那也是市场竞争的一时需要,竞争者都有一颗火热的通俗心。

恶之花也成了塑料花,在货柜上光彩耀目。我们眼睁睁地看到,文本在繁荣的声势中高速空转,越来越与人们的心灵绝缘,越来越远离人。

在这个时候,没有什么运动出来捍卫人道与人权。

九

在电子传媒诞生以前,同样也有劣质文化,比如八股和台阁体。那时候的文化垃圾也肯定是文坛里的多数,只是被时间淘汰,大多退出了我们的视野。同样的道理,优秀的作品,健康而充满生机的作品,在电子传媒中也同样存在,而且永远会存在。人们无须夸大现实的灾情过于忧心忡忡。

不同点在于,工业化以前的文化,对于多数人来说是一种自给自足的、或半自给自足的状态。他们质朴少文,无缘文墨,经常被拒于文人圈之外,连看一场戏也如同稀罕的节日,很难有文化虚肿或者撑死胀死。因此,他们亲历多于虚言,实践多于理论,生命本原多于文化规限。他们生动活泼的民歌、民谚、民风、民俗,给人一种精神野生物保留区的景象。

不难看出,这种民间文化与工业化时代的市民文化不是一回事。市民文化缺少自然的底蕴,是在水泥和塑料的环境里长出来的,追随着报纸和电视广播的时尚,是潮流、组织、技术力量的外来强加,一招一式一娇一嗔都透出名牌味和明星味,多见文饰造作和跟风多变的特点。尽管如此,随着电子传媒的发达,民间文化正在受到这种市民文化强有力的感染、瓦解以及排挤,正在成为珍稀物种,需要人类学家和博物部门的保护。

　　电子传媒是整个文化工业的主机。它是这样一种东西：容量十分巨大，拼命向创作者榨取心血。如果心血不够（也许有个恒量）就只好掺水假冒。它的产量也太高，所造成的文化过剩超过了社会正常需求（也许这里又有个恒量），形成了对人心高强度干预，形成一种压迫。如果人们缺乏相应的消化能力，缺乏自控和自净的有效机制，人与文的良性互动结构就可能破坏，类似于其他事物失去了阴阳平衡、正负平衡或 PH 值平衡。可惜的是，直到最近，电子传媒还没有露出医生的面容，对人们经常提出节食的劝告。恰恰相反，它不断鼓励消费，鼓励文化的暴饮暴食。它解除了文字对文化的囚禁，把识字和不识字的人统统吸引到它的面前，纳入一体化的文化格局。它全天候工作，多样式综合，以几个甚至几十个频道的天网恢恢，把很多人的闲暇几乎一网打尽，对他们给予势不可挡的声色轰炸和视听淹没。

　　一个人在电视机前很容易感到乏味。一部关于非洲饥民的杰出电视片，最初还可能使观众震惊，但日复一日地播放大同小异地重复以后，唯一的结果只能是人们在熟视无睹中麻木不仁，兴味索然，同情心逐渐泯灭。揭示就是这样最终导致了遮蔽。波黑战乱，"文革"暴行，红军长征，地震和"挑战者"号爆炸，都成了一些电视事件，一些同肥皂剧混同一片的视听消费，最终让观众一边打哈欠一边也斜着眼睛漠视。

　　一个人在电视机前也很容易感到无力。他现在不是面对一个村庄或一个公国，即使遇到对抗也容易保持自信。他现在凭借一方荧屏已加入了地球村，深深陷入了无限广大和纷纭的现实，面对着一个个他很难阻挡和动摇分毫的潮流。电视看多了，人的个性空间相对缩小。电视迷最容易习惯自己对于世界的观众身份，成为一个庞杂信息的垃圾桶，成为一具生命元气过多磨损和耗散的空壳，失去对现实做出积极反应和抗争的勇气。都市"文明病"中的疲惫、冷漠、耗竭感、挫折感，后面常常都有一块忘记关机的白花花的电视荧屏。

　　最后，乏味之后，无力之后，人们还可能接受电子传媒对自己的重新定型。一部《秋菊打官司》，使"有个说法"很快成为大众习语。一部《爱你没商量》，使"没商量"也在几周之内成了使用频率最高的用词。人们就是这样交出了自己的语言。在美国片《浮华世家》之后，全球数以千万计的妇女也急忙忙交出自己的服装、发型乃至发色，一切都照剧中主人公的做派重新开始。人们还经常轻易交出自己的政治观念（比方爱上美国体制），艺术趣味（比方爱上流行歌星），乃至性——在西方的一些学校里，当同性恋成为影视热门题材之后，当某个明星的同性恋经历被电视炒开之后，曾经有百分之三十以上的学生在调查中振振有词拍胸脯，承认自己是双性恋或者同性恋——但生理学的研究和统计证明，这个比例一般不可能超过百分之三。

在这里，同性恋已经不是人的自然，是文化影响和强制的结果。

十

有些人曾经抱怨，当今好些文化人不用心来写作，只用手来写作。现在请想一想：如果让那高达百分之三十的学生来写作，即便他们全是用想法来表现活法，他们能写出怎样的真实？如果他们的同性恋确有其事，这样的真实算不算真实？

技术染指生命，正在淡出"非自然"的阶段，迈入"造自然"的坦途。生物技术正在用鱼和植物的基因混合，造出了抗冻的新土豆和新烟草。在这个十年结束之前，可能破译出生命的基因密码。在不久的将来，工业将造出新的鲜花，新的树林，新的老鼠和新的狗，新的男人和女人甚至非男非女我们现在难以想象的人。到那个时候，你能说它不是自然？

同样道理，当电子传媒塑造出人们新的同性恋、新的痛苦和欢愉、新的斗殴和漂泊、新的经历和立场，到了那时候，你能说这些不是人生的真实？

仿生人，工业的某种最高级作品，工业逻辑的必然指向和最终梦想——几乎同真人一模一样，大脑同样发达，甚至也有情感，只是不再来自母胎，不再来自血肉和情爱，不再有人的全部丰富性——他们（它们?）是可以成批成套产出的制品。就是在去年，一九九三年，《纽约时报》轰动性地报道美国两个科学家，J·霍尔和R·斯蒂尔曼在实验室里利用胚胎细胞分离，成功地复制出了四十八个新的人类胚胎，其中有两个居然成功地活了几天。高科技的新人种正在叩响历史的大门，教廷，政府，伦理学教授，贫民区的母亲，都为此不安和恐慌。但他们还未意识到，仿生人的诞生不仅仅出现在实验室，也在其他地方悄悄进行。比如那些政治专制和商业专制的语言暴力，正在谋杀人心，正在批量生产出空洞的目光、呆滞的表情、对一切随波逐流无动于衷缺肝缺肺的物质化存在，其人生永远只有权势和时尚这唯一的向度。在那些人的脸上，不是分明呈现出仿生人的近似面目？

十一

没有一成不变的人性。人是不断变化演进的。人在很久以前可能有鸟的锐目，有狗的好鼻子，有老鼠对地震的预感能力，当然也可能有乱伦的无知和胡来。文化使人脱离了动物状态，也失去了这些好的或者不好的东西，获得了新的人性表现——说这是进入了本能和遗传的文化积层，没有什么不对。

人们还会往前走，凭借文化的创造走向深不可测的未来。但无论怎么变，人永远是一种文化的自然，或说是自然的文化。自然是文化的重力，没有重力的跳高毫无意义。自然是文化永随其后的昨天，永贯其身的母血，是拉着自己的头发怎么也脱离不去的土地——一旦脱离这块土地，绿叶只能枯萎凋零——除非是塑料叶。在这个意义上，仿生人代表着把人拔根而起的企图，初露技术化的杀机。仿生人的生理性复制或文化性复制，都意味着人这一特定物种的自杀——即使有些人把这些复制描述得十分美妙。

历史常常只有通过灾难才得以向前推进。蒸汽机在十八世纪一声汽笛拉响的时候，欧洲弥漫着普遍的乐观情绪，竞相欢呼这"摇撼旧世界基础的伟大杠杆"（恩格斯语），甚至相信新技术将帮助人类消除一切帝制和贫困。直到世界大战频频引爆，蒸汽机延伸成坦克和轰炸机，在硝烟中向生命扑来，人们又差点落入了失望的深渊。杜桑的《下楼梯的裸女》，卓别林的《摩登时代》，沃霍尔镜头下的电刑椅，莫不表现了机器对人的异化、奴役以及残暴。对工业技术的反省和批判，一次次成为很多文化人当中风行的主题，颇有点中国古人"绝圣弃智"的遗韵。

其实，技术无罪，技术至上才是盲目，对技术失去了道义和诗学的控制才是人间地狱。如果不能理解这一点，任何新技术还将成为人类的陷阱——包括电脑。从眼下的情况来看，电脑诚然可以实现信息分享，把人与世界紧密相连，极大地提高生产和生活的效率。但是，要是人性的监控一旦撤除，电脑也可能造成新的阶级分裂：一方是编程和网络控制寡头，集中着越来越大的支配权利；另一方则是普通操作者大众，越来越成为电脑的奴仆和附庸，从算术"傻瓜化"开始，到照相"傻瓜化"，开车"傻瓜化"，家居生活"傻瓜化"等等，最后可能丧失人的基本技能，丧失人的主体性：除了按按键钮，什么事也不会做。知识寡头批发一块芯片，就可以规定人的全部生活。到了这个时候，新的上智与下愚，新的"民可使由之不可使知之"势必成为普遍话题和公共逻辑——电脑将为新一代集权专制主义提供强大技术基础。

这还只是可能的险境之一。

十二

六十多年前，著名经济学家J·凯因斯一眼看破技术崇拜的狰狞。他较为乐观地预测孙子一代的情况，说那时候人们"将会再一次把目的看得重于手段,宁愿追求善而不追求实用。""可是,"他接着说,"这样的时候还没有到来。至少在一百年内,我们还必须对己对人扬言美就是恶,恶就是美:因为恶实用,美不实用。"

凯因斯预告了一个阴暗的百年。

从那时起,人类一次次在日益技术化的世界里苏醒人性的理想,绿色和平思潮一次次扬起救亡征帆。绿色和平思潮不仅仅是环保运动或反核运动,以六十年代初的"罗马俱乐部"为标志,正发育成一套完整的并且是实践的政治学、经济学、伦理学以及哲学,对生命的恶质化全面阻击。它直指人心,从根本上反对侵夺他人和榨取自然的态度,力图重构健康生活方式。它明智地区分了两种技术:一种能增强人的技能和尊严,另一种把人的劳动移交给机器,而人成为机器的附庸和牺牲品。它并不反对技术,只是要呼吁人比商品高贵,比效率和利润更重要,因此每一项技术都应成为非暴力的技术、民主的技术、人民的技术,也就是达到佛教"正命"境界的技术。它的乌托邦品格使它成为弱者,但也正是这一点使它永远强大,一次次优美地复活并且指示人们精神自由的方向,指示洁净、清澄和圆明的生命之境——南美洲的热带雨林,乌克兰的草原,孟加拉湛明的天空,长江和黄河碧透的流水。

生命之境是外在物态,更重要的是内在心态。也许,比拯救一只麻雀和几棵树更不容易的事情,是人们投入精神的自救——永远保持一种文化生力,不断获取营养又不断清除污秽,给自己的每一个日子留下真情实感,留下人心的自然。

这是一个想法,也是一种活法。

十三

有些人曾经嘲笑中国的用语,比方用"心"想而不用"脑"想,不符合解剖学的常识。这当然不无道理,也曾被我赞同。但细细一想,真正燃烧着情感和价值终决的想法，总是能激动人的血液、呼吸和心跳，关涉大脑之外的更多体征，关涉到整个生命。在一个纸醉金迷的庸常时代，人类精神等待一次新的圣诞，一次血泪中新的太阳东升——这样的日子正在潜入每一个平常日子。它显然不是一个智商的问题，不光是一个或很多个聪明脑袋就能解决的问题。它等待一代或几代优秀的人全身心投入，等待千万人用自己的日常生活来组成抵抗和创造。

真理的周围没有掌声、喝彩和赏金，而且总被这些东西热乎乎地养育成虚伪。真理常常是寒冷和荒凉，勇敢进入者全凭正大的一念，甚至不需要太多的知识和技能。

不科学也罢，不能与其他语言沟通也罢，我现在更愿意使用这个古老而神秘的词——心想。

用一生中全部怦然动心的回忆和向往。

1994 年 8 月

---

* 最初发表于 1995 年《读书》杂志，后收入散文集《完美的假定》。

乏 味 的 真 理

人们常使用这样一些词语："真理的宝库"、"真理的光芒"、"真理的乳汁"、"真理的鲜花"、"真理价值连城"，如此等等。言下之意，好像真理是一些万民渴求的紧俏品，甚至是珠宝店里闪闪耀眼人见人爱的珍奇。其实，这里恐怕隐下了一些误会。

真理其实没有特别可爱的面孔。比方说吧，我有一个朋友，一直想发财致富，想找到生存的"乳汁"、"鲜花"以及"光芒"四射的"宝库"。这当然是很朴实和很美好的愿望——我等凡夫俗子都难免这样的念头。但我这位朋友的运气似乎太糟，首先在一个做房产的骗子公司那里套进了好几万，接着又落入一桩非法集资案的陷阱。最后，他又投资一个果园，但没多久就发现他的经理不辞而别去向不明，所有股东的资本也随之灰飞烟灭。这类故事通常的公式化结局当然用不着我多说。总而言之，我这位朋友步步皆错，错到最后连喝口凉水也硌牙，实是苍天无道，人世无情，他在茫茫暮色中不可能没有一腔离骚式的悲情。

骗子当然应该拿来绳之以法，但受骗者的一再轻信也让我惊异。说集资的分红回报率起码可达到百分之三百（好像不是做生意而是买一台印钞机来印钱），说新房住满八年以后购房款可全数退还房主（好像中国的雷锋已经多得不行于是分流到房地产领域大献爱心）……这些明显可疑的疯话有谁信呢？我这位老哥偏偏就信，我这位有副高职称的知识分子偏偏就信。旁人任何好意的规劝，任何理由充分根据确凿逻辑严密的参谋性分析,不论辅以多少生动感人的历史教训现实经验,也会被这位老哥付之一笑。他吃三堑也不长一智,有一种要同劝告者对着干的劲头,一次次乐颠颠往骗局里送钱。

你拿他这样的人有什么法子?我事后才体会出自己的浅薄。我以为道理是有用的,经验是有用的,实在是太低估了谎言的力量。其实,世上谎言不绝,证明谎言不像人们想象的那么坏。比方说,它可以给很多人相信谎言时的快乐——这种谎言许诺不劳而获的机会,相比之下,种瓜得瓜种豆得豆的说教,要富裕就得老实干活的陈词,如果不是混账话,至少也只能使很多人无精打采。又比方说,谎言还虚构出一夜暴富的奇迹,相比之下,天上不会掉馅饼的警训,一镐挖不出个金娃娃的啰嗦,如果不是万恶的精神压迫,至少也会让很多人断掉生活中最后一线希望。我这位朋友也是人,既然没有劳动的愿望,也或多或少缺乏劳动才能,但总还得有个念想吧?总还得有个追求快乐心情的人权吧?现实感对他来说就那么重要?他花钱买回一程又一程快乐想象的权利,为什么要被所谓真理剥夺一尽?

向他揭示真实,向他预报即将发生的真实,无异于没收他的快乐权,确有不人道之嫌。他不受骗也没摊上什么好,既没有当上国家副总理也没有当上集团公司总裁,那么他完全没必要对真理兴致勃勃和毕恭毕敬。对于这类人来说,真理从无抚慰功能和引诱魅力,是石头而不是珠宝,是汗水而不是美酒,是工地而不是天堂,比谎言要黯淡得多,要乏味无趣得多。比较之下,倒是谎言最富有人情味,更善解人心和深谙人情,凡人们奢望得到的一切,谎言都投其所好地给予许诺——虽然一次又一次不能兑现。但下一次的不确定性还能让人心动:"万一是真的呢?"受骗者无论如何生疑,于心不甘的顽强却足以抵消所有疑虑,成为侥幸之念的最后支撑。这就是说,只要奢欲不绝,不论怎样荒唐的谎言都永远不乏吸引力和感召力,不乏摄魄勾魂的魔法,不愁没有人入套。

我原来以为，一加一等于二，地球是圆的，人总是要死的，走多了夜路要碰鬼，乌鸦遮不住太阳，得人心者得天下……这些真理很容易明白，也很容易让人接受。我原来还以为，只要受了教育，揣上了文凭，出席过什么研讨会，人们就成了知书达理的高人，至少也是准高人。现在，我突然觉得这些"以为"本身就是自己越读书越蠢的证据。其实，真理不存在着可不可能被人接受的问题，只存在着人们愿不愿接受的问题；不存在能否说得通的问题，只存在着人们是否愿意把它说通的问题。真理几乎不是什么学问，只是突破奢欲囚笼的勇气，只是直面现实和担当责任的勇气。

所谓"利令智昏"一类格言，早就表达了前人对人类智能的深刻洞察。财富使奢者不智，名声使骄者不智，美色使淫者不智，玩乐使逸者不智。我们每个人或多或少的利欲之心，一旦恶性膨胀，都可以使我们与真理分手而去，使我们对真理本能地逃避和本能地拒绝。谎言就隐藏在我们自己身上，随时可能轰隆隆地爆发出来。

1998 年 8 月

---

* 最初发表于 1998 年《芙蓉》杂志，后收入随笔集《性而上的迷失》。

熟悉的陌生人

一

那一天下雨,他对巴黎的雨天和林荫道由衷赞美,于是相信中国的幼儿园大多在贩婴和杀婴,相信中国的瓜果统统污染含毒,相信中国即将经济崩溃而且根本不可能有历史和哲学,即使有的话,只可能是赝品。他比我所见到的任何西方人都要厌恶中国,虽然他侨居十载还说不好法语,只能在华人区混生活。

我理解这样的谈话。他必须夸张,必须在我这个同胞面前夸张,否则他怎么能为自己十年穷困漂泊做出解释?怎么能为自己放弃专业前景找一个合适理由?

我对中国的很多事情也极不满意,甚至怒火冲天,但不愿意迁就谣言。我不愿意把谣言当批评,也不愿意用同样夸张的手法为中国争体面,以便让自己也沾沾光,使自己在国内的日子变得顺理成章一些。用背景给演员加分,把自我价值的暗暗竞胜,延伸成一场关于居住地的评比活动,毕竟没有多少意思。

更重要的,我明白他的表达并不是他的全部。我完全可以想象得到,当白人警官对他结结巴巴的外语勃然大怒,当白人雇主把他的中国文凭不屑一顾摔出桌外,当那些贩婴杀婴和污染含毒一类传闻不是被他描述而是在白人们的报纸上爆炒,并且引来他们对所有黄脸人无比怜悯和惊疑（这样的时候即便不多但一定会有），他一点也高兴不起来。他已经取得了绿卡，但那一个小本还未烙上他的深度情感，并不能让他的生命从头再来。他也许会在恼怒自己一身黄皮的同时，鬼使神差地对巴黎富人区吐口水，在白人同事那里瞎吹中国人的气功、美食、孙子兵法，在电视机前为中国运动员任何一次夺冠大叫大喊，甚至还会为孩子压根儿不愿说中文或者不愿听父亲说中文而暴跳如雷，在房间里为伟大的中文走来走去一泄胸中恶气。

在那样的时候，他是谁？

二

文化 Identity，即文化认同，或者文化身份的确定，也许是一个来源于移民的问题，是文化交汇和融合所带来的困惑。当异域在船头的海平面浮现，当超音飞机呼啸着大大略去了空间距离，文化与地域、种族以及肤色的传统链接，立刻出现了动摇。人们走出乡，走出县，走出省，走出国界，越来越习惯把童年和祖母的方言留在远方。几乎没有一种文化还能纯粹，也没有任何一个人还能固守自己纯粹的文化之根。传教士、商人、黑奴、远征军、难民、留学生、旅游者、跨国公司……他们一直在或深或浅地率先接受文化嫁接，或多或少地改变着一片片文化环境。

移民在剧增，随着经济和文化的全球化，未来无疑更是一个大移民世纪，是一个路上人多拥挤和行色匆匆的世纪，是生活不断从登机口和候车室开始的世纪。文化认同正成为一个时代的政治事件，正成为旅途上一件越来越沉重的心理行装。即便没有移民局官员作身份甄别，很多人也会在心中升起一个恍恍惚惚的疑问：我是谁？

欧美主流文化崇尚个人至上，却一个劲时兴着类属认同，即划线站队的 Identity，当然很有意思。这不是什么庸人自扰的怪念头。同样作为分类学的爱好者,中国人也把"不伦不类"、"非驴非马"一类用作贬义词,显示出对混杂状态的普遍性恐惧,显示出对某种本原和单质的习惯性爱好。你不可能什么都是,没有权利什么都是。冷战结束后的民族主义冲突,更使一些学人找到了新的营生和新的题材,更愿意把一场文化差异的大清查当作新兴知识产业,强迫人们在分类目录面前自报出身和接受检查,非此即彼地选择自己的归属——这种热闹事态的背景,是美国学者亨廷顿著名的"文明冲突论",是德、英等西方国家排斥和限制外来移民的喧嚣,连法国这样的人权思想原产地,中左力量也无法阻止国会通过歧视移民的最新法案。

困难在于:文化差异是存在的,也不应该轻易化约,但文化身份被太当成一回事的时候,也许就掩盖了另一个重要事实:当今之人已大多程度不同地进入了文化多重性状态。一个人,可能是语言上的塞尔维亚人,却是血缘上的克罗地亚人;是宗教上的阿拉伯人,却是生意上的以色列人;是衣着上的北爱尔兰人,却是文学上的英格兰人;是家庭伦理上的中国人,却是爱情法则上的法国人;是饮食上的日本人,却是足球上的阿根廷人;是聊天时的四川人,却是购物时的香港人;是政治生活中的北京人,却是影视消费上的洛杉矶人;甚至是这间房里的这一个人却是那间房里的另一个人,是这个小时的这个人却是下一个小时的另一个人……这一个个多边形和多面体,这些数不胜数的文化混血杂种,怎样划线站队? 即便这杂种与那杂种之间还有很多差别,但不论强国的民族主义还是弱国的民族主义,派发标签的出身政审意味是否有些草率不智?

L·托马斯是美国著名生物学家。在《水母与蜗牛》这本书里,他嘲笑精神病医生们把一个人的多个"自我"当作精神分裂症特征。在他看来,一个人如果有七八个自我,也只是一个合情合理的小数目。多个自我共存并不是病态。如果说这种情况与精神分裂症有区别的话,那么唯一的区别在于,精神病人的多个自我总是一拥而上,乱成一团,不能像正常人做到的那样交接有序和按部就班,如此而已。托马斯的这一说法,也许可以帮助我们来理解人的文化多重性的状态。我那位巴黎熟人面对白人和面对同胞的不同文化反应,其实不是什么反常,将其看作不同自我的随机转换,大体符合托马斯笔下的健康人标准,并无出格和危险之处。

从某种意义上来说,每一个人都是自己"熟悉的陌生人",我既是我,也是你,也是他,甚至是一切人称谓格,是一个复数化存在。如佛祖曰:众生即我,我即众生。

除了地理意义上的移民,隐喻化的"移民"大概是我们每一个人的命运。这里有时间的"移民":一般来说,年轻人容易激进,只是当更年轻一代在身后咄咄逼人地成长起来以后,他们曾百般轻蔑和攻击过的卫道保守,很可能逐渐移入他们多皱的面庞和四方八正的步态,包括性欲减退之后,其性解放躁动很可能易为对情义的持守。这叫做此一时也,彼一时也,不过是人格在岁月航程中停靠在不同港湾。每想到这一点,我就不会过于认真地对待年长型的傲慢,总是想象他们在更年长的一代面前,对同类傲慢的不满可能不会比我更少。我也不愿过于认真对待年少型的轻狂,总是想象他们在更年少的一代面前,很快就会失去轻狂的本钱,也许将很快在时间魔术之下重返平实。一切适龄性的心理表情,即便不是虚假,也不是真实的全部。

还有知识的"移民"。一个求知者可能要读很多书,在知识版图上频繁流浪。特别是在资讯发达和文化多元的时代,知识爆炸总是在人们心中过多累积和叠加文本,在人们情感和思想的面前设置出过于混乱和歧异的路标,让人有点无所适从。于是,我们常看到这种情况:昨天还是坚定的国粹派,今天就变成了激烈的西化派;今天是振振有词的经验主义者,明天可能成了口若悬河的理想主义者。这种变化,可能是对现实演变的及时回应或者智力发育过程中的合理更新,但事情在很多情况下并没有我们想象的那么复杂。有时候一个知识者赞成什么,仅仅取决于他能够说上些什么,取决于他碰巧读了个什么学位或者近来偶尔读到一本什么书。如同他哼哼哟哟地生出什么病,取决于街头出售什么药片。他们不是什么现代派,只是"读书现代派";他们不是新儒家,只是"信息新儒家"。他们是一些现买现卖的知识贩子,因此很难保证他们不在另一种时兴药片的吸引之下,很快折腾出另一副病容。

还有地位以及各种利益区位的"移民"。人非圣人,只要活着便有利欲不绝,故社会存在制约社会意识,人在利益分配格局里的偶然定位,常常成为情感和思想的重要牵引。一个人在单位受宠,可能会当秩序党;到社会上受压,则可能参加造反派,"文革"中诸多"内保外造"或"内造外保"的现象就是这样产生的。供职于电厂的人可能盼望电力涨价,供职于铁路行业的人可能对高电价愤愤不已,这也是生活中的寻常。屁股指挥脑袋,什么藤上结什么瓜,什么阶级说什么话,虽然这种描述曾被机械运用,虽然这种逻辑在阶级之外也适用于行业、民族、性别等其他领域,然而作为或然性社会规律之一,其合理内核大概不应被我们盲视。当法国学者 M·福柯在话语和权利之间建立一种相关性,在很多人看来,他不过是在一个更广大的范围内,重申了对知识中立性、客观性、普适性的怀疑,复活了人们对利益的敏锐嗅觉。我们无须承认利益决定一切,但如果嗅不出各种学术和知识的人间烟火味,就不免失之天真。很多人的立场变化,就是这样发生的。比方说,一旦发现我们正在理解自己曾经不能理解的东西(如官僚的专横),正在热衷自己曾经不愿热衷的东西(如流氓的玩世),正在嫌恶自己曾经不会嫌恶的东西(如进城农民工的土气或者归国学子的洋气),我们是否应该萌生一种警觉,把这一切疑为我们利益区位变更的结果? 也就是说,我凭什么可以把这种变更看作自由独立的抉择,而不是整个社会利益变局对我做出的一次临时性抛掷?

事实上,我们并没有恒定的自我,我们的自我也决非意守丹田时体内的一片澄明。我们像一些棋盘上的棋子,行游不定,动如参商,但我们常常在一些临时性抛掷落点停下来,然后断言这就是我,是自己的本原和终极。

三

很久以来,我困惑于无法了解自己和他人。热情而浪漫的八十年代一眨眼就结束了,很多人的救世诗情一旦受挫,一旦发现自己投身的改革不是明星速成班,不是周末欢乐派对,很快就聪明地掉头而去。九十年代的实用风尚几乎捣毁了一切人生信条,灵魂在物质生存的底片上曝光,人性在无神无圣的时代加速器里裂变。于是刚在广场上缠布条喊口号的民主青年,转眼就敲开了高官的后门,用谄笑和红包来换取特权批文,以便自己赚一笔大钱。他知道口号和利润应该分别安放在什么地方。另一个刚刚在讲坛上悲容满面痛斥世俗的诗人,转眼就为一次偶然的误会而痛苦失眠。这次误会不过是:一个陌生人把他当作电工吆喝了一声,居然不知道他是堂皇诗人,理应加以膜拜。比起他所轻蔑的众多俗人来说,他还要难侍候百倍。

当"精神"需要侍候,当"民主"成为表演,到了这一步,还有什么不可能发生呢? 一个个新派人物刚刚"人道"过,"启蒙"过,"存在主义"过,只要初涉商海,初尝老总的美味,就可以技巧纯熟地欺压雇员并且公开宣布自己就是向往"希特勒"——比他们抗议过的官场腐败还要腐败得更彻底、更直露、更迅速。

每一次社会动荡之潮冲刷过去,总有一些对人性的诘问沉淀下来,像零零星星的海贝,在寂寞暗夜里闪光。一位作家说过,一个刚愎自用的共产主义者,最容易成为一个刚愎自用的反共产主义者。这种政见易改而本性难移的感想,也许就是很多人面对社会的变化,不愿意轻易许诺和轻易欢呼的原因。与此相反,一切急功近利者更愿意谈制度和主义,更注重观点和立场,包括用"阶级"、"民族"、"宗教"、"文化认同"一类大标签,在人群中进行分门别类。翻翻手边各种词典、教材以及百科全书,无论其编撰者是中共党史专家还是英国牛津教授,他们给历史人物词条的注释大多是这样一些话:叛徒,总统,公爵,左派,福特公司的首创者,第八届中央委员,一九六四年普利策奖得主,指挥过北非战役,著名的工联主义活动家,如此等等。在这样的历史文本里,人只是政治和经济的符号、伟业的工具,他或者她是否"刚愎自用"的问题,纯属无谓小节,几乎就像一个人是否牙痛和便秘的闲话,必须被"历史"视而不见。

捷克作家昆德拉《生命中不能承受之轻》中的男主人公面临着另一种历史:他的儿子带来了一位民主斗士,把一张呼吁释放政治犯的联名信放在他面前,希望他勇敢地签名。他当然赞成这种呼吁的内容。他因反抗入侵当局已经丢了饭碗,也不可能还有什么更坏的结果。但他断然拒绝:"我不签。"导致这一拒绝的只是一个小节:对方的胁迫姿态就像当时墙上的一幅宣传画,上面画着一个士兵直愣愣地瞪着观众,严厉地向观众伸出食指。一九六八年捷克诸多自由人士发起"两千人上书"的改革造势,就用了这张画,题为:"你还没有在两千人上书中签名吗?"具有讽刺意味的是,一年后前苏联军队入侵,当局清查和迫害这些自由人士,同样是用了这张画,满街都张贴着逼向人们的目光和食指,连标题也差不多:"你在两千人上书中签过名吗?"

如果历史学家们来描述这件事,很可能只会注意联名信上的字迹,那里没有这位主人公的位置,而这个空白当然是一种耻辱。但这位主人公宁愿放弃所谓大义,宁愿被同胞们目为怯懦和附逆,也不愿在这样的指头下签名——何况这种签名明摆着不会有任何实际效果。他看不出以指相逼的专制当局和同样以指相逼的民主斗士有什么不同。

那个小小的指头无法进入历史,却无法被昆德拉忘记。作为一位读者,我同样无法忘记的问题是:谄媚在广场和谄媚在官府有太大的不同吗？虚荣的诗人和虚荣的商人有太大的不同吗？轻浮的左派和轻浮的右派有太大的不同吗？矫情的前卫和矫情的复古有太大的不同吗？……一个有起码生活经验的人，不会不明白制度和主义的重要，但也不应忘记制度和主义皆因人而生，由人而行，因此可能被人性的弱点所侵蚀。一个有起码生活经验的人，也不会不经常在盟友那里感受到震惊和失望，如果他愿意的话，也不会不经常在敌营那里发现意外的温暖，包括在某一个表情和某一个动作中相互会心的可能。

　　这样的经验渐渐多了以后，我不再有划线站队的兴趣。我赞成过文化"寻根"，但不愿意当"寻根派"；我赞成过文学"先锋"，但不愿意当"先锋派"；我一直赞成"民主"，但总觉得"民主派"的说法十分刺耳；我一直主张世俗生活中不能没有"人文精神"，但总觉得"人文精神"如果成为口号，如果带来某种串通纠合和党同伐异，那么不是幼稚可笑就是居心不良。我从不怀疑，一旦人们喜滋滋地穿上了派别的整齐制服开始齐步走，人的复杂性就会成为盲区——这样的派别检阅只能走向危险的历史谎言。

四

　　"马太效应"是经济学家们的术语，典出基督教的《马太福音》，指越是穷人越少挣钱的机会，越是富人就越有生财的空间，两方面都呈极化发展。其实，这种极化或者极端化现象并不限于经济活动。一个说话风趣的人，总是得到更多喝彩鼓励，得到更多大家出让的说话机会，于是一张嘴越说越顺溜，越顺溜就越可能风趣。一个左派人士，总会有很多同道者为伍，形成一个信息共享网络，左派观点所需要的现实根据和理论资源也就源源不断。一旦这个网络出现了对外屏蔽，局中人不左得登峰造极，倒会成为反常结果。

　　极端化的逆过程是匀质化——这种现象其实也不少见。一个高明的创意产生了,一定会有很多人的模仿和学习,直到最后大家终于千部一腔共同平庸。一个人若表现出特别的才华,也可能引来周围人的红眼病,群起而攻,群起而毁,最后是出头的椽子先烂,直到大家放心地彼此彼此一拉平。还有暴力带来暴力的报复,阴谋带来阴谋的抵抗,其起因虽可另说,但以毒攻毒和以牙还牙的结果,常常是冲突双方的手段和风格越来越趋同,即便其中一方曾经代表正义,但也在相互复制的过程中,与自己的敌手越来越像一回事。

极端化也好,匀质化也好,悄悄改变着我们而不为人所察。而这两种过程常常互为因果,互为表里,成为人们复杂的互动轨迹,交织出一幕幕令人眼花缭乱的人间悲喜剧。特别重要的是,这两种过程都显示出人的社会性:人不是孤立的个人,人性不是个人的自由选择。十八世纪科学家 D·霍夫斯塔特通过对一些蚁群兴衰的研究,用他那令人目眩的"蚂蚁赋格曲",揭示出一只单独的蚂蚁,与生活在蚁群中的同一只蚂蚁,完全不是一回事,其属性和功能有极大的差别。整体不等于局部之和;整体也使各个局部深刻地异变。这就是具有哲学革命意义的"整体效应"说和"大数规则"说——可惜还被很多人文学者漠视。一个与世隔绝的人,与一个同他者发生关系的人,处于人群整体和人群大数中的人,完全不可同日而语。前者没有文明,后者会有文明,因此文明只是社会的增生物。我们即便在一个最自由的社会里天马行空,也没法成为一枚绝缘棋盘的棋子,逃脱社会对我们的塑造。我们这些人形蚂蚁生息在家庭、公司、社区、种族、阶级、国家以及各种共同体"大数"里,与他人相分而极端化,与他人相同而匀质化,碌碌乎而不知所终,却有了文明的收益和代价。

说到这一点,是因为八十年代以来个人主义在中国复兴,作为对"文革"噩梦的报复,权威专制所取消的个人欲望和个人差异,重新受到了人们的重视。这种鲜血换来的解放至今使我们受益。个人首先回到了诗歌里,然后回到了辞职书上,回到了旅行袋中,回到了如火如荼的私营企业那里。当然,个人有时候也会成为过于时髦的宣言。一个作家在会上说:"艺术家的眼里从来没有社会,我只写我自己。"另一个评论家说:"除了我的真实,难道还有别的什么真实?"

我猜测这些人们争相独立的解散口令只是一种情绪,只是情绪之下的辞不达意,不必过于认真地对待——这种连自由派主将哈耶克也力图避开的"原子"个人主义并不让我失望,我失望的只是这些人如果不借助一些花哨修辞,常常在三句话以后就没法往下说——而我一次次等待着他们的下回分解。作家要写真实,写个人,写欲望,这都很对,但有一个也许很傻的问题:写哪一种欲望?哪一种欲望才算得上真实和个人?才算得上毫无社会污染的绝对天然?这种态度,起码无法区分原始人乱伦而文明人敬亲的欲望,无法区分唐代人乐肥而宋代人好瘦的欲望,无法区分有些人吸毒而有些人品茗的欲望,无法区分有些人田园渔樵而有些人功名将相的欲望。所有这些区别是与生俱来的生物本能,还是文化训练和社会塑造的结果?

在另一方面,个人的千差万别,可以证明权威专制的不合法,却不能证明人的社会性是一种虚构,不能证明这些差别是取决于基因或天意的某种神物。因为这些差别不是整体解散的结果,恰恰相反,是整体组合的产物,是整体充满着活力的证明。任何物质在非组织状态下只可能松散、匀质、彼此雷同、整齐划一,如同月球表面的景观,而生物多样性正好是它们被组织在某个统一系统里的特征,是诸多个体互相滋养、互相激发、互相支撑、互相塑造的水到渠成。事实上,对个人差别的尊重和保护,不是一个人在月球上的自我折腾,恰恰相反,它明白无误地受动于社会并且反过来参与社会。在这个意义上,整体性意味着个人活在整体之中,不仅表现为旗帜、口令以及队列,更重要的,它只有通过造就个体差异才得以体现;个别性则意味着整体活在个人之中,不仅表现为有些人的遗世独立,悲泪独饮,玄机独悟(包括触摸自己的皮囊对社会概念百般迷惑),更重要的,它的丰富内涵只有随着人们从中破译出种种社会密码,才可能一步步相对显现。在那个时候,作为棋盘上的一枚棋子,"我"是这一个马而不是那一个象的建制化过程,才可以被真正地谈论,而不是自恋者的神话。

五

葡萄牙诗人佩索阿差不多是一位个人主义者。他是里斯本的一个小职员,终身孤绝和木讷,甚至不愿意外出旅游,用他的话来说,"不动的旅游",即躺在椅子里面向夕阳的幻想,对于他来说已经足够。他在半个世纪以前去世,生前写过一些诗歌和散文。但他最重要的作品直到八十年代才被欧洲人发现,并且引起关注和热烈的讨论。

他对群体行动充满着怀疑,曾在《惶然录》里说:"革命者和改革者都犯了一个同样的错误。他们缺乏力量来主宰和改变自己对待生活的态度——这是他们的一切,或者缺乏力量来主宰和改变他们自己的生命存在——这几乎是他们的一切。他们逃避到改变他人和外部世界的向往中去。""如果一个人真正敏感而且有真正的理由,感到要关切世界的邪恶和非义,那么他自然要在这些东西最先显现并且最接近根源的地方,来寻求对它们的纠正,这个地方就是他自己的存在。"

用中国的话来说,他似乎注重独善而轻忽兼利,在今人看来似不无偏见。我翻译的时候差一点想把这一段话漏掉,以防这种看法对中国的改革紧迫性给予抹杀,对中国众多改革者有所伤害。我最终没有那样做,不仅仅是尊重原作,而且因为文字删除并不意味着问题的消失。他的忧虑其实也是狄更斯、雨果、托尔斯泰、萨特、鲁迅等等有识之士的一贯忧虑。他们总是在维新、造反、政变、革命那里看到肮脏浮渣,字里行间难免一声叹息。很自然,在某些人眼里,他们如果不是天真的理想主义者,就是阶级觉悟或者民族觉悟不够高的个人主义者,是一些站在时代之外的可笑书生。连鲁迅也被很多左派的"奴隶总管"们鞭打,是众所周知的事实。

但是我很怀疑，某些个人主义者高兴得不是地方，可能把佩索阿错认为同道。这些人也在嘲笑改革和革命，但他们与佩索阿相差太远。最本质的差别在于：他们的嘲笑是因为那些社会运动对他们的个人利欲没法满足或满足得不够，而佩索阿的怀疑则是因为那些运动不能、或者不足以警戒人们的个人利欲。换一句话说，他们的个人主义是一种向外贪求，佩索阿的个人主义（如果这个命名是合适的话）则是一种自我承担。毫无疑问，在佩索阿看来，那些成天眼睛红红觉得天下人都欠了他一笔的人，那些自己从无快乐而只能对外索取利益的人，正是他笔下可疑的形象，那种人间邪恶的"根源"所在。

道理很简单：自我承担纯属个人事务。只有向他人争夺和宣战的癖好，才需要联合乃至勾结，才需要组织乃至帮派，才需要权威乃至专制，才需要集体主义的热情动员乃至国家主义、民族主义——乃至法西斯主义——的意识形态。在这样一个过程中，集体不是个人的对立物，而是个人的相加和放大，是个人利欲的最佳面具。如果这一过程得不到理性控制，如果个人利欲得不到制度化的合理安排和疏导，那么事情的结果就只能是：少数人将以"集体"名义中饱私囊，并且必然大力展开对"个人"的无情剿杀——如果那些人拒绝臣服于这个"集体"的掠夺。

这是一种从劣质个人主义到冒牌集体主义的逻辑过程，是革命和改革中常见的阴影——但利欲恰恰是这一阴影的源头。在这个意义上，与其说佩索阿在怀疑改革和革命，不如说他在怀疑逃避个人承担和各种打伙求财——不论它是否打着改革或革命的旗号。

我很遗憾，从佩索阿引出的这个关于私欲的话题，在当今有点不合时宜。佩索阿早就死了，从狄更斯到鲁迅的思考也早已烟消。不知从什么时候开始，人们已经逐渐学会迁就现实，不再苛求社会变革既能除制度之弊，还能除人心之恶。变革就是变革，只能做它能做的事。变革无须把大家带入君子国。在冷战结束以后，全球都是发展优先和利益优先，很多人更愿意把变革看作单纯的利益重新分配，看作"一切向钱看"的现实操作。作为相应的知识生产，人文教育和人文学科也一直在变化，比方"精神"、"灵魂"、"道义"乃至"社会公正"一类词语日渐稀少——有一位美国学者甚至对我说，"精神"这个词太有法西斯味道，充其量也只能让浪漫的法国人或者神秘的中国人去玩玩，进入美国学术主流一定是会让人怪异。这样，主宰现代教育和学术的雅皮们，通常是一些领带打得很好的人，薪水很高而且周末旅游很开心的人，夹着精装书兴趣广泛但表情持重而且很有分寸感的人。他们如果没有受雇于政治或商业机构，便身居深深校园，慎谈主义，尤其慎谈精神。他们只谈问题，特别是逻辑和功能的问题，总是把问题作实证主义和技术主义的处理。"价值中立"的超然态度成了科学正统风范，成了主流知识分子的文明标志。在他们的推动之下，不仅精神被划入心理咨询和医学的业务范围，不仅自然科学和社会科学在技术化和工具化，连文学艺术也开始时兴"价值退场"的空虚和"感情零度"的冷漠——作者们常常用"无奈"呵、"多元化"呵、"面对现实"呵这些含混的词，来消解和搅和一切可能的愤怒和热爱、抗拒与妥协。各种文本游戏散发出机械部件的寒光。

也许，我们并没做错什么。既然科学在精神难题方面力不从心，我们就只能在精神问题悬置的前提下来谈一谈为哲学的哲学、为经济的经济、为艺术的艺术、为性的性——何况这些 no heart（无心灵）的技术工作也能惠及于人。我们避免了往日理想主义者可能的退避（理想破灭时）或者强制（推行理想时），成为一些称职能干的知识职员，至少也可以成为一些潇洒自得的知识玩家。

当然，精神问题还被人谈着，只是被另外一些人来谈而已。政客把精神当作效忠的纪律，奸商把精神当作公关的窍门。更重要的是，当科学不能为人们提供理想的时候，邪教就会来提供幻象；当知识分子不能为现实提供诗情的时候,各种江湖骗子就会来提供癫狂。"人民圣殿派"、"奥姆真理教"一类组织乘虚而入,接管了学者和作家曾经管理着的领地,在辽阔的民间开始为精神立法。连中国的气功和商品传销这些日常世俗活动,也在迅速重建道德教条的权威,弥漫出宗教仪规和宗教组织的气息,让人们觉得"文革"式的造神热浪一不小心就可以卷土重来。这当然是一个讽刺:一个科学随着航天飞机君临一切的时代,居然也成为各种迷信"大师"和"圣父"来启导人生的时代,成了他们生逢其时大显身手的年月。

我无意苛求科学。我只是想知道,科学在有些人那里怎样变得没心没肺,然后怎样逐渐弱化乃至取消了直指人心的批判。我只是想知道,这种技术意识形态怎样与江湖骗子们的大举重返民间实现共谋。

六

当年很多烈士正被众多后人在茶余饭后讪笑,而死者中的他似乎更有可笑的理由。他是一个有钱人,因为新派儿子的影响,因为尖锐社会危机的触动,他决意向自己所属的阶级挑战。他把自己的好马、烟土、田地以及所有家产拿出来分配给穷人,捐赠给革命军队,成为自己熟悉的陌生人。

但是他得到的回报竟是一些造反农民把他当作劣绅,当作革命的对象,给了他一颗子弹。在那个混乱年代,这类事故没法完全避免。

不明不白的死,使他成了人们的一个禁忌,连亲人都不愿多谈这件事,而历史更有理由把他忽略。但他在遗言中还嘱咐儿子继续站在穷人一边,并且在我的想象中远望河流和山峰,远望秋日里枯黄色草坡,流下了一滴清泪。枪声响了,很快就淹没在漫长的寂静之中。他一头栽入土坑的时候,他所热爱着的人们终究没来帮上他多少忙,没有为他树碑、立传、追封或者给予特别的思念,因此他这一段故事完全成了个人私事,是完全个人性的选择。

他是一个果断消灭自己既得利益的富翁,是一个决然背弃了另一个自我的自我,完全违反了某些常理。就像老人能够理解青年目无祖制的激进,国学家能够欣赏西学家鸣鼓而攻的智慧,一个行业的人能够同情另一个行业的艰辛,一个民族的人能够欢呼另一个民族的幸福,他完全摆脱了人在利益格局中的惯性和定势,成了一个带血的异数。他的生和死,证明了个人的自由选择权利。

自由是对制约的超越,特别是对利益制约的超越,是生物进化过程中高级群类的神圣标志。我经常想起电视片《动物世界》中令人惊心的一幕:一只幼豹闯入了野牛群,咬住了其中的一只,数以千计的野牛居然带着它们的利角一哄而散纷纷逃窜,其中当然有那垂死生命的父母和兄弟。它们不明白把牛角集中起来足以驱杀入侵者,也压根儿没打算这么去做。在这种下贱的逃亡面前,我不能不向遍体血痕却仍然狂奔救子的犬类致敬,不能不向断手残足却仍然舍身护家猛扑敌阵的蜂群和蚁群致敬,不能不向刚刚倒在枪声中的那个人致敬——他是人,属于进化高端的群居智能生物。当他所告别的财富和他所撞上的枪口都只准他那样,而他偏偏可以这样;当身边的一切关系和理解都驱使他那样,而他偏偏可以这样;在这一刻,生命体的低级法则瓦解了,社会这个庞然大物也黯然失色了——谁还能阻挡这样的个人? 谁能阻挡他的自由?

我遥遥地打量这个无名的前辈,打量我在乡下得来的这一段故事,也许得感谢人类社会在造就庸常的同时,也造就了奇迹,在危机的时刻照亮长夜,使我们不安和惊悸。我们知道他不是天外来客,只是一个普通人,仍然受到种种社会制约——不过是在社会需要大义的时候,需要英雄的时候,需要忘我者来慨然救赎的时候。这种时候是人类理想的复活节。和很多人一样,他的个人化精神高蹈,不过是整体利益所需的一种社会自救行动,与自私一样同属自然现象。生物学家们说,有利它行为的生命物种更能承受危机,更有强势发展的可能。生物学家们还说,一个生命系统通常具有自我修复机能,比如人体在生理失衡之时,会出现白血球的突然增生,直到它的数目达到健康所必需的标准——那么众多烈士莫非就是人类这一生命体所需的白血球?

对于个人来说,生命只有一次。对于一个共同体来说,大局转危为安常常需要局部牺牲。这是一种残酷。但是如果没有这种残酷,如果社会自我修复机能因这种或那种原因而消失,到了那时候,人类这个盘踞于地球或聚或散或伸或缩或闹或静并且已经向太空伸出了触须的庞大生命体,就只有无可避免地崩塌和腐烂。

正因为这一点,面对当年的一声枪响,我决不会参加茶余饭后的哄笑。

我平庸岁月里的耳膜在久久寻找那一声枪响的余音。

1998 年 4 月

---

* 最初发表于 1998 年《天涯》杂志,后收入随笔集《性而上的迷失》。

遥 远 的 自 然

　　城市是人造品的巨量堆积，是一些钢铁、水泥和塑料的构造。标准的城市生活是一种昼夜被电灯操纵、季节被空调机控制、山水正在进入画框和阳台盆景的生活，也就是说，是一种越来越远离自然的生活。这大概是城市人越来越怀念自然的原因。

　　城市人对自然的怀念让人感动。他们中的一些人，不大能接受年迈的父母，却愿意以昂贵的代价和不胜其烦的劳累来饲养宠物。他们中的一些人，不可忍受外人的片刻打扰，却愿意花整天整天时间来侍候家里的一棵树或者一块小小草坪。他们遥望屋檐下的天空，用笔墨或电脑写出了赞颂田园的诗歌和哲学，如果还没有在郊区或乡间盖一间木头房子，至少也能穿上休闲服，带上食品和地图，隔那么一段时间（比方几个月或者几年），把亲爱的大自然定期地热爱一次。有成千上万的旅游公司正在激烈竞争，为这种定期热爱介绍着目标并提供周到服务。

　　他们到大自然中去寻找什么呢？寻找氧气？负离子？叶绿素？紫外线？万变的色彩？无边的幽静？人体的运动和心态的闲适？……事实上，文明同样可以提供这一切，甚至可以提供得更多、更好、更及时。氧吧和医院里的输氧管可以随时送来森林里的清新。健身器可以随时制造登山时的大汗淋淋和浑身酸痛。而世界上任何水光山色的美景，都可以在电视荧屏上得到声色并茂的再现。但是，如果这一切还不足以取消人们对自然的投奔冲动，如果文明人的一个个假日仍然意味着自然的召唤和自然的预

约,那么可以肯定,人造品完全替代自然的日子还远远没有到来——人们
到大自然中去寻找的,是氧气这一类东西以外的什么。

　　也许,人们不过是在寻找个异。作为自然的造化,个异意味着世界
上没有两片叶子完全相同,没有两个生命的个体完全相同。这种状况
对于都市中的文明人来说,当然正在变得越来越稀罕。他们面对着千
篇一律的公寓楼,还有千篇一律的汽车、车间、电视机、速食品以及作息
时间表,不得不习惯自己周围的个异的逐渐消失。连最应该各各相异
的艺术品,在文化工业的复制浪潮之下,也正变得面目相似,无论是肥
皂剧还是卡能画,彼此莫辨和新旧莫辨都为人们容忍。现代工业品一
般来自批量生产的流水线,甚至不能接受手工匠人的偶发性随意。不
管它们出于怎样巧妙的设计,它们之间的差别只是类型之间的差别,而
不是个异之间的差别。它们品种数量总是有限,一个型号下的产品总
是严格雷同和大量重复,而这正是生产者梦寐以求的目标;严格雷同就
是技术高精度的标志,大量重复就是规模经济的最重要特征。第一千
个甲型电话机必定还是甲型,第一万辆乙型汽车必定还是乙型,它们在
本质上以个异为大忌,整齐划一地在你的眼下哗哗哗地流过,代表着相
同功能和相同价格,不可能成为人们的什么惊讶发现。它们只有在成
为稀有古董以后,以同类产品的大面积废弃为代价,才会成为某种怀旧
符号,与人们的审美兴趣勉强相接。它们永远没法呈现出自然的神奇
和丰富——毫无疑问,正是那种造化无穷的自然原态才是生命起点,才
是人们一次次展开审美想象的人性标尺。

　　也许,人们还在寻找永恒。一般来说,人造品的存在期都太过短
促,连最为坚固的钢铁,一旦生长出锈痕,简直也成了速朽之物,与泥土
和河流的万古长存无法相比。它甚至没有遗传的机能,较之于动物的
生死和植物的枯荣,缺乏生生不息的恒向和恒力。一棵路边的野草,可
以展示来自数千年乃至数万年前的容貌,而可怜的电话机或者汽车,却
身前身后两茫茫,哪怕是最新品牌,也只有近乎昙花一现的生命。时至

今日,现代工业产品在更新换代的催逼之下,甚至习惯着一次性使用的转瞬即逝,纸杯、易拉罐,还有毛巾和袜子,人们用过即扔。这种消费方式既是商家的利润所在,于是也很快在宣传造势之余成为普遍的大众时尚。在这个意义上,现代工业正在加速一切人造品进入垃圾堆的进程,正在进一步削弱人们与人造品之间稳定的情感联系。人们的永恒感觉,或者说相对恒久的感觉,越来越难与人造品相随。激情满怀一诺千金之时,人们可以对天地盟誓,但怎么可以想象有人面对一条领带或者一只沙发盟誓? 牵肠挂肚离乡背井之时,人们可以抓一把故乡的泥土入怀,但怎么可以想象有人取一只老家的电器零件入怀? 在全人类各民族所共有的心理逻辑之下,除了不老的青山、不废的江河、不灭的太阳,还有什么东西更能构建一种与不朽精神相对应的物质形式? 还有什么美学形象更能承担一种信念的永恒品格?

如果细心体会一下,自然使人们为之心动的,也许更在于它所寓含着的共和理想。在人们身陷其中的世俗社会,文明意味着财富的创造,也意味着财富分配的秩序和规则。人造品总是被权利关系分割和网捕。所有的人造品都是产品,既是产品就有产权,就与所有权和支配权结下了不解之缘。不论是个人占有还是集团占有,任何楼宇、机器、衣装、食品从一开始就物各有主,冷冷地阻止权限之外的人僭用,还有精神上的亲近和进入。正因为如此,人们很难怀念外人的东西,比如怀念邻家的钟表或者大衣柜。人们对故国和家园的感怀,通常都只是指向权利关系之外的自然——太阳、星光、云彩、风雨、草原、河流、群山、森林以及海洋。那么多色彩和音响,尽管也会受到世俗权利的染指,比如局部地沦为庄园或者笼鸟,但这种染指毕竟极其有限。大自然无比高远和辽阔的主体,至少到目前为止还无法被任何人专享和收藏,只可能处于人类公有的状态。在大自然面前,私权只是某种文明炎症的一点点局部感染。世俗权利给任何人所带来的贫贱感或富贵感、卑贱感或优越感、虚弱感或强盛感,都可能在大山大水面前轻而易举地得到瓦解和消散——任何世俗的得失在自然面前都微不足道。古人已经体会到这一点，才有"山水无常属，闲者是主人"一说，才有"山可镇俗，水可涤妄"一说。这些朴素的心理经验，无非是指大自然对所有人一视同仁的慷慨接纳，几乎就是齐物论的哲学课，几乎就是共和制的政治伦理课，指示着人们对世俗的超越，最容易在人们心中轰然洞开一片万物与我一体的阔大生命境界。

当然，这一切并不是自然的全部。人们在自然中可以寻找到的，至少还有残酷。台风，洪水，沙暴，雷电，地震，无一不显露出凶暴可畏的面目——人们只有依靠文明才得以避其灾难。自然界的食物链方式则意味着，自然的本质不过是千万张欲望的嘴，无情相食，你死我活。敦厚如老牛也好，卑微如小草也好，每一种生物其实都没有含糊的时候，都以无情食杀其他生命作为自己存在的前提。即便在万籁俱寂的草地之下也永远进行着这种轰轰烈烈的战争。文明发生之前的原始初民，同样是食物链中完全被动的一环。山林部落之间血腥的屠杀，也许只是一种取法自然并且大体上合乎自然的方式，只能算作野生动物那里生存斗争的寻常事例。他们还缺乏文明人的同类相惜和同类相尊，还缺乏减少流血的理性手段——虽然这种理性的道德和法律也可以在世界大战一类事故中荡然无存，并不总是特别可靠。

由此看来，文明人所热爱的自然，其实只是文明人所选择、所感受、所构想的自然。与其说他们在热爱自然，毋宁说他们在热爱文明人对自然的一种理解；与其说他们在投奔自然，毋宁说他们在投奔自然所呈现的一种文明意义。他们为之激情满怀的大漠孤烟或者林中明月，不过是自然这面镜子里社会现实处境的倒影，是他们用来批判文明缺陷的替代品。他们的激情，不能证明别的什么，恰恰确证了自己文明化的高度。换一句话说，他们对待自然的态度，常常不过是对现存文明品质的某种测试：他们正是敏感到文明的隐疾，正是敏感到现实社会中的类型化正在危及个异，短效化正在危及永恒，私权化正在泯灭人类的共和理想,才把自然变成了一种越来越重要的文明符号,借以支撑自己对文明的自我反省,自我批判以及自我改进。他们对自然的某种绿色崇拜,不仅仅是补救自己的生存环境,更重要的,是补救自己的精神内伤。

迄今为止,宗教一直在引导着文明对自然的认识。寺庙和教堂总是更习惯于建立在闹市尘嚣之外,建立在山重水复之处,把人们引入自然的旅途。迄今为止,艺术也一直在引导着文明对自然的认识。音乐、美术、文学的创作者们,无一不在培育着人类对一花一草一禽一畜的赞美和同情,无一不明白情景相生的道理,总是把自然当作人类美好情感的舞台和背景。他们如果不愿意止于拒绝和批判,如果有意于更积极的审美反应,表达更有建设性的精神寄托,他们的眼光就免不了要指向文明圈以外,指向人造品的局限视界以外,不论是用直接或间接的方式,其诗情总是不由自主地在自然的抚慰之下苏醒。他们的精神突围,总是有地平线之外某种自然之境在遥遥接应。赤壁之于苏东坡,草原之于契诃夫,向日葵之于凡·高,黄河之于冼星海,无疑都有精神接纳地的意义。

正是在这里,宗教和艺术显示了与一般实用学问的差别,显示了自己的重要特征。它们追问着文明的终极价值,它们对精神的关切,使它们更愿意在自然界伸展自己的根系。

作为文明活动的一部分,它们当然并不代表人与自然的唯一关系。在更多的时候,以利用自然、征服自然、改造自然甚至破坏自然为特征的经济活动构成了文明主流。现代的商家甚至可以从人们对自然的向往中洞察到潜在利润,于是开始了对感悟和感动的技术化生产,开始制作自然的货品,拓展自然的市场。宗教已经受到了市场的鼓励,其建筑正成为旅游者的诸多景点,其仪规正成为吸引游客的诸多收费演出。艺术同样受到了市场的鼓励,正以奇山异水奇风异俗的搜集和展示,成为吸引远方客人的导游资料或代游资料。所谓"文化搭台经济唱戏",艺术门类正被日益壮大的旅游业收编,主宰着人与自然的诗学关系,搜索着任何一块人迹罕至的自然,运用公路、酒吧、星级宾馆、娱乐设施等等,把天下所有风光一网打尽并制作成快捷方便的观赏节目;至少也可以用发达的视像技术,用风光照片、风光影视以及异国情调小说一类产品,把大自然的尸体囚禁在广为复制的各种媒体上,变成工业化时代的室内消费。

旅游正在成为一场悄然进行的文化征讨。它是强势地区与弱势地区互为"他者"的交流。它的后果,一般来说是强势文明的一体化进程无往不胜,也是文明向自然成功地实现扩张、延展和渗透。它带来了新的市场、利润以及物质繁荣,当然是人类之福。但它一旦商业化和消费化,也可能带来物质欲望对精神需求的挤压和侵害。对于当今的很多文明人来说,有了钱就有了自然,通向自然之路已经不再艰难和遥远。问题在于:在这种吸金网络所覆盖的自然里,我们还能不能寻找到我们曾经熟悉的个异、永恒以及共和理想?还能不能寻找到大震撼和大彻悟的无声片刻?这种旅游业正在帮助人类实现着对自然的物质化占有,与此同时,它是不是也可能遮蔽和销毁自然对于人类的精神性价值?

如果说微笑中可以没有友情,表演中可以没有艺术,那么旅游中当然也可以没有自然。这是一个游客匆匆于今为盛的时代,是一个什么都需要购买的时代:自然不过是人们旅游车票上的价位和目的地。这个目的地正在扑面而来,已经送来了旅游产品的嘈杂叫卖之声、进口啤酒的气息、五颜六色的泳装和太阳伞。也许,恰是在这个时候,某一位现代游客会突然感到:他通向自然的道路实际上正在变得更加艰难和更加遥远。他会有一种在旅游节目里一再遭遇的茫然和酸楚:童年记忆中墙角的一棵小草,对于他来说,已经更加遥不可及再会无期。

1997 年 6 月

---

* 最初发表于 1997 年《天涯》杂志,后收入随笔集《完全的假定》,已译成韩文。

爱 的 歧 义

　　一个口号用得最滥的时候,可能是这个口号大可怀疑的时候。"佛法"一旦随处可闻,空门便难免纳垢。"革命"一旦不绝于耳,红旗便难免变色。同样的道理,当流行歌、主持人以及节日贺卡动不动就"爱"起来的时候,不能不令人捏一把汗:爱的危机是不是已经来临?

　　"爱"的含义过于笼统,容易导致误解。一个人爱吃红烧肉,爱看枪战片,爱去高档时装店挥霍公款,这算不算爱? 如果算的话,那么这种无须劳力和劳心的享乐,相当于天上掉馅饼,当然是很多人最为惬意的事,也是最容易的事,用不着旁人一再鼓动和号召。

　　不大容易的爱,如爱踢足球,需要在绿茵场上大汗淋漓;爱下围棋,需要在棋盘前殚思竭虑;爱一位情侣,需要殷勤照料热心帮助甚至在危难时刻生死与共。相比较而言,这种爱以某种付出为前提,具有较高难度,并非所有人都能体会和拥有。聊可安慰的是,正因为有了难度,爱的乐趣也就有了相应的深度和强度,比如情侣之间的牵挂和激动,非一盘红烧肉的滋味可比。

　　难度最大的爱,可能让一些人望而生畏。这是一种根本没有回报的付出,与爱者本人的利欲与乐欲完全分离,从严格的意义上来说,差不多是一种近乎沉重的责任,近乎痛苦的牺牲,甜蜜感已流散无几。在这种情况下,还有多少人能把爱支撑下去? 我看到一个儿子把他的病母孤零零抛弃在家,情愿在歌舞厅里发呆或者在马路上闲逛,也不愿意回家去帮一把。我并不怀疑这位儿子对母亲爱意尚存,如果母亲健康、清洁、富足、甚至美丽,他一定会表现出更多对母亲的亲近。如果母亲去世,他也可能痛心不已甚至深情怀念。但他不过是用一种对待红烧肉的爱,来对待母亲——不愿意有所付出。毫无疑问,他一定也会用这种方式来爱朋友(假如这个朋友既有钱又有权),爱国家(假如这个国家既不贫困也不落后),爱真理(假如这种真理可以带来丰厚的现实功利并且像免费午餐一样唾手可得),等等。他怎么可以承认,他的内心中缺乏爱呢?

爱是有等级的,随着付出的多少,随着私欲含量的增减,发生质的变化,完全不是一回事。也许,以欲代爱,是最低的等级,可谓兽的等级。爱欲结合,是第二等级,庶几乎是人的等级。至于无欲之爱,爱久病的老母,爱丑陋的邻童,爱荒漠的土地,爱竞技场上获胜的敌手,爱无情抛弃了你的国家和民众——当然是最高等级,只能是神的所为了,只能是人心中神的指示和许诺。人不是神,要求所有的爱者无论何时何地都具有无私奉献的伟大和崇高,当然是一种苛求。问题在于,用一个"爱"字抹杀红烧肉与母亲的差别,混淆情感的不同等级,是中文、英文、日文乃至世界上大多数文字迄今尚未纠正的重大缺失之一,是一切无爱者最为乐意利用的文化事故。

这个事故最大的后果,就是使"爱"字常常显得虚假和肮脏,让我一听就浑身冒出鸡皮疙瘩。

1995 年 11 月

---

* 最初发表于 1995 年《海南日报》,后收入随笔集《性而上的迷失》。

圣 战 与 游 戏

　　如同文学中良莠混杂的状况,佛经中也有废话胡话。而《六祖坛经》的清通和睿智,与时下很多貌似寺庙的佛教旅游公司没有什么关系。

　　佛学是心学。人别于一般动物,作为天地间物心统一的唯一存在,心以身囚,常被食色和沉浮所累。《坛经》直指人心,引导一次心超越物的奋争,开示精神上的自由和幸福,开示人的自我救助法门。《坛经》产生于唐,也是一个经济繁荣的时代,我们可以想象那时也是物人强盛而心人委颓,也弥漫着非钱财可以疗救的孤独、浮躁、仇憎、贪婪等等"文明病"。《坛经》是直面这种精神暗夜的一颗明敏、脆弱、哀伤之心。

　　追求完美的最好思辨,总是要发现思辨的缺陷,发现心灵无法在思辨里安居。六祖及其以后的禅学便大致如此。无念无无念,非法非非法,从轻戒慢教的理论革命,到最后平常心地吃饭睡觉,一次次怀疑和否定自身,理论最终只能通向沉默。这也是一切思辨的命运。

　　思辨者如果以人生为母题,免不了总要充当两种角色:他们是游戏者,从不轻诺希望,视一切智识为娱人的虚幻。他们也是圣战者,决不苟同惊慌和背叛,奔赴真理从不会趋利避害左顾右盼,永远执著于追寻终极意义的长旅。因其圣战,游戏才可能精彩;因其游戏,圣战才更有知其不可而为的悲壮,更有明道而不计其功的超脱——这正是神圣的含义。

　　所幸还有艺术和美来接引人们,如同空谷足音,让人们同时若有所思和若无所思,进入丰富的宁静。

1994 年 10 月

---

* 1994 年代序牛津大学香港有限公司版散文集《圣战与游戏》。

佛 魔 一 念 间

一

佛陀微笑着,体态丰满,气象圆和,平宁而安详。它似乎不需要其他某些教派那样的激情澎湃,那样的决念高峻,也没有多少充满血与火的履历作为教义背景。它与其说是一个圣者,更像是一个智者;与其说在作一种情感的激发,更像是在作一种智识的引导;与其说是天国的诗篇,更像是一种人间的耐心讨论和辩答。

世界上宗教很多,说佛教的哲学含量最高,至少不失为一家之言。十字和新月把人们的目光引向苍穹,使人们在对神主的敬畏之下建立人格信仰的道德伦理,佛学的出发点也大体如此。不过,佛学更使某些人沉迷的,是它超越道德伦理,甚至超越了神学,走向了更为广阔的思维荒原,几乎触及和深入了古今哲学所涉的大多数命题。拂开佛家经藏上的封尘,剥除佛经中各种攀附者杂夹其中的糟粕,佛的智慧就一一辉耀在我们面前。"三界唯心"(本体论),"诸行无常"(方法论),"因缘业报"(构造论),"无念息心"(人生论),"自度度人"(社会论),"言语道断"(认知论),"我心即佛"(神义论)……且不说这些佛理在多大程度上逼近了真理,仅说思维工程的如此浩大和完备,就不能不令人惊叹,不能不被视为佛学的一大特色。

还有一个特色不可不提,那就是佛学的开放性,是它对异教的宽容态度和吸纳能力。在历史上,佛教基本上没有旌旗蔽空尸横遍野的征服异教之战,也基本上没有对叛教者施以绞索或烈火的酷刑。佛界当然也有过一些教门之争,但大多只是小打小闹,一般不会演成大的事故。而且这种辱没佛门的狭隘之举,历来为正信者所不齿。"方便多门","万教归一",佛认为各种教派只不过是"同出而异名",是一个太阳在多个水盆里落下的多种光影,本质上是完全可以融合为一的。佛正是以"大量"之心来洽处各种异己的宗派和思潮。到了禅宗后期,有些佛徒更有慢教风尚,所谓"逢佛杀佛,逢祖杀祖",不拜佛,不读经,甚至视屎尿一类秽物为佛性所在。他们铲除一切执见的彻底革命,最后革到了佛祖的头上,不惜糟践自己教门,所表现出来的几分奇智,几分勇敢和宽怀,较之其他某些门户的唯我独尊,显然不大一样。

正因为如此,微笑着的佛学从印度客入中国,很容易地与中国文化主潮汇合,开始了自己新的生命历程。

二

佛家与道家结合得最为直捷和紧密,当然是不难理解的。道家一直在不约而同地倾心于宇宙模式和生命体悟,与佛学算得上声气相投,品质相类,血缘最为亲近。一经嫁接就有较高的存活率。

印顺在《中国禅宗史》中追踪了佛禅在中国的足迹。达摩西来,南天竺一乘教先在北方胎孕,于大唐统一时代才移种于南方。南文化中充盈着道家玄家的气血,文化人都有谈玄的风气。老子是楚国苦县人,庄子是宋国蒙县人,属于当时文化格局中的南方。与儒墨所主导的北文化不同,老庄开启的道家玄学更倾向于理想、自然、简易、无限的文化精神。南迁的佛学在这种人文水土的滋养下,免不了悄悄变异出新。牛头宗主张"空为道本",舍佛学的"觉"字而用玄学的"道"字,已显示出与玄学有了瓜葛。到后来石头宗,希迁著《参同契》,竟与道家魏伯阳的《参同契》同名，更是俨然一家不分你我。符码的转换，因应并推动了思维的变化。在一部分禅僧那里，"参禅"有时索性改为"参玄"，还有"万物主"本于老子，"独照"来自庄子的"见独"，"天地与万物"、"圣人与百姓"更是道藏中常有的成语。到了这一步，禅法的佛味日渐稀薄，被道家影响和渗透已是无争的事实。禅之"无念"，差不多只是道之"无为"的别名。

手头有何士光最近著《如是我闻》一书，则从个体生命状态的体验，对这种佛道合流做出了新的阐释。他是从气功入手的，一开始更多地与道术相关涉。在经历四年多艰难的身体力行之后，何士光由身而心，由命而性，体悟到气功的最高境界是获得天人合一的"大我"，是真诚人生的寻常实践。在他看来，练功的目的决不仅仅在于俗用，不在于祛病延寿更不在于获得什么特异的神通，其出发点和归宿恰恰是要排除物欲的执念，获得心灵的清静妙明。练功的过程也无须特别倚重仪规，更重要的是，心浮自然气躁，心平才能气和，气功其实只是一点意念而已，其他做派，充其量只是一线辅助性程序，其实用不着那么重浊和繁琐。有经验的练功师说，炼气不如平心。意就是气，气就是意，佛以意为中心，道以气为中心。以"静虑"的办法来修习，是佛家的禅法；而以"炼气"的办法来修习，是道家的丹法。

追寻前人由丹通禅的思路，何士光特别推崇东汉时期魏伯阳的《周易参同契》。老子是不曾谈气脉的。老子的一些后继者重术而轻道，把道家思想中"术"的一面予以民间化和世俗化的强化，发展成为一些实用的丹术、医术、占术、风水术等等，于汉魏年间蔚为风尚，被不少后人痛惜为舍本求末。针对当时的炼丹热，魏伯阳说："杂性不同类，安肯合体居？"并斥之为"欲黠反成痴"的勾当。他的《周易参同契》有决定意义地引导了炼丹的向内转，力倡炼内丹，改物治为心治，改求药为求道。唐以后的道家主流也依循这一路线，普遍流行"炼精化气，炼气化神，炼神化虚"乃至"炼虚合道"的修习步骤，最终与禅宗的"明心见性"主张殊途而同归。

身功的问题,终究也是个心境的问题;物质的问题,终究也是个精神的问题。这种身心统一观,强调生理与心理互协,健身与炼心相济,对比西方纯物质性的解剖学和体育理论,岂不是更为洞明的一种特别卫生法? 在东土高人看来,练得浑身肌肉疙瘩去竞技场上夺金牌,不过是小孩子们贪玩的把戏罢了,何足"道"哉。

三

每一种哲学,都有术和道、或说用和体两个方面。

佛家重道,但并不是完全排斥术。佛家虽然几乎不言气脉,但三身四智五眼六通之类的概念,并不鲜见。"轻安"等等气功现象,也一直是神秘佛门内常有的事迹。尤其是密宗,重"脉气明点"的修习,其身功、仪轨、法器、咒诀以及灌顶一类节目,铺陈繁复,次第森严,很容易使人联想起道士们的作风和做法。双身修法的原理,也与道家的房中术也不无暗契。英人李约瑟先生就曾经断言:"乍视之下,密宗似乎是从印度输入中国的,但仔细探究其(形成)时间,倒使我们认为,至少可能是全部东西都是道教的。"

术易于传授,也较能得到俗众的欢迎。中国似乎是比较讲实际求实惠的民族,除了极少数认真得有点呆气的人,一般人对于形而上地穷究天理和人心,不怎么打得起精神,没有多少兴趣。据说中国一直缺少严格意义上的宗教精神,据说中国虽有过四大发明的伟绩,但数理逻辑思维长期处于幼稚状态,都离不开这种易于满足于实用的特性。种种学问通常的命运是这样,如果没有被冷落于破败学馆,就要被功利主义地来一番改造,其术用的一面被社会放大和争相仿冒,成为各种畅销城乡的实用手册。儒家,佛家,道家,基督教,马克思主义,自由主义,现代主义或绿色思潮……差不多都面临过或正在面临这种命运,一不小心,就只剩下庄严光环下的一副俗相。在很多人眼里，各种主义，只是谋利或政争的工具；各位学祖，也是些财神菩萨或送子娘娘，可以当福利总管一类角色客气对待。

时下的气功热，伴随着易经热、佛老热、特异功能热、风水命相热，正成为世纪末的精神潜流之一。这种现象与国外的一些寻根、原教旨、反西方化动向是否有关系，暂时放下不谈。这里需要指出的是，中国传统文化蕴积极深，生力未竭，将其作为重要的思想资源予以开掘和重造，以助推进社会进步，以助疗救全球性的现代精神困局，不仅是可能的，而且是已经开始了的一个现实过程。但事情都不是那么简单。就眼下的情况来看，气功之类的这热那热，大多数止于术的层面，还不大具有一种新人文精神的姿态和伟力，能否走上正道，导向觉悟，前景还不大明朗。要弄迷信骗取钱财的不法之徒且不去说它。大多数商品经济热潮中的男女洋吃洋喝后突然对佛道高师们屏息景仰，一般的目的是为了健身，或是为了求财、求福、求运、求安，甚至是为了修得特异功能的神手圣眼，好操纵麻将桌上的输赢。总之一句话，是为了习得能带来实际利益的神通。这些人对气功的热情，多少透出一些股票味。

神通利己本身没有什么不好，或者应该说很好，但所谓神通一般只是科学未发明之事，一旦生命科学能破其奥秘，神通就成为科技。这与佛道的本体没有太大关系，因此将神通利己等同于道行，只是对文化先贤的莫大曲解。可以肯定，无论科技发展到何种地步，要求得人心的清静妙明，将是人类永恒的长征，不可轻言高新技术以及候补高新技术的"神通"（假的除外），可以净除是非烦恼，把世人一劳永逸地带入天堂。两千多年的科技发展在这方面并没有太大的作为。这也就是不能以"术"代"道"、以"术"害"道"的理由。杨度早在《新佛教论答梅光羲君》文中就说"求神不必心觉，学佛不必神通"；"专尚神秘，一心求用，妄念滋多，实足害人，陷入左道"。

这些话，可视为对当下某种时风的针砭。

四

求"术"可能堕入左道,求"道"也未见得十分保险,不意谓从此就有了一枚激光防伪标识。

禅法是最重"道"的,主张克制人的物质欲望,净滤人的日常心绪,所谓清心寡欲,顺乎自然,"无念为本"。一般的看法,认为这些说法涉嫌消极而且很难操作。人只要还活着和醒着,就会念念相续不断,如何"无"得了?人在入定时不视不闻惺惺寂寂的状态,无异于变相睡觉,一旦出定,一切如前,还是摆不脱现实欲念的才下眉头又上心头。

熊十力曾对"无我"的说法提出过怀疑,认为这种说法与轮回业报之论自相矛盾:既然无我,修行图报岂不是多此一举(见《乾坤衍》)?业报的对象既然还是"我",还被修行者暗暗牵挂,就无异于把"我"大张旗鼓从前门送出,又让它蹑手蹑脚从后门返回,开除以后还是留用,主人说到底还是有点割舍不下。

诘难总会是有的,禅师们并不十分在意。从理论上说,禅是弃小我得大我的过程。虚净决不是枯寂,随缘决不是退屈,"无"本身不可执,本身也是念,当然也要破除。到了"无无念"的境界,就是无不可为,反而积极进取,大雄无畏了——何士光也是这样看的。在他看来,"无念"的确义当为"无住",即随时扫除纷扰欲念和僵固概念。六祖慧能教人以无念为宗,又说无念并非止念,且常诫人切莫断念(见《坛经》)。三祖曾璨在《信心铭》中也曾给予圆说:"舍用求体,无体可求。去念觅心,无心可觅。"——从而给心体注入了积极用世的热能。

与这一原则相联系,佛理中至少还有三点值得人们注意:一是"菩提大愿",即佛决意普度众生,众生不成佛我誓不成佛。二是"方便多门",即从佛者并不一定要出家,随处皆可证佛,甚至当官行商也无挂碍。三是"历劫修行",即佛法为世间法,大乘的修习恰恰是不可离开事功和实践,因此治世御侮和济乱扶危皆为菩萨之所有事和应有义。

　　这样所说的禅,当然就不是古刹孤僧的形象了,倒有点像活跃凡间的革命义士和公益事业模范,表现出英风勃发热情洋溢自由活泼的生命状态。当然,禅门只是立了这样一个大致路标,历来少有人对这一方面作充分的展开和推进,禅学也就终究吸纳不了多少政治学、经济学、军事学及自然科学,终究保持着更多的山林气味,使积极进取这一条较难坐实。人们可以禅修身,但不容易以禅治世。尤其是碰上末世乱世,"无念"之体不管怎么奥妙也总是让人感觉不够用,或不合用。新文化运动中左翼的鲁迅,右翼的胡适,都对佛没有太多好感,终于弃之而去,便是自然结局。在多艰多难的复杂人世,禅者假如在富贵荣华面前"无念",诚然难得和可爱。但如果"无"得什么也不干,就成了专吃救济专吃施舍的寄生虫,没什么可心安理得的。虫害为烈时甚至还少不了要唐武宗那样的人,来一个强制劳改运动,以恢复基本的经济结构平衡。在另一方面,对压迫者、侵略者、欺诈者误用"无念",也可能是对人间疾苦一律装聋或袖手,以此为所谓超脱,其实是冷酷有疑,怯懦有疑,麻木有疑,失了真性情,与佛门最根本的悲怀和宏愿背道而驰。

　　这是邪术的新款,是另一种走火入魔。

　　佛魔只在一念,一不小心就弄巧成拙。就大体而言,密宗更多体现了佛与道"用"的结合,习密容易失于"用",执迷神秘之术;禅宗则更多体现了佛与道"体"的结合,习禅容易失于"体",误用超脱之道。人们行舟远航,当以出世之虚心做入世之实事,提防心路上的暗礁和险滩。

五

　　二十世纪的二十年代,具有革命意义的量子论,发现对物质的微观还原已到尽头,亚原子层的粒子根本不能呈现运动规律,忽这忽那,忽生忽灭,如同佛法说的"亦有亦无"。它刚才还是硬邦邦的实在,顷刻之间就消失质量,没有位置,分身无数,成了"无"的幽灵。它是"有"的粒子又是"无"的波,可以分别观测到,但不能同时观测到。它到底是什么,取决于人们的观测手段,取决于人们要看什么和怎样去看。

不难看出,这些说法与佛家论"心"(包括道家论"气")几乎不谋而合。人们没有理由不把它看成是一份迟到的检验报告,以证实东土经藏上千年前的远见。

佛学是精神学。精神的别名还有真如、元阳、灵魂、良知、心等等。精神是使人的肌骨血肉得以组织而且能够"活"起来的某种东西,也是人最可以区别于动物的某种东西——所谓人是万物之灵长。但多少年来,人们很难把精神说清楚。从佛者大多把精神看成是一种物质,至少是一种人们暂时还难以描述清楚的物质。如谈阿赖耶识时用"流转"、"识浪"等词,似乎在描述水态或气态。这种看法得到了大量气功现象的呼应。在很多练功者那里,意念就是气,意到气到,可以明明白白在身体上表现出来,有气脉,有经络,有温度和力度。之所以不能用 X 光或电子显微镜捕捉到它,是因为它可能存在于更高维度的世界里而已。也许只要从量子论再往前走一步,人们就可以完全把握精神规律,像煎鸡蛋一样控制人心了。在这一点上,很多唯物主义者是他们的同志。恩格斯就曾坚信,意识最终是可以用物理和化学方法证明为物质的。

这些揣度在得到实证之前,即便是一种非常益智的而且不无根据的揣度,似乎也不宜强加于人。洞悉物质奥秘的最后防线能否突破,全新形态的"物质"能否被发现,眼下没有十足理由一口说死。更重要的是,如果说精神只是一种物质的话,那么就如同鸡蛋,是中性的、物性的、不含情感和价值观的,人人都可以拥有和运用——这倒与人类的经验不大符合。在日常生活中,人们称所有洋洋得意之态都是"有精神",显然将"精神"一词用作中性。但在更多时候,人们把蝇营狗苟称为"精神堕落",无意之间给"精神"一词又注入了褒义,似乎这种东西为好人们所专有。提到"精神不灭",人们只会想起耶稣、穆罕默德、孔子、贝多芬、哥白尼、谭嗣同、苏东坡、张志新……决不会将其与贪佞小人联系起来。这样看，精神又不是人人都可以或者时时都可以拥有的。它可以在人心中浮现（良心发现）；也可以隐灭（丧失灵魂）。它是意识、思维的价值表现并内含价值趋力——趋近慈悲和智慧和美丽，趋近大我，趋近佛。

佛的大我品格，与其说是人们的愿望，不如说是一种客观自然，只是它如佛家说的阿赖耶识一样，能否呈现须取决于具体条件。与物理学家们的还原主义路线不同，优秀的心理学和生命学家当今多用整体观看事物。他们突然领悟：洞并不是空，而是环石的增生物。钢锯不是锯齿，而是多个锯齿组合起来的增生物。比起单个的蚂蚁来，蚁群更像是一个形状怪异可怖的大生物体，增生了任何单个蚂蚁都不可能有的智力和机能，足以承担浩大工程的建设（见 B·戴维斯的《上帝与新物理学》）。这就是整体大于部分之和。同理，单个的人如果独居荒岛或森林，只会退化成完全的动物。只有组成群类之后，才会诞生语言、文化、高智能，还有精神——它来自组合、关系、互助、共生，或者叫做"场"一类无形的东西。

这样说意味着，人类的精神或灵魂就只有一个，是整体性的大我，由众生共有，随处显现，古今仁人不过是它的亿万化身。这也意味着，灵魂确实可以不死的。不是说每个死者都魂游天际——对于人类这一个大生物体来说，个人的死亡就如同一个人身上每天都有的细胞陈谢，很难说一一都会留下灵魂。但只要人类未绝，人类的大心就如薪火共享和薪火相传，永远不会熄灭。个人可以从中承借一部分受用，即所谓"熏习"；也可以发展创造，归还时"其影像直刻入此羯摩（即是灵魂——引者注）总体之中，永不消灭"。这是梁启超的话，他居然早已想到要把灵魂看成"总体"。

精神无形无相，流转于传说、书籍、博物馆、梦幻、电脑以及音乐会。假名《命运交响曲》时，贝多芬便犹在冥冥间永生，在聆听者的泪光和热血中复活。这就是整体论必然导致的一种图景，它可以启发我们理解精神的价值定向，理解为何各种神主都有大慈大宥之貌，为何各种心学都会张扬崇高的精神而不会教唆卑小的精神——如果那也叫"精神"的话。究其原因，精神既来自整体，必向心于整体，向心于公共社会的福祉，成为对全人类的宽广关怀。

因此，把人仅仅理解为"个人"是片面的，至少无助于我们理解精神。既然整体大于部分之和，既然"人群"大于"个人"之和，那么精神就是这个"大于"之所在，至少是这种所在之一。由此可知，"个人"的概念之外，还应该有"群人"的概念。所谓入魔，无非是个人性浮现，只执利己、乐己、安己之心，难免狭促焦躁；所谓成佛，则是群人性浮现，利己利人、乐己乐人、安己安人，当下顿入物我一体善恶两消通今古纳天地的圆明境界。

作为这种说法的物理学版本：以还原论看精神，精神是实体和物料，可以被人私取和私据，易导致个人囿闭；以整体论看精神，精神便是群聚结构的增生物，是一种关系，一种场，只能共享与融会，总是激发出与天下万物感同身受的群人胸怀——佛家的阿赖耶识不过是对它的古老命名罢了。

精神之谜远未破底。只是到目前为止，它可能是这样一个东西，既是还原论的也是整体论的，是佛和魔两面一体的东西，大我与小我都交结其中的东西。

汉语中的"东西"真是一个好词。既东又西，对立统一，永远给我们具体辩证的暗示。

六

有这样一个流传很广的故事：坦山和尚与一个小和尚在路上走着，看见一个女子过不了河，坦山把她抱过去了。小和尚后来忍不住问：你不是说出家人不能近女色吗？怎么刚才要那样做呢？坦山说：哦，你是说那个女人吗？我早把她放下了，你还把她一直抱着。小和尚听了以后，大愧。

事情就是这样。同是一个事物，看的角度不同，可以正邪迥异。同样一件事情，做的心态不同，也势必佛魔殊分。求"术"和求"道"都可以成佛，也都可以入魔，差别仅在一念，迷悟由人，自我立法，寸心所知。佛说"方便多门"，其实迷妄亦多门。佛从来不能教给人们一定之规——决不像傻瓜照相机的说明书一样，越来越简单，一看便知，照做就行。

世界上最精微、最圆通、最接近终极的哲学，往往是最缺乏操作定规且最容易用错的哲学，一旦让它从经院走入社会，风险总是影随着公益，令有识之士感情非常复杂。而且从根本上说，连谈一谈它都是让人踌躇的。精神几乎不应是一种什么观念什么理论，更不是一些什么术语——不管是用佛学的符号系统，还是用其他宗教的符号系统。这些充其量只是谈论精神时一些临时借口，无须固守和留恋，无须有什么仇异和独尊，否则就必是来路不正居心不端。禅宗是明白"观念非精神"这一点的，所以从来慎言，在重视观念的同时，又不把观念革新之类壮举太当回事。所谓"不立文字"，所谓"随说随扫"，所谓"说出来的不是禅"，都是保持对语言和观念的超越态度。《金刚经》警示后人：谁要以为我说了法，便是谤我。《五灯会元》中的佛对阿难说：我说的每一字都是法，我说的每一字都不是法。而药山禅师则干脆在开坛说法时一字不说，只是沉默。他们都深明言语的局限，都明白理智一旦想接近终点就不得不中断和销毁，这实在使人痛苦。

但不可言的佛毕竟一直被言着，而且不同程度地逐渐渗染到中国传统文化的每一个细胞。在上一个世纪之交，一轮新的佛学热在中国知识界出现，倾心或关注佛学的文化人，是一长串触目的名单：梁启超、熊十力、梁漱溟、章太炎、欧阳竟无、杨度……一时卷帙浩繁，同道峰起，

高论盈庭,这种鼎盛非常的景观直到后来"神镜(照相机)"和"自来火
(电)"所代表的现代化浪潮排空而来,直到后来内乱外侮的烽烟在地
平线上隆隆升起,才悄然止息。一下就沉寂了将近百年。

又一个世纪之交悄悄来临了。何士光承接先学,志在传灯,以《如
是我闻》凡三十多万字,经历了一次直指人心的勇敢长旅。其中不论
是明心启智的创识,还是一些尚可补充和商讨的空间,都使我兴趣生
焉。我与何士光在北京见过面,但几乎没有说过什么话。我只知道他
是小说家,贵州人,似乎住在远方一座青砖楼房里。我知道那里多石
头,也多雨。

1994 年 12 月

---

* 最初发表于 1995 年《读书》杂志,后收入随笔集《完美的假定》,已译成英文。

心学的长与短

　　孔见是一个比较温和的人，有时甚至退避人后沉默寡言，对世事远远地打量与省察，活得像影子一样不露形迹。但他笔下文字奇象竞出，学涉东西，思接今古，一行行指向时空的宽阔和深远，让人不免有些惊奇。从他这些文字里，可以看出他的学识蕴积，但他不愿有冬烘学究的生吞活剥；可以看出他的文学修炼，但他无意于浪漫文士的善感多愁；可以看出他的现实关切，但他似乎力图与世俗红尘保持一定距离，不会在那里一脚踏得很深；还可以看出他的精神苦斗，但他大多时候保持一种低飞和近航的姿态，谨防自己在信仰或逻辑的幻境里迷失，一再适时地从险域退出，最终停靠于安全而温暖的日常家园。于是他的文字有一种亲切和从容的风格，举重若轻，化繁为简，就像朋友之间的随意聊天。即便有深义，有险句，也多藏于不动声色之处，成为一种用心而不刻意的自然分泌，一种深思熟虑以后的淡定与平常。

　　孔见锁定了一些高难度的人生逼问，把自己抛入一片片古老的思想战场，关于生命的意义，关于知识的可能，关于道德与事功，关于幸福与死亡……这些逼问历经数千年人类文明而仍无最终谜底示众，于是在一个竞相逐利的工业化和市场化时代里，如果没有被人遗忘，就可能致人茫然或疯魔。但孔见是一个披挂着现代经验和现代知识的古老骑士，顽强地延续着人类对人生智慧极限的挑战，也是对自己理解能力的挑战。在一般的知识谱系里，这些悬问是虚学而非实学，属于上帝而不属于恺撒,在一个越来越务实的知识界那里日渐处于边缘位置,其正当性正在被经济、社会、历史等学科的诸多人士怀疑。但作者所遭遇的逼问人皆有之,在当下甚至人皆累之,正是经济、社会、历史等方面深刻运动的产物,本身就是实学不可忽略的部分。而离开了这一切心灵的牵挂,忽略了人类精神运行的坐标和轨迹,任何经济、社会、历史等方面的知识都只适用于机器人,无法描述活生生的生命实践,没有理由值得人们特别信任。孔子从"洒扫应对"通向他的治国安邦,是以人为本的;柏拉图视人格为"内在政治制度(inner political system)",从人格剖析开始他的社会设计,甚至是以心为本的——这些先贤在求知中内外并举虚实相济,并不像某些后人想象的那样幼稚。

当然,世上没有抽象而普适的人,没有抽象而普适的心,就像形形色色的病以外并没有一种标准化的"病"。青年之我异于老年之我,富人之我异于穷人之我,连婴儿也有遗传差异,并无统一规格。如果剥离了具体人心形成过程中经济、社会、历史等方面的制约因素,寻求一种放之四海或放之万世而皆准的"我",只能是一种常见的语言事故——无非是"我"这个词让人真以为有了这样一个东西,可以将其抽出来孤立地求解,可以将其供起来放心地依恃。事实上,各归其"我"的抚慰万能亦无能,虽然用心向善,却无助于揭示和排除任何人生疑难。有人已经这样做过。他们才智过人心志远大,于是求解生命终极之 being(所是,所在),求解一切知识的元知识,一切学科的元学科,如同要谋得一个包治百病的药方,结果无不滑入迷宫般的 nonbeing(虚,虚无)。这一类语言事故发生在本质主义的思路上,是虚学最容易落入的陷阱。他们如果没有成为西方式的神学家,囿于一种专断的虚无;就会成为中国式的玄学家,溺于一种圆通的虚无。而纵欲主义、实用主义、物质主义、科学主义等等并不能因此得到理性地克服,甚至恰恰成为这些神学和玄学的必然变体。原因很简单,除非自杀,虚无是无法操作的——当心灵独守虚无之际,一旦进入社会行为的操作,这份虚无就一无所用了，心灵就自动缺席和弃守了，让位于世俗的随波逐流乃至无所不为，是最可能的结局。

盛产神学的地方多见偏执和战争，盛产玄学的地方多见苟且和腐败，这样的例子还少吗？这是迄今为止人类历史提供的启示。

因此，人心之学如果是必要的话，如果能够更为成熟和坚实的话，应更善于在具体现实条件下展开问题和解决问题，更善于将经济、社会、历史等学科知识援入人生思辨，从而将终极关怀落实为现实方案，使天道真正实现于人间，所谓良医"因病立方"和圣人"因事立言"是之谓也。出于特定的知识资源和个人喜好，孔见这些文章里还残留一些神学和玄学的传统表述方式，颇有商榷的余地但也从不被我过于在意。他心事浩茫所针对的现实处境和现实对象，还有在切入这些处境和对象时相关的精神标尺，也许更值得我们会心解读。

2003 年 6 月

---

* 为孔见《赤贫的精神》一书序。

重 说 道 德

一

很长一段时间里,"道德"一词似已不合时宜,遇到实在不好回避的时候,以"文化"或"心理"来含糊其辞,便是时下很多理论家的行规。在他们看来,道德是一件锈痕斑驳的旧物,一张过于严肃的面孔,只能使人联想到赎罪门槛、贞节牌坊、督战队的枪口、批斗会上事关几颗土豆的狂怒声浪。因此,道德无异于压迫人性的苛税与酷刑,"文以载道"之类纯属胡扯。与之相反,文学告别道德,加上哲学、史学、经济学、自然科学等纷纷感情零度地 no heart(无心肝),才是现代人自由解放的正途。

柏拉图书里就出现过"强者无需道德(语出《理想国》)"一语。现代人应该永远是强者吧? 永远在自由竞争中胜券在握吧? 现代人似乎永远不会衰老、不会病倒、不会被抛弃、不会受欺压而且是终身持卡定座的 VIP。因此谁在现代人面前说教道德,那他不是伪君子,就是神经病,甚至是精神恐怖主义嫌犯,应立即拿下并向公众举报。上个世纪九十年代针对"道德理想主义"的舆论围剿,不就在中国不少官方报刊上热闹一时?

奇怪的是,这种"去道德化"大潮之后,道德指控非但没有减少,反而成了流行口水。道德并没有退役,不过是悄悄换岗,比如解脱了自我却仍在严管他人,特别是敌人。美国白宫创造的"邪恶国家"概念,就出自一种主教的口吻,具有强烈的道德意味。很多过来人把"文革"总结为"疯狂十年",更是摆出了审判者和小羔羊的姿态,不但把政治问题道德化,而且将道德问题黑箱化。在他们看来,邪恶者和疯狂者,一群魔头而已,天生为恶和一心作恶之徒而已,不是什么理性的常人。如果把他们视为常人,视为我们可能的邻居、亲友乃至自己,同样施以政治、经济、文化、资源等方面的条件分析和原因梳理,那几乎是令人惊骇的无耻辩护,让正人君子无法容忍。在这里,"去道德化"遭遇禁行,在现实和历史的重大事务面前失效——哪怕它正广泛运用于对贪欲、诈骗、吸毒、性变态、杀人狂的行为分析,让文科才子们忙个不停。在一种双重标准下,"邪恶国家"和"疯狂十年"(——更不要说希特勒)这一类议题似乎必须道德化,甚至极端道德化。很多人相信:把敌人妖魔化就是批判的前提,甚至就是够劲儿的批判本身。

这种看似省事和快意的口水是否伏下了危险? 是否会使我们的批判变得空洞、混乱、粗糙、弱智从而失去真正的力量? 倒越来越像"邪恶国家"和"疯狂十年"那里不时入耳的嘶吼?

二

敌人是一回事,主顾当然是另一回事。当很多理论家面对权力、资本以及媒体受众,话不要说得太刺耳,就是必要的服务规则了。道德问题被软化为文化学或心理学的问题,绕开了善恶这种痛点以及责任这种难事;如果可能的话,不妨进一步纳入医学事务,从而让烦心事统统躺入病床去接受仁慈的治疗。一个美国人曾告诉我:在他们那里,一个阔太太如果也想要个文凭,最常见的就是心理学文凭了。心理门诊正成为火爆产业,几乎接管了此前牧师和政委的职能,正在流行"情商"或"逆商"一类时鲜话题,通常是大众不大明白的话题。

　　据说中国未成年人的精神障碍患病率高达百分之二十一点六至百分之三十二(二〇〇八年十月七日《文汇报》),而最近十二年里,中国抑郁症和焦虑症的患者数分别翻了一番多和近一番(二〇〇九年九月二十二日《文汇报》)。如此惊人趋势面前,人们不大去追究这后面的深层原因,比方说分析一下,"情商"或"逆商"到底是怎么回事,到底有多少精神病属实如常,而另一些不过是"社会病",是制度扭曲、文化误导、道德定力丧失的病理表现。病情似乎只能这样处理:道德已让人难以启齿,社会什么的又庞大和复杂得让人望而却步,那么在一个高技术时代,让现代的牧师和政委都穿上白大褂,开一点药方,摆弄一些仪表,也许更能赢得大家的信任,当然也更让不少当权大人物宽心:他们是很关爱你们的,但他们毕竟不是医生,因此对你们的抑郁、焦虑、狂躁、强迫、自闭之类无权干预,对写字楼综合征、中年综合征、电脑综合征、长假综合征、手机依赖综合征、移民综合征、注意力缺乏综合征、阿斯伯格综合征等等爱莫能助。你们是病人,对不起,请为自己的病情付费。

　　并非二十四小时内的一切都相关道德,都需要拉长一张脸来讨论。很多牧师和政委架上道德有色眼镜,其越位和专制不但无助于新民,反而构成了社会生活中腐败和混乱的一部分,也一直在诱发"去道德化"的民意反弹。对同性恋的歧视,把心理甚至生理差异当作正邪之争,就是历史上众多假案之一例。此类例子不胜枚举。不过,颁布精神大赦,取消道德戒严,广泛解放异端,让很多无辜或大体无辜的同性恋者、堕胎者、抹口红者、语多怪诞者、离婚再嫁者、非礼犯上者、斗鸡走狗者、当众响亮打嗝者或喝汤者都享受自由阳光,并不意味着这个世界不再有恶,不意味着所有的精神事故都像小肠炎,可以回避价值判断,只有物质化、技术化、医案化的解决之法。最近,已有专家在研究"道德的基因密码",宣称至少有百分之二十的个人品德是由基因决定(二〇一〇年六月十四日俄罗斯《火星》周刊),又宣称懒惰完全可以用基因药物治愈(二〇一〇年九月四日英国《每日快报》),更有专家宣称政治信仰一半以上取决于人的遗传基因（二〇一〇年《美国心理学家》杂志）。如果让上述文章中那些英国人、俄国人、美国人、瑞典人、以色列人研究下去，我们也许还能发现极权主义的单细胞，或民主主义的神经元？能发明让人一吃就忠诚的药丸，一打就勇敢的针剂，一练就慷慨的气功，一插就热情万丈的生物芯片？能发明克服华尔街贪欲之患的化学方程式？……即便这些研究不无道理，与古代术士们对血型、体液、面相、骨骼的人生解读不可同日而语，但人们仍有理由怀疑：无论科技发展到哪一步，实验室都无法冒充上帝。

否则，制毒犯也可获一小份科技进步奖了——他们也是一伙发明家，也是一些现代术士，也在寻找快乐和幸福的秘方，只是苦于项目经费不足，技术进步不够，药物的毒副作用未获足够的控制，可卡因和K粉就过早推向了市场。

事情是这样吗？

三

道德的核心内容是价值观，是义与利的关系。其实，义也是利，没有那么虚玄，不过是受惠范围稍大的利。弟弟帮哥哥与邻居打架，在邻居看来是争利，在老哥看来是可歌可泣的仗义。民族冲突时的举国奋争，对国族之外是争利，在国族之内是慷慨悲歌的举义。义与利是一回事，也不是一回事，只是取决于不同的观察视角。

一个高尚者还可能大爱无疆，爱及人类之外的动物、植物、微生物以及整个银河星系，把小资听众感动得热泪盈眶。但从另一角度看，如此大爱其实也是放大了的自利，无非是把天下万物视为人类家园，打理家园是确保主人的安乐。如果有人爱到了这种地步：主张人类都死光算了，以此阻止海王星地质结构恶化，那他肯定被视为神经病，比邪教还邪教，其高尚一文不值且不可思议。正是在这个意义上，道德其实很世俗,充满人间烟火味,不过是一种福利分配方案,一种让更多人活下去或活得好的较大方案。一个人有饭吃了,也让父母吃一口,也让儿女吃一口,就算得上一位符合最低纲领的道德义士——虽然在一个网络、飞机、比基尼、语言哲学、联合国维和警察所组成的时代,并非每个人都能做好这一点。

作为历史上宏伟的道德工程之一,犹太—基督教曾提交了最为普惠性的福利分配方案。"爱你的邻居!"《旧约》这样训喻。耶和华在《以赛亚书》里把"穷人"视若宠儿,一心让陌生人受到欢迎,让饥民吃饱肚子。他在同一本书里还讨厌燔祭和集会,却要求信奉者"寻求公平,解放受欺压者,给孤儿伸冤,为寡妇辨屈"。圣保罗在《哥林多书》中也强调:"世上的神,选择了最软弱的,叫那强壮的羞愧。"这种视天下受苦人为自家骨肉的情怀,以及相应的慈善制度,既是一种伦理,差不多也是一种政纲。这与儒家常有的圣王一体,与亚里士多德将伦理与政治混为一谈,都甚为接近;与后来某些宗教更醉心于永恒(道教)、智慧(佛教)、成功(福音派)等等,则形成了侧重点的差别。

在这一方面,中国古代也不乏西哲的同道。《尚书》称"天视自我民视,天听自我民听"。《管子》称"王者以民为天"。《左传》称"夫民,神之主也"。而《孟子》的"民贵君轻"说也明显含有关切民众的天道观。稍有区别的是,中国先贤们不语"怪力乱神",不大习惯人格化、传奇化、神话化的赎救故事,因此最终没有走向神学。虽然也有"不愧屋漏"或"举头神明"(见《诗经》等)之类玄语,但对人们头顶上的天意、天命、天道一直语焉不详,或搁置不论。在这里,如果说西方的"天赋人权"具有神学背景,是宗教化的;中国的"奉民若天"则是玄学话语,具有半宗教、软宗教的品格。但不管怎么样,它们都有一个共同点,即置最广大人民群众的利益于道德核心,其"上帝"也好,"天道"也好,与"人民"均为一体两面,不过是道德的神学符号或玄学符号,是精神工程的形象标识,一种方便于流传和教化的代指。

想想看,在没有现代科学和教育普及的时代,他们的大众传播事业又能有什么招?

四

"上帝死了",是尼采在十九世纪的判断。但上帝这一符号所聚含的人民情怀,在神学动摇之后并未立即断流,而是进入一种隐形的延续。如果人们注意到早期空想社会主义者多出自僧侣群体,然后从卢梭的"公民宗教"中体会出宗教的世俗化转向,再从马克思的"共产主义"构想中听到"天国"的意味,从"无产阶级"礼赞中读到"弥赛亚""特选子民"的意味,甚至从"各尽所能,按需分配"制度蓝图,嗅出教堂里平均分配的面包香和菜汤香,嗅出土地和商社的教产公有制,大概都不足为怪。这与毛泽东强调"为人民服务",宣称"这个上帝不是别人,就是全中国的人民大众"(见《毛泽东选集》),同样具有历史性——毛及其同辈志士不过是"奉民若天"这一古老道统的现代传人。

这样,尼采说的上帝之死,其实只死了一半。换句话说,只要"人民"未死,只要"人民"、"穷人"、"无产者"这些概念还闪耀神圣光辉,世界上就仍有潜在的大价值和大理想,传统道德就保住了基本盘,至多是改换了一下包装,比方由一种前科学的"上帝"或"天道",通过一系列语词转换,蜕变为后神学或后玄学的共产主义理论。事实上,共产主义早期事业一直是充满道德激情、甚至是宗教感的,曾展现出一幅幅圣战的图景。团结起来投入"最后的斗争",《国际歌》里的这一句相当于《圣经》里 Last Day(最后的日子),迸放着大同世界已近在咫尺的感觉,苦难史将一去不复返的感觉。很多后人难以想象的那些赴汤蹈火、舍身就义、出生入死、同甘共苦、先人后己、道不拾遗,并非完全来自虚构,而是一两代人入骨的亲历性记忆。他们内心中燃烧的道德理想,来自几千年历史深处的雅典、耶路撒冷以及丰镐和洛邑,曾经一度沉寂和蓄藏,但凭借现代人对理性和科学的自信,居然复活为一种政治狂飙,从十九世纪到二十世纪呼啸了百多年,大概是历史上少见的一幕。

问题是"人民"是否也会走下神坛? 或者说,人民之死是否才是上帝之死的最终完成? 或者说,人民之死是否才是福柯"人之死(Man is dead)"一语所不曾揭破和说透的最重要真相? 冷战结束,标举"人民"利益的社会主义阵营遭遇重挫,柏林墙后面的残暴、虚伪、贫穷、混乱等内情震惊世人,使十九世纪以来流行的"人民"、"人民性"、"人民民主"一类词蒙上阴影——上帝的红色代用品开始贬值。"为人民服务"变成"为人民币服务",是后来的一种粗俗说法。温雅的理论家们却也有权质疑"人民"这种大词,这种整体性、本质性、神圣性、政治性的概念,是否真有依据? 就拿工人阶级来说,家居别墅的高级技工与出入棚户的码头苦力是一回事? 摩门教的银行金领与什叶派的山区奴工很像同一个"阶级"? 特别在革命退潮之后,当行业冲突、地区冲突、民族冲突、宗教冲突升温,工人与工人之间几乎可以不共戴天。一旦遇上全球化,全世界的资产阶级富得一个样,全世界的无产阶级穷得不一个样;全世界的资产阶级无国界地发财,全世界的无产阶级有国界地打工;于是发达国家与后发展国家的工会组织,更容易为争夺饭碗而怒目相向,隔空交战,成为国际对抗的重要推手。在这种情况下,你说的"人民"、"穷人"、"无产者"到底是哪一伙或者是哪几伙? 前不久,澳大利亚总理陆克文也遭遇一次尴尬:他力主向大矿业主加税,相信这种保护社会中下层利益的义举,肯定获得选民的支持。让他大跌眼镜的是,恰好是选民通过民调结果把他哄下了台,其主要原因,是很多中下层人士即便不靠矿业取薪,也通过股票等等与大矿业主发生了利益关联,或通过媒体鼓动与大矿业主发生了虚幻的利益关联,足以使工党的传统政治算式出错。

"人民"正在被"股民"、"基民"、"彩民"、"纳税人"、"消费群体"、"劳力资源"、"利益关联圈"等概念取代。除了战争或灾害等特殊时期,在一个过分崇拜私有化、市场化、金钱化的竞争社会,群体不过是沙化个体的临时相加和局部聚合。换句话说,人民已经开始解体。特别是对于人文工作者来说,这些越来越丧失群体情感、共同目标、利益共享机制的人民也大大变质,迥异于启蒙和革命小说里的形象,比方说托尔斯泰笔下的形象。你不得不承认:在眼下,极端民族主义的喧嚣比理性外交更火爆。地摊上的色情和暴力比经典作品更畅销。在很多时候和很多地方,不知是大众文化给大众洗了脑,还是大众使大众文化失了身,用遥控器一路按下去,很少有几个电视台不在油腔滑调、胡言乱语、拜金纵欲、附势趋炎,靠文化露阴癖打天下。在所谓人民付出的人民币面前,在收视率、票房额、排行榜、人气指数的压力之下,文化的总体品质一步步下行,正在与"芙蓉姐姐"(中国)或"脱衣大赛"(日本)拉近距离。身逢此时,一个心理脆弱的文化精英,夹着两本哲学或艺术史,看到贫民区里太多挺着大肚腩、说着粗痞话、吃着垃圾食品、看着八卦新闻、随时可能犯罪和吸毒的冷漠男女,联想到苏格拉底是再自然不过的:如果赋予民众司法权,一阵广场上的吆喝之下,哲人们都会小命不保吧?

这当然是一个严重的时刻。

上帝死了,是一个现代的事件。

人民死了,是一个后现代的事件。

至少对很多人来说是这样。

五

上帝退场以后仍然不乏道德支撑。比如有一种低阶道德,即以私利为出发点的道德布局,意在维持公共生活的安全运转,使无家可归的心灵暂得栖居。商人们和长官们不是愤青,不会永远把"自我"或者"叛逆"当饭吃。相反,他们必须交际和组织,到了一定的时候,就不能没有社会视野和声誉意识,因此会把公共关系做得十分温馨,把合作共赢讲得十分动人,甚至在环保、慈善等方面一掷千金,成为频频出镜的爱心模范,不时在粉色小散文或烫金大宝典那里想象自己的人格增高术——可见道德还是人见人爱的可心之物。应运而生的大众文化明星或民间神婆巫汉,也会热情推出"心灵鸡汤(包括心灵野鸡汤)",炖上四书五经或雷公电母,说不定再加一点好莱坞温情大片的甜料,让人们喝得浑身冒汗气血通畅茅塞顿开,明白利他才能利己的大道理,差不多是吃小亏才能占大便宜的算计——也可以说是理性。

不否定自私,但自私必须君子化。不否定贪欲,但贪欲必须绅士化。理性的个人主义,或者说可持续、更有效、特文明的高级个人主义,就是善于交易和互惠的无利不起早。这有什么不好吗?考虑到"上帝"和"人民"的联手远去,放低一点身段,把减法做成了加法,把道义从目的变为手段,不也能及时给社会补充温暖,不也能缓释一些社会矛盾,而且是一种最便于民众接受的心理疏导?当一些人士因此而慈眉善目,和颜悦色,道德发情能力大增,包括对小天鹅深情献诗或对小兰花音乐慰问,我们没有理由不为之感动。起码一条,相对于流氓和酷吏的耍横,相对于很多文化精英在道德问题上的逃离弃守和自废武功,包括后现代主义才子们精神追求的神秘化(诗化哲学)、碎片化(文化研究)、技术化(语言分析)、虚无化(解构主义)等,文化明星与神汉巫婆还算务实有为,至少是差强人意的替补吧。他们多拿几个钱于理不亏。

很多高薪的才子并没有成天闲着。他们对道德的失语,其实出自一种真实的苦恼——或者说更多是逻辑和义理上的苦恼。说善心不一定出善行,这当然很对。说善行不一定结善果,这当然也很对。说恶是文明动力,说道德的历史化演变,再说到善恶相生和善恶难辨因此道德无定规,这在某一角度和某一层面来看,无疑更是大智慧,比"心灵鸡汤"更有学术含量和精英品位(坦白地说,我也受益不少)。不过,用诗化哲学、文化研究、语言分析、解构主义等等把道德讨论搅成一盆糨糊以后,才子们总还是要走出书房的,还是要吃饭穿衣的。书房里的神驰万里,无法代替现实生存的每分每秒。比方说,一位才子喝下毒奶粉,会觉得这是善还是恶?会不会把毒奶粉照例解构成好奶粉?会不会把奶粉写入论文然后宣称道德仍是假命题?会不会重申幸福不过是一种纯粹主观的意见和叙事法,因此喝下毒奶粉也同样可以怡然自得?……书本上被他们争相禁用的二元独断论,在此时此刻却变得无法回避。套用莎士比亚的话来说:

喝,还是不喝,是一个问题。

生气,还是不生气,是后现代主义无法绕过的学术大考。

独断论确实应予慎用。人间事千差万别,一把非此即彼的二元尺子显然量不过来。稍有生活经验的人都知道,面子对有些人而言是利益,对另一些人而言不是利益。交响乐是有些人生命的所在,在另一些人那里却不值一提。由己推人不等于认可一厢情愿,有些人对宗教徒的关怀也实属形善实恶:把寺庙改成超市,说面纱不如露背装,强迫斋戒者赴饕餮大宴,都可能引起强烈仇恨,构成文化误解的重大事故。在特定情况下,有些人还完全可以把豪宅当作地狱,把自由视为灾难,把女士优先看成男性霸权的阴谋……但是,无论利益可以怎样多样化、主观化以及感觉化,无论文化可以怎样五花八门千奇百怪,只要人还是人,还需要基本的生存权和尊严权,酷刑和饿毙在任何语境里也不会成为美事,鲁迅笔下的阿 Q 把挨打当胜利,也永远不会有合法性。这就是说,"由己推人"向文化的多样性开放,却向自然的同一性聚结;向善行方式的多样性开放,却向善愿动力的同一性聚结——多样性中寓含着同一性。对当代哲学深为不满的法国人阿兰·巴丢(Alain Badiou),将这种道德必不可少的普世标准和客观通则,称之为"一个做出决定的固定点"和"无条件的原则"(见《哲学与欲望》)。他必定痛切地知道:离开了这一点,世界上的所有利他行为统统失去前提,于是任何仁慈都涉嫌强加于人的胡来,而任何卑劣也都疑似不无可能的恩惠。同样,离开了这一点,本能的恻隐,宗教的信仰,理性规划和统计的公益,都成了无事生非。

事情若真到了这种糨糊状态,毒奶粉也就不妨亦善亦恶了——不过这就是某些哲学书中要干的事? 就是他们忙着戴方帽、写专著、大皱眉头的职责所系? 就是他们飞来飞去衣冠楚楚投入各种学术研讨会和评审会的专业成果? 他们专司"差异"擅长"多元",发誓要与普遍性、本质性、客观性过不去,诚然干出了一些漂亮活,包括冲着各种意识形态一路下来去魅毁神。但如果他们从过敏和多疑滑向道德虚无论,在一袋毒奶粉面前居然不敢生气,或生气之前必先冻结满脑子学术,那么这些限于书房专用的宝贝,离社会现实也实在太远。学术的好处,一定是使问题更容易发现和解决,而不是使问题更难于发现和解决;一定是使人更善于行动,而不使人在行动时更迟钝、更累赘、更茫然、更心虚胆怯,否则就只能活活印证"多方丧生"这一中国成语了:理论家的药方太多,无一不是妙方,最终倒让患者无所适从,只能眼睁睁地死去。

不用说,现代主流哲学自己倒是应接受重症监护了。

六

一种低阶、低调、低难度的道德,或者说以私利为圆心的关切半径,往往是承平之世的寻常,不见得是坏事。俗话说,乱世出英雄,国家不幸英雄幸,这已经道出了历史真相:崇高英雄辈出之日,一定是天灾、战祸、社会危机深重之时,必有饿殍遍地、血流成河、官贪匪悍、山河破碎的惨状,有人民群众承担的巨大代价。当年耶稣肯定面对过这样的情景,肯定经历太多精神煎熬,才走上了政治犯和布道者的长途——这种履历几乎用不着去考证。大勇,大智,大悲,大美,不过是危机社会的自我修补手段。耶稣(以及准耶稣们)只可能是苦难的产物,就像医生只可能是病患的产物,医术之高与病例之多往往成正比。

　　为了培养名医,不惜让更多人患病,这是否有些残忍? 为了唤回小说和电影里的崇高,暗暗希望社会早点溃乱和多点溃乱,是否纯属缺德? 与其这样,人们倒不妨庆幸一下英雄稀缺的时代了。就总体而言,英雄的职能就是要打造安康;然而社会安康总是会令人遗憾地造成社会平庸——这没有办法,几乎没有办法。我们没法让丰衣足食甚至灯红酒绿的男女天天绷紧英雄的神经,争相申请去卧薪尝胆,过上英雄们赢来的好日子又心怀惭愧地拒绝这种日子,享受英雄们缔造的安乐又百般厌恶地诅咒这种安乐。这与寒带居民大举栽培热带植物,几乎是同样困难,也不大合乎情理。

　　至于下面的话,当然是可说也可不说的:事情当然不会止于平庸。如果没有遇上神迹天佑,平庸将几无例外地滋生和加剧危机,而危机无可避免地将再次批量造就英雄……如此西西里弗似的循环故事不免乏味。

　　高级的个人主义,差不多是初级的群体主义——两相交集不易区分的状态,不仅是承平之世的寻常,对于中国人来说还有熟悉之便。这话的意思是:源自雅典和耶路撒冷的道德是理想化、法理化、均等化的,不爱则已,一爱便遍及陌生人,就可远渡重洋千辛万苦地去异国他乡济困扶危。Idealism,欧式理想主义或者说理念主义,常伴随这种刚性划一的行事风格。这种爱,接近中国古代墨家的"兼爱",是儒家颇有保留的高调伦理。与此相区别,中国古人大多习惯于社会的"差序格局"(见费孝通的《乡土中国》),分亲疏、别远近、划等级,是一种重现实、重人情、重差序的爱,其道德半径由多个同心圆组成,波纹式地渐次推广和渐次酌减(后一点小声说说也罢)。《孟子》称:"墨氏兼爱,是无父也"(见《滕文公下》)。还指出:如果同屋人斗殴,你应该去制止,即便弄得披头散发衣冠不整也可在所不惜;如果街坊邻居在门外斗殴,你同样披头散发衣冠不整地去干预,那就是个糊涂人了。关上门户,其实也就够了(见《离娄下》)。后人若要理解何谓"差序格局",不妨注意一下这个小故事。

中国人深谙人情或说人之常情,因此一般不习惯走极端。除非特殊的情况,儒家说"成己成物",佛家说"自渡渡他",常常是公中有私,群中有己,有随机进退的弹性,讲一份圆融和若干分寸,既少见"爱你的敌人"(基督教名言)那种高强度博爱,也没有"他人即地狱"(存在主义名言)那种绝对化孤怨,避免了西方式的心理宽幅震荡。这一种"中和之道"相对缺少激情,不怎么亮眼和传奇,却有一种多功能:往正面说是较为经久耐用,总是给人际交往留几分暖色;往负面说却是便于各取所需,很容易成为苟且营私的伪装。这样的多义性被更多引入当代国人的道德观也不难理解——大家眼下似乎都落在一个犹疑不定的暧昧里,说不清自己到底想要什么。

不过,有一点不同的是,中国先贤在圆滑(通)之外也有不圆滑(通),在放行大众的庸常之外,对社会精英人士另有一套明确的精神纪律,几乎断然剥夺了他们的部分权益。《论语》称"小人喻于利,君子喻于义";又说君子"谋道不谋食""忧道不忧贫"。《孟子》强调"为仁不富",提倡"富贵不能淫,贫贱不能移,威武不能屈"的"大丈夫"品格,指出君子须承担重大责任义务,如果只是谋食,那当然也可以,但只能去做"抱关击柝"(打更)的小吏(见《万章下》等)。柏拉图在《理想国》中似乎更为苛刻,颇有侵犯人权之嫌,其主张是一般大众不妨去谋财,但哲学家就是哲学家,不得有房子、土地及任何财物,连儿女也不得家养私有,还应天天吃在"公共食堂(all eat together)"——这差不多是派苦差和上大刑,肯定会吓晕当今世界所有的哲学系。哪个哲学系真要这么干,师生们肯定会愤愤联想到纳粹集中营和中国"文革"的"改造思想",然后一哄而散,甚至喷泪狂逃。

显然,中外先贤的经验是"抓小放大"和"抓上放下",营构一种平衡的精神生态结构。他们差一点说明白了的是:道德责任不应平均分配,精英们既享受良好教育资源,就不可将自己等同于一般老百姓,因此必须克己,必须节欲,必须先忧后乐,办事时必取道德同心圆中的相对外圆直至最大圆——此为社会等级制的重要一义。这个最大圆叫"人民"或"天下"或"大家伙"都行,叫什么并不重要,重要的是得有部分人,哪怕是少数人,来承担导向性的高阶道德,与低阶道德形成配套和互补,以尽可能平衡社会的堕落势能,延缓危机的到来。不无讽刺的是,一直追求平等目标的现代人类,历经多次启蒙和革命,至今未能实际上取消权力和资本的等级制,却首先打掉了道德责任等级制。一直勤奋好学酷爱文明的现代人类,在百般崇敬中外先贤之后,对他们的重要忠告却悄悄闪过。对自我道德要求的狂踩和群殴,首先来自政治、经济、文化的精英领域而不是底层民间,成为不太久之前媒体上的真实故事。法制也使精英们更多受惠。在法律面前人人平等的口号下,他们终于得见天日,解除了柏拉图、孔子那一类糟老头强加的额外义务,"砖(专)家"和"教兽(授)"——特别是戴上官帽和握有股权的一窝蜂抢先致富,而且更有条件去调动司法资源,为自己的恶行免责;也有更多的话语资源,把自己的恶行洗白。

这才是人们忧心于道德重建的主要现实背景。

七

利己是动物学的一条硬道理——承认这一点无需太多智慧。同样需要一点智慧的提醒是:人类是一种特殊动物,一旦有了文化和文明,就有了个体和群体的双重性。拉丁词 persona(人),其字面原义是"传声"、"声向",已标注了人的互联特征,甚至半社会主义的倾向。离群索居的成长,对于乌龟或狗熊或有可能,对于人却不可能。这用不着危机下团结奋争的场景来证明,想一想无时不在的语言文字就够了——没有这一公共成果,一个野人更接近于猴子。

个体——这东西有形、易见、好懂,而群体性则有点抽象,就像砖瓦什么的好懂,房屋结构原理却不大好懂。但如果世界上没有房子,砖瓦就只会是泥土,永远不会成为砖瓦。这里有一个整体大于部分之和的道理,整体使 n 型部分(比如泥土)演变为 N 型部分(比如砖瓦)的道理。人们总是太依赖直观,容易看到有形物而忽略其他,因此惦记一下群体关系,惦记一下义,并非特别容易。把中东人肉炸弹和贵州失学少年想象成自己的家事,更是让很多人觉得不可思议。历史上一次次出现的价值观迷茫,即荀子说的"利克义者为乱世",差不多就是一种人类紧急解散的状态,一种砖瓦们齐刷刷要求从房屋退回泥土的冲动,每个人从 N 型部分退回 n 型部分的冲动。

　　有些问题很朴素:为什么不能当犹大? 为什么不能当希特勒? 为什么当权者不能家天下? 为什么不能弱肉强食欺男霸女? 为什么需要人权、公正、自由、平等以及社会福利? 为什么不能做假药、毒酒、细菌弹、文凭工厂、人肉馒头以及儿童色情片? ……如果利己成为唯一兴奋点,如果"利益最大化"无所限制,那么这一切其实不值得大惊小怪,在某个夜深人静之时,击破很多人的难为情或者脑缺弦,是迟早的事。并没有特别坚实的理由来支持否定性结论,来推论你必须这样而不能那样——这是理性主义的最大系统漏洞,逻辑帮不上忙的地方。

　　接下来的事情是,如果大家都不再难为情和脑缺弦,如果人们都把自身"利益最大化"这一人生真谛看了个底儿透,这个世界会怎么样? 考虑到法治体系并非由机器人组成,心乱势必带来世乱,一旦精神自净装置弃用,社会凝结机能减弱,每个人对每个人的隐形世界大战就开始了,直至官贪民刁而且越来越多的身份高危化——从矿工到乘客,从食客到医生,从裁判到交警,从乞丐到富翁,从税务局到幼儿园。这样的事情难道不是已在发生? 同时发生的事情,是左派或右派的政策主张也不是由火星人来推行的,大家一同陷入道德泥沼的结果,只能是轮番登台后轮番失灵,与民众的政治"闪婚"频破,没几个不灰头土脸。有时候,即便经济形势还不错,比三百年、五百年前更是强多了,但官民矛盾、劳资纠纷、民族或宗教冲突等仍然四处冒烟地高压化，一再滑向极端主义和暴力主义。人们很难找到一种精神的最大公约数，来超越不同的利益，给这个易爆的世界降温。

到了这个时候，文明发育动力的减弱也难以避免。理解这一点，需要知道科学和艺术虽贵为社会公器，却也常常靠逐利行为来推动，与个人名望、王室赏赐、公司利润、绝色佳人等密切相关，于是"包荒含秽"（程颐语）是为人道——这并没有错。不过，包荒含秽并不是只有荒秽，更不是唯荒秽独贵。即便是就事功而言，某些清高者一事无成，不意味着成事者都是掘金佬，一个比一个更会掐指算钱。特别是在实用技术领域以外，在探求真理最高端而又最基础的某些前沿，很多伟大艺术是"没有用"的——想一想那么多差一点饿死的画家和诗人；很多科学也是"没有用"的——想一想那些尚未转化或无望转化为产业技术的重大发现，比如大数学家希尔伯特所公布的二十三个难题，还有陈景润那迷宫和绝路般的(1＋1)。公元前五〇〇年左右的文明大爆炸，至今让后人受惠和妒羡的思想界群星灿烂，包括古希腊和古中国的百家并起，恰恰是无利或微利的作为，以至苏格拉底孑然就戮，孔子形如"丧家犬"。十六世纪以后的又一次全球性文明大跨越，时值欧洲大学尚未脱胎于神学经院，距后来的世俗化运动还十分遥远。出入这里的牛顿、莱布尼兹、伽利略等西方现代科学奠基人，恪守诫命，习惯于祈祷和忏悔，从未享受过发明专利，不过是醉心于寒窗之下的胡思乱想，追求一种思维美学和发现快感而已，堪称"正其宜而不谋其利，明其道而不急其功"（董仲舒语）的西方版。

人类史上一座座宏伟的文明高峰已多次证明：小真理是"术"，多为常人所求；大真理涉"道"，多为高士所赴。大真理如阳光和空气，几乎惠及世界上所有的人，惠及人类至大、至深、至广、至久却是无形无迹的方面，乃至在常人眼里显得可有可无，因此并无特定的受益对象，难以产生交换与权益，至少不是在俗利意义上的"有用"。不难理解，寻求这种大真理往往更需要苦行、勇敢、诚恳、虚怀从善等人格条件,需要价值观的暖暖血温。高处不胜寒,当事人不但少利而且多苦,只能是非淡泊者不入,非担当者不谋,非献身者不恒,差不多是一些不擅逐利的呆子。

一个呆子太少的时代,一个术盛而道衰的时代,我们对如火如荼的知识经济又能抱多大希望?"为什么没有出现大师?"不久前一位著名物理学家临终前的悬问,是提给中国的,也不仅仅是提给中国的吧?

八

结论是:一种缺失了"上帝"和"人民"的道德信仰是否需要、该如何建立?或者说新的"上帝"观和新的"人民"观是否需要、该如何建立?——显然,如果文明可能绝处逢生,那么这一逼问就绕不过去。

悠悠万事,唯世道人心为大。

2010 年 8 月

---

* 最初发表于 2010 年《天涯》杂志。

关于文学与文化

"本质"浅议

　　文学界讨论文艺反映生活本质这一问题时,焦点往往大致有二:一是文艺应不应该反映生活本质;二是当今我国社会生活的本质是什么。我在这里想来说几句。

　　(一) 不存在一成不变的"绝对本质"。

　　水的本质是什么?古代人只能把它看成"五行"之一,有人还断言它属于北方,"主冬令之气"。后来化学产生了,门捷列夫又创元素周期表,人们始知水不过是一种氢氧化合物,相对前人来说,似乎可以自诩认识到水的本质了吧。然而时至今日,人们的认识又深入到原子结构内部,认识到原子核、质子、中子、电子、层子,对水可做出更科学的解释。长江后浪推前浪,我们的后代今后还可能揭示出更多关于水的奥秘,揭示其更深的本质。由此看来,即使对一滴水的认识也是不可穷尽的。所谓认识,不过是通过揭示不同层次的相对本质而逐步深化,指向无限。

　　对社会生活的认识恐怕也是如此。一个"四人帮",一九七六年有人说它是"极右",一九七八年有人说它是"极左",现在又有人说它是"封建主义"……但对"四人帮"的本质,我们今天也不能打包票说已经穷知,不能宣言这方面的认识已经终结。科学和哲学迅猛而无限的发展,将使我们一步步更深刻地剖析"四人帮"。

　　因此,所谓"本质"是分层次来谈的;认识本质是相对而言的。列宁在《哲学笔记》中,就有"初级本质"、"二级本质"等等提法。只有主观教条主义者和庸俗经验主义者,才自以为独具慧眼,一劳永逸地把握了某个事物一成不变的"绝对本质",从而发出种种无知妄说。严格地说来,"本质"不是任何人的专利品。一部文艺作品,只要作者在其中投入了严肃的心血,那么这部作品总在一定程度上触及事物"本质"。比如有些"伤痕文学"尽管有缺陷,但它揭露了社会主义社会里残存的官僚特权等等,相对于"四人帮"的阴谋文艺,相对于以前那些一味粉饰太平的作品,不就反映了一定的"本质"吗?如果硬要扣上一顶"歪曲本质"的帽子,那么照此推演,我们怎么来看待前人的作品?是否要把李白、曹雪芹、托尔斯泰都一棍子打死?

"本质"这个概念不必搞得很神秘。在列宁看来,本质与规律性是相近的概念,本质就是"事物的性质及此一事物和其他事物的内部联系"。我们大概可以这样简单地说:反映本质,就是反映规律性。故不论古人或今人的作品,凡反映了一定规律性的作品,就是反映了一定的本质。即算只是反映了较为"初级"的本质,我们也应该从认识论的角度,客观地给它一定的地位,不必对其求全责备和滥加鄙薄。

(二)不存在脱离现象的"纯粹本质"。

本质只是人对客观存在的一种抽象(是英语中的 what,而不是 that),因此从来不能具体地存在,只能通过现象来表现。白马的本质是"马",但抽象的马在哪里有呢?只有具体的某白马、某黑马或某黄马。本质的"马"潜在于具体的诸马之中。马克思说:"如果事物的表现形式和事物的本质是直接符合的话,那么任何科学都是多余的了。"这种不"直接符合",这种现象中含有的非本质因素,并不值得我们沮丧和烦恼。因为没有这些,就无所谓现象。科学与文学,都是从研究现象开始的。区别在于:以逻辑思维为手段的科学,当它们抽象出本质以后,就把现象抛弃了,抽象的成果通过理论直接向人传达。而运用形象思维的文艺创作,在认识和揭示事物的本质的全部过程中,始终离不开具体可感的有关现象,亦即我们常说的文学形象。

有些教科书常常强调文艺是反映生活本质的,多年来对这一观点过分的强调和不正确的解释,使人们对"现象"见而生畏,退避三舍。如果说某部作品"只反映了现象",那简直是"歪曲生活"、"思想浅薄"或"倾向反动"之类的同义语,重则对其横加批判,轻则将其划入末流。其实,既然本质和现象密不可分,那么文艺要反映本质,必然要借助现象;文艺描绘了现象,也就在一定的程度上反映了本质。有什么必要害怕现象呢?山水诗、花鸟画等等,似乎只反映了"现象",不也有很多传世之作吗?《诗经》、《离骚》、《史记》、《汉书》等等,并未反映出有些教科书所要求的"社会本质",但它们对人民不也是有益无害吗?不也是中国文化的优秀遗产吗?

想撇开现象去认识和反映本质,不仅有违科学认识论的基本原理,而且与文艺的基本规律相径庭。也许,有一些人并不反对反映现象,但他们认为现象有两类,一类是非本质的,不反映本质的;一类是很"典型"的,也就是能表现本质的。他们要求作者只捕取后者。可问题在于,这种只表现本质,不杂有任何非本质因素的现象哪里有呢?让作家描写这种与本质"直接符合"的现象,要求文艺只反映本质,不反映任何一点非本质的东西,怎么做得到呢?试想,如果写一革命人物,只准写他们大公无私、高瞻远瞩等等伟大的"本质",那么我们怎么来区别列宁和斯大林?怎么来区别毛泽东和刘少奇?怎么来区别孙中山和宋教仁?……企图反映"纯粹本质",是很多作者失败的原因。十八世纪欧洲一些古典主义作家,着意宣扬他们认为很"本质"的理性,把笔下人物当理性传声筒,结果导致了人物概念化。我国宋代不少诗人以理入诗,议论为诗,想越过现象单刀直入揭示"本质"的"理"和"道",结果诗作味同嚼蜡。"四人帮"统治文坛时期那就更不用说了,"本质论"带来的千人一面令人生厌。

(三)反映生活与反映生活本质。

一件作品,反映生活与反映生活本质是不可截然分开的。但生活与生活本质,作为两个概念,有细微而重要的差异。"生活本质"是抽象物,是人们认识的成果,更多地与作品的主观思想性相联系;"生活"是具体物,是人们认识的对象,更多地与作品的客观形象性相联系。

文艺与哲学、科学一个很大的不同,在于它不但把作者认识生活的成果传达给他人,更重要的是把作者认识生活的对象也和盘托出,尽可能完整真实地传达给他人。这当然要求我们把反映生活看成是比反映生活本质更基础的方面。可惜有些人不是这样,他们自信悟到"本质"之后,就以这个"本质"作模式来挑选斧削具体的"生活",为我所用地改造原始素材,以求更集中更鲜明地反映"本质"。问题就在这里发生了。如前面所述,现代科学并不能使我们夸耀自己无所不知,一个作者的认识能力永远有限,那么怎能担保你悟到的"本质"就是这方面认识的顶峰?在你大胆挑选斧削"生活"的时候,不担心你肢解歪曲生活吗?你为什么不更忠于生活,更信赖读者,尽量完整真实地把认识对象传达于人?曹雪芹表达了他对大观园"本质"的认识,这并不妨碍他比较客观地描写大量丰富的人和事,较同时代某些黑幕讽刺小说来说,较少"思想模式"的痕迹,较少图解主题的勉强。这部书的价值与其说在于它反映"生活本质",不如说它更重要的是反映了"生活"。正因为这样,《红楼梦》才成为一部封建社会的百科全书而历久不衰,以至曹雪芹本人的思想倾向都显得不怎么重要了。他对宝、黛等人的认识,即对大观园生活"本质"的认识,由无数后人争争吵吵地修正和延续发展下去,几乎是一个未完成式。

强调客观形象性,当然不是主张照相式地罗列生活现象。文艺是主客观结合的产物,纯客观的文艺是不会有的。作者在处理生活素材时,所取所舍,所详所略,当然受他世界观、艺术观的制约,创作过程当然有主观的参与。但各个作者,其主观参与的方式有不同(有的好用理性理论,有的善取直觉直感),参与的力度也有强弱之差,主观成分有相对的多少之别。我的想法,只是希望主观因素参与不要超过正常的限度。作品倾向应该从生活画面中自然地流露出来,主观思想性应建立在客观形象性的基础上。

从中国近几十年来的经验教训看,"本质"尊于和高于"生活"的论调,曾给我国文坛带来很多思维大于形象的作品,理念总是榨瘪了真实的人。不少作者都自愿或被迫地成为好为人师的廉价说教者,文艺完全等同于教育宣传。一些很不错的作者也曾因此吃过亏。"四人帮"时期暂不提,只说十七年那些反映合作化,歌颂大跃进的作品,曾几何时赶中心、跟政策,一个比一个更显"本质",可这些东西当年车载斗量,如今还可原版再印的屈指有几?也许有人会归怨于当时上级"批发"的"本质"错了,以为那些作品仅仅是一个倾向性正确与否的问题,其实不是。治病要治本,文艺的根本出路在于遵从艺术规律,恢复文艺的正常机制,用"文艺反映生活"这个不太容易造成误解的口号,取代"文艺反映生活本质"这个较易造成误解的口号;至少也不能以后者取代前者,或者作前者的注脚。不然的话,很多人就可能把认识对象和认识成果的关系倒置,仍难摆脱图解主题的荒唐轨道。

现实中已有这种倾向——丢了"歌舞升平"的旧套子,又来"哭哭啼啼"的新套子。政治标签虽已更换,文学的僵硬模式却仍在延续。应当指出,个别表现"伤痕"有缺陷的作品,倒不是因为他们如有些批评家所言太多讲求了客观真实;恰恰相反,是因为作者太想表现主观意念,太想图解自己发现的某些"本质",结果背弃了自己的生活感受,与粉饰文艺在艺术上殊途同归,失之于概念化和简单化。

1981 年 3 月

---

* 最初发表于 1981 年《文艺生活》,后收入随笔集《面对空阔而无限的世界》。

留给"茅草地"的思索

一段历史出现了昏暗,人们就把责任归结于这段历史的直接主导者,归结于他们的个人品质德性,似乎只要他们的心肠好一点,人民就可以免除一场浩劫灾难。但我以为原因不完全是如此。

从四五运动到"三中全会",我们民族正在恢复生机。一场大手术之后,人民渐渐停止了痛楚的呻吟,恢复了平静。人们想查一查环境,查一查病史,看那个毒瘤是怎么长出来的。我们当然首先会把目光投向年长的一辈,投向那些曾经教诲过和领导过我们的人。

我当过知识青年。我知道的一个国营农场有个负责人,是部队转业干部,对手枪和绑腿有深厚的感情。他身先士卒,干劲冲天,在大办农业过程中流下辛勤的汗水,对亲人和下属也要求得十分严格。但他好几次晚上提着枪,用"演习"的办法来考验下属的"阶级立场"。他看不惯青年男女的谈情说爱,有次为了追捕一个"违禁"幽会的小伙子,竟一气跑了几里路远……结果很多干部和青年都怕他。

在我还访问过的另一些农场里,也有一些老资格的革命战士。他们立志务农,比起那些贪恋沙发与卧车的人,他们是有朝气,有事业心的。但他们中的相当多数曾不懂经济,不善管理,结果地上草比苗高。有一个农场发放寒衣,得靠领导的"老红军"面子四处募捐求援。另有一个老场长,有钱大家用,有烟大家抽,对供给制和"大锅饭"一往情深。但正是这种平均主义,使职工们的积极性日趋低落……

这些人的故事就像代数中的"同类项",鲜明地显示了共通点。他们像一个个音符飞出来,形成了一个完整的旋律;像一个个散点,逐渐连成了一道明晰的轨迹——于是,我就有了笔下的"张种田"。

我本来可以把张种田的优点都挑出来,把他写成一个叱咤风云的英雄战士,写他身经百战艰难创业,与人民群众血肉情深,在反动帮派势力的淫威之下威武不屈等等。当然,为了让他更生动,也可以写一写他性格上的小缺点,写一写他对任何事物都有一个曲折的认识过程……这样写当然是可以的,我也这样处理过一些素材。

我本来也可以把张种田的缺点都挑出来,把他写成一个蜕化变质的昏君骄臣,写他独断专行、骄横自大、思想僵化、盲目无知,最终被人民唾弃。当然,为了使他更丰富、更可信,可以写一写他偶尔显露的人性闪光,写一写他历史上曾经有过的丰功伟绩……这样写恐怕也未尝不可,我也这样处理过一些素材。

但我撕掉几页草稿后突然想到:为什么要回避生活的真实面目呢?为什么一定要把生活原型削足适履,以符合某种意念框架呢?难道对笔下的人物非"歌颂"就要"暴露"?伟大和可悲,虎气和猴气,勋章和污点,就不能统一到一个人身上?我对自己原来的观念怀疑了。我想:人物的复杂性是应该受重视的。何况我们是在回顾一段复杂的历史。

为了更理解这个张种田,我把目光投向历史深处,我希望在动笔前看清张种田的主要精神特质。显然,不能说主观蛮干、简单粗暴是他最主要的弱点。这是次要的。这些弱点并没有妨碍他在以农民战争为主要形式的民主革命中大显身手。梁山好汉的前鉴,"山沟里的马列主义",朴素的阶级仇恨等等,使张种田们在抗日和驱蒋的斗争中力大无穷和聪明无比。那么,为什么他后来竟然成了一个悲剧人物?他仍然是忠诚的、热情的,甚至并不缺乏智慧。但他越肯干,就越具有灾难性,就越增强了与人民的隔膜。"好人"与"好人"之间也心不相通。人们发现他与科学矛盾着,与民主矛盾着,于是民心涣散,民生凋敝,野心家倒是在他的羽翼下生长。他的"社会主义"还能剩下一些什么？除了"供给衣"、"大锅饭"、烟酒"共产"的慷慨外，人们只看到了一个茅草地王国。这个王国的土地上，徘徊着平均主义、禁欲主义、家长制的幽灵。

农民战争被经济建设高潮代替，农业国将要成为现代化强国。因此张种田们的落伍是必然的，他不过是实现悲剧的工具。而且他的忠诚无私，他的坚强和豪爽，是不是使他的人生更具悲剧性从而更值得我们感叹？

我说不清楚。

说不清楚，但我还是写了。我羡慕理论家的严谨准确，但并不想把一切都剖析得明明白白。除了传达思想，我更希望抒发郁结于心的复杂情感。

1981 年 2 月

* 最初发表于 1981 年《小说选刊》，后收入随笔集《面对空阔而无限的世界》。

学 生 腔

文学创作的一大障碍是"学生腔"。这是一种远离实际生活，与形象思维相径庭，与大众口语规律相违背的书面语，多出于学生及其他知识分子笔下。

它的主要语法特征至少有以下几点：

（一）过多使用虚词。所谓言之有物，就是言之多实词，虚词在一般情况下只是实词的辅佐，多用来标志词语的逻辑关系。青年学生和知识分子往往生活阅历不够，笔下缺乏内容，最容易在虚词中拖泥带水。笔者在小说《月兰》中有这样一段话："……于是我马上召集男女老少，按照工作队的布置，首先批斗了一个富农分子，并在'以阶级斗争为纲，大打肥料之仗'的口号下，宣布了工作队的一系列命令：限制私人养鸡养猪数目……"可以发现，这完全是公文材料的语言，短短一段中虚词拥挤，"于是"完全不需要，"按照"也属生硬，"并"与"在"与"以"连在一起，大结构套小结构，更是别扭繁琐。就算是写公文，这种语言也不算通顺，进入小说就更成问题了。好的小说提供生活的真实画面，注重语言的生活化甚至口语化，在有限篇幅内传达更多实在的信息，不能不讲究虚词运用的俭省。

（二）过多使用半虚词。半虚词是实词与虚词之间的中间状态，因其半虚，所含信息量也非常有限。据语言学家王力的意见，副词就是介于实词与虚词之间的词类，具有半虚化特点——程度副词恐怕尤为如此。在一篇前不久得奖的小说里,出现过这样的语言:"它毕竟太奇特、太巧妙了呀!……这夜,是多么迷人,多么美呵!"可以想想:"多么美"是什么样的美?"多么迷人"是怎么个迷人法?这里没有具体形象描绘,"太"与"多么"之后的结论缺乏依凭,难给读者留下什么印象。相仿的句子还有"雨后青山格外秀丽","这件衣服非常好看","花儿分外漂亮"等等。这些句子里的程度副词(格外、非常、分外等等)基本上是废话,说了不如不说。而究其原因,是作者没有什么可说,只好空空洞洞地激动一番。有一位老作家说过,他写出作品后总要把作品反复看两遍,把"非常"、"多么"之类的话能删则删。这种经验之谈值得我们注意。

(三)形容语程式化和套路化。有些青年学生和知识分子生活感受少,读他人作品倒多,因此不易创造出独特的语言,包括独特的形容语,一下笔往往鹦鹉学舌,照猫画虎,因袭前人的表达。有些人描写少女时,总喜欢用这样的句子:"鹅蛋形的脸"啦,"五官安排得非常端正"啦,"一对水灵灵、会说话的大眼睛"啦,"一副适中的身材和一副动人的美貌"啦……作者倒是把人物形态写得很周到,但很可惜,读者心中仍只是迷雾般的影像。心理学中有一种"感觉适应律",指感觉随着刺激的持续或重复而效应递减。一种形容语即便很精彩,但如果用得太滥,它造成的感觉量经过无数次递减,已经极为微小,应该被作者小心躲避,不能误把糟粕当宝贝——如果不能句句出新,至少在作品的最紧要处,在作者表达思想情感最着力的地方,应注意创造新的语言,包括新的形容。正因为如此,韩愈疾呼"陈言之务去",陆机感慨"怵他人之我先",俄国作家富曼诺夫说:"最糟的莫过于老一套形容语,不但不能把概念和形象解释清楚,反而会使它们模糊不清。"

(四)修饰语和限制语太多,以至句子太长。"……他模模糊糊地看见了由无数波浪形的五线谱和豆芽儿似的音符组成的图案的天花板……却一直向往走进这庄严的厅堂来听全院最出色的教授的讲课。"这是最近发表于某杂志一篇名家小说的句子,实在让人读得有些紧张吃力。现代中国作家用白话文写作,白话者,应明白如话。书面语尽量靠拢口语,缩小语与文两者之间的距离,恐怕是一个正当要求。理论著作尚且应当如此,小说更自不待言。据观察,通常人们"一句话"只能说十个字左右,至多也超不过十五个字。中国古代有四言、五言、七言诗,即使形式自由的"古风",长句也很少有超越十字的。这就是受语言习惯限制的一例。外语的情况当然有所不同。英语中的连词用得特别多,还有关系代词、疑问代词、连接副词等等也起到连词的作用。大量使用连接词,借连接词处理语气停顿,使英语中出现了很多长句。亦步亦趋的翻译,生吞活剥的模仿,使不少作者养成了写欧式长句的习惯,不仅增加阅读的困难,而且过多的状语和定语很容易淹没中心词,淹没事物的主要特征,让读者反而不得要领。叶圣陶曾在《评改两篇作文》中提出一个具体办法:不仅各分句之间一般应有停顿,就是一个独立完整的分句,如果太长的话,也可在其中适当的位置插入标点,或作适当改写以利顺读。这个建议似不难实行。

"学生腔"当然还有一些其他表现,如生造词语,如用词富丽堆砌,这些问题已被某些批评家指出多次了,这里不必重复。

有些人对自己的"学生腔"深为不满,努力增强自己的语言表现能力,只是由于方法不当,可能又滑入另一些歧途,带来"学生腔"的一些变态。比如说"洋腔":有些小说里外来语成堆,外来句型太多,使笔下人物都成了穿中国服装的半个洋人,满嘴都是"西崽"(鲁迅语)语言:"晚安"、"深表遗憾"、"你忠实的朋友"、"亲爱的公民"……如果这是为了表现某些特定生活领域和特定人物,可另当别论,但把这些话强加在普通老百姓的头上,一律以洋为趣,以洋为美,岂不让人起鸡皮疙瘩?这样的创作有多少生活根据?又比如"古腔":有些作者好古奥,求典雅,企图从中国古典文学语言中寻找出路,不失为丰富语言之一法。但这种学习和开发,决不是机械的搬演,而是所谓含英咀华,得其神似,去粗取精,化旧成新,摸索一套融化古人语言同时接近现代口语的文学语言。王力指出:近一二十年来,有白话文后退而文言文复活的迹象,不少青年作者为古而古,笔下出现一些缺乏生命力的古代语汇,冷僻生涩,诘屈费解。早在四十多年前,鲁迅先生也说过:"假如有一位精细的读者,请了我去,交给我一支铅笔和一张纸,说道,'您老的文章里,说过这山是峻嶒的,那山是巉岩的,那究竟是一副什么样子呀?您不会画画儿也不要紧,就勾出一点轮廓给我看看罢。请、请、请……'这时我就会腋下出汗,恨无地洞可钻。因为我实在连自己也不知道'峻嶒'和'巉岩'究竟是什么样子,这形容词,是从旧书上抄来的……"他又说:"我以为第一是在作者先把似识非识的字放弃,从活人的嘴上,采取有生命的词汇,搬到纸上来;也就是学学孩子,只说些自己的确能懂的话。"

我们应当提倡语言风格的多样化,鼓励和容许作者们各自带上异色异彩。但这与嗜"古"崇"洋"有明显区别。一"洋"二"古",是中国半殖民地半封建社会在语言上残留的影响,也是"学生腔"发展下去的两大陷阱,值得我们警惕。

"学生腔"在中国形成有各种原因。"五四"以来,白话文运动兴起,给小说创作开辟了广阔天地。但现代小说语言的发展经历了曲折艰难。二十年代至三十年代,由于大量舶来外国思潮和外国文艺,外国语言也极大影响了中国文学,一方面促进了白话文的成熟,打击了文言文;另一方面又造成某种"洋"风弥漫于文坛,以至当时好些文学家不熟悉人民的语言。四十年代至五十年代,由于革命斗争的需要,乡土文学掀起浪潮,作家向群众学习语言,运用方言俗语几成时尚。以周立波、赵树理为代表的一批作家活跃文坛,具有乡土色彩的文字,对外来语的消极部分给予了一定的抑制。但是,由于方言俗语本身还需要整理和改造,由于对古代语、外来语和方言俗语的吸收和消化远非一日之功,因此形成一种发达的民族现代语言,还有一个漫长过程。要求这种语言由文学界进入教育界,其过程就更漫长了。

小说语言是一种形象化程度很高的语言,必须生动鲜明地再现社会生活。鲁迅修改《阿Q正传》时,阿Q手里相对抽象的"钱",就变成了相对具体化的"银的和铜的"。沈从文写《边城》时,连一些抽象的时间概念也不放过,总把它们化为相对具体的声、光、色来表现。如用龙舟竞渡的蓬蓬声,来暗示端午的到来;用山水花鸟的变化,来标志四季的更换。老托尔斯泰修改《复活》十几遍,对女主人公的描画一次次予以自我否定,直到"鲜明生动"了才罢休。于是,玛丝洛娃"故意让几绺鬈曲的黑发从头巾里滑出来","一只眼睛略为带点斜睨的眼神","脸上现出长期幽禁的人们脸上那种特别的颜色,使人们联想到地窖里马铃薯的嫩芽。"这种富有独创性的比喻和白描,使她立刻区别于文学画廊里其他女性肖像。

再进一步说,小说语言与散文和诗歌的语言相比,更接近大众口语。前人很多"话本"、"章回小说",一直体现着文、言一家的特点。当然,现代的很多小说已与"话本"的意义相去甚远,更依赖于阅读而不宜于讲述,但从大体来看,口语是大众的语言,集中了大众的智慧,往往具有极大创造性,总是能给书面语提供源源不断的营养。鲁迅与赵树理都曾纳大量俗词俚语于笔下。艾芜对大众口语也有过精深研究,说这种语言的特点是:词头丰富,谚语极多,具体形象,含蓄精炼。而贯串其中的基本特点,是民众"最爱使用具体形象化的句子",比如把阿谀有钱人说成"抱大脚杆",把不识字说成"灯笼大的字认不得一挑",如此等等,让人一听就感到生活气息扑面而来。

当然,大众口语并非天然合理。元朝戏曲中的"直下的(忍心)","净办(安静)","倒大来(十分)"等等,就意思含混而费解,看不出有什么保留价值。当前有些小说中的"搞"字句,如"搞工作"、"搞棉花"、"搞对象"等,也显得过于粗糙,只能扰乱读者的思绪,中断读者的感受,无益于文学。因此,向大众口语学习并不是尾巴主义和照搬主义,如果不能去粗取精和厚积薄发,"学生腔"即便戴上了破草帽,穿上了烂裤衩,折腾得自己灰头土脸,还是可能一身奶气未脱,一开口就酸得让人为难。

1980 年 7 月

---

* 最初发表于 1983 年《北方文学》杂志,后收入随笔集《面对空阔而无限的世界》。

也说美不可译

奇妙至极的心绪往往难以言表,所谓妙不可言;精美非常的文字常常难以翻译,我们可以称之为:美不可译。

即便从宽泛的角度来理解翻译也是这样。"窈窕淑女,君子好逑","乘骐骥以驰骋兮,来吾道夫先路",这些文言古诗倘若译成白话,还剩下多少趣味? 故郭沫若大诗翁以及众多中诗翁小诗翁的楚辞今译,可作教学的工具,终究不能成为艺术欣赏的对象,更无法流传广远。方言和方言之间的转译也总是令人头痛。一段南方的民间笑话,若用北方话讲出来,言者常有言不达意的尴尬,闻者常有何笑之有的失望。长沙现代俚语中有"撮贵贵"一说,译成普通话即是"骗人"。但"骗人"绝不及"撮贵贵"能在长沙人那里引发出会心的微笑,因为"贵贵"能使长沙人联想到某种约定俗成的可爱亦可笑的形象,笨拙、呆憨、土气十足,却又受到某种虚假的尊重,而响亮的去声重叠音节又极为契合这种特殊心理反应时的快感。字面的意义固然可以传达出去,但语言的神韵以及联想意义(association meaning)却在翻译过程中大量渗漏而去。

汉语内部的同质翻译尚且如此,汉语与西语之间的翻译,一种表意文字与一种表音文字之间的翻译,自然更多阻隔。几年前我的一个短篇小说译入英文,其中"肩头开花裤打结",译成了"衣服穿得很破旧";"人总是在记忆的冰川前,才有一片纯净明亮的思索",译成了"只有当激动过去之后,人的思维才变得清晰和平静"。诸如此类。应该说,这是一篇属于那种比较倚重故事情节的小说,文字也简明和规范,是法国新小说家让·里加杜所界定的"words of adventure(历险的词语)",较为易于翻译的。但在译者笔下,仍留下了累累伤痕。我很难想象,某些小说本土情调浓郁,又有独拔倔强的审美个性——特别是像林斤澜、张承志、何立伟的某些篇什,堪称现代小说中之拗体,一把句子中见风光,更倚重语言而不是倚重情节,完全成了"adventure of words(词语的历险)",其精细幽微处如何译得出来? 每次耳闻这些作家的作品已经或即将被译成外文,我就暗暗为他们捏一把冷汗。

优秀的译家当然还是有的。用原作来度量译作也不恰当。但多年来闭关锁国政策,使不少译者很难有条件到西方去扎下十年二十年,很难使自己的西文精纯起来,这也是事实。至于洋人,能说流利的洋话,同写出精美的洋文,恐怕还是两码事,这与国内一些中文教授也可能写不好一首中文诗歌或一篇中文小说,是同样的道理。庞德的英文大概不算坏,他译过李白和白居易,译作《中国》在美国颇负盛名。不过他的诗译不过是借唐诗二白的两挂长衫,大跳自己意象派踢踏舞和华尔兹,偶有目误,把两首拧成一首,不分大字小字,把题目引注之类统统译成诗行,俨乎然排列下去,也朦胧奇诡得令美国读者不敢吱声。太白乐天在天之灵,对自己名下这些洋字母密密麻麻,可有"走向了世界"的欢欣和荣耀?

有些遗憾,是译者的译德或译才欠缺所致,这个问题还好解决。两种语言之间天然和本质的差异,却是不那么好解决了。

英美人似乎天性好乐,对快乐情感体味得特别精微,有关的近义词随便一用就是二三十个,而且多有形态之差和程度之别,我在翻译时搜索枯肠,将"高兴"、"愉快"、"欢欣"、"快活"、"狂喜"、"兴高采烈"等等统统抵挡上去,还是感到寡不敌众薄力难支。一个 Lean,中文的同义词却显得富余:"俯身"、"探身"、"倾身"、"趋身"、"就过去"、"凑过去"、"靠过去"……可以多制少细加勾勒变化多端。灵敏的译者,碰到这种情况往往只能以长补短,整篇译完后用词量总和大体相当就算不错。

英语中常见的 gentleman,一般译为"绅士"、"先生"、"男士";privacy,一般译为"隐私"、"隐居"、"私我"。但还是不恰切。反过来说,某些中文词也很难在英语中找到完满的代用品。朱光潜先生说过,"礼"和"阴阳"就不可译。"风"、"月"、"菊"、"燕"、"碑"、"笛"之类在国人心中激起的情感氛围和联想背景,也不是外国人通过字字对译能完全感觉得到的。去年有朋友李陀在西德谈"意象",被外国专家们纷纷误解和纠缠不清。我以为减免这些误解的法子,至少是将"意象"音译或再创新词,不能袭用旧译 image。image 一般用作形象、图像、想象,对"意"似嫌忽略,对中国艺术中把握"意"与"象"之间互生互补关系的独特传统,更是没有多大关系。不注意到"意象"一词的不可译因素,轰轰混战大概是不可避免的。

从词到句子和篇章,翻译的麻烦就更多了。

随意落笔,单复数的问题不可忘记。莫言写《透明的红萝卜》,单就译这个象征性很强的标题来说,就得踌躇再三。是译成一个透明的红萝卜呢,还是译成一些透明的红萝卜呢? 在感觉细腻的读者那里,一个与一些所提供的视觉形象很不相同。中文中不成问题的问题,一进入英语便居然屡屡成为了问题。

对主语和人称也不可马虎。"昨日入城市,归来泪满巾。"汉语读者决不会认为这两句诗有什么残缺和阻滞,然而译家必定皱起眉头,来一番锱铢必较地考究:是谁入城市? 是我? 是你? 是他或者她? 是他们或者她们? 想象成"你"入城市,读者可以多一些怜悯;想象成"我"入城市,读者可多一些悲愤……汉诗从来就是任由读者在叙述空白中各择其位各取所需,于朦胧幻变中把读者推向更为主动积极的感受状态,但英文不行,不确定人称,后面的动词形式也就跟着悬而不决。用英语语法无情地切割下来,美的可能性丛林常常就剩下现实性的独秀一枝。

　　英文是以动词为中心来组织"主动宾"句子的空间结构,以谓语动词来控制全局,一般说来,不可以无所"谓(语)"。"山中一夜雨,树梢百重泉";"清光门外一渠水,秋色墙头数点山";"鸡声茅月店,人迹板桥霜"……汉语用语素块粒拼合出来的这些句子,依循人们心理中天籁的直觉逻辑而流泻,虽无谓语,却是不折不扣有所"谓"的,有严格秩序的。但它们常常使英文译者爱莫能助,难以组句。

　　还有时态问题。中国人似乎有特异的时间观,并不总是把过去、现在以及未来区分得清清楚楚。虽然也很现代化地用上了"着"、"了"、"过"等时态助词,但这方面的功能还是弱。文学叙述常常把过去时态、一般现在时态、现在进行时态模棱含混,读者时而深入其内亲临其境,时而超出其外远远度量,皆悉听尊便少有妨碍。这个特点有时候在文学中有特殊功效,我在小说《归去来》开篇处用了"现在"、"我走着"等字眼,但又不时冒出叙说往事的口气。英译者戴静女士在翻译时首先就提出:你这里得帮我确定一下,是用过去时态还是用现在时态。结果,一刀切下来,英美人精密冷酷的时间框架,锁住了汉语读者自由的时间感,小说画面忽近忽远的效应,顿时消除。

　　自然,对时态注重有时又成了西方文学的利器。克·西蒙写《弗兰德公路》,运用了很多长句,用大量的现在分词给以联结,以求变化时间感觉,使回忆中的画面仿佛发生在眼前。这种机心和努力,中文译本很难充分地传达,读者无论如何也读不出来,只能隔墙看花,听人说姿容了。

　　这样说下来,并不想证明中文就如何优越。有些语言学家曾经指出过,英文文法法网恢恢,以法治言,极其严谨、繁复、绵密,也许体现着英美人逻辑实证的文化传统。而中文似乎更适合直觉思维、辩证思维、艺术思维,也更简练直捷。这些判断即使出于名重资深的大专家之口,恐怕也还是过于冒险了一些。

　　英文的词性变化特别方便,～ing可沟通动词和名词,使之互相转换;诸多动词带上 ~ al 或 ~ ful 等等,即成形容词;再加上 ~ ly,又成了副词;加上 ~ ment 或 ~ ness 一类,则成名词。词际组合能力因此而得到强化,常能造出些奇妙的句子,也是美不可译。比较起来,中文的词性限制就僵硬一些,词性的活用因无词形的相应改变,也视之为不那么合法的"活用"而已,屡屡被某些语法老师责怪。近年来好些作家热心于一词多性,如"芦苇林汪汪的绿着,无涯的绿着";"天蓝蓝地胶着背";"一片静静的绿"(引自何立伟的《白色鸟》)。这就是把形容词分别动词化,副词化以及名词化,类如某些英语词后面缀上 ~ ing 或 ~ ly 或 ~ ness 时所取的作用。"(某老太太)很五十多岁地站在那里"(引自徐晓鹤《竟是人间城廓》中写人倚老卖老的一句),更是把数量词也形容词化了(换一种文法来说则是副词化了),同样是突破词性限制,力求与英语的词法优势竞争。只要这类试验更能达意传神而不是瞎胡闹,我都以为没什么不好。

与此同时,西方语言也在徐徐向包括汉语在内的其他语种靠近,比方英语中的修辞限制成分有前置倾向,德语中有"破框"趋势等等。

但形成全球统一语言的目标恐怕尚十分遥远,是否可能,也基本上处于根据不足的空谈之中。语种纷繁各异,其长短都是本土历史文化的结晶,是先于作家的既定存在。面对十八般兵器,作家用本民族语言来凝定自己的思想情感,自然要考虑如何扬己之长,擅刀的用刀,擅枪的用枪;同时又要补己之短,广取博采,功夫来路不拘一格。

语言不光是形式,也是内容。用"女子"、"女人"、"妇女"、"娘们"虽表达同一个 woman 的内容,但语感很不一样,也寓含了很多意义,也是很内容的。旧的语言研究重在语法,忽视语感,这是理性主义给语言学留下的烙印。如果说语法是理性的产物和体现,那么也许可以说,语感(口气、神韵、声律、节奏、字形、上下文构成的语势等等)则充盈着非理性或弱理性的感觉辐射。如果说语法更多地与作者的思想品格有关,那么语感便更多地与作者的情感品格有关,常常表现为某种可感而不可知的言外之意,某种字里行间无迹可求的情感氛围。古人提出"文思"之外的"文气"。"气"是什么?"我书意造本无法";"如行云流水,初无定质,但常行于所当行,常止于不可不止。"(苏东坡语)诗人那种说不清的创造过程,不正是"文气"使然,不正是某种情感的涌动和对语言的渗透和冶制吗?

现在已经有了翻译机。但至今的实验证明,翻译机"可以译出文字,不可以译出文化"(美国翻译理论家赖达语);可以译出语法,不可以译出语感;可以译出文思,不可译出文气;可以译出作者的思想品格,不可以译出作者的情感品格——终究不能给文学界帮上多少忙。

情感、直觉、潜意识,也是人生一大内容,更是文艺的主要职能所系。遗憾的是,我们至今对它们仍无精密把握,于是对语言形式的研究也基本上局限于语法。语感究竟是怎么回事,仍只有一些只鳞片爪的揣度。可以苛刻地说,语言学家都只是半个语言学家。倒不是他们无能,本是无可奈何的事。

当然,语法和语感在具体语言那里是互相渗透的,不可截然二分。这些都是另一篇文章的题目,我们暂时不往深里纠缠。我们只是需要知道翻译的局限,尤其是拿一些美文来译,免不了都要七折八扣、短斤少两、伤筋动骨、削足适履一番。翻译过程中最大的信息损耗在于语言,尤在于语感,在于语言风格。鲁迅先生的杂文翻译出去,有时就无异于普通的批判文章,汉语特有的某些幽默、辛辣、含蓄都大大失血。杨宪益夫妇合译的《红楼梦》是不错的,然而国内一个英语系学生可以读懂英译本《红楼梦》,却不一定能读通中文版《红楼梦》,可见英译本还是把原作大大简化了。闻一多先生说:"浑然天成的名句,它的好处太玄妙了,太精微了,是经不起翻译的。你要翻译它,只有把它毁了完事";"美是碰不得的,一粘手它就毁了"。林语堂先生说:"作者之思想与作者之文字在最好作品中若有天然之融合,故一离其固有文字则不啻失其精神躯壳,此一点之文字遂岌岌不能自存,凡艺术文大都如此。"意大利哲学家克罗齐甚至早就宣布"凡真正的艺术作品都是不可译的",翻译不过是一种创造,not reproduction,but production(不是再造品,而是创造品)。一切对语言特别下力的作家,努力往作品中浸染更多本土文化色彩和注入更多审美个性的作家,总是面临着"美不可译"的鬼门关。碰不上好的译家,他们就只能认命。

据此也可知,一切外来文学译作的语言风格,很可能不过是译者的风格,读者不必过分信赖。据此还可知,图谋把自己的译作拿出去与洋人的原作一决雌雄,拿个什么世界金奖,以为那就是"中国文学走向世界",其实无异于接受不平等竞技条约,先遭几下暗算再上角斗场。

我们对这种事无须太热心。中国文学走向世界,要义恐怕还在于胸怀世界,捧一泓心血与人类最优秀的心灵默默对话,而不在于文学出口的绩效是赤字还是黑字。当然,正是因为明白了这一点,我们不妨以平常心对待翻译,不妨把文学进出口事业看作一项有缺失却十分有益的工作。文学中的人物美、情节美、结构美等等,大体上是可译的。捷克作家昆德拉还想出一个办法。他说捷文词语模棱灵活,比较适于文学描写,但也比较容易误译。因此他写作时尽量选用那些准确明晰的字眼,为译家提供方便。他认为文学应该是全人类的文学,只能为本民族所了解的文学,说到底也对不起同胞,它只能使同胞的眼光狭隘。昆德拉是个流亡作家,远离母土遥遥,他很清楚他是个为翻译而写作的作家,他的话当然不无理据。但上纲上线到"全人类文学"云云,则显得有些夸大其词。人类并不抽象,不是欧美那些金发碧眼者的专用别称。比方说:十亿中国人不也是"人"的大大一"类"吗?

1986 年 10 月

＊　最初发表于1986年上海市作家协会内刊,1993年公开发表于《椰城》杂志,后收入随笔集《海念》。

文学中的"二律背反"

二律背反——这个词由康德首创，一般用来表示两个同具真理性的命题彼此对立。正题与反题针锋相对，但似乎都有颠扑不破之魔力，于是引起人们的兴趣和烦恼，引起永不休止的争执和探索。

其实背反就是矛盾，矛盾并不可怕。有矛盾才有推动认识发展的动力，有矛盾才证明人们的认识还大有可为。

文学创作中是否也有"二律背反"？

作者须有较高的理论素养——这个命题当然很对。中国早有古训："文以载道。"文学总是用来表达一定的思想，怎么少得了一定的理论支持？中外文学史上有许多大家，其创作曾明显得益于他们精深的理论素养。茅盾若不是从马克思主义中学来了阶级分析法，不大可能写出《子夜》。鲁迅若不是接触了达尔文和尼采的理论，也不一定写得出《呐喊》和《野草》。理论是启发智慧磨砺思想的利器，是进入正确世界观和人生观的必经之途，也是一个作家写出黄钟大吕之作的重要依托。

且慢，作者无须有较高的理论素养——这个命题难道就错了吗？中国也早有古训："诗有别材，非关书也；诗有别趣，非关理也。（严羽）"文学主要是用形象思维，任何正确的概念都无法代替或囊括形象本身的丰富内涵。相反，作者的理论框框多了，倒常常造成思想束缚形象，造成概念化和图解——这是多年来很多作者的教训。在作者政治大方向正确的前提下,不要提出文学家都成为理论家的苛求吧,给作者的艺术直觉留下地盘吧。曹雪芹并没有剖析封建集权社会的高深理论,不也写出了理论家所写不出的《红楼梦》? 萨特是作家中的理论富翁,但他的小说是不是倒少去了很多活气和灵气?

作者须照顾多数读者的口味——这个命题的真理性显而易见。我们社会主义的文学是人民的文学,当然应该为多数人喜闻乐见。传说古代白居易的诗能传诵于妇童之口,遍题于寺观驿站之壁。还传说柳永的词也颇能深入群众,"凡有井水饮处,即能歌柳词。"当代更不用说了,天安门革命诗歌不胫而走,蒋子龙的乔光朴几乎家喻户晓,这岂是钻进"象牙塔"的结果? 这个传统难道不应努力继承? ……我对此深以为然,所以对大多数读者可能不太关心的主题,对他们可能不太习惯的手法,常常抱着谨慎的态度。

慢点,作者无须照顾大多数读者的口味——这个命题是否就荒诞不经? 少数读者也是人民的一部分,而且"大多数"究竟是什么意思? 是置于什么范围而言? 湖南花鼓戏的观众在全国来说算不上多数。儿童文学也不能引起"大多数"青壮年的兴趣。思想艺术价值更不取决于作品读者的多寡。《红楼梦》的读者就比《七侠五义》的读者少,也肯定比香港电影《三笑》的观众少。王蒙和高晓声的作品,也不一定比通俗读物《王府怪影》更畅销。我们还是让各种风格的作品各得其所和各有地盘吧,让作者们抛掉迎合读者的顾忌,大胆表现自己的个性吧。只要是真正"曲高","和寡"算得上什么罪名?

作者须很讲求政治功利——这个命题曾一度是革命文学的宗旨。文学离不开政治,当代的政治与人们生活的联系日趋紧密,想完全超脱政治差不多只是疯人呓语。中国古代儒家提倡文学"助人伦、成教化",舞文弄墨者必干政事。他们强调文学的实用政治功利作用,这些已成为中国文学一大传统。五四运动以来,新文学在激烈的阶级斗争和民族冲突中成长,历经硝烟炮火、刀光血影,创作依然与政治密切相关。鲁迅等先辈的大部分作品无异于投枪和匕首,旗帜和炸弹,为人民解放事业起到了极强的政治功利作用,其光辉不可磨灭……这些经验当然不应该被后人忽视。

且慢,作者无须太讲究政治功利——这个命题在一定条件下是否也能成立?人类的生活内容不仅仅是政治。文学没有理由一律带上强烈政治色彩。政治思想也不是思想的全部,政治内容更不等于艺术形式。中央高层提出今后不再提"文艺为政治服务"的口号,正是总结了"文革"的教训,指出文学在政治功利之外还有其他作用,还有广阔的天地。中国古代道家强调人与外界对象的超功利关系,着力于"纵情山水"的兴趣,"独善其身"的追求,还有对情致、气韵以及独特"妙语"的艺术探索,也成了中国文学一大传统。沈从文的《边城》,其政治作用远不及叶紫、蒋光慈的政治小说,但它同样是中国现代文学的珍宝。描绘自然,介绍风俗,陶冶性情,娱悦身心,包括剖析种种非政治性的人生矛盾,这同样是人类精神文明的应有之义,是筑构真善美人生境界的要务。

作者须注意自己的统一风格——这个命题似不必怀疑。孟文浩荡,庄文奇诡,荀文严谨,韩文峻峭……古人作品从来就有统一而鲜明的风格。鲁迅、沈从文、老舍、张爱玲、废名等人的作品,即便遮去了署名,人们也不难猜出作者。风格是作者个性的表现,统一风格是作者成熟的标志。今天写得"土",明天又写得"洋";今天来点京味体,明天又来点"傅雷体",五花八门闹个大杂烩,东一榔头西一棒子,这样的作者岂不是自乱阵脚,失去了自己稳定的思想见解和专深的艺术追求?……

等一等,作者无须注意自己的统一风格——这个命题难道就不可确证?风格应该是发展的、流动的、变化的,根本不必要定于一,囿于一。血管流血,水管流水,作者成熟了就自然会有风格,完全不必人为地去"注意"。更何况风格的多样化才是作者成熟的标志哩。苏东坡既有"大江东去"的铿锵之声,也有"似花还似非花"的清音柔唱,并不把自己禁锢在豪放派或婉约派的圈子。辛弃疾唱出了"金戈铁马,气吞万里如虎"的沙场壮景,也写过"茅檐低小,溪上青青草"的田园小照。他们从来不忌题材、手法和情调的多样化。现代的海明威也很有几套笔墨,当代的王蒙也很有几把刷子……这些事实雄辩地证明:每一次较成功的创作,都需要从零开始,需要找新的题材、新的思想、新的手法、新的情调,非如此不会引起自己的创作欲,非如此也不会令读者满意——包括提醒你注意"统一风格"的某些读者。这步步求新实际上很容易改变既有风格。如果背上"统一风格"的包袱,独尊一家,独尚一法,画地为牢,作茧自缚,倒是不利于创作的吧?

背反现象好像还很多。比如:作者写不出时不要硬写,这是对的;写不出时不可松劲,卡壳之时要决心克服困难,创作难度越大越可能写出好东西,这说法好像也不错。又比如:作者要勤写多写,力求高产,熟能生巧么。这是对的。写多了容易滥,好作者"工夫在诗外",不重写作而重体察和酝酿,根本不必求于"三更灯火五更鸡",这样说恐怕也难以驳倒……文章无定法,创作没有一定之规,大概确是前人的甘苦之言。面对复杂的艺术规律和艺术现象,以白诋青的偏颇无疑是害人的,害青年的。

但如果笼统地说文章有多法,创作素有"两可"之规,这说得太灵活,太玄奥,在具体实践中容易导致无所适从,恐怕也无益于青年。

康德在他的二律背反面前十分悲观,认为那些命题只暴露了幻想和荒谬,难题永远无法解决。后来,著名科学家玻尔提出"互补说",认为一些经典概念的任何确定运用,将排斥另一些经典概念的同时应用;而这另一些经典概念在另一些条件下,是阐明现象所同样不可少的。玻尔用"互补"来调解"互斥",提出了"确定运用"和"条件",对人们解决类似的认识难题有所启示。在玻尔这样的智者眼里,绝对真理只包含在无数相对真理之中,而相对真理总有局限性,不能离开一定的范围和层次,一定的条件和前提。离开这些必要的界定,讨论任何具体命题就都成了无法定论的玄学,出现背反的迷雾也就毫不奇怪。一个国家的革命经验,对于另一国可能就不完全适用;一个作者今天的经验,对于他的明天可能就不完全适用。具体情况具体分析,是辩证法活的灵魂。

人们不应希望一劳永逸,不应希望万能而通用的文学药方。评说者也许只应去具体分析作者和作品,因地制宜,对症下药,使其扬长避短,各得所用。作者们也许只应具体分析自己的现状,反省缺点,清查条件,再加上自我设计,从而决定自己遵循何种创作指导。这样,上述命题可能就会因时因地各自找到适用域。

黄连甘草,木梁石柱,各得其宜。矛盾的经验也就会统一起来,像人的两条腿,把人导出玄学迷宫,把文学创作导向进步提高。

这样做是很麻烦的。但世界上只有机械教条才最省力气。这不奇怪。

1982 年 7 月

---

* 最初发表于 1982 年《上海文学》杂志,后收入随笔集《面对空阔而无限的世界》。

从创作论到思想方法

　　文学家们的经验,常有差别。各人各说,其实并不奇怪。因为文学天地极其丰富广阔,作者有思想、气质、素养、兴趣等方面的差别,作品有体裁、题材、风格、手法等方面的差别。不同的作者进行不同的实践,当然会有侧重点不同的体会。而我们面对前人的经验,当然不应把它们视为一成不变的规律,机械搬用,句句照办。应讲究灵活变通,讲究革新发展,具体情况具体分析。

　　有感于此,我才有了《文学创作中的"二律背反"》一文。文章是编辑部约写的。他们的原意是要我谈谈自己的创作。我的作品又差又少,不好谈,于是冒昧地谈及其他。文章中有不少创作谈式的语言:"较高的","较多的","读者的口味"等等。这些概念未经精确定义,在缺乏语义默契的朋友之间,容易导致误会。

　　比方,我说到理论素养对于创作的重要性之后,又指出另一种现象:"作者的理论框框多了,倒常常造成思想束缚,造成概念化和图解——这是多年来很多作者的教训。"钱念孙在《上海文学》今年第二期发表的文章中引述上文时,把后一句漏掉了,然后努力证明理论修养与概念化图解没有必然联系。这没有错。但谁说过有这种"必然联系"呢?"常常"不是"必定","很多作者"不是"所有作者"。

　　又比方,我谈到作者可多读理论之后,又指出不必苛求一切"文学家都成为理论家",都具有"较高的理论素养"——这并非不要基本而必要的理论基础。针对此,钱念孙努力证明创作不能离开"一定的思想理论指导",这也大致不错。但是谁说过作者可以根本脱离一定的思想理论呢? 我也没有。

我借用"二律背反"这个词,用背反的形式把问题提出来,尖锐鲜明地揭示其中的矛盾,以方便讨论。这与康德所说的"二律背反"不大相干。我还说过:笼统说二律"两可",这种说法"太灵活,太玄奥","无益于青年"。又说,背反就是矛盾,而矛盾的经验可以"统一起来","像人的两条腿,把人导出玄学迷宫"。不难看出,我不赞成把矛盾双方绝对地割裂并孤立起来,而承认矛盾也不等于把对立绝对化。很多人都曾经用背反的形式来提出问题。恩格斯说,人的思维的认识能力是无限的(正题),同时又是有限的(反题);毛泽东说,帝国主义和一切反动派是真老虎(正题),又是纸老虎(反题)。这些特定意义下的说法,正体现了辩证的睿智。钱念孙对这种表述手法也许不太习惯,他说:"承认正题,必然就要否定反题;而承认反题,则必然要否定正题。这个道理,就和我们不能同时说一张纸是白的,又说它不是白的一样。"其实,辩证法正是认为白中有不白,不白中有白。这种讨论中辩证认识的抽象表述,和实际生活中常规判断,是两回事。钱念孙的原则只是小学生的真理。

钱念孙态度基本上认真,谈风格多样性与一致性的统一,有几段较为充实入理。他重视矛盾的统一性,引述了黑格尔对康德的批判,指出两种规定"各自的片面性",指出矛盾双方并非截然对立,互不相容,这也很好。我愿顺着他的思路再作点补充:尽管人们可以把矛盾双方抽象出来考察,但在具体事物那里,往往是你中有我,我中有你,互相渗透,互相依存,即所谓"孤阳不生,孤阴不成"(王夫之语)。如作品风格的多样性和一致性,两者关系确是如此。不过,事物两重性,在具体表现中可能显示出主次,有侧重。有些作家的多样性是呈"显性",一致性呈"隐性",表现为风格多变的作家;而有些作家以一致性为"显性",

多样性为"隐性",表现为风格稳定的作家——但隐性并不是绝对地隐
而不显,更不是不存在。人们的认识通常只捕其大概,当然会得出些有
片面性的正题或反题。还须指出的是:在一定条件下,显性与隐性可能
互相转换,就像人的两条腿,有时左腿在前,有时右腿在前。两条腿缺
一不可,由此才有创作的长征。

以上,也许能解除一些误会,消除一些语义阻隔。当然,钱念孙与
我的争论并不全是误会的产物,在有些问题上我们是确实有分歧的。

我曾谈到,绝对真理只包含在无数相对真理的总和之中,而相对真
理总有局限性,不能离开一定的范围和层次,一定的条件和前提。钱念
孙对此未加评说。但是,他觉得正反题都有"片面性",当我提到它们
都具有一定真理性时,他就感到"出人意料"。按照他的逻辑,片面的
就必定没有真理性——这岂能不让人惊讶? 单说光是一种波(未同时
补说光也是一种粒子),算是"片面";单说帝国主义和一切反动派是纸
老虎(未同时补说它们也是真老虎),也有"片面"之嫌。但这里面都没
有真理性吗? 认识事物总是由表及里,由浅入深,由片面到全面并递进
到更高一级的全面。"科学每向前发展一步,就会发现了它的新的方
面。(恩格斯语)"在认识长河里,相对片面相对粗浅相对低级的认识
里就毫无点滴真理? 而真理非得是绝对全面绝对深刻绝对高级的认识
顶峰不可吗? 有了这个逻辑,下面的一切就是很自然的了:钱念孙面对
文学创作中的"二律背反",驳斥所有反题,保护所有正题,以此来展示
"出路"。在他那里,承认正题就必定要否定反题;靠正题就够用了,唯
正题不可动摇。反题呢,几乎是不应提及的谬说。

我不曾否定正题中的真理成分,问题是,当某些命题被独尊为绝对
定律,被看成无所不包无有例外的定律,被看成不可再补充再探究再发
展的认识顶峰时,真理性的光辉,也许就熄灭在机械论的"出路"里了。

我觉得也许应该注意到三个方面:

一、用具体分析的眼光,看本质的层次性。"本质统一",是钱念孙

解决矛盾的一把钥匙。比如他承认"阳春白雪"与"下里巴人"的矛盾，但他论证"从本质上说""并不矛盾"，于是，问题似乎就没有意义，问题似乎已经解决。可怀疑的是，矛盾的对立难道就是非"本质"的？是表象或假象的？就可以不在意不深究？"本质"是一个常被滥用的词。应该指出，事物在不同层次呈现出不同的本质，正如人们用显微镜观察一滴水，随着镜头放大倍数的增加，可以看见微生物，细胞，分子，一个层次一个世界。把不同层次的问题强拉到一起来讨论，没什么意义。恩格斯说：平面几何里有直线和曲线的对立，但"微分学不顾常识的一切抗议，竟使直线和曲线在一定条件下相等"。然而恩格斯并不认为直线和曲线就没有区别和对立，不认为平面几何只是非本质性的玩意儿。显然，一定层次内的对立和另一层次内的统一，具有不同的本质意义，它们不可互相替代。我们当然会注意到，在一定条件下，曲高和寡会转化为曲高和众，"阳春白雪"可以变成为大多数读者能欣赏能评议的"下里巴人"（尽管那时又可能有新的"阳春白雪"）。大而言之远而言之，作者与读者是方向一致共同前进的。但并不能由此认为"阳春白雪"与"下里巴人"的矛盾已成历史陈迹。同样是大而言之远而言之，在每一个不同时代，都存在各各不同的"阳春白雪"与"下里巴人"，而且它们真实地对立着。面对这种真实的和本质的对立，怎么办呢？斩一留一你死我活吗？截长补短整齐拉平吗？不，也许应该容许和鼓励某种"不一"，让它们各用所长，共存共荣。如果你谈对立，我就谈统一；你谈平面几何，我就谈微分学，用"本质统一"来了结一切具体矛盾，那么，这种单一而绝对的"本质"模式，只会把活生生现实挤压成干瘪的单面标本。

二、用整体联系的眼光，看因果的概然性。"单线因果"，是钱念孙分析矛盾的一种方法。比如，他说："只有具有较高的理论素养（原因），掌握了先进的理论和方法，才能正确地认识和理解生活（结果一），从而很好地表现生活（结果二）。"这种推理通常说来没什么不可。

如同人们说水受热而升温到摄氏一百度(原因),就会蒸发(结果一),就会使蒸汽冲开壶盖(结果二)。但在精确分析之下,描述就还需要补充。众所周知:水的蒸发还依赖特定的大气压力及水纯度等等,这些因素又牵涉到后面更复杂的因果网络。而作者呢,如果不具备其他条件——比方有丰富的生活感受,有联系实际运用理论的能力,有良好的艺术直觉和文学技巧,那么他纵然有一肚子好理论,也不一定能很好地认识和表现生活。从逻辑上说,要解释一种必然结果,须确定全部原因亦即全称条件,这样做太困难。因此通常对因果的描述,尤其是对一因一果的描述,带有一种近似性、概然性。大由此不难理解,在复杂的文学天地里,理论家与思想家之间,思想家与文学家之间,不是严格的互等。应该承认,理论素养高的作者可能塑造生动丰满的艺术形象;理论素养低的作者不一定避免概念化和图解化。同时也应该承认,理论素养高的作者,不一定不走概念化和图解化的道路;理论素养低的作者,不一定就不能塑造出生动丰满的艺术形象。从一部文学史中找出这两方面的例证都不难。这些不确定联系,说明有多种概然因果关系在交织着起作用。作者创造艺术形象,有的主要靠生活感受触发(当然不是完全脱离理论);有的主要靠正确理论启迪(当然不是完全脱离生活)。异曲同工,殊途同归。旁人对这种多因一果和主因各别的复杂现象,仁者见仁,智者见智,总结出各种侧重点不同的命题,其实都有真理成分,都值得我们考究和利用。

三、用不断发展的眼光,看真理的局限性。王蒙有一个好观点:"最好最公认的文学规律,也有例外。"不能因此而否定规律的作用,也不能不容许有例外。正确的理论总会碰到它不能完全解释的现象,纯属正常。王蒙的疏忽之处在于,规律所不能概括的"例外",不会是脱离了一般的特殊,不会是无规律和超规律的怪物,不过是寓含着某种人们尚未认识的规律罢了。在这个意义上来说,例外就是未知规律的呈现,更应受到重视。对它的无知和欲知,常常是认识发展的可贵起点。

在辩证法看来,理论有普遍意义,方能体现真理的绝对性;理论的效用局限,方能体现真理的相对性。如此两分,才是正确的真理观。我们常说作者有较高的理论素养,才能较好地认识和表现生活。但屠格涅夫理论素养并不很高,思想也远不及车尔尼雪夫斯基和赫尔岑那样进步和深刻,他的作品却比《怎么办》和《谁之罪》更获佳评。曹禺写作《雷雨》时,也没有得益于理论,后来人们概括作品的主题思想,他甚至还感到奇怪哩。我们又常说,好作品总是被多数读者喜欢的,从发展观点来说"曲高"必然能"和众"。但李贺的诗,奇奇怪怪,至今也不见得"和众"。鲁迅的《野草》,相对《呐喊》来说,恐怕也显得有点"和寡"。可是,要是没有《雷雨》和《野草》,要是没有屠格涅夫和李贺,大家不会有一点遗憾吗?

种种例外说明:一个作者的经验,不见得完全适用于另一个作者;同一个作者写这一篇或这一段的经验,在写下一篇或下一段时可能不"通用",可能被"证伪"。真理探求者不会为此悲观沮丧,或者无所作为,抱怨于天。像钱念孙勇敢捍卫的那些正题,人们承认它们是前人实践的科学总结,在主体认识不断趋向和逼近客体实在的无限过程中,它们代表了重要的方面,是应该继承,应该研究,应该推行应用的。它们在今天和明天还大有作为。但正如古人说:"学古人文字,须得其短处。"对待那些命题,也应该知其"短",知其"适用域"有限的一面,才能更好地把握和发展它。好比载舟覆舟——知水害方能得水利,知水之不能才能用水之所能。在这个意义上,我们说"局限"造就了巨匠和英才。

到此为止,我们可以基本看清钱念孙的思路了。他从许多矛盾的现象中,筛选出一批于己有利的例证,然后用"单线因果"的推演,从例证中引出命题;最后,他回过头来用"本质统一"的包纳,把矛盾着的例证统统粗暴塞入自己命题之下。

与此相反,我们主张用具体分析的眼光,整体联系的眼光,不断发展的眼光——即用辩证法的观点,来思考和讨论文学创作。这样,我们也许会变得实事求是一些,眼界开阔一些。举目眺望,文学天地里有无穷无尽的矛盾。这些不是理论上早已穷知了的问题,而是实践中要靠一代代作者不断探求才能相对解决的问题,是一个永远伴随着苦恼和劳累的问题。它的"出路"存在于人们活生生的历史活动中,不能指靠某些独一无二的绝对化定律一劳永逸地作最终解决。我们在大步迎向一个个矛盾之前,应该先检查一下自己的武器——看自己的思想方法和讨论方法是否对头。

金代文学家王若虚说:"问文章有体乎?曰:无。又问无体乎?曰:有。然则果何如?曰:定体则无,大体须有。"南宋诗人吕本中说:作文"无定法而有定法,有定法而无定法,知是者,则可以与语活法矣。"看来,前人早就在认真对待文学创作中的"二律"或"多律",希望扬弃各种片面的"定体"、"定法",求得一种闪耀辩证思想光辉的"大体"、"活法"。我们在更高的基点上来继续这种思考,显然应该比前人更有出息。

1983 年 2 月

---

* 本文回应钱念孙、王蒙等对《文学中的"二律背反"》的批评,最初发表于 1983 年《上海文学》杂志,后收入随笔集《面对空阔而无限的世界》。

文 学 的 根

我以前常常想一个问题:绚丽的楚文化到哪里去了?

我曾经在汨罗江边插队落户,住地离屈子祠仅二十来公里。细察当地风俗,当然还有些方言词能与楚辞挂上钩。如当地人把"站立"或"栖立"说为"集",这与《离骚》中的"欲远集而无所止"吻合。但楚文化留下的痕迹毕竟已不多见。从洞庭湖沿湘、资、沅、澧四水而上,可发现很多与楚辞相关的地名:君山,白水、祝融峰,九嶷山……但众多寺庙楼阁却与楚人无关:孔子与关公均来自北方,释迦牟尼来自印度。至于历史悠久的长沙,现在已成了一座革命城,除了能找到一些辛亥革命和土地革命的遗址,很难见到其他古迹。那么浩荡深广的楚文化,是什么时候在什么地方中断干涸?

两年多以前,一位诗人朋友去湘西通道县侗族地区参加了歌会,回来兴奋地告诉我:找到了! 她在湘西那苗、侗、瑶、土家所分布的崇山峻岭里找到了活着的楚文化。那里的人"制芰荷以为衣兮,集芙蓉以为裳",披兰戴芷,佩饰纷繁,萦茅以占,结苣以信,能歌善舞,呼鬼呼神。只有在那里,你才能更好地体会到楚辞中那种神秘、奇丽、狂放、孤愤的境界。他们崇拜鸟,歌颂鸟,模仿鸟,作为"鸟的传人",其文化与黄河流域"龙的传人"似有明显差别。后来,我对湘西果然也有更多发现。史料记载:公元三世纪以前,苗族人已生息在洞庭湖附近(即苗歌中传说的"东海"附近,为古之楚地),后来受天灾人祸所逼才沿五溪而上,向西南迁移(苗族传说中是蚩尤为黄帝所败,蚩尤的子孙撤退山中)。苗族迁徙史歌《跋山涉水》就隐约反映了这次西迁的悲壮历史。看来,一部分楚文化流入湘西一说,是不无根据的。

文学有"根",文学之"根"应深植于民族文化传统的土壤里,根不深,则叶难茂。故湖南作家有一个如何"寻根"的问题。

这里还可说一南一北两个例子。

南是广东。有些人常说香港是"文化沙漠",其实香港也有文化,只是文化多体现为蓬勃兴旺的经济,堂皇的宾馆,舒适的游乐场,雄伟的商贸大厦,中原传统文化的遗迹较为稀薄而已。在这里倒是常能听到一些舶来词:的士、巴士、紧士(工装裤),波士(老板)以及 OK 一类散装英语。岭南民间多天主教,很多人重商甚于重文,崇洋甚于崇古,对西洋文化的大举复制,难免给人自主创新力不足的感觉。但岭南今后永远是一块二流的小西洋么?明人王士性在《广志绎》中说:粤人分四,"一曰客户,居城郭,解汉音,业商贾;二曰东人,杂处乡村,解闽语,业耕种;三曰俚人,深居远村,不解汉语,唯耕垦为活:四曰疍户,舟居穴行,仅同水族,亦解汉音,以探海为生。"这里介绍了分析岭南传统文化的一个线索。可以预见的是,将来岭南文化在中西文明交汇中再生,也许还得在客家、俚人、东人、疍户那里获取潜能,从自有文化遗产中找回主体的特性。

北是新疆。近年来新疆出了不少诗人,小说家却不多,可能是暂时现象。我在新疆时听一些青年作家说,要出现真正的西部文学,就不能没有传统文化的骨血。我对此深以为然。新疆文化传统的遗产丰富多样,其中俄罗斯族中相当一部分源于战败东迁的白俄"归化军"及其家属,带来了欧洲的东正教文化;维、回等民族的伊斯兰文化,则是沿丝绸之路来自中亚、波斯湾以及中东;汉文化及其儒学在这里也深有影响。各路文化的交汇,加上各民族都有一部血淋淋的历史,是应该催育出一大批奇花异果的。十九世纪的俄罗斯文学以及本世纪的日本文学,不就是得益于东、西方文化的双重影响吗?如果割断传统,失落气脉,守着金饭碗讨饭吃，只是从内地文学中横移一些"伤痕文学"的主题和手法，势必是无源之水，很难有西部文学独特的生机和生气。

几年前，不少作者眼盯着海外，如饥似渴，勇破禁区，大量引进。介绍一个萨特，介绍一个海明威，介绍一个艾特玛托夫，都引起轰动。连品位一般的《教父》和《克莱默夫妇》也会成为热烈话题。作为一个过程，这是正常而重要的。近来，一个值得欣喜的现象是：作者们开始投出眼光，重新审视脚下的国土，回顾民族的昨天，有了新的文学觉悟。贾平凹的"商州"系列小说，带上了浓郁的秦汉文化色彩，体现了他对商州细心的地理、历史及民性的考察，自成格局，拓展新境；李杭育的"葛川江"系列小说，颇得吴越文化的气韵，旨在探究南方的幽默与南方的孤独，都是极有意义的新题。与此同时，远居大草原的乌热尔图也用他的作品连接了鄂温克族文化源流的过去和未来，以不同凡响的篝火、马嘶与暴风雪，与关内的文学探索遥相呼应。

他们都在寻"根"，都开始找到了自己的文化根基和文化依托。这大概不是出于一种廉价的恋旧情绪和地方观念，不是对方言歇后语之类浅薄地爱好；而是一种对民族的重新认识，一种审美意识中潜在历史因素的苏醒，一种追求和把握人世无限感和永恒感的对象化表现。丹纳在《艺术哲学》中认为：人的特征是有很多层次的，浮在表面上的是持续三四年的一些生活习惯与思想感情，比如一些时行的名称和时行的领带，不消几年就全部换新。下面一层略为坚固些的特征，可以持续二十年、三十年或四十年，像大仲马《安东尼》等作品中的当今人物，郁闷而多幻想，热情汹涌，喜欢参加政治，喜欢反抗，又是人道主义者，又是改革家，很容易得肺病，神气老是痛苦不堪，穿着颜色刺激的背心等等……要等那一代过去以后，这些思想感情才会消失。往下第三层的特征，可以存在于一个完全的历史时期，虽经剧烈的摩擦与破坏还是岿然不动，比如说古典时代的法国人的习俗：礼貌周到，殷勤体贴，应付人的手段很高明，说话很漂亮，多少以凡尔赛的侍臣为榜样，谈吐和举动都守着君主时代的规矩。这个特征附带或引申出一大堆主义和思想感情,宗教、政治、哲学、爱情、家庭,都留着主要特征的痕迹。但这无论如何顽固,也仍然是要消灭的。比这些观念和习俗更难被时间铲除的,是民族的某些本能和才具,如他们身上的某些哲学与社会倾向,某些对道德的看法,对自然的了解,表达思想的某种方式。要改变这个层次的特征,有时得靠异族的侵入,彻底的征服,种族的杂交,至少也得改变地理环境,迁移他乡,受新的水土慢慢的感染,总之要使精神气质与肉体结构一齐改变才行。

在这里,丹纳几乎是个"地理环境决定论"者,其见解不需要我们完全赞成,但他对不同文化层次的分析不无见地。中国作家们写过住房问题和冤案问题,写过很多牢骚和激动,目光开始投向更深层次,希望在立足现实的同时又对现实进行超越,去揭示一些决定民族发展和人类生存的谜。在这一过程中,他们很容易注意到乡土。因为乡土是城市的过去,是民族历史的博物馆。哪怕是农舍的一梁一栋,一檐一桷,都可能有汉魏或唐宋的投影。而城市呢,上海除了一角城隍庙,北京除了一片宫墙,那些林立的高楼、宽阔的沥青路、五彩的霓虹灯,南北一样,多少有点缺乏个性;而且历史短暂,太容易变换。于是,一些长于表现城市生活的作家如王安忆、陈建功等,想写出更多的中国"味",便常常让笔触深入胡同、里弄、四合院,深入所谓"城市里的乡村"。我们不必说这是最好的办法,但我们至少可以说这是凝集历史和现实、是扩展文化纵深的手段之一。

更重要的是,乡土中所凝结的传统文化,更多属于不规范之列。俚语、野史、传说、笑料、民歌、神怪故事、奇风异俗等等,其中大部分鲜见于经典,不入正统。它们有时可被纳入规范,像浙江南戏所经历的过程那样。反过来,所谓"礼失求诸野",有些规范文化也可能由于某种原因从经典上消逝,流入乡野,默默潜藏,如楚辞风采至今还闪烁于湘西的穷乡僻壤。这一切,像巨大无比暧昧不明炽热翻腾的大地深层,承托着我们规范文化的地壳。在一定的时候,规范的上层文化绝处逢生,总是依靠对民间不规范文化进行吸收，来获得营养和能量，获得更新再生的契机。宋词，元曲，明清小说，都是前鉴。从这个意义上说，不是地壳而是地下的岩浆，更值得作家们注意。

这丝毫不意味着闭关自守，不是对外来文化过敏。相反，只有放开眼界，找到异己的参照系，吸收和消化各种异己的文化因素，才能最终认清和充实自己。但有一点似应指出，我们读外国文学，多是读翻译作品，而被译的多是外国的经典作品、流行作品、获奖作品，即已入规范的东西。从人家的规范中来寻找自己的规范，模仿翻译作品来建立一个中国的"外国文学流派"，想必前景黯淡。

外国优秀作家与相关民族传统文化的复杂联系，我们无法身临其境，缺乏详尽材料加以描述。但作为远观者，我们至少可以辨出他们笔下的有脉可承。比方说，美国的黑色幽默与美国的牛仔趣味，与卓别林、马克·吐温、欧·亨利等笔下的"不正经"是否有关？拉美的魔幻现实主义，与拉美光怪陆离的神话、寓言、传说、占卜迷信等文化现象是否有关？萨特、加缪的存在主义小说和戏剧，与欧洲大陆的思辨传统，甚至与旧时的经院哲学是否有关？日本的川端康成"新感觉派"，与佛禅文化的闲适虚净传统是否有关？希腊诗人埃利蒂斯与希腊神话传说遗产的联系就更明显了。他的《俊杰》组诗甚至直接采用了拜占庭举行圣餐的形式，散文与韵文交替使用，参与了从荷马到当代希腊诗歌传统的创造。

另一个可以参照的例子来自艺术界。小说《月亮和六便士》中写了一个现代派画家。但他真诚推崇提香等古典派画家，倒是很少提及现代派同志。他后来逃离了繁华都市，到土著野民所在的丛林里，长年隐没，含辛茹苦，最终在原始文化中找到了现代艺术的支点，创造了杰作。这就是后来横空出世的高更。

五四运动以来，中国文学界向外国学习，学西洋的、东洋的、南洋的、俄国和苏联的；也曾向外国关门，夜郎自大地把一切洋货都封禁焚烧。结果带来民族文化的毁灭，还有民族自信心的低落——且看现在从外汇券到外国香水,在某些人那里都成了时髦。但在这种彻底的清算和批判之中,萎缩和毁灭之中,中国文化也就能涅槃再生了。英国历史学家汤因比曾对东方文明寄予厚望,认为西方基督教文明已经衰落,而古老沉睡着的东方文明,可能在外来文明的"挑战"之下,隐退然后"复出",光照整个地球。我们暂时不必追究汤氏之言是真知还是臆测,有意味的是,西方很多学者都抱有类似的观念。科学界的笛卡尔、莱布尼兹、爱因斯坦、海森堡等,文学界的托尔斯泰、萨特、博尔赫斯等,都极有兴趣于东方文化。传说张大千去找毕加索学画,毕加索说:你到巴黎来做什么? 巴黎有什么艺术? 在你们东方,在非洲,才会有艺术……这一切都是偶然的巧合吗? 在这些人注视着的长江和黄河广阔流域,到底会发生什么事?

这里正在出现轰轰烈烈的改革和建设,在向西方"拿来"一切我们可用的科学和技术、思想和制度,正在走向现代化的生活。但阴阳相生,得失相成,新旧相因。万端变化中,中国还是中国,尤其是在文学艺术方面,在民族的深层精神和文化物质方面,我们仍有民族的自我。我们的责任也许就是释放现代观念的热能,来重铸和镀亮这种自我。

这是我们的安慰和希望。

在前不久一次座谈会上,我遇到了《棋王》的作者阿城,发现他对中国的民俗、字画、医道诸方面都颇有知识。他谈到了对苗族服装的精辟见解,最后说:"一个民族自己的过去,是很容易被忘记的,也是不那么容易被忘记的。"

他说完这句话之后,大家都沉默了,我也沉默了。

1985 年 1 月

---

* 最初发表于 1985 年《作家》杂志,获《作家》评论奖,后收入随笔集《世界》,已译成英文、法文、荷文、意文、德文、日文等。

东方的寻找和重造

去年，因为写了一篇《文学的"根"》，我被"商榷"多次了。没料到有这些反响和效果。当时用了"根"这个词，觉得不大合适，同几位朋友商量过，一时又没找到更合适的词。"寻根"，很容易同海外移民作家和流亡作家的"寻根"混同起来。现在其实是各说各的，七嘴八舌，谁也听不清谁。就我自己的理解，所谓寻根就是力图寻找一种东方文化的思维和审美优势。

当代中国作家中，中年层受苏俄文学影响较重，像张贤亮，明确提出苏俄文学是最好的文学。蒋子龙的作品中，可以看出柯切托夫等作家的影响，虽然他们另有独特的发现和发展。至于青年一层，读书时正是中苏关系交恶，西方世界的经济和技术强劲发展，所以受欧美现代文学影响较大。现在二十几岁的，都写得几首朦胧诗，甚至能够以假乱真。对屠格涅夫、契诃夫什么，反而较为陌生和疏远。这两种影响都是好的，意义重大的，可以说，没有这些影响，就不会有中国文学的今天和明天。但向外国开放吸收以后，光有模仿和横移，是无法与世界对话的。复制品总比原件要逊色。吃牛肉和猪肉，不是为了变成牛和猪，还是要成为人。

现在西方关心东方的文化，其中不乏猎奇者，仍然站在"西方中心论"的立场。我指的是另一种，是科学界、哲学界、艺术界的有识之士。他们研究微观，比方研究"夸克"、"量子"，发现了有与无的动态关系，有相通的一面,于是惊叹庄禅学说中有无互渗互变的观念。笛卡尔、莱布尼兹对中国的八卦太极,也早就十分推崇。经济学界也有同样的动向,世界对日本及亚洲"四小霸"的经济起飞刮目相看,提出儒家资本主义的概念,认为这种以人为中心的管理,以调节人际关系为主要内容,有很大的潜力和前景,不同于西方以物为中心的管理。

各个领域,都展现出东方文化重新活跃的势头,但我们自己倒不太注意。像湘西的蜡染布,在美国的某些高级沙龙里很时髦,湘西的锦袋,北京上海的姑娘背得很起劲,但湘西人自己不怎么喜欢。我们一去,那里的青年吹木叶,不吹苗歌,吹港台流行曲。

东方文化自然有糟糕的一面,不然的话,东方怎么老是挨打?因此寻根不能弄成新国粹主义、地方主义。要对东方文化进行重造,在重造中寻找优势。这种优势,现在想说清为时过早。但可以描述出几个模糊的坐标。比方说,思维方式的直觉方法。东方的思维传统是综合,是整体把握,是直接面对客体的感觉经验,庄子的文章就是对世界直觉的也可以说是形象的把握。这不同于西方式的条理分割和逻辑抽象。西医以解剖学为基础,西药以化学分析为基础,中医中药则把人体看成整体,讲究综合调理,不是头痛医头脚痛医脚,这都有自己的特点和长处。还有思维的相对方法,以前叫做东方朴素的辩证法。所谓因是因非,有无齐观,物我一体,这些在庄禅学说中特别明显。《黄帝内经》中谈阴阳,也不是说谁优谁劣,绝对判定,而是因时因地进行具体辩证,从而发展成为一套阴阳相对的宇宙模型。这种思维如果离开科学基础,当然就成了玄说、鬼话。日本的中医不是这样,既从西方引进了化学分析,又发挥中医之长,这就是很聪明的做法。

至于审美方面,朱光潜、闻一多、李泽厚都说过很多,认为东方偏重于主观情致说。说楚文化的特点是浪漫主义,其实就承认它是主观表现型的。又如中国书法,写什么字,什么内容是无关紧要的,而是讲究情致心态的流露,推崇创作主体的风骨和气韵。中国的现代小说,基本上是从西方舶来,很长一段与中国这个审美传统还有"隔",重情节,轻意绪;重物象,轻心态;重客观题材多样化,轻主观风格多样化。

　　当然,观念更新并不是一切,思维和审美的灵魂还是大德大智。现在是东方精神文明的重建时期。我们不光看到建设小康社会的这十几年,还要为更长远的目标,建树一种东方的新人格、新心态、新精神、新思维和审美的体系,影响社会意识和社会潜意识,为中华民族和人类做出贡献。这或许需要几代人的努力。东方精神文明所具有的博大真诚与智慧应该是施及一切包纳一切的,当然也应投注于当前艰难卓绝的改革事业。对社会改造有直接功利的作品,我觉得我们应该欢迎和鼓励,现在不是太多,而是太少。但文学应该多样化:可以让人写西医式的作品,也可以让人写中医式的作品。我写过西医式的,也在写中医式的。目的是一个,养身治病,不敢说治社会,首先治我自己。

1986 年 4 月

---

　　* 最初发表于1986年《文学月报》杂志,后收入随笔集《面对空阔而无限的世界》。

好 作 品 主 义

　　有人曾经问我:你写的《归去来》这些作品是现实主义还是现代主义? 这个问题很难回答。回想起来,一个作品产生的过程是复杂的,想把每个环节、每种元素都剖析清楚并分类入档,恐怕只是徒劳。

　　小说的主人公原型我都非常熟悉,因为我曾经是他们的邻居或亲友。当我在稿纸前默默回想他们的音容笑貌,力图用逼真的笔调把他们细细地刻画出来,自觉是在规规矩矩地作现实主义的白描。但写着写着,情不自禁地给丙崽添了一个很大的肚脐眼,在幺姑的身后垫上一道长城,甚至写出了"天人感应"式的地震,就似乎与其他什么主义沾边了。

　　我一心写出人物的典型性,向字里行间渗入我的思考——或是关于人类社会历史的思考,或是关于个人生存状态的思考。这样做的时候,我觉得我只是在做现实主义作家们都在做的事。但写着写着,我微弱而模糊的理性思路被某种氛围所淹没,被某种意象所摆脱,被某种突如其来的情绪所背叛。当一只金色的大蝴蝶飘飘摇摇地飞来,当叽叽喳喳的鼠声越来越洪大,当一角老凤般的飞檐在我面前静静地升起,我不能不使我的笔为之耽留。我感到自己正在这个陌生的世界里迷失,乃至消失。于是我想起了卡夫卡的《乡村医生》,想起了艾略特的《荒原》,想起了蒙克的油画《呐喊》等等这些现代派味道很足的作品。

　　我就是这样糊糊涂涂写下去。我相信一个人的创作受很多偶然因素的影响。前不久看过的某一张报纸,动笔前与某位客人的交谈,墙上的某一幅画,窗外的某一棵树……这一切都可能制约着你就这样而不是那样写下来了。甚至天气——我这两篇作品都是冬天写的,身边有一个炭盆,它常常不知什么时候已经熄了,只有冷冷的白灰。

好在作者无须都成为文学理论家,就像母鸡下蛋并不需要懂得什么下蛋理论,猫捉老鼠并不需要懂得什么捉鼠的理论,一个人写作时不必在乎什么主义不主义。好在作品也并不是因为够格贴上什么主义的标签,才一文不值或身价百倍的。

我是个杂食类动物,口味较宽。既喜欢现实主义的作品,也喜欢现代主义的作品。读得兴起入迷的时候,我忘记了他们是否有标签,或是否应该有个标签。我同时也发现,在那些宏伟辉煌的文学高峰周围——不管这些高峰属于哪一种"主义"——总是围绕着很多幼稚嫩拙者、复制模仿者、造作卖弄者、哗众取宠者、趋时附势者。而这样的作品,往往还占多数。

各种路数的作品都良莠不齐,大概不是什么今天的新奇发现。那么,我们可以站在现实主义的立场上来怀疑现代主义,也可以站在现代主义的立场上来轻蔑现实主义,但我们是否还需要一个立场———个更重要的立场?我们是否应该站在现实主义的和现代主义的以及一切什么主义的好作品的立场上,来批评现实主义的和现代主义的以及一切什么主义的次品、赝品、废品?来批评一切虚伪、贫乏、庸俗的文学?

《大珠禅师语录》中有一段话。有客问慧海法师:"儒佛道三教,为同为异?"慧海法师回答:"大量者用之即同,小机者执之即异。总从一性上起用,机见差别成三。迷悟由人,而不在教之异同。"一位佛门法师并不排斥儒、道两家,这种闪耀着东方大智大慧的态度,是十分有兴味的。其实,文学中也是迷悟由人,而不在主义之异同,不在概念观念手法流派之异同。文学的概念都是由人而生,为人所用。过分拘泥执著于这些概念,在概念与概念之间斤斤计较,你死我活,削足适履,大概就会由悟而迷了。大概就会忘记一件更要紧的事。

更要紧的事当然是：把作品写好。

自然，真正的大量者不弃小机，会重视"主义"的功用，会鼓励各种路数的探索包括一些确有价值的偏激。但真正的大量又决不是小机，大量者不会把概念观念手法流派等等本身当作文学，而能在纷纭复杂的文学现象面前神会心领一种文学的绝对值，看到一切好作品所共有的灵魂：真诚与智慧。一切优秀的文学作品，不过是人类这颗共有的灵魂朝各个不同方向的投照和外化。

这就是不成主义的好作品主义。

1986 年 7 月

＊ 最初发表于 1986 年《小说选刊》杂志，后收入随笔集《面对空阔而无限的世界》。

信息社会与文学

人们越来越忙了。鸡犬相闻、男耕女织的田园生活已被现代立体交通网所分解。社会化生产使人们习惯于交际和奔走，走出县界、省界和国界，走出一个日益扩大的活动空间。从亚洲到非洲，从地球到月球，航天事业正实现真正的"天涯比邻"和"天涯咫尺"。人们的精神空间也由于现代信息工具的发达而得到高速拓展。邮路四通八达，电信瞬息万里。即使在辈辈相传的赵家庄或李家大屋，你仍可以从电视中饱览北京盛况，从报纸中领略中东风云，通过磁带体会贝多芬的辉煌以及原子世界的奇妙。上下古今，万千气象，密集信息正越过"十年动乱"所造成的沉寂，突然涌到我们这些显得十分狭小的大脑中来。也许过不了多久，你就可以通过电视机收到几十个频道的二十四小时全天播映；你可以拿起电话机直接拨号通达地球上任何一个角落；你可以用电脑终端与中心图书馆取得联系，随时查阅图书馆任何公共资料……这一切迹象使人们朦朦胧胧产生一个概念——信息社会。

空间越大，时间就越紧。精神领域里这种空间与时间的函数关系，理所当然地使人们真正体会到一寸光阴一寸金。一切费时的信息传达方式已逐渐被人们疏远。开会要短，说话要短，作文要短，悠悠然的文学即文字之学，也在面临考验。古典戏曲的缓慢节奏，已使大批青年远离剧院；长篇叙事诗和长篇小说作为时间上的高耗品，其读者也在减少——只有极少的杰作能造成例外。与几年前人们较多闲暇的情状相比,现在人们忙得甚至没有太多时间来光顾短篇小说。邮局统计,在报刊发行量暴涨的形势中,一九八三年全国竟有百分之五十九的文艺刊物发行量下跌。这里除了有文学本身的质量问题,其他多种信息渠道的出现,很难说没有对文学形成压力。文学作者们眼睁睁地看着一批又一批非文学性报刊应运而生,更有一批又一批载有密集信息的文摘报刊为读者所欢迎。他们还眼睁睁地看到,尽管作家们使出浑身解数,但下班后的人们往往更多地坐到电视机前去了。影视文学,声像艺术,正在使人们津津然陶陶然。一张广播电视节目报,眼看将成为文学报刊只能望其项背的洋洋大报。

文学正在汹涌而来的信息浪潮中黯然失色吗?

我们已经失去了恐龙,失去了甲骨文,失去了长袍马褂……没有理由认为任何事物都会万寿无疆。但我们也没有理由认为历史久远的事物都面临末日。人类还存在,还需要用符号来表达感情,那么被誉为"人学"的文学,理应无缘受到文物部门的垂顾。这是一个确实却稍嫌笼统的回答。也许,为了进一步讨论文学是否消亡,我们还须探明文学特有的价值,看它对于人类是否具有其他事物所无法替代的长处——任何事物有所长就不会被淘汰,哪怕小如竹筷。

当我们清点文学之长时,也会冷静而惊愕地发现,随着电子声像手段的广泛运用,文学曾有的某些长处正在弱化或消失,某些职能正分让或传交给其他信息手段。这种动向虽然令人沮丧,却也是确实的。

文学无法在平面写实方面与影视竞争。远古时期没有什么文学,最早的"文学"大概算那些象形文字,像牛,像羊,像日月山川什么的。古希腊艺术家普遍认为"艺术摹仿自然",主张文学照相似的反映生活。中国古人也首先提到"赋",即强调铺陈直叙,摄万象、状万物。因为没有摄影,更无影视,文学义不容辞地要独负写实重任。因此,你要知道云梦泽吗?请看司马相如的《子虚赋》:"其东"如何,"其西"如何,"其高"如何,"其卑"如何。作者洋洋洒洒,把东西南北、山石草木写得无微不至。你要知道梁山好汉的出征英姿吗？那么可在《水浒》中随便挑出一首战场诗，作者用墨如泼，把天地人马刀枪剑戟写得面面俱到。作者对实写物象的这种劲头，还体现在巴尔扎克对一栋楼房或一条街道的数十次描写中，体现在雨果对一所修道院数万字的介绍中。人们通过这些作品可以看到自己未能看到的世界，观察到自己未能观察到的事物，从而开阔眼界，增长见识。然而，今天的人们如果要知道云梦风光，去看看摄影画报不是更简便吗？如果要知道沙场壮景，去看看宽银幕战争片不是更痛快吗？不仅省时，而且声像效果比文字效果更强烈。它能用直接的有声有色来取代文字间接的"有声有色"。屏幕上几个镜头，往往功盖大篇文字。

叙事诗越来越让位于抒情诗，至于小说领域，不仅大场面大事件的题材越来越多地分让给影视，不少小说家也不再热心于铺陈物象，艺术触须更多伸向人物的情绪和感觉，伸向那些更能发挥文字优势的领域。这不是说不写实，比如徐怀中《西线轶事》所描写的战争，其规模不会小于梁山好汉们所经历的任何一场征杀。但作者在战况交待和战场描写方面寥寥数笔带过，笔墨始终倾注于男女战士们的心态。不是从外形观照来再现战争，而是以内心窥探来表现战争。作者也写到红河、战车、木棉花等诸多物象，但显然不再是那种刀枪剑戟式的面面俱到了；不是全景式的，是特写式的；不是平面的，是曲面的或变形的——即收聚于作者主观审美焦点。不难看出，"物象"型小说，更适宜改编为影视，而"心态"型小说，一旦搬上屏幕就会损耗掉大量内容和光彩。也许，小说这种由"物象"型到"心态"型的转变，是在现代信息手段日益发达的条件下，小说扬长避短参加竞争的自然转向，是它力图使自己有别于影视的自然趋赴。

文学也很难在直接宣传方面与其他舆论工具争雄。在古代人那里，奏疏和塘报仅为宫廷所用，对下宣传则靠文告和鸣锣，因此当时文学又兼有新闻报道的功用。古代的理论事业也极有限，鲜有专门的理论机关及机关刊物,故文、史、哲从不分家,多位一体。这样,儒家文论历来主张用文学来"明理"、"载道"、"讽谏"、"劝世",即强调它的直接教化作用。《国语·周语》载:"故天子所政,使公卿至于烈士献诗,瞽献曲,史献书……而后王斟酌焉,是以事行而不悖。"《荀子·赋》中也有这样的话:"天下不治,请陈诗。"这样,就把诗当成公文报告了。文天祥的《正气歌》敷显仁义,颂扬忠烈,可算是当时的"哲理诗";柳宗元的《捕蛇者说》抨击苛政,指斥贪赃,可算是当时的"问题小说";至于司马迁在《史记》中常常于篇末来一段"太史公曰",考究得失,评论是非,这都是把一些非文学因素夹进小说中来。如果说上述优秀作品多位一体现象在当时是难免的,或是必需的,那么后来情况就出现了变化。我们已经有了新闻之后,哪位长官还靠下属"献诗"来了解下情呢?我们要了解理论,还需要到小说中去寻找"太史公曰"?

纵然文学很难在思想宣传方面争雄,然而它可以在培育感情素质和性格素质方面发挥一己之长。可以发现,众多作者的兴趣侧重逐渐由"明理"转向"缘情";由"言传"转向"意会";由阐发事理以服人,转向表现情绪以感人;即由宣传教化转向陶冶感染。人们已经看到,中国古代那种"写中心、唱中心"式的诗歌,包括《雅》、《颂》中的"歌德诗"和"讽谏诗"终于完成了历史使命。继之而起的是唐宋以后大量描写征夫、思妇、游子、寒士等题材的抒情感怀诗。到今天,活跃诗坛的大量诗歌更以其情操、情趣、情致的独特性和多层次性赢得读者。代表小说创作高峰的已不再是思想功利较强的史传小说和黑幕小说——这些日益被传记作品和新闻作品代替。当代小说中,越来越多的作者更注重人物的微妙感情探究和复杂性格分析。随手举手头王安忆的《流逝》为例,作者及笔下人物评议政治,评议人生,评议世间众相,仍然有不少"理"。主人公赵家媳妇那段关于生存意义的大段内心独白,全是理论,类似情形在《捕蛇者说》里根本没有。但《捕蛇者说》表面上不太说理,实际上以理念为纲,推出明确单一的主题;而《流逝》表面上不避理,实际上以情绪为纲,议论为传达情绪服务。两者的根本性指归不同。《流逝》的主题是什么？赵氏家族在运动中的家道衰落值得同情还是值得庆幸？赵家媳妇终于得到的"实惠精神"是朴素还是平庸？……据说编辑部当时对此都各执一说,说不清楚。说不清楚但又可感可悟,从这一点出发,我们大概可以预测未来文学大致方位的又一个坐标点——"感悟"型。

重心态甚于物象,重感悟甚于思想,发展中的文学正在趋长避短,弱化自己的某些特性而同时强化自己的某些特性。这当然是大体而言,不能概括有个别。这当然也是相对而言,既说"侧重"就不是说"唯一"——心态离不开物象,感悟离不开思想,矛盾的双方面总是互相依存互相渗透的。问题只是:它们在什么样的层次中进行了什么样新的组合？在新的机制中,孰纲孰目？孰表孰里？

演变就是演变,并不意味着演变前后有什么高级和低级之别。各个历史阶段的文学各有价值,但随着传媒技术的发展,文学是必然有所演变的。这种演变过去就有。我们已经历了口传文化、印刷文化、电子文化三个历史阶段。每一次信息手段的丰富和发展,都带来一次文学体裁门类的增加和分化。各门类间或有交叉,有叠合,有杂交品种。理论与文学结合可以生出文学宣传,包括活报剧、杂文、朗诵诗、哲理小说等等。新闻与文学结合可以产生非虚构文学,即报告文学、传记文学等等。

正由于门类越分越多,因此各门类就该有自己更确定的功能和更专擅的范围。不守本分,不务正业,不善于扬长避短而去越俎代庖,往往是费力不讨好的。近来有不少电影导演已经认识到,真正好的小说是难于改成电影的,好的小说题材往往不是好的电影题材。其实在小说与戏剧、小说与新闻之间的问题何尝不是如此？以前有过一段小说戏剧化,现在又有些作者热心于小说新闻化,靠匆忙采访抓素材,靠道听途说找热门,靠问题尖锐造影响,这样的小说既缺乏新闻的真实性魅力,又无小说艺术性魅力,其实不足为训。

七十二行,各有长短,十八般武艺,各有利弊。任何事物都有自己的局限和用途,认识了这一切,就是大有作为的开始。两千多年前,一群土人在荒漠的黄河流域唱出"关关雎鸠,在河之洲"时,绝没有想到今后还会有词赋、小说、桐城派、浪漫主义和电视连续剧。今天,我们很难预测未来文学的具体面貌,但我们至少应该指出:要让文学在"信息爆炸"中巩固和开拓阵地,找到文学的独特价值是十分重要的。

1984 年 9 月

---

* 最初发表于 1984 年《新创作》杂志,后收入随笔集《面对空阔而无限的世界》。

米兰·昆德拉之轻

一

文学界这些年曾有很多"热",后来不知什么时候从什么地方开始,又有了隐隐的东欧文学热。一次,一位大作家非常严肃地问我和几位朋友,你们为什么不关心一下东欧? 东欧人的诺贝尔奖比拉美拿得多,这反映了什么问题?

这位作家担心青年人视野褊狭。不过,当我打听东欧有哪些值得注意的作品,出乎意料的是,这位作家与我们一样,也未读过任何一部东欧当代小说,甚至连东欧作家的姓名也举不出一二。既然如此,他凭什么严肃质问? 还居然"为什么"起来?

有些谈话总是使人为难。一见面,比试着亮学问,甚至是新闻化的学问,好像打扑克,一把把牌甩出来都威猛骇人,语不惊人死不休,人人都显得手里绝无方块三之类的臭牌,非把对方压下一头不可。这种无谓的挑战和征服,在一些文人圈并不少见。

有服装热,家具热,当然也会有某种文学热。"热"未见得都是坏事。但我希望东欧文学热早日不再成为那种不见作品的沙龙空谈。

二

东欧文学对中国作者和读者来说也不算太陌生。鲁迅和周作人两先生译述的《域外小说集》早就介绍过一些东欧作家,给了他们不低的地位。裴多菲、显克微支、密茨凯维支等等东欧作家,也早已进入了中国读者的书架。一九八四年获得诺贝尔文学奖的捷克诗人塞浮特,其部分诗作也已经或正在译为中文。

卡夫卡大概不算东欧作家。但人们没有忘记他的出生地在捷克布拉格的犹太区。

东欧位于西欧与苏俄之间,是连接两大文化的结合部。那里的作家东望十月革命的故乡彼得堡,西望现代艺术的大本营巴黎,经受着激烈而复杂的双向文化冲击。同中国人民一样,他们也经历了社会主义发展的曲折道路,面临着对今后历史走向的严峻选择。那么,同样正处在文化震荡和改革热潮中的中国作者和读者,有理由忽视东欧文学吗?

我们对东欧文学毕竟介绍得不太多。个中缘由,东欧语言大多是些小语种,有关专家缺乏,译介起来并非易事。其实还得再加上有些人文学上"大国崇拜"和"富国崇拜"的短见,总以为时装与文学比翼,金钞并小说齐飞。

北美读者盛赞南美文学;而伯尔死后,国际文学界普遍认为东德的戏剧小说都强过西德。可见时装金钞与文学并不是绝对相关的。

三

米兰·昆德拉(Milan Kundera)的名字我曾有所闻,直到去年在北京,身为作家的美国驻华大使夫人才送给我一本《生命中不能承受之轻》(The Unbearable Lightness of Being)。访美期间,正是这本书在美国和欧洲热销的时候。《新闻周刊》曾载文认为:"昆德拉把哲理小说提高到了梦态抒情和感情浓烈的新水平。"《华盛顿邮报》载文认为:"昆德拉是欧美最杰出和始终最为有趣的小说家之一。"《华盛顿时报》载文认为:"《生命中不能承受之轻》是二十世纪最伟大的小说之一,昆德拉借此奠定了他世界上最伟大的在世作家的地位。"此外,《纽约客》、《纽约时报》等权威性报刊也连篇累牍地发表书评给予激赏。有位美国学者甚至感叹:美国近年来没有什么好的文学,将来文学的曙光可能出现在南美、东欧,还有非洲和中国。

自现代主义兴起以来,世界范围内的文学四分五裂,没有主潮成为主潮。而昆德拉这部小说几乎获得了来自各个方面的好评,自然不是一例多见的现象。一位来自弱小民族的作家,是什么使欧美这些书评家和读者们如此兴奋?

四

我们还得先了解了一下昆德拉其人。他一九二九年生于捷克,青年时期当过工人、爵士乐手,最后致力于文学与电影。在布拉格艺术学院当教授期间,他带领学生倡导了捷克的电影新潮。一九六八年苏联坦克占领了布拉格之后,曾经是共产党员的昆德拉,终于遭到了作品被查禁的厄运。一九七五年他移居法国,由于文学声誉日增,后来法国总统特授他法国公民权。他多次获得各种国际文学奖,主要作品有:短篇小说集《可笑的爱》(一九六八年以前),长篇小说《笑话》(一九六八年),《生活在他方》(一九七三年),《欢送会》(一九七六年),《笑忘录》(一九七六年),《生命中不能承受之轻》(一九八四年),等等。

他移居法国以后的小说,多数是以法文译本首先面世的,作品已被译成二十多国文字。显然,如果这二十多国文字中不包括中文,那么对于中国的读者和研究者来说,不能不说是一种值得遗憾的缺失。

现在好了,总算走出了一小步:这本书经过三个出版社退稿之后,终于由作家出版社同意作"内部读物"出版,了却了我们译者一桩心愿。

五

一九六八年八月,前苏联领导人所指挥的坦克,在"保卫社会主义"的旗号下,以"主权有限论"为理由,采用突然袭击的方式,一夜之间攻占了布拉格,扣押了捷克党政领导人。这一事件像后来发生在阿富汗和柬埔寨的事件一样,一直遭到世人严厉谴责。不仅仅是民族主权遭到践踏,当人民的鲜血凝固在革命的枪尖,整个东西方社会主义运动就不能不蒙上一层浓密的阴影。告密、逮捕、大批判、强制游行、农村大集中、知识分子下放劳动等等,出现在昆德拉小说中的画面,都能令中国人感慨万千地回想起过往了的艰难岁月。

昆德拉笔下的人物,面对这一切能做出什么样的选择?我们可以不同意他们放弃对于社会主义的信念,不同意他们对革命和罪恶不作区分或区分得不够,但我们不能不敬重他们面对入侵和迫害的勇敢和正直,不能不深思他们对社会现实的敏锐批判,还有他们的虚弱和消沉。

今天,不论是中国还是苏联,社会主义国家内的改革,正是孕生在对昨天种种的反思之中,包括一切温和的和忿激的、理智的和情绪的、深刻的和肤浅的批判。

历史伤口不应回避,也没法回避。

六

中国作家们刚刚写过不少政治化的"伤痕文学"。因思想的贫困和审美的粗劣,这些作品的大多数哪怕在今天的书架上,就已经黯然失色。

昆德拉也在写政治,用强烈的现实政治感使小说与一般读者亲近。但如果以为昆德拉也只是一位"伤痕"作家,只是大冒虚火地发作政治情绪,揭露入侵者和专制者的罪恶,那当然误解了他的创作——事实上,西方有反苏癖的某些评家也是乐于并长于作这种误解的。对于他来说,伤痕并不是特别重要,入侵事件也只是个虚淡的背景。在背景中凸现出来的是人,是对人性中一切隐秘的无情剖示和审断。在他那里,迫害者与被迫害者同样晃动灰色发浪用长长的食指威胁听众,美国参议员和布拉格检阅台上的共产党官员同样露出媚俗的微笑,欧美上流明星进军柬埔寨与效忠苏联入侵当局的强制游行同样是闹剧一场。昆德拉怀疑的目光对东西方人世百态一一扫描,于是,他让萨宾娜冲着德国反共青年们愤怒地喊出:"我不是反对共产主义,我是反对媚俗(Kitsch)!"

什么是媚俗?昆德拉后来在多次演讲中都引用了这个源于德语词的Kitsch,指出这是以作态取悦大众的行为,是侵蚀人类心灵的普遍弱点,是一种文明病。他甚至指出艺术中的现代主义在眼下几乎也变成了一种新的时髦,新的Kitsch,失掉了最开始那种解放个性的初衷。

困难在于,媚俗是敌手也是我们自己。昆德拉同样借萨宾娜的思索表达了他的看法,只要有公众存在,只要留心公众存在,就免不了媚俗。不管我们承认与否,媚俗是人类境况的一个组成部分,很少有人能逃脱。

这样,昆德拉由政治走向了哲学,由捷克走向了人类,由现时走向了永恒,面对着一个超政治观念超时空而又无法最终消灭的敌人,面对着像玫瑰花一样开放的癌细胞,像百合花一样升起的抽水马桶。这种沉重的抗击在有所着落的同时就无所着落,变成了不能承受之轻。

他的笔从平易的现实和理性入,从孤高奇诡的茫然出。也许这种茫然过于尼采化了一些。作为小说的主题之一,既然尼采的"永劫回归(eternal return 或译:永远轮回)"为不可能,那么民族历史和个人生命一样,都只具有一次性,是永远不会成为图画的草图,是永远不会成为演出的初排。我们没有被赋予第二次,第三次生命来比较所有选择的好坏优劣,来比较捷克民族历史上的谨慎或勇敢,来比较托马斯生命中的屈从和反叛,来决定当初是否别样更好。那么选择还有什么意义?上帝和大粪还有什么区别? 所有"沉重艰难的决心(贝多芬音乐主题)"不都轻似鸿毛轻若尘埃吗?

这种观念使我们很容易想起中国古代哲学中的"因是因非"说和"不起分别"说。这本小说英文版中常用的 indifferent 一词(或译无差别,无所谓),也多少切近这种虚无意识。但是,我们需要指出,捷克人民仍在选择,昆德拉也仍在选择,包括他写不写这本小说,说不说这些话,仍是一种确定无疑的非此即彼,并不是那么仙风道骨 indifferent 的。

这是一种常见的自相缠绕和自我矛盾。

反对媚俗而又无法根除媚俗,无法选择的历史又正在被确定地选择。这是废话白说还是大辩难言? 昆德拉像为数并不很多的某些作家一样,以小说作不说之说,哑默中含有严酷的真理,雄辩中伏有美丽的谎言,困惑的目光触及一个个辩证的难题,两疑的悖论,关于记忆和忘却,关于人俗和出俗,关于自由和责任,关于性欲和情爱……他像笔下的那个书生弗兰茨,在欧洲大进军中茫然无措地停下步来,变成了一个失去空间度向的小小圆点。

七

在捷克的文学传统中,诗歌散文的成就比小说更为显著。不难看出,昆德拉继承发展了散文笔法,似乎也化用了罗兰·巴尔特解析文化的"片断体",把小说写得又像散文又像理论随笔,数码所分开的章节都十分短小,大多在几百字和两千字之间。整部小说像小品连缀。举重若轻,避繁就简,信手拈来一些寻常小事,轻巧勾画出东西方社会的形形色色,折射了从捷克事件到柬埔寨战争的宽广历史背景。

他并不着力于(或许是并不擅长)传统的实写白描,至少我们在英译本中未看到那种在情节构设、对话个性化、场景气氛铺染等等方面的深厚功底和良苦心机,而这些是不少中国作家常常表现出来的。用轻捷的线条捕捉凝重的感受,用轻松的文体开掘沉重的主题,也许这形成了昆德拉小说中又一组轻与重的对比,契合了爱森斯坦电影理论中内容与形式必须对立冲突的“张力(tension 或译:紧张)说”。

如果我们没忘记昆德拉曾经涉足电影,又没忘记他爵士乐手的经历,那么也不难理解他的小说结构手法。与时下某些小说的信马由缰驳杂无序相反,昆德拉采用了十分特别而又严谨的结构,类似音乐中的四重奏。有评家已经指出:书中四个主要人物可视为四种乐器——托马斯(第一小提琴),特丽莎(第二小提琴),萨宾娜(中提琴),弗兰茨(大提琴)——它们互相呼应,互为衬托。托马斯夫妇之死在第三章已简约提到,但在后面几章里又由次要主题发挥为主要旋律。而托马斯的窗前凝视和萨宾娜的圆顶礼帽,则成为基本动机在小说中一再重现和变奏。作者似乎不太着重题外闲笔,很多情境细节,很多动词形容词,在出现之后都随着小说的推进而得到小心的转接和照应,很少一次性消费。这种不断回旋的“永劫回归”形式,与作品内容中对“永劫回归”的否决,似乎又形成了对抗;这种逻辑性必然性极强的章法句法,与小说中偶然性随机性极强的人事经验,似乎又构成了一种内容与形式的“张力”。

文学之妙似乎常常在于张力,在于两柱之间的琴弦,在于两极之间的电火。有人物与人物之间的张力,有主题与主题之间的张力,有情绪与情绪之间的张力,有词与词或句与句之间的张力。爱森斯坦的张力意指内容与形式之间,这大概并不是像某些人理解的那样要求形式脱离内容,恰恰相反,形式是紧密切合内容的——不过这种内容是一种本身充满内在冲突的内容。

至少在很多情况下是这样。比如昆德拉,他不过是使自己的自相缠绕和自相矛盾,由内容渗入了形式,由哲学化入了艺术。

而形式化了的内容大概才可称为艺术。

八

有一次,批评家李庆西与我谈起小说与理念的问题。他认为"文以载道"并不错,但小说的理念有几种,一是就事论事的形而下,一是涵盖宽广的形而上;从另一角度看去也有几种,一种事关时政,一种事关人生。他认为事关人生的哲学与文学血缘亲近,进入文学一般并不会给读者理念化的感觉,海明威的《老人与海》和卡夫卡的《变形记》即是例证。只有在人生的问题之外去博学和深思,才是五官科里治脚气,造成理论与文学的功能混淆。这确实是一个有意思的观点。

尽管如此,我对小说中过多的理念因素仍有顽固的怀疑。且不说某些错误的理论,即便是最精彩最有超越性的论说,即便是令读者阅读时击节叫绝的论说,它的直露性总是带来某种局限;在文学领域里,理念图解与血肉浑然内蕴丰富的生活具象仍然无法相比。经过岁月的淘洗,也许终归要失去光泽。我们现在重读列夫·托尔斯泰和维克多·雨果的某些章节,就难免这样感慨;我们将来重读昆德拉的论说体小说,会不会也有这种遗憾呢?

但小说不是音乐,不是绘画,它使用的文字工具使它最终摆脱不了与理念的密切关系。于是哲理小说就始终作为小说之一种而保存下来。现代作家中,不管是肢解艺术还是丰富艺术,萨特、博尔赫斯、卡尔维诺、昆德拉等等又推出了一批色彩各异的哲理小说或哲理戏剧。

也许昆德拉本就无意潜入纯艺术之宫,也许他的兴奋点和用力点除了艺术之外,还有思想和理论的开阔地。已经是现代了,既然人的精神世界需要健全发展,既然人的理智与感觉互为表里,为什么不能把狭义的 fiction(文学)扩展为广义的 literature(读物)呢?《生命中不能承受之轻》显然是一种很难严格类分的读物。第三人称叙事中介入第一人称"我"的大篇议论,使它成为理论与文学的结合,杂谈与故事的结合;而且还是虚构与纪实的结合,梦幻与现实的结合,通俗性与高雅性的结合,现代主义先锋技巧与现实主义传统手法的结合。作者似乎想把好处都占全。

九

在翻译过程中,最大的信息损耗在于语言,在于语言的色彩、节奏、语序结构内寓藏着的意味。文学写人心,各民族之间可通;文学得用语言,各民族之间又不得尽通。我和韩刚在翻译合作中,尽管反复研究,竭力保留作者明朗、简洁、缜密、凝重有力的语言风格,但由于中西文水平都有限,加上表音文字与表意文字之间的天然鸿沟,在语言方面仍有种种遗珠之憾,错误也断不会少——何况英译版能在多大程度上保持其捷文原作的语言品质,更在我们的掌控之外。

因此,对这本由捷文进入英文、又由英文进入中文的转译本,读者得其大意即可,无须对文字过分信任。

幸好昆德拉本人心志颇大,一直志在全世界读者,写作时就考虑到了翻译和转译的便利。他认为捷文生动活泼,富有联想性,比较能产生美感,但这些特性也造成了捷文词语较为模棱,缺乏逻辑性和系统性。为了不使译者误解,他写作时就特别注意遣词造句的清晰和准确,为翻译和转译提供良好的基础。他宣称:"如果一个作家写的东西只能令本国的人了解,则他不但对不起世界上所有的人,更对不起他的同胞,因为他的同胞读了他的作品,只能变得目光短浅。"

这使我想起了哲学家克罗齐的观点:好的文学是一种美文,严格地说起来,美文不可翻译。作为两个层面上的问题,昆德拉与克罗齐的观点尽管两相对立,可能各有其依据。不管如何,为了推动民族之间的文学交流,翻译仍然是必要的——哪怕只是无可奈何之下作一种浅表的窥探。我希望国内的捷文译家能早日直接译出昆德拉的这部捷文作品,或者,有更好的法文或英文译者来干这个工作,那么,我们这个译本到时候就可以掷之纸篓了。

十

我们并不能理解昆德拉,只能理解我们理解中的昆德拉,这对于译者和读者来说都是一样。

然而种种理解都不会没有意义。如果我们的理解欲求是基于对社会改革建设的责任感,是基于对人类心灵种种奥秘的坦诚与严肃,是基于对文学鉴赏和文学创作的探索精神,那么昆德拉这位陌生人值得认识和交道。

1987 年 1 月

---

* 为长篇小说译作《生命中不能承受之轻》序,后收入随笔集《文学的根》。

灵 魂 的 声 音

　　小说似乎在逐渐死亡。除了一些作者和批评者肩负着阅读小说的职业性义务,小说读者是越来越少了——虽然小说家们的知名度还是不小,虽然他们的名字以及家中失窃或新作获奖之类的消息更多地成为小报花边新闻。小说理论也不太有出息,甚至给自己命名的能力都已丧失,于是只好从政治和经济那里借来"改革小说"之类的名字,从摄影和建筑艺术那里借来"后现代主义"之类的名字,借了邻居的帽子出动招摇过市,以示自己也如邻家阔绰或显赫。

　　小说的苦恼是越来越受到新闻、电视以及通俗读物的压迫排挤。小说家们曾经虔诚捍卫和竭力唤醒的人民,似乎一夜之间变成庸众,忘恩负义,人阔脸变。他们无情地抛弃了小说家,居然转过背去朝搔首弄姿的三四流歌星热烈鼓掌。但小说更大的苦恼是怎么写也多是重复,已很难再使我们惊讶。惊讶是小说的内动力。对人性惊讶的发现,曾推动小说掀起了一个又一个涨涌的浪峰。如果说"现实主义"小说曾以昭示人的尊严和道义而使我们惊讶,"现代主义"小说曾以剖露人的荒谬和孤绝而使我们惊讶,那么,这片叶子两面都被我们仔仔细细审视过后,我们还能指望发现什么? 小说家们能不能说出比前辈作家更聪明的一些话来? 小说的真理是不是已经穷尽?

　　可以玩一玩技术。对于一个发展中国家来说,技术引进在汽车、饮料、小说行业都是十分重要的。尽管技术引进的初级阶段往往有点混乱,比方用制作燕尾服的技术来生产蜡染布,用黑色幽默的小说技术来颂扬农村责任制。但这都没什么要紧,除开那些永远不懂得形式即内容的艺术盲,除开那些感悟力远不及某位村妇或某个孩童的文匠,技术引进的过程总是能使多数作者和读者受益。问题在于技术不是小说,新观念不是小说。小说远比汽车或饮料要复杂得多,小说不是靠读几本洋书或游几个外国就能技术更新产值增升的。技术一旦廉价地"主义"起来,一旦失去了人的真情实感这个灵魂,一旦渗漏流失了鲜活的感觉、生动的具象、智慧的思索,便只能批量生产出各种新款式的行尸走肉。比方说用存在主义的假大空代替庸俗马克思主义的假大空,用性解放的概念化代替劳动模范的概念化。前不久我翻阅几本小说杂志,吃惊地发现某些技术能手实在活得无聊,如果挤干他们作品中聪明的水分,如果伸出指头查地图般地剔出作品中真正有感受的几句话,那么就可以发现它们无论怎样怪诞怎样蛮荒怎样随意性怎样散装英语,差不多绝大多数作品的内容(——我很不时髦地使用"内容"这个词),都可以一言以蔽之:乏味的偷情。因为偷情,所以大倡人性解放;因为乏味,所以怨天尤人满面悲容。这当然是文学颇为重要的当代主题之一。但历经了极左专制又历经了商品经济大潮的国民们,在精神的大劫难之后,最高水准的精神收获倘若只是一部关于乏味的偷情的百科全书,这种文坛实在太没能耐。

技术竞赛的归宿是技术虚无主义。用倚疯作邪胡说八道信口开河来欺世,往往是技术主义葬礼上的热闹,是不怎么难的事。聪明的造句技术员们突然藐视文体藐视叙述模式藐视包括自己昨天所为的一切技术,但他们除了给批评家们包销一点点次等的新谈资外,不会比华丽的陈词滥调更多说一点什么。

今天小说的难点是真情实感的问题,是小说能否重新获得灵魂的问题。

我们身处一个没有上帝的时代,一个不相信灵魂的时代。周围的情感正在沙化。博士生在小奸商面前点头哈腰争相献媚。女中学生登上歌台便如谈过上百次恋爱一样要死要活。白天造反的斗士晚上偷偷给官僚送礼。满嘴庄禅的高人盯着豪华别墅眼红。先锋派先锋地盘剥童工。自由派自由地争官。耻言理想，理想只是在上街民主表演或向海外华侨要钱时的面具。蔑视道德，道德的最后利用价值只是用来指责抛弃自己的情妇或情夫。什么都敢干，但又全都向往着不做事而多捞钱。到处可见浮躁不宁面容紧张的精神流氓。

尼采宣布过西方上帝的死亡，但西方的上帝还不及在中国死得这么彻底。多数西方人在金钱统治下有时还多少恪守一点残留的天经地义，连嬉皮士们有时也有信守诺言的自尊，有少数服从多数的规则和风度。而中国很多奢谈民主的人什么时候少数服从过多数？穿小鞋，设圈套，搞蚕食，动不动投封匿名信告哪个对立面有作风问题。权势和无耻是他们的憎恶所在更是他们的羡慕所在。灵魂纷纷熄灭的"痞子运动"正在成为我们的一部分现实。

这种价值真空的状态，当然只会生长出空洞无聊的文学。幸好还有技术主义的整容，虽未治本，但多少遮掩了它的衰亡。

当然，一个文化大国的灵魂之声是不那么容易消失的。胡人张承志离开了他的边地北京，奔赴他的圣都西海固，在贫困而坚强的同胞血亲们那里，在他的精神导师马志文们那里，他获得了惊讶的发现，勃发了真正的激情。他狂怒而粗野地反叛入伙，发誓要献身于一场精神圣战，用文字为哲合忍耶征讨历史和实现大预言。我们是他既需要又不需要的读者，这不要紧。我们可以注意到他最终还是离开了西海固而踏上了现代旅途，异族读者可以尊重但也可以不去热烈拥护他稍稍穆斯林化的孤傲，甚至可以提请他注意当代更为普遍更为持久和更为现实的屠杀——至少每天杀人数万乃至数十万的交通事故和环境污染——来补充张承志的人性观察视域。但对小说来说,这些也不是最要紧的。超越人类自我认识的局限还有很多事可做,可以由其他的作品来做,其他的人来做。要紧的是张承志获得了他的激情,他发现的惊讶,已经有了赖以为文为人的高贵灵魂。他的赤子血性与全人类相通。一个小说家可以是张承志,也可以是曹雪芹或鲁迅,可以偏执一些也可以放达一些,可以后顾也可以前瞻,但小说家至少不是纸人。

史铁生当然与张承志有很多的不同。他躺在轮椅上望着窗外的屋角,少一些流浪而多一些静思,少一些宣谕而多一些自语。他的精神圣战没有民族史的大背景,而是以个体的生命力为路标,孤军深入,默默探测全人类永恒的纯静和辉煌。史铁生的笔下较少丑恶相与残酷相,显示出他出于通透的一种拒绝和一种对人世至宥至慈的宽厚,他是一尊微笑着的菩萨。他发现了磨难正是幸运,虚幻便是实在,他从墙基、石阶、秋树、夕阳中发现了人的生命可以无限,万物其实与我一体。我以为一九九一年的小说即使只有他的一篇《我与地坛》,也完全可说是丰年。

张、史二位当然不是小说的全部,不是好小说的全部。他们的意义在于反抗精神叛卖的黑暗,并被黑暗衬托得更为灿烂。他们的光辉不是因为满身披挂,而是因为非常简单非常简单的心诚则灵,立地成佛,说出一些对这个世界诚实的体会。这些圣战者单兵作战,独特的精神空间不可能被跟踪被模仿并且形成所谓文学运动。他们无须靠人多势众来壮胆,无须靠评奖来升值,他们已经走向了世界并且在最尖端的话题上与古今优秀的人们展开了对话。他们常常无法被现实主义或现代主义来认领,因为他们笔下的种种惊讶发现已道破天机,具有神谕的品质,与"主义"没什么关系。

这样的世界完全自足。

当新闻从文学中分离出来并且日益发达之后,小说其实就只能干这样的事。小说不能创汇发财。小说只意味着一种精神自由,为现代人提供和保护着精神的多种可能性空间。包括小说在内的文学能使人接近神。如此而已。

1991 年 9 月

---

* 最初发表于 1991 年《小说界》杂志和《海南日报》,后收入随笔集《夜行者梦语》。

无 价 之 人

耻言赚钱,是中国文士们的遗传病。所谓君子忧道不忧贫。所谓小人重利君子重义。这些潇洒而且卫生过分的语录,多是吃朝廷俸禄或祖宗田产的旧文人茶余饭后制定出来的。我们这些君子不起来的人姑妄听之。其实君子也言利。我读李叔同先生的书信集,对先生的俊逸孤高确实景仰。先生才具超凡,终弃绝繁华遁入空门,可算现代文化史上一大豪举,非我等凡胎所能踪随。然书信集中,企盼好友施助钱财以资治经访道的话,也不少见。读后便窃以为,雅士的伟业很多时候还需要俗人掏钱赞助,若无施主们的俗钱,先生如何雅得下去? 如何空得下去? 这一点心得,想叔同先生也不会见责。

作家们关注赚钱,其实是个迟到的话题。不能赚钱,当儿女当父母的资格都没有,不具人籍,何言作家。以前有国产的大锅饭可吃,作家可风光得有模有样,读者围,记者追,更有旅游笔会的大宴小宴,政协人大之类会议上的阔论高谈。作家们一踏上红地毯就差不多最爱谈改革。很多人不明白,正是他们所渴望所呼吁所誓死捍卫的改革,即将砸破他们赖以风光的大锅饭,把他们抛入动荡而严峻的商品经济初级阶段,尝一尝稻粱谋的艰辛,尝一尝斯文扫地的味道。求仁得仁,好龙龙至,何怨乎哉。

中国要强民富国,至少还缺乏上亿的赚钱能手,现在不是多了,而是少了。曾经略嫌拥挤的文坛,如果有潜伏多时的实业英才,不妨扬长避短去挑战商场,实业生财也是篇难做的大文章。能养活自己便不错,至少除却了寄生者的卑琐。说不定到时候还捐出个医院或体育馆什么的,兼济天下,功德彪炳。就算不捐,一个人吃喝玩乐花光了,也能促进消费繁荣市场,我们读了点经济学对此都想得通。至于已经面临生活困难的人,更要早打主意早动手,补上谋生这一课,不可三心二意犹豫不决,不要期待救世主,不要以为改革是天上落下来的馅饼。这是好心的大实话。

当然,赚钱者或准备赚钱者,不必从此便从钱眼里看人。很多人当不了实业巨子,若执著于学问或艺术,将来基本上免不了相对清贫,这也是一种选择,没什么关系。穷人也是人,无须一见到有钱人的别墅、轿车、“大哥大”之类就自惭形秽自叹衰老,正如面对穷乡僻壤的瘦弱饥民时,不必自觉优越和自诩青春。穷人也可以爱好文学,就像有权爱好喝酒或钓鱼。世界上从来就有人比作家阔绰,但并没有因此而消亡文学。世界上也从没有文人赚钱就必先崇拜金钱甚至不容许旁人斗胆继续淡泊金钱的规则。赚钱就赚钱,改行就改行,作家改行当老师当木匠当部长当足球中锋都正常得足以理直气壮,但改行并不是晋升提拔。离开文学或准备离开文学,不意味着从此便无端拥有更多对文学的鄙弃资格和教导权,也不意味着因此就有了富人俱乐部的优先入场券。

我们的建设还在打基础和起步的阶段,还没达到值得大惊小怪的程度,多一些灯红酒绿的歌舞厅也乏善可陈。要说折腾钱,我们在老牌欧美发达国家面前还只是低年级新生。但当年活在欧美的大多数作家,并没有什么衰老感,也没有刮青自己的脸皮往实业家堆里钻,没去工商界奉领改革文学的指示。巴尔扎克喜欢钱,宣言要赚完资本主义最后一个铜币,但他的作品是资本社会贪婪、奸诈、虚伪的揭露大全。福克纳身处赚钱高手云集的美国,但也并没有愧疚自己对故园乡土的痴迷,并没有后悔自己曾失足文学,反而声称自己一辈子就是写“家乡那邮票大的一块地方”,平静的目光投注于某位贫贱保姆或某位弱智少年,监测人性的荒寂和美丽。

我们的经济发展也远未赶上亚洲"四小龙",但金钱与文学并不绝对同步,并不是直线函数。"四小龙"的文学纪录仍差强人意,即便在资本主义世界里,这也是羞耻而不是光荣,是外激型现代化常见的先天不足症候之一。可以谈一谈的是多年前的日本人川端康成。川端康成在创作后期以东方文化传统为依托,着力追求和表现静美,与东山魁夷等艺术家的画风一脉相接。甚至还有怀疑和反感现代化的诸多言词,颇有落伍时代之嫌。但正是他本身成为日本精神的一部分,成为现代日本国民的骄傲。要是没有他的《雪国》、《伊豆的舞女》、《千只鹤》,我们会不会为日本感到遗憾?

有钱是好事,这句话只对不为钱累不为钱役的人才是真理。如果以为哪儿钱多哪儿才有美,才有时代特色,才有自我价值,才有文学的灵感和素材,那么鲁迅和沈从文当年就得去上海滩十里洋场办公司,那么现在所有偏远地域的作家就得统统住进大都市豪华宾馆,否则就别活了。这当然是拜金者的无知。文学从来不是富豪的支票。相反,在很多时候,文学恰恰需要作家的自甘清贫,自甘寂寞——如果这是超越功利审视社会人生的必要代价的话,如果这是作家维护心灵自由和人格独立的必要代价的话。优秀的文学,从来就是一些不曾富贵或不恋富贵的忘(亡)命之徒们干出来的。轻度贫困是盛产精神的沃土。

商品化的文学正在滚滚而来,甜腻的贺卡式诗歌热潮行将过去,宾馆加美女加改革者深刻面孔的影视风尚也行将过去,老板文学的呼声又将饰以"改革"、"时代感"之类的油彩而登场了。这种呼声貌似洋货,其实并非法国技术丹麦设备美国口味。这种呼声常常在有了些钱的地方(比方深圳、海口等)不绝于耳,常常在以前很穷而现在稍微有了些钱的地方(比方说不是纽约也不是巴黎甚至香港)不绝于耳,当然也很正常。我们并不会因为历史上没有好的老板文学就说现在也行不通,我们也不会因为过去反对粉饰官场而现在就必定反对粉饰商场。

我们拥护一切创新的人,等待他们或迟或早地下笔,写出新作。

其实,我们最反对的只是光说不干:你写一两个试试!

金钱也能生成一种专制主义,决不会比政治专制主义宽厚和温柔。这种专制主义可以轻而易举地统制舆论和习俗,给不太贫困者强加贫困感,给不太迷财者强加发财欲,使一切有头脑的人放弃自己的思想去大街上瞎起哄,使一切有尊严的人贱卖自己的人格去摧眉折腰。中国文人曾经在政治专制面前纷纷趴下,但愿今后能稳稳地站住。

站立才是改革的姿态,才是现代人的姿态。站立者才能理解人的价值,包括对一切物质世界创造者保持真正的敬重。卓越的实业家们,以其勃勃生力和独特风采,给作家们的创作输入新的变因。他们的荣辱苦乐,必然受到作家的关注。够格的实业家们也必然与够格的作家们一样,对历史有冷静的远瞩,对人生有清明的内省。因为他们知道,世界上最灿烂的光辉,能够燃烧起情感和生命的光辉,不是来自金币而是源自人心。不管身居朱户还是柴门,人是最可宝贵的。人是我们的朋友和邻居,是我们的情侣,是我们的兄弟姐妹,是我们垂垂老迈的父母和嗷嗷待哺的儿女。人无论有多少缺陷,仍是我们这颗星球无价的尊严和慰藉。

这是一个永远不会陈旧的话题,而且卑之无甚高论。

1992 年 6 月

---

* 最初发表于 1993 年《文学评论》杂志,后收入随笔集《海念》。

道的无名与专名

　　本世纪初,文言文受到挑战的时候,白话文似乎不仅仅是一种交际工具,不太像"天下之公器"。其本身已彰显特定的人文价值,已经自动履行着民主、科学、大众化、现代性等表达功能,与旧体制相对抗。在这个时候,形式就是内容,载体已成本体。白话文是反专制的语言,是反道统的语言,是人民大众通向现代化的团队口令和精神路标。一切阻碍政治和经济变革的腐朽势力,似乎都只能在文言文的断简残帛中苟活。

　　从这一段史实出发,人们很容易怀疑语言的工具性、物质性、全民性以及价值中立性。人们有足够的理由相信,语言本身就是一种意识形态,至少也可以说,在语言的深处,有某些特定社会价值观念在暗中驱动和引导。貌似公共场所的语言,其实是一家家专营店,更像是性能特异的地脉和土质,适合特定的价值理念扎根——文言文的土壤里就长不出现代性的苗。

　　时间稍稍往后推移几十年,事情出现了另一些变化。当文言文已悄然出局,白话文广为普及一统天下的时候,它的价值特征便开始模糊。它还是"民主"和"科学"的语言吗?"文革"恐怖的社论和大字报正是用白话文书写的,倒是陈寅恪一类旧文人的文言文还多一些人格独立和学术真知。白话文还是"大众化"的语言吗?某些新潮作家用白话文写的论文或小说,比同样内容的文言文还晦涩费解百倍,相形之下,倒是庄子、司马迁、苏东坡、归有光等人的墨迹更有平易近人的风格。显而易见,此时的白话文还是白话文,但它已经扩展为公共场所,吐纳八方,良莠杂陈,其价值的专适性和定向性已不复存在。一次语言革命,终于在胜利中自我消解。

广义的语言还包括对语言的实践运用,即言语活动,这既是语言的具体实现,也是语言的演变动力。鲁迅与姚文元说着同样的白话文,但在写作内容和写作方式这一层面,又不能说他们说着同样的话。他们同于语言而异于言语。同样的道理,朦胧诗与"样板戏"的冲突,口语体与翻译体的冲突,八十年代以来诸多小说探索与既有文学模式的冲突,都构成了言语的多向运动,构成了白话文内部的紧张,也制约了白话文未来的总体走向。特别是八十年代初的朦胧诗热潮,常常使人联想到白话文出现时的革命气氛。当时人们最惊讶的不是这些诗的内容:英雄、知青、爱情、白桦树、红玛瑙等等,在其他诗体里同样出任过角色。但谓之"朦胧"的言语形式本身,已传达了足够信息,已定位了感觉解放和个人主体的人文姿态。无论朦胧诗的反对者还是拥护者,当时大多没有把言语方式仅仅当做一种技术问题和形式问题,都敏感到"怎么说"本身就隐含着"说什么":破坏语法常规,无异于挑战传统政治权威;而废弃标点和韵脚,简直就是对清教主义伦理和极权主义哲学的反叛。在这种情况下,朦胧诗作为"样板戏"、"新华体"、"党八股"的异端,促成人们思维和感觉的重构,一度成为危险的意识形态而遭到政治扑杀,当然在所难免。

有意思的是,言语的价值定位很快到期作废。朦胧诗永远是"感觉化"的言说吗?当商业广告中皮鞋、时装以及胃服宁药片的推销文案如歌如诗也一片朦胧的时候,人们只有经济人格的算计而独独没有感觉。朦胧诗永远是"个人化"的言说吗?至少,不到几年工夫,它同样可以用于政治宣传中的领袖颂歌、圣地怀旧、民族主义或国家主义的宏大叙事,连最为体制性的言说也都能够朦胧得云遮雾罩,一个标点和韵脚都不给你留下。到了这一步，朦胧诗不再是艰难的垦荒，而是流畅的滑行和飞翔，广为普及，蔚为时尚，终于被所有的价值系统接纳，而自己曾经有过的价值特质却在这一过程中悄悄流散。

在这里，言语活动同样再一次经历着与价值的遭遇和告别。

事情就是这样：做大了就可能做完。任何一种言说大概都免不了一种在拥戴和热爱中衰亡的命运。第一个把女人比作鲜花的人是天才，但十个人都这样说的时候，跟进者便成了庸才和蠢才。鲁迅深刻，但不能保证一切仿鲁迅都能深刻。沈从文优雅，但不能保证一切仿沈从文都能优雅。恰恰相反，任何言说的词汇、句式、章法、意象、旨趣都在遗传和感染扩散的过程中，越来越远离原创的标高，只留下缺血的仿冒。

这样看来，言语中的价值注入，常常是不可重复的初恋，是一次性事件。言语的生命力永远只能新生，不能再生，更不能成传家宝一代代往下传。在这个意义上，我们谈论鲁迅、沈从文等一切有价值的汉语写作，与其说是肯定他们的言语，毋宁说是肯定他们对言语的创造；与其说我们感受到了他们言语的价值光辉，毋宁说我们是在怀恋和追忆他们创造那种言语时所爆发出来的价值光辉——那只是一道闪电，虽然定格在书卷，却无法挽留。只有糊涂虫才企图通过模仿来对那些言语的活力实现收藏和占有。

白话文与大众性的联姻很短暂，朦胧诗与感觉化的联盟也并不牢固，这一类现象证明，语言也好，言语也好，任何形式和载体可以与特定的人文价值有一时的相接，却没有什么牢固不变的定择关系。语境变，则含义变，功能变。这如同日常生活中，一句脏话，此时可以表示厌恶，彼时也可以表达亲昵；一句红卫兵的口号，昨天可以成为政治运动中的恐怖，今天却成为怀旧时的亲切或者表演中的搞笑。有那么多经历过"文革"恐怖的中国人，眼下听到"文革"语录歌时居然一往情深，心花怒放，这种最常见的语言经验，足以证明能指与所指之间的关系极其脆弱,没有一成不变的连接。

这没有什么奇怪。离开了特定的社会环境、文化格局以及生命实践的各种复杂条件,任何语言都只是一些奇怪的声波和墨迹,没有任何意义,更没有什么神圣。鲁迅的表述一旦离开了鲁迅的语境,就完全可以移作他用,比如成为政治运动中的语言暴力。沈从文的表述一旦离开了沈从文的语境,也完全可以一无所用,比如成为三流文人在一篇篇酸文中无聊的引征或抄袭。当然,与此相反的逆过程,比方说在语言中变废为宝和点石成金的过程,也同样存在。李锐的小说《无风之树》差不多是一场语言的泥石流,其中夹杂着很多“文革”时期的套话,即那些言义相违或有言无义的语言僵尸。但这些材料在李锐的语境里获得了一种反讽意义,呈现出新的价值,无异于僵尸复活。在这里,创造并非生造,推陈出新常常也是翻陈为新(Ｉ·乔伊斯造出一些字典上没有的新字,可算是出于偶然的需要)。语言遗产在模仿家那里的死亡,在创造家那里则可能是休眠,是燃煤生成之前的腐积,将其翻用于恰当的语境,就有热能的成功激发。因此,语境是语言的价值前提。语言生命(鲁迅、沈从文等)可以在另一种语境里成为僵尸;而语言僵尸(“文革”套话等)也可以在另一种语境里焕发出生命。创造家们既非复古派亦非追新族,其创造力首先表现在对具体语境的敏感、判断、选择以及营构,从而使自己在这一种而不是那一种语境里获得最恰切有效的语言表现——价值就是在这个时候潜入词语。

中国禅宗强调“道隐无名”、“言语道断”、“随说随扫”,表达了前人对任何语符最彻底的不信任。他们的“道”不可以在任何静止和孤立的表述里定居,同时也可以在上述任何表述中降临,包括说粪说尿,说金说银,都可以释佛。他们对语符与义涵之间这种任择(arbitrary)关系的洞察,比索绪尔或者德里达的类似觉悟更早。

当然,任择关系不是没有关系,体现为定择关系的随机改变,却不体现为定择关系的完全取消。应该注意的是,应该承认的是,在现实中,言与义的关系一旦择定,也常有相对恒稳的状态。就像钟表与时间之间形成了既择关系之后,或者货币与财富之间形成了既择关系之后,改变这些关系虽然可能,却非易事——人们经常只能在陈规和习惯中权且安身。日常生活中的忌语,作为言义定择关系最僵化最神化的产物,就是这样被接受的:因为母亲不可亵渎,母亲的名谓也就不可亵渎;因为信仰是不可背叛的,信仰的习语也就不可背叛,哪怕用"上帝"来取代"真主"、用"先生"来取代"同志"、用繁体字的"派对"来取代简体字的"扎堆",也可能引起严重的文化冲突、政治纠纷乃至血刃相见。在这个时候,名似乎就是实,事物的符号俨然就成了事物本身,成了事物的替代物和有效凭证,甚至可以成为人们对物质世界和利益关系的遥感/遥控装置——话语的冲突几乎代理着人们对现实体制的重新安排。

这就不难理解,为什么在一定的情况下,白话文会成为政治,朦胧诗也会成为政治,一切新的小说形式也会成为政治。人们的价值指认可以被相应的语符暂时锁定,不得不在语言冲突中表现为固守或强攻。

连最不信任语言的禅宗,也有滔滔不绝的说教和针锋相对的辩难,可见在很多时候,语言还是有意义的,word 并非时时可以脱离相应 world 的重力牵制,作轻浮无定的任意飘荡。

道隐"无名(言义任择关系)"与道涉"专名(言义定择关系)"各有其适用域,语言的游戏化与语言的权力化,也各有其合法性。这无非是我们观察语言时,超出具体语境之外或切入具体语境之内,会有不同的结果。在较为积极的事态里,"游戏"说可以瓦解语言的价值神话,恢复语言无限多变的空间;而"权力"说可以使语言"空心化"的狂欢适时降温,恢复人们对语言必要的价值审查和价值要求。

在谈到人类理性的时候,德国人马克斯·韦伯采用价值/工具的二元模式,对价值理性与工具理性做出区分。在我无能创新语符的时候(瞧,这就是作为既有语言之奴的时候),我愿意借用他这一模式,施之于有关语言的观察。语言到底是（工具）载体还是（价值）本体？我无法做出定于一端的回答，而且相信回答只能取决于人们从何种角度观察，并且把特定语言现象置于何种语境：比方把白话文置于本世纪初还是本世纪末的不同语境。我还相信，在实际生活那里，这种略嫌粗糙的两分模式还省略了很多东西，比如省略了价值的强表现及较强表现、弱表现及较弱表现等等分寸，使我们只能粗而言之。价值像是一种流体，随着现实人生的推动，在语言工具中忽多忽少，忽聚忽散，忽驻忽行，忽来忽去，呈现出极为复杂的纷纭万状。更确切地说，语言价值取决于与之相关的各种条件，取决于语言与这些条件的结构性关联。因此，在现实及其语言表现的不断流变之中，我们永远只能靠语言去捕捉价值，又无法把价值永远存入既有的语言之网。

这样，倡导白话文也好，推崇任何一位作家的语言品格也好，可以是一时的价值义举，却不会有长久的价值专利。

人类在寻找价值的语言长途中，永远是成功的徒劳者。而这正是人类的幸运：语言总是处于垦荒和探险的状态。

1998 年 12 月

---

* 最初发表于2000年《唯美》杂志和境外《今天》杂志，后收入随笔集《性而上的迷失》。

偏义还是对义

语言学中曾有"复词偏义"一说，指两个意义相反的字联成一词，但只用其中一个字的意义。如常听人说："万一有个好歹，我可负不起责任。"这里的"好歹"是指歹，不涉好。"恐有旦夕之祸福。"这里的"祸福"，是指祸，不涉福。

《红楼梦》中有这样的句子："不要落了人家的褒贬。""褒贬"二字在这里是被人责难的意思，有贬无褒。《红楼梦》名气很大，以至后来的国语辞典便不得不收下这一词条：褒贬，释为贬抑之义。

顾炎武先生指出，《史记·刺客列传》中"多人不能无生得失"，得失，偏重在失。《史记·仓公传》"缓急无可使者"，缓急，偏重在急。《后汉书·何进传》中"先帝尝与太后不快，几至成败"，成败，偏重在败。等等。顾先生的《日知录》搜列这一类例证，后来被很多学人都引用过。

梁实秋先生写过专文，指出复词偏义实在是不合理，不合逻辑，但既然已经约定俗成，大家沿用已久，我们也只好承认算了，不必太吹毛求疵。梁先生遗憾之余宽怀大度，不似另外一些文字专家，对这种文字的违章犯规恨恼不已，誓欲除之而后快。

如果说梁先生是一个可以通融的文字警察，温和可亲；那么钱钟书先生则像一个更为通晓法律的文字律师，严正可敬。他指出这类现象不过是"从一省文"的修辞结果，如《系辞》中"润之以风雨"，其中省了该与"风"搭配的"散"字；《玉藻》中"不得造车马"，其中省了该与"马"搭配的"畜"字。此种法式，古已有之，天经地义，无须警察们来通融恩准。

不过，无论以"约定俗成"通融，还是以"从一省文"辩护，其实都是持守同一立场，奉行同一法度，即形式逻辑之法。这都让我有些不满。语言大体上靠形式逻辑来规范和运作，但语言蕴藏着生活的激流，永远具有形式逻辑所没有的丰富性，使反常和例外必不可少。好比一般车辆不可闯红灯，但消防车和救护车则不受此限。判定某种语言现象是否合理，最高法典只能是生活的启示，而不是任何既定的逻辑陈规。

稍有生活经验的人都知道，祸者福所倚，福者祸所伏，福祸同门，好事与坏事总是相辅相成，塞翁失马之类的经验比比皆是。笔者在乡下时，常得农民一些奇特之语。某家孩子聪明伶俐，见者可能惊惧："这以后不会坐牢么？"某家新添洗衣机或电热毯之类的享受，见者可能忧虑："哎呀呀人只能死了。"笔者曾对此大惑不解，稍后才慢慢悟出这些话其实还是赞语，只是喜中有忧，担心太聪明会失其忠厚，导致犯罪；担心太安逸会失其勤劳，导致心身的退化乃至腐灭。这样的例子真是不胜枚举。八十年代的大学生们则有一句口头禅："真伤感。"用作对一切好事和美事的赞叹，同样显示了乐中寓哀的复杂心态，非一般形式逻辑所能容纳和表达。

语义源于人生经验，不是出自学者们形式逻辑的推究和演绎。从这一点看，《系辞》称"吉凶与民同患"，有着丰厚的人生经验基础，不算怎么费解。《正义》言："吉亦民之所患也，既得其吉，又患其失，故老子云宠辱若惊也。"这种解释也可以得到大量民间语言素材的实证。钱先生声称这是误解"吉凶与民同患"的强词，似乎认定古人是只能患凶而不能患吉的。面对古往今来大量对吉凶给予辩证感知的语言现象，如此固守某种语言定法，多少显得有点漠视人们的生活智慧。

从一省文，这种修辞法例确实多见。形式逻辑也确实是语言中不可少的基本交通规则。但如果因此而推定一切复词都只能偏义而不能对义，则是否定生活辩证法对语言的渗透，是法理的凝固和僵化，无益于语言的生命。"不要落得人家褒贬"，也许（仅仅是也许）在《红楼梦》中只用偏义，但未尝不能在别处还其对义的高贵出身和生动面貌。鲁迅先生说人可以被棒杀，也可以被捧杀，对褒贬皆警惕以待。一个"杀"字统摄褒贬，没法用"从一"之规强迫鲁迅先生"省"去褒贬的任何一方。这种深刻的生活体验，不能没有语言的表达；这种语言的表达，不能没有法理的运用。很明显，当法理与生活两相冲突的时候，削足适履地让生活迁就法理，不是明智的选择。相反，正确阐释和运用"惧人褒贬"的对义，更益人神智，更能释放出语言的文化潜能。

复词可以对义，单词也可以对义。笔者较为赞同钱钟书先生对单词对义的态度。他指出汉字中某些一字多义同时合用的现象，如"乱"兼训"治"，"废"兼训"置"等等，皆为"汉字字义中蕴含的辩证法"。在这里，钱先生终于不像一个刻板的护法律师了，更像一个万法皆备于我的思想勇将和革命党徒。

黑格尔鄙薄汉语不宜思辨，夸示德语能冥契妙道，举"奥伏赫变"一词为例，分训"灭绝"与"保存"两义。后来歌德、席勒等人用这个词，或是用来强调事物的变易和转换，或是用来强调矛盾的超越和融贯，均深谙德意志辩证之道，用得妥帖，没有辱没这个词的精髓。钱先生举示这一例子后，嘲笑黑格尔不懂汉语，妄自尊大，称汉语中这类语言奇珍也十分富有，叹中德遥隔，"东西海之名理同者如南北海之牛马风"，"不得不为承学之士惜之"。如《墨子·经》中就说过："已：成，亡。"此为单词对义的范例。成与亡二义相违相仇，同寓于"已"。若指做衣，"已"便是成；若指治病，"已"便是亡。

其实无论成亡，都是一件事情过程的终结，本可齐观。任务完成之时，也就是任务除却之时。目标达成之地，也就是目标消逝之地。《红楼梦》中有"好了歌"，宣示好就是了，了就是好，盛与衰邻，成以亡随，这几乎是对"已"字最人生化的反训和分释。如果再加诘究,可发现这些对义的单词,多是动词,多是对事物运行过程的抽象描述。过程就是过程,故合以一词;目的殊别,故分以对义。以一词纳对义,也许便是彰过程而隐目的、重过程而轻目的的心智流露,深义在焉。现代汉语中常用的"干"字,大概是动词中最为抽象化的一个。若用于"干事业",义为成就;若用于"干掉那人",义为消灭,凡此等等。洞明之人还明白:干掉了某人,也可能"成就"了某人的名节;干成了一番事业,也可能便"消灭"了对这项事业的迷恋以及追求快感。"成就"与"消灭"互为表里,矛盾常常向相反的方向转化,呈示否极泰来的前景。一些对义性的动词,莫不就是因为切合了这种深刻的人生体验而日渐为人们所习惯?

语言总是有成因的。我愿把这种多义和对义现象,看成是出于前人的智慧,而不是出于前人的愚笨。

复词也好,单词也好,无论笔者的理解有无附会,它们的对义现象所散发的辩证法意味,不能不引人流连驻足。眼下,这些语言现象作为珍贵的文化遗存,长有所识长有所用者毕竟越来越少了,少于某些文字专家的整饬挞伐之下,少于芸芸俗众的智力退化和衰竭之中。形式逻辑之法所滤净的世界非此即彼,越来越精确和清晰,越来越容不得看似矛盾的真理,看似浪子的天才,看似胡搅的创造。可以想见,如果再被电脑翻译机改造一番,这类似乎"不合逻辑"的文字将更被斩草除根。在那种情况下,文字的丰富生态已变成一批批标准化货品,规规矩矩,乖头乖脑,足敷实用,只是少了许多自然之态和神灵之光。

借钱钟书先生一言:"为承学之士惜之。"

1992 年 10 月

---

* 原题《即此即彼》,最初发表于 1992 年《海南师院学报》,后收入随笔集《海念》。

Click 时代的文学

　　Click 是弹指击键的声音，是信息高速公路上人潮奔涌的嘈杂脚步。遥想今后，购物在 click，治病在 click，游戏在 click，打仗在 click，谈情说爱也在 click……文学当然也难逃芯片和网络的一统天下。这可能是传播技术对未来文学演变最大的制约因素。

　　传播技术一开始对文学的品质和功能没有太大影响，正如初创时的电影并非独立艺术门类，不过是傻傻地用镜头记录舞台剧而已。click 文学眼下也并非独立的文学形式，只不过是代笔代纸代书刊的一种手段，没有特别的了不起，能否与传统定义之下的文学闹分家，至少眼下还说不大准。不过看了一些网上的文学，特别是非商业网站的一些自由创作以后，有几点印象倒是暗存心头。

　　一是这些作品（比如有些段子）常常无固定版本和个人作者，你续一段，我添一节，他又删几行，兴之所至，信口开河，七嘴八舌，众人接力，基本上是搞群众运动。

　　二是这些作品（比如有些博客）常常无盈利之谋，无偿发行，免费取用，与版税和稿酬以及出版利润毫无关系，纯属参与者们的自娱自乐，大体上是现代出版体制之外的基层业余活动。

　　三是这些作品（比如有些视频）常常带有多媒体特征，配声配画甚至载歌载舞，文字手段与其他视听手段混杂运用，不再是专业文人的专业文字，文字重新与声音和色彩结为一家。

可以看出,这种电子网络上的自由创作,亦即群体性的、非盈利的、多媒体的文学,不就是重现原始口头文学的诸多特征么?网上这些现代作为,我们的老祖宗们不也差不多茹毛饮血地干过么?数得上的区别恐怕只在于:原始人那里文学、音乐、绘画、戏剧等等现场性的"多位一体",在漫长历史之后变成了荧光屏上远程传输的"多媒体"。添入一个"媒"字,费了我们数千年工夫。

以上是我在去年海南一个座谈会上的发言,据说后来还被人载述发挥,并引起过报刊上的讨论。当然,我这样说并无信而好古之意,只是觉得所谓这世界常常"旧"中有"新",如再旧的原教旨主义,也必出自今人们新的选择、新的阐释、新的建构。这世界也常常"新"中有"旧",如再新的现代主义或者后现代主义,也无法剔净刮光自己体内旧的传统资源——包括旧而又旧的文字符号,还有旧而又旧的基本形式逻辑。

似乎茹毛饮血的 click 文学,只不过是"新""旧"难以截然两分的又一例证。眼下,我被告知已进入一个新世纪了,人都在变,包括长袍换西装,轿子换飞机,小妾换小蜜,皇帝换总统,长寿仙丹换基因工程,如此一来文学焉能不变?但文学的内容、形式、传播技术如万花筒无论如何多变,筒内的人生、人性、人道三原色恐怕又是变不到哪里去的。人,人呵人,只要还是既个体又群体的文化生物,就免不了人际之间沉浮冷暖的各种处境和喜怒哀乐的无限情感,就免不了表达情感的文字。这些文字有的是哈欠,有的是鲜血,当然也铁定无疑。

天不变道亦不变,人不变文亦不变。在我们还没有变成机器人和三头六臂之前,click 文学可能是我们有些眼熟的新面孔之一。

1999 年 3 月

---

* 最初发表于 1999 年《海南日报》,已译成法文。

感觉跟着什么走

　　"跟着感觉走"是八十年代的流行语之一。当时计划集权体制以及各种假大空的伪学受到广泛怀疑,个人感觉在中国蓝蚂蚁般的人海里纷纷苏醒,继而使文学写作突然左右逢源天高地广。传统理论已经不大灵了。"理性"一类累人的词黯然失色,甚至成了"守旧"或"愚笨"的别号,不读书和低学历倒常常成为才子特征——至少在文学圈里是如此。感觉暴动分子们轻装上阵,任性而为,恣睢无忌,天马行空,不仅有效恢复了瞬间视觉、听觉、触觉等等在文学中应有的活力,而且使主流意识形态大统遭遇了一次激烈的文学起义。

　　"跟着感觉走",意味着认识的旅途编队终于解散,每个人都可以向感觉的无边荒原任意抛射探险足迹。每个人也都以准上帝的身份获得文字创世权,各自编绘自己的世界图景。

　　但这次感觉解放运动的副产品之一,是"感觉"与"理性"的二元对立,成为一种隐形元叙述在知识活动中悄然定型,带来了一种以反理性为特征的感觉崇拜。很多独行者在这一点上倒是特别愿意相信公共规则。

　　一般而言,文学确属感觉主导下的一种符号编织,那么感觉崇拜有什么不好吗? 跟着感觉走,如果能够持续收获感觉的活跃、丰富、机敏、特异、天然以及原创,那么我们就这样一路幸福地跟下去和走下去吧。问题在于,才走了十几年,感觉的潮向就有点让人摸不着头脑。当一位青年投稿者来到我所在的编辑部,凭"感觉"就断言美国人一定都喜欢现代派,断言法国女人绝不会性保守,甚至断言中国最大的不幸就是没被八国联军一路殖民下来……这种"感觉"的过于自信不能不让我奇怪。在这样的感觉生物面前,当你指出西方文明的殖民扩张曾使非洲人口锐减三亿,曾使印第安人丧命五千万,比历史上众多专制帝王更为血债累累,这些毫不冷僻和隐秘的史实,都会一一遇到他的拒绝,嗅一下就嗤之以鼻:骗什么人呢? 他即算勉强接受事实,但用不了多久也会情不自禁地将其一笔勾销——他的"感觉"已决定他接受什么事实,同时不接受什么事实。这种近乎本能的反应,就算拿到西方的编辑部大概也只能让人深感迷惑吧?

这一类感觉分子现在不愿行万里路(搓麻与调情已经够忙的了),更不想读万卷书(能翻翻报纸就算不错),但他们超经验和超理性的双超运动之后,感觉并没有更宽广,倒像是更狭窄;不是更敏锐,倒像是更迟钝。一些低级的常识错误最容易弹出他们的口舌。

眼下关于文学的消息和讨论,越来越多于文学本身。一些人在不断宣布文学的死亡,好像文学死过多少次以后还需要再死。一些人则忙着折腾着红利预分方案,比如计较着省与省之间、或代与代之间的团体赛得分,或者一哄而上争当"经典"和"大师",开始探讨瑞典文学院那里的申报程序和策略。与此同时,冠以"文学"名义的各种研讨会上恰恰很少有人来思考文学,尤其没人愿意对我们的感觉偶尔恢复一下理性反省的态度——谁还会做这种中学生才会做的傻事?

其实,九十年代很难说是一片感觉高产的沃土,如果我们稍稍放开一下眼界,倒会发现我们的一些重要感觉正悄悄消失。俄国人对草原与河流的感觉,印度人对幽林与飞鸟的感觉,日本人对冰雪和草叶的感觉,还有中国古人对松间明月、大漠孤烟、野渡横舟、小桥流水的感觉,在很多作家那里早已被星级宾馆所置换,被写字楼和夜总会所取代。如果说"自然"还在,那也只能到闹哄哄的旅游地去寻找,只能在透着香水味的太太散文里保存。即便一些乡土题材作品，也使读者多见怨恨和焦灼，多见焦灼者对都市的心理远眺，多见文化土产收购者们对土地的冷漠。感觉器官对大自然的信息大举，使人几乎成了都市生物，似乎有了标准化塑料人的意味，不再以阳光、空气以及水作为生存条件，也不再辐射特定生态与生活所产生的特定思想情感。

在很多作品里，对弱者的感觉似乎也越来越少。"成功者"的神话从小报上开始蔓延，席卷传记写作领域，最终进入电视剧与小说——包括各种有偿的捉刀。在电视台"老百姓的故事"等节目面前，文学不知何时开始比新闻还要势利，于是改革常常成了官员和富商的改革，幸福常常只剩下精英和美女的幸福。成功者如果不是满身优秀事迹，像革命样板戏里那种党委书记，就是频遭隐私窥探，在起哄声中大量收入人们恋恋不舍的嫉恨。而曾经被两个多世纪以来作家们牵挂、敬重并从中发现生命之美的贫贱者，似乎已经淡出文学，即便出场也只能充当不光彩的降级生，需要向救世的某一投资商叩谢主恩。在这个时候，当有些作家在中国大地上坚持寻访最底层的人性和文明的时候，竟然有时髦的批评家们斥之为"民粹主义"，斥之为"回避现实"、"拒绝世俗"。这里的逻辑显然是：人民既然不应该被神化那就应该删除。黑压压的底层生命已经被这些批评家理所当然排除在"现实"和"世俗"之外，只有那些朱门应酬、大腕谋略、名车迎送以及由这些图景暗示的社会等级体制，才是他们心目中一个民主和人道主义时代的堂皇全景。他们连好莱坞那种矫情平民主义也不擅摆设。他们不知道大多数成功者的不凡价值，恰好是因为他们有意或无意地造福于人类多数，而不是他们幸为社会"丛林规则"的竞胜者，可以独尊于历史聚光灯下，垄断文学对生命和情感的解释。

最后，关于个性的感觉也开始在好些作品中稀释。如果说，玩世不恭和愤世嫉俗在八十年代曾是勇敢的个性，那么在今天已成为诸多娱乐化作品中"贫嘴雷锋"们的共同形象，已经朝野兼容蔚为时尚，就像摇滚、麻将、时装、美容、电子宠物等等,一转眼成为追随潮流而不是坚守个性的标志。卡拉 OK 取代了语录歌,国标舞取代了"忠字舞",弃学下海成了新一轮知青下乡,你不参与其中简直就是自绝于时代。市场体制确实提供了个性竞出的自由空间,但在另一方面,一切向钱看的利欲专制又截堵了个性生成的很多方向,全球经济一体化对地域、民族、宗教等诸多界限的迅速铲除,也毁灭了个性生成的某些传统资源,与法西斯主义和革命造神运动的文化扫荡没有什么两样,只是更具有隐形特点和"自由"的合法性。于是,对于很多人来说,坚守个性倒是一件更难而不是更易的事情了,获得感觉也是一件更难而不是更易的事情了。昆德拉曾宣称,性爱是最能展现个性的禁域。但恰恰是性爱最早在文学作品里千篇一律起来:每三五行就来一句粗痞话,每三五页就上一次床,而且每次都是用"白白的"、"圆圆的"一类套话以表心曲——这就是有些人自作惊讶的"隐私"?《上海文学》最近一篇评论还发现:恰恰是有些"个人化写作"口号下的作品,不仅文风、情节、人物上彼此相似,连开头和结尾都惊人地雷同,这到底是更个人化还是更公共化?

我们可以抹甘油以冒充眼泪,可以闹点文字癫痫以冒充千愁百怨,但我们没法掩盖在很多方面的感觉歉收甚至绝收——除了颓废业务还算人气旺盛。颓废在这里不是贬义词。颓废可以成为大泻伪善的猛药,是人性多变的真实底线。但文学如果离开了对自然、弱者、个性的感觉,就不能不失重和失血,连颓废也会多几分夸饰叫卖的心机,成为一些寄生者扎钱的假面。

也许,时代已经大变,我们在足以敷用的宣传品和娱乐品之外已不再需要文学,至少不再需要旧式的经典标尺。比如说我们的视野里正在不断升起高墙和大厦,而"自然"不过是一种书本上的概念,不再是我们可以呼吸和朝夕与共的家园。我们无法感觉日常生活中似乎不再重要的东西,也不必对这些东西负有感觉的义务。更进一步说,在某种现代思潮的强词之下,我们"感觉残疾"的状态也许正是新人类的标准形象。人类中心的世界观,正鼓励人们弱化对自然的珍重和敬畏,充其量只把自然当作一种开发和征服的目标。功利至上的人生观,正鼓励人们削减对弱者的关注和亲近,充其量只把弱者当作一种教训和怜悯的对象。而直线进步和普遍主义的文明史观,正强制人们对一切社会新潮表示臣服膜拜,把"时尚"与"个性"两个概念悄悄嫁接和兑换,让人们在一个又一个潮流的裹挟之下,在程程追赶"进步"和"更进步"的忙碌不堪中,对生活中诸多异类和另类的个别反倒视而不见。这就是说,文学跟着感觉走,感觉却没有信马由缰畅行天下的独立和自由,在更常见的情况下,它只是在意识形态的隐形河床里定向流淌。大而言之,它被一种有关"现代化"的宏大叙事所引领,在自由化资本体制与集权型官僚体制的协同推动下,进入一种我们颇感陌生的感觉新区。

这里当然还会有感觉,还会有感觉的大量生产和消费,只是似乎很难再有感动。

当红顶儒商一批批从心狠手辣的"剥削者"形象转换为救世济民的"投资家"形象,当近代民族战争一次次从"爱国主义"的英雄故事转换为"抵抗文明"的愚顽笑料,意识形态霸权的新老变更轨迹已不难指认,而作者们的感觉已很难说纯洁无瑕。意识形态当然不值得大惊小怪。文学并没有洁癖,各种偏见从来不妨碍历史上众多作家写出伟大或比较伟大的作品,也不妨碍作家们今后写出伟大或比较伟大的作品。只是偏见一旦成为模式和霸权,意识形态才会成为一种强制和压迫,现实才会受到习惯性曲解,人们的视觉、听觉、触觉等方面的深度受害才会危及艺术与人。在这里,以为感觉永远是"个人化"的从而永远安全可靠的说法,至少是对这种残害不加设防的轻浮自夸。

稍有常识的人都知道,世界上从来没有纯属天然的感觉。幼儿与成人的感觉不可能是一回事,原始人与现代人的感觉也不可能是一回事。石匠对布料没有感觉而水手对草原没有感觉。把感觉当作与生俱来的个人天赋或者丹田之气,不过是一个不折不扣的自恋者神话。更重要的是,回归个人感觉之道也各各相异。当年庄子是用"见素抱朴"、"少私寡欲"之法来求得"涤除玄览"之功,禅宗是用"六根清静"、"无念无为"之法来通达"直契妙悟"之境。与此相反,很多自比庄禅的现代非理性分子,却把感觉仅仅当作身体欲望到场的产物,通常是兴高采烈地奔赴声色犬马万丈红尘,用决不亏待自己的享乐主义,来寻求超越理性的通灵法眼——这一种多放任而少节制、多执迷而少超脱、多私欲而少公欲的社会实践,当然也会留下感觉,只是这些花花感觉可能会多一些市井味和妈咪味,与众多文化石匠和文化水手的感觉相去甚远。那么,把这两者混为一谈,是感觉崇拜者的无意疏忽,还是消费主义体制设局诱导的大获成功?

凭借科学技术,很多文化商家甚至在预告感觉工业化时代正在到来,似乎有了电子网络、人工智能、克隆技术一类以后,人们的任何感觉都可以在工作室里自由地虚拟、复制、传输以及启动运作,每一个人只要怀揣某种消费卡,都可以成为无所不能的感觉富翁。我并不怀疑技术神力,正像我相信石器、铜器、印刷、舟船、飞机、电视等等已大大改变我们的感觉机能,已经有效介入人性的演进。然而技术都是人的技术,虚拟感觉仍然源于制作者的感觉经验,因此只能是一种第二级替代品;特别是这种替代品供给被市场与利润主导的时候,它势必逢迎主要购买力,大概很难对所有的心灵公平服务。至少到目前为止,"虚拟技术已经在飞机驾驶训练、商店购物乃至个人性爱情境方面得到了运用,但设计专家们并没有考虑设计软件模拟老鼠打洞的声音,再现麻雀飞过稻田的景象,或者让人们体验握住一把沙子的感觉"(引自南帆《电子时代的文学命运》文,一九九八年)。即便有那么一天,现代科技可以虚拟死囚家属向警察缴子弹费的感觉,可以虚拟穷孩子抱着一块砖头当洋娃娃的感觉,可以虚拟抗恶者被受益民众出卖的感觉,可以虚拟脑子里一片荒原以及故乡在血管里流动的感觉……问题是:那时候还有多少人愿意选择这些感觉?

　　如果人们不再愿意接入这些感觉,是因为这些事件已不再存在于现实,还是人们的感官已被文化工业改造得冷血,已经对这些活的现实冷冷绝缘?

　　感觉是一种可以熄灭的东西,可以封存和沉睡的东西。从严格的意义上说,感觉与理智时时刻刻相互缠绕,将其机械两分只意味着我们无法摆脱语言的粗糙。正因为如此,当感觉与理性的简单对立被虚构,当感觉崇拜成为一种潮流并且开始鼓励思想懒惰,感觉的蜕变就可能开始了。一个前门拒虎后门进狼的过程,即思想僵化被感觉残疾取代的过程,感觉与特定意识形态恶性互动的过程,就可能正在到来。在这种情况下,文学如果还是一种有意义的行为的话,面对这种恶性互动的危机,它是否需要再一次踏上起义之途?

1999 年 5 月

＊　最初发表于 1999 年《读书》杂志,后收入随笔集《完美的假定》,已译成韩文和意大利文。

文学传统的现代再生

对于一个文学作品来说,最重要的不在于它是否新,而在于它是否好。因为求新之作大多数并不好,正如袭旧之作大多数也是糟粕。但这样一个观点不容易被当代的人们所接受。在二十世纪的一百年里,中国的作家和读者们大多习惯于一种对"新"的崇拜:从世纪初的"新"文艺、"新"生活、"新"潮流,到九十年代的"新"感觉、"新"写实、"新"体验,这些文学口号及其文学活动总是以"新"来标榜自身的价值,来确认自己进步和开放的文明姿态。在很多时候,新不新,已经成了好不好的另一种表述。很多作家一直在呕心沥血地跟踪或创造最"新"的文字。于是一位中国批评家黄子平曾经说过:创新这条狗,追赶得作家们喘不过气来。

正是在这样一种情况下,"传统"总是被确定为"现代"的对立之物,是必须蔑视和摒弃的。我在一九八五年发表的一篇文章《文学的"根"》,因涉及传统便曾引起各方面的批评。在朝的左派批评家们认为:文学的"根"应该在本世纪的革命圣地"延安"而不应该在两千年前的"楚国"或者"秦国",因此"寻根"是寻封建主义的文化,违背了社会主义现实主义的优良传统。在野的右派批评家们则认为:中国的文化传统已经完全腐朽,中国的文学只有靠"全盘西化"才可能获得救赎,因此"寻根"之说完全是一种对抗现代化的保守主义和民族主义。可以看出,这两种批评虽然有不同的政治和文化背景,但拥有共同的文化激进主义逻辑,是中国五四新文化运动两个血缘相连的儿子。这两个儿子都痛恶传统,都急切地要遗忘和远离二十世纪以前的中国,区别只在于:一个以策划社会主义的延安为"新"世界,而另一个以资本主义的纽约或巴黎为更"新"的世界。

事实上,社会主义如同资本主义一样,在中国都曾披戴"现代"的光环,"新"的光环,都曾令一代代青年男女激动不已。

从一九八五年以来,我对这些批评基本上一言不发不作回应。因为我对传统并没有特别的热爱,如果历史真是在作直线进步的话,如果中国人过上好日子必须以否定传统为前提的话,那么否定就否定吧,我们并不需要像文化守灵人一样为古人而活着。问题在于,十多年后的中国文学并没有与所谓传统一刀两断,中国文学新潮十多年来从"现实主义"到"现代主义"、从"现代主义"再到"后现代主义",并且在一种"后现代主义就是世俗化和商业化"的解释之下,最终实现了与金钱的拥抱。无论前卫还是保守,似乎一夜之间都商业化了。妓女、麻将、命相、贵族制度等等都作为"新"事物广泛出现在中国社会生活里,进而成为很多文学家的兴奋点。有一位知名"后现代主义"作家,竟用半本诗集来描述和回味他在深圳和广州享受色情服务的感觉。这当然只能使人困惑:难道金钱有什么"新"意可言? 难道妓女、麻将、命相、贵族制度等等不是中国最为传统的东西? 文化激进主义的叛逆者们,什么时候悄悄完成了他们从生活方式到道德观念最为迅速和不折不扣的复"旧"?

在这里,我对这种命名为"进步"的复旧不作评价,即使做出价值评价也不会视"旧"为恶名。我只是想指出:完全脱离传统的宣言,常常不过是有些人扯着自己的头发要脱离地球的姿态。事情只能是这样,新中有旧,旧中有新,"传统"与"现代"在很多时候是一种互相渗透互相缠绕的关系。正如阅世已深的成年人才能欣赏儿童的天真,任何一次对"传统"的回望,都恰恰证明人们有了某种"现代"的立场和视角,都离不开现代的解释、现代的选择、现代的重构、现代的需要。因此任何历史都是现在时的,任何"传统"事实上都不可能恢复而只能再生。一位生物技术专家告诉我,为了寻找和利用最优的植物基因,他们常常需要寻找几百年前或几千年前的"原生种",必须排除那些在当今农业生产环境中已经种性退化了的常用劣种。显然,这种似乎"厚古薄今"的工作,这种寻找和利用"原生种"的工作,不是一种古代而是一种现代的行为——如果不是因为有了现代生物技术,我们连"原生种"这个概念也断不会有。

正是基于与此类似的逻辑,如果我们不是面对现代资本主义文明全球化和一体化的复杂现实,如果我们不是受到各种现代文学和文化新思潮的激发,"传统"这个话题也断不会有。一个中国评论家单正平曾在文章中用了一个词:"创旧"。这个词在中国语法规则之下是有语病的,读者会觉得很不习惯。因为"创(造)"从来只可能与"新"联系在一起,所以中国词汇中从来只有"守旧"、"复旧"、"怀旧"等等而没有"创旧"一说。但我需要感谢这位评论家,因为他对我们习以为常的时间观念来了一次深刻的怀疑,把"新"与"旧"、"传统"与"现代"的二元对立模式从语言上来了一次颠覆和瓦解。"新"出于创造,"旧"也只能出于创造,因为所有的"旧"都是今天人们理解中的"旧","创旧"的过程就是"旧获新解"、"旧为新用"的过程。

这个评论家在使用"创旧"这个词时,是面对中国当今的这样一些文学作品:相对于都市里的"新"生活,这些作品更多关注乡村里的"旧"生活,比如张炜、李锐、莫言等作家的小说;相对于五四以来纯文学的各种"新"文体,它们更像是中国古代杂文学的"旧"文体,包括体现着一种文、史、哲重新融为一体的趋向,比如汪曾祺、史铁生、张承志等作家的写作。当然,更重要的,中国现代文学的"创旧"还在于人文价值方面的薪火承传。中国正在迅速卷入资本主义全球化和一体化的过程,正在经历实现现代化和反思现代性这双重的挤压,正在承受经济、政治、文化、社会习俗各方面的变化和震荡。每个人在这个大旋涡里寻求精神的救助。在这种情况下,全球各种"新"思想"新"文化大举进入中国是必然的,而这种进入如果是一种创造性的吸收而不是机械性的搬用,那么各种传统思想文化资源被重新激活并且被纳入作家们的视野也就是必然的。正像张炜先生指出过的:儒家在五四运动以后曾遭到来自官方和民间的全面的批判,但儒家"天人合一"的世界观,"重义轻利"的人生观,在物质主义、技术主义的商业流行文化的全境压进之下,正在成为一些中国人重建生活诗学的"新"支点。我相信,皈依伊斯兰教的张承志,信奉佛教的何士光,投身基督教的北村,这些作家也是在各种"旧"的思想文化遗存中,寻找他们对现代生活"新"的精神回应。

正像我不会把"新"当作某种文学价值的标准,我当然也不会把"旧"当作这样的标准。特别是在文学正在全球范围内高度商业化的当前,怀旧、复旧、守旧也完全可以成为一种最"新"的文化工业,产生太多华丽而空洞的泡沫和垃圾。在这个意义上,一切崇拜——包括"新"的崇拜和"旧"的崇拜都很有些可疑,都可能成为文学创造的陷阱。在另一方面,我更不愿意把文化的"旧""新"两分,等同于"中""西"两分,而很多中外学者常常就是这么做的。在这些人眼里,中国文化的时间问题也就是空间问题,"传统"就是"中国",而"现代"就是"西方"。但上述中国作家的伊斯兰教、佛教、基督教,从严格的意义上来说都并非原产于中国,同样也并非原产于"西方"一词所指的欧美。我们该把印度和中东往哪里放呢?是应该把它们看作"新"还是"旧"呢?这只是随手举出的一个小例子,不能不让我们的西方崇拜论者或中国崇拜论者谨慎行事。

我在一篇文章里说过,文化的生命取决于创造,而不取决于守成,而任何创造都是"新""旧"相因,"新""旧"相成的,都是一次次传统的现代再生。因此任何一个有创造力的民族,都用不着担心自己在广泛的文化汲取中传统绝灭,正像任何一个有创造力的人,都用不着担心自己在"传统"继承中搭不上"现代"的高速列车。作家们将古今中外的各种文化成果都视为自己可资利用的资源,完全可以不关心也不研究自己的文化"年龄"或文化"肤色"问题,只应关心自己能否把下一部作品写得更好。在此我郑重建议:作家们今后在一般情况下不要再讨论这个"传统"或者"现代"的话题——这一点,请关心这个话题的各位同行给予原谅。

2000 年 2 月

---

* 最初以法文和英文发表,后收入随笔集《文学的根》。

强奸(的)学术

有一天,一个男人在某公共场所——比方说一个旅游区较为僻静的角落,强奸了一个女人,被游客或保安人员当场抓获扭送派出所。照理说,这桩案子有目共睹,证据确凿,事实清楚,法办就是了,没有什么可说的。简单如我这样的凡人,即便把事情想过来又想过去,即便有十个脑袋把天下的学问研过来又究过去,恐怕也不会觉得有别的什么结论。其实,这便是我等的无知。

山外有山,天外有天,理外也有理。理非理,非理理也。谁说强奸者就必定无理呢?谁说一个流氓就不可能获得同情和辩解呢?如若不信,且往下细看。

"动机免罪"法:女士们,先生们,同志们,朋友们,这位男人的行为从现象上看确实有所过失,但看问题必须看本质,考察一个人的行为必须同时考虑他的动机。很明显,他是要杀害这个女人吗?不是。他是要抢夺这个女人的财产吗?也不是。你们没有任何证据,证明这个男人对这个女人有什么恶意。恰恰相反,他不过是爱这个女人,一心想亲近这个女人,只不过是以一种可能不太恰当的方式表达了他的心愿。而一个人的爱,无论怎么说也不是罪过,反而是一种高尚动机,是我们这个时代和这个社会弥足珍贵的精神财富。一个医生也有可能因为不慎而出现手术事故,但这位医生是怀着高度的社会责任感和人道主义信念走进手术室的,你们能依据偶然一次事故的后果,给这位医生无情打击和残酷斗争吗？

"主流抵过"法：女士们，先生们，同志们，朋友们，这位男人今天来旅游，没有买门票吗？没有买车票吗？吃饭没有给钱吗？喝酒没有付账吗？违犯了交通规则吗？破坏了公共财物吗？阻碍了社会主义市场经济吗？他爬山，赏花，洗脸，买香烟，哼小调，上厕所，脱大衣，没有一件事有错，没有什么行为违法。他对那个女人的行为可说确实不妥，但不可否认的事实是：就是对这位女士，他也给予了热情的帮助，曾经为她赶走了可怕的狗，为她打开了汽水瓶盖，等等。我们看问题要看主流，要分清一个指头还是九个指头的问题。他在二十四小时内的二十三小时零五十分钟里都是一个无可指责的优秀公民，你们为什么无视主流抹杀主流而偏偏要揪住他那个不过十分钟的小节不放呢？你们把局部当全部，把支流当作主流，这对于一个人来说岂不是有欠公正和宽容？

"比下有理"法：毫无疑问，我也同你们一样，极端厌恶和反对一切粗暴行为，视公道和法律为自己的生命。但事情总要一分为二，就说强奸吧，当然不是好事，不过比较而言的话，强奸总比杀人好吧？（杀一个人也比杀十个人好吧？……此类推论暂且不提。）强奸也比"文革"冤狱密布冤案如山的政治恐怖要好吧？（"文革"政治恐怖比日本侵略者的"三光"政策要好吧？……此类推论也暂且不提。）我们首先应该弄清楚"延安"还是"西安"的问题，分清一个有错误的同志和敌人之间的界限，前进中的缺点和反动腐朽本质的界限。我感到奇怪的是，大敌当前，那么多杀人在逃犯你们不去抓不去管，那么多一心想恢复"文革"的极左势力你们不去与之抗争，你们的良知和勇气，就是抓住一个无权无势的小人物吵吵闹闹大做文章么？你们这样干的同时，放过了那些身居高位手握巨资而且比这个男人可恶百倍的更大流氓，这是何其势利！何其怯懦！窃国者侯，窃钩者诛。你们一心诛杀窃钩者，是不是要给普通劳动人民脸上抹黑？是不是要在公众中造成这样一种印象:那些权贵集团中的隐身流氓比小人物更有道德感?

　　"曲解套敌"法:很明显,这位男人刚才扑向那个女人,亲嘴、摸大腿、解衣扣,确属不雅动作。但是请注意:这不过是每一个成年男人都可能有过的行为,没有什么奇怪。他的所谓举止粗暴,从另一个方面来看,却正是坦白、率直、真性情的体现,没有伪君子和道学者们的人生假面。问题是,诸位先生如此道貌岸然,你们就没有过男女关系? 就没有摸过女人的大腿? 我就是说你,你不要躲! 你刚才慷慨激昂了老半天,你不是也结过婚么? 说不定还搞过婚外恋吧? 你不摸女人的大腿,你身边这个小孩是如何生出来的? 你说呵,说呵! 你到底摸过没有? 摸过? 还是没摸过? 好,既然你们一个个都不是耶稣,不是圣人,那还在这里装什么孙子? 这年头谁不知道谁! 你们自己心里也明白,你们比起你们抓住的这位先生来说,同样有一肚子不可告人的花花肠子,而这位先生不过是有勇气把你们隐秘的一闪念变成了行动。如此而已。你们有什么资格对他进行虚伪的指责?

　　"假题真做"法:女士们,先生们,同志们,朋友们,我同意你们把他带走,但还有一个问题必须弄清楚,不能是非不分真假颠倒遗祸社会。刚才是谁说的:以后要禁止单身男人旅游,要禁止单身女人抛头露面,起码也要禁止公园里一男一女的可疑接近。这是什么话? 我要再问一句:这是什么话? 那位先生你不要狡辩,这就是你刚才说的,就是你们这一伙的意思! 我不是傻子,不会听不懂。你们大家都想一想吧,已经是二十世纪九十年代了,还有人居然如此无视人权,居然要剥夺所有单身男人和单身女人的旅游权以及恋爱权,这种对人性的残暴扼杀,难道不是比一两件性骚扰案件更可恶? 难道不是更具有危险性么? 说这种话的人,到底要把我们的民族和社会带到一个什么地方去? 他们是在打击什么强奸吗? 不,事实很清楚,他们动不动就要告官的真实目的,是要召回专制封建主义的幽灵,重建一个禁锢人性的社会,取消我们每一个人最基本也是最神圣的自由。我们能答应吗? 对,你们说得对:我们一千个一万个不答应!

"构陷封口"法:当然,我还要指出一点,这位被你们视为受害者的女人,很有意思的是,为什么今天一个人出现在这里? 旅游区的女人这么多,为什么这件事不发生在张三的身上,不发生在李四的身上,不发生在你们这么多可敬女士们的头上,却偏偏发生在她的头上? 你们看看,她浓涂艳抹,花枝招展,还长得这么丰满,不,是这么性感,这一切还不意味深长耐人寻味吗? 她几乎天天来这里一个人游荡——这不是我说的,是刚才两位先生说的。她几乎总是对所有的单身男人都暗送秋波,拉拉扯扯——这也不是我说的,是刚才两位女士说的。你们不信的话就去问他们(可惜他们已经走了)。我们大家也可以对这些事情展开调查和讨论。事情只有深入地调查和讨论才会真相大白。这位女士,你有胆量接受大家的调查吗? 你为什么一个人来到这里? 你结婚没有? 离过婚没有? 在婚前和婚后你同多少男人有过亲密的关系? 大家不要笑,我在问她呢。你为什么总是在这一带对男人……真是奇怪,你做的事刚才大家全都一目了然你为什么没有勇气承认(已经走了的"他们"现在变成了"大家")? 你如果不是心里有鬼的话,怎么可以回避事实?

"君子无争"法:女士们,先生们,同志们,朋友们,事情到了这一步,当然已经真相大白。我并没有袒护谁的意思,不,我对任何女人和任何男人的违法行为都极其反感,包括反感你们抓住的这个男人。也许他确实像你们证实的那样无耻和下流,既然如此,那他就是一个十足的小人。不过我还是觉得:同小人纠缠有什么劲? 是不是太把他当回事了? 是不是太抬高他了? 这件事很无聊,掺和无聊的事本身就是无聊。这件事很恶劣,对恶劣的事情兴致勃勃穷追不舍,本身也是一种恶劣。这样的小人什么时候都会有,但他们从来不在正人君子的视野之内,不会让正人君子过分认真。你们什么时候见过李叔同先生与小人纠缠呢? 什么时候见过钱钟书先生、朱光潜先生、沈从文先生与小人纠缠呢？真正得道的人，无念无为，六根清静。有知识、有教养、有阔大胸怀的人，不会花费工夫去同世界上数不胜数的小人们斤斤计较以至吵吵闹闹推推搡搡地恶相百出。这实在太没意思了。群众的眼睛从来都是雪亮的，历史从来都是公正的。假的真不了，真的假不了。公道自在人心。任何小人最终都要被抛进历史的垃圾堆。如果我们有自信心的话，如果我们相信历史的话，那么就不必依靠派出所而让历史来做出应有结论吧。

……

这"法"那"法"都用过以后，事情会怎么样呢？强奸嫌疑犯会不会被送到派出所去给予法办呢？我难以预料，也暂且按下不表。我要说的是：如果一桩简简单单的强奸案都可以说出个翻云覆雨天昏地暗，那么真碰上一些大问题或者大学问的时候，比方什么"人文"呵，什么"存在"呵，什么"美学"呵，什么"现代"呵，什么姓"社"还是姓"资"呵……道理还简单得了吗？"共识"和"公论"一类美妙之物还可以通过大交流、大讨论、大辩论来获得吗？即使这个世界上的人统统成了文凭闪闪职称赫赫并且学富五车满嘴格言的知识阶级，即使我们可以天天夹着精装书学术来学术去的，我们就离真理更近了吗？

依我看：难。

实在太难。

诗曰：

现代前难后亦难，
话语争霸百家残。
死的说活言无尽，
圆的说扁舌未干。
学问易改性难改，
掩卷应觉人境寒。

　　书山此去多歧路，
　　世间悲喜从头看。

1997 年 5 月

---

* 最初发表于 1997 年《青年文学》杂志，后收入随笔集《性而上的迷失》。

岁 末 扔 书

出版印刷业发达的今天,每天有数以万计的书刊哗啦啦冒出来,一个人既没有可能也毫无必要一一遍读。面对茫茫书海,择要而读,择优而读,把有限的时间投于自己特定的求知方向,尽可能增加读书成效,当然就成了一门学问。笼统地说"开卷有益",如果导向一种见卷即开凡书皆读的理解,必定误人不浅。这种理解出自并不怎么真正读书的外行,大概也没有什么疑义。

在我看来,书至少可以分为四种:

一是可读之书。这些书当然是指好书,是生活经验的认真总结,勃发出思维和感觉的原创力,常常刷新了文化的纪录乃至标示出一个时代的精神高峰。这些书别出心裁,独辟生面,决不会人云亦云;无论浅易还是艰深,都透出实践的血质和生动性,不会用套话和废话来躲躲闪闪,不会对读者进行大言欺世的概念轰炸和术语倾销。这些书在专业圈内外的各种读者那里,可根据不同的具体情况,作广读或选读、急读或缓读的不同安排,但它们作为人类心智的燃点和光源,是每个人精神不可或缺的支撑。

二是可翻之书。翻也是一种读法,只是无须过于振作精神,殚思竭虑,有时候一目数行或者数十行亦无不可。一般来说,翻翻即可的书没有多少重要的创识,但收罗和传达了某些不妨了解一下的信息,稀释于文,需要读者快速滤选才有所获。这些信息可使人博闻,增加一些认识世界感受人生的材料；或可使人娱心，做劳作之余的消遣，起到类如跳舞、看杂技或者玩花弄草的作用。这些书在任何时代都产量极丰，充塞着书店的多数书架，是一些粗活和大路货，是营养有限但也害不了命的口香零食。人们只要没有把零食误当主粮，误作治病的良药，偶有闲时放开一下杂食的胃口，倒也没有坏处。

三是可备之书。这类书不必读甚至不必翻，买回家记下书名或要目以后便可束之高阁。倒不是为了伪作风雅，一心以丰富藏书作自己接待客人的背景。也不是说这些书没有用处，恰恰相反，它们常常是一些颇为重要的工具书或参考资料，有较高的实用价值。之所以把它们列于眼下备而不读甚至不翻的冷僻处，是因为它们一时还用不上，是晴天的雨伞，太平时期的防身格斗术。将来能不能用，也不大说得准。在通常的情况下，它们不关乎当下的修身之本，只关乎未来的谋生之用。它们的效益对社会来说确定无疑，对个别人来说则只是可能。对它们给予收集和储备，不失为一些有心人未雨绸缪的周到。

最后一种，是可扔之书。读书人都需要正常的记忆力，但擅记忆的人一定会擅忘记，会读书的人一定会扔书——把一些书扔进垃圾堆不过是下决心忘掉它们的物化行为而已。不用说，这些书只是一些文化糟粕，一些丑陋心态和低智商的喋喋不休，即便闲置书架，也是一种戳眼的环境污染，是浪费主人以后时光和精力的隐患。一个有限的脑容量殊可珍贵，应该好好规划好好利用，不能让乌七八糟的信息随意侵入和窃据。古人说清心才能治学，虚怀才能求知。及时忘记应该忘记的东西，坚决清除某些无用和无益的伪知识，是心境得以"清""虚"的必要条件，是保证思维和感觉能够健康发育的空间开拓。

因为"文革"十年的耽搁，我读书不多，算不上够格的读书人。自觉对优秀作品缺乏足够的鉴赏力和理解力，如果说还有点出息，是自己总算还能辨出什么书是必须丢掉的垃圾。一旦嗅出气味不对，立刻掉头就走。每到岁末，我总要借打扫卫生的机会，清理出一大堆属于可扔的印刷品,包括某些学术骗子和商业炒家哄抬出来的名作,忙不迭地把它们赶出门去,让我的房间洁净明亮许多。我的经验是,可扔可不扔的书,最好扔;可早扔也可迟扔的书,最好早扔。在一个知识爆炸的时代,我们的时间已经相对锐减,该读的书都读不过来,还有什么闲工夫犹疑他顾?

从这个意义来说,出版印刷业日渐发达的年代,也是扔书的勇气和能力更加显得重要的年代。

1994 年 12 月

＊　最初发表于 1995 年《海南日报》,后收入随笔集《性而上的迷失》

公因数、临时建筑以及兔子

　　独断论一再遭到严打的副产品,是任何人开口说话都成为难事,因为没有哪一句话可以逃得了"能指"、"神话"、"遮蔽性"一类罪名的指控(翻译成中国的成语,就是没有任何判断可以摆脱瞎子摸象、井蛙观天、以筌为鱼、说出来便不是禅一类嫌疑):甚至连描述一个茶杯都是冒险。我们不能说茶杯就是茶杯,不能满足这种正确而无效的同义反复。那么我们还能怎么办? 如果我们有足够勇气向现代人的语言泥潭里涉足,说茶杯是一个容器,那么就"遮蔽"了它的色彩;我们加上色彩描述,还"遮蔽"了它的形状:我们加上形状描述,还"遮蔽"了它的材料;我们加上材料描述,还"遮蔽"了它的质量、强度、分子结构以及原子结构乃至亚原子结构……而所有这些容器、色彩、形状、材料等等概念本身又需要人们从头开始阐释,只能在语义"延异"(différance,德里达的自造词)的无限长链和无限网络里,才能加以有效——然而最终几乎是徒劳的说明和再说明和再再说明。

　　假定我们可以走到这个无限言说的终点,假定世界上有足够的知识分子和研究中心以及足够的笔墨纸张来把这一个小小茶杯说全和说透,以求避免任何遮蔽性的确论,果真到了那个时候,我们面对车载斗量如山似海的茶杯全论和茶杯通论,还可能知道"茶杯"是什么东西吗? 还能保证自己不晕头、不眼花也不患冠心病地面对这个茶杯? 如果这种精确而深刻的语义清理,最终带来一种使人寸步难行的精确肥肿和深刻超重,带给我们无所不有的一无所有,那么我们是否还有信心在喝完一杯茶以后再来斗胆谈谈其他更大的题目？比如改革？比如历史？比如现代性？

这样说,并不是说虚无主义没干什么好事。不,虚无主义的造反剥夺了各种意识形态虚拟的合法性,促成了一个个独断论的崩溃——虽然"欲望"、"世俗"、"个人"、"自由"、"现代"这样一些同样独断的概念,这样一些同样可疑而且大模大样的元叙述,被很多虚无论者网开一面并且珍爱有加。这当然也没有什么。现实的虚无情绪总是有偏向的,总是不彻底的。有偏向或者不彻底的虚无,在一定条件下同样可以构成积极的知识生产。问题在于,在一种夸大其词的风气之下,虚无论也可能成为一种新的独断,一种新的思想专制。虚无论使人们不再轻信和跪拜,但它的越位和强制也正造就一些专擅避实就虚、张冠李戴、霸气十足但习惯于专攻假想敌的文字搅局专家,正传染着一种洒向学界都是怨的奇特心态:几乎一切知识遗产,都被这些野蛮人纳入一股脑打倒之列,至少也被他们时髦地避之不及。

宁可虚无,不可独断,宁可亵渎,不可崇敬,这样的知识风尚本身有什么合法性吗？正如我们无法在没有任何"遮蔽"的苛求下说明一个茶杯,事实上,我们也只能在或多或少"遮蔽"的情况下,在语言本身总是难免简化、通约、省略、粗糙、遗漏、片面以及独断的情况下,来说明一个秋天的景色,一个人物的脾气,一种观念要点,一种社会体制。在这里,严格地说,投照必有暗影,揭示只能是定向的,总是意味着必要亦即良性的遮蔽。或者说,或多或少的遮蔽恰恰是定向揭示的前提,是思考有效的必要前提。有所不为才能有所为,有所不言才能有所言,有所不思才能有所思。倘若我们不眼睁睁地无视有关茶杯亚原子结构等其他一切可贵然而应该适时隐匿的知识,我们就无法说明茶杯是一个圆家伙。极而言之,我们至少也要在某些"准独断"或"半独断"的思维共约和语言共约之下,才能开口说任何一件事情,才能采取任何一个行动。

真理与谬误的差别,并不是像很多现代学人以为的那样——是虚无与独断的差别。真理有点像公因数,是多数项组合关系的产物,为不同知识模型所共享。在瓦解诸多独断论的过程中对这种公因数小心提取、汲取以及呈现,恰恰是虚无论可以参与其中助上一臂之力的事情,是虚无论可能的积极意义所在——假如它是一种严肃的思考成果,不至于沦为轻薄的狂欢。

九十年代以来知识界的分化,需要良性的多元互动,于是不可回避知识公共性的问题,包括交流的语用规则问题。打倒一切,全面造反,宁可错批三千也决不相信一个,这种态度可以支持不正当的学术竞胜,营构某些人良好的自我感觉,但对真正有意义的知识成长却没有多少帮助。在差异和交锋中建立共约,在共约中又保持对差异的敏感和容忍,是人们走出思维困境时不可或缺的协力互助。这种共约当然意味着,所涉语义只是暂时的、局部的、有条件的,并不像传统独断论那样许诺终极和绝对。因此它支持对一切"预设"的反诘和查究,但明白在必要时必须约定某些"预设"而存之不问;它赞同对"本质"和"普遍"的扬弃,但明白需要约定一些临时的"本质"和"普遍",以利局部的知识建制化从而使思维可以轻装上阵运行便捷;它当然也赞同对"客观真实"的怀疑,但并不愿意天真浪漫地时时取消这一认识彼岸——因为一旦如果没有这一彼岸,一旦没有这一彼岸的导向和感召,认识就失去了公共价值标尺,不再有任何意义。这一共约的态度是自疑的,却在自疑之中有前行的果决。这种共约的态度是果决的,但果决之余不会有冒充终极和绝对的自以为是和牛皮哄哄。可以看出,这里的共约不仅仅是一种语用策略,本身也是一个哲学命题。它体现着这样一种知识态度,既不把独断论的"有"也不把虚无论的"无"制作成神话。与此相反,它愿意方便多门,博采众家,在各种符号系统那里寻找超符号的真理体认,其实际操作和具体形迹,是既重视破坏也重视建设,在随时可以投下怀疑和批判的射区里,一次次及时建立知识圣殿。套用一句过去时代里的俗话来说,这叫战略上要敢于虚无,战术上要敢于独断。

现代知识既是废墟也是圣殿,更准确地说,是一些随时需要搭建也随时需要拆除的临时建筑。知识之间的交流,是各种临时知识建制之间一种心向真理的智慧对接,当然就是一场需要小心进行的心智操作,离不开知识者们的相互尊重和相互会心,离不开必要的理解力和学术道德。可惜的是,现代知识生产的商品化和实利化,正在侵蚀这种公共秩序的心理基础。我们仍然热爱着真理,但常常只爱自己的真理,即自己找到的真理,无法爱上他人发现的真理。专业于国学的人可以嘲笑西学家不知中国,专业于西学的人可以挑剔国学家不懂西方;碰到人文学者可以指责他不懂经济,碰到经济学家则忍不住地要狠狠侃他一通海德格尔和尼采。你说东我就偏要同你说西,其结果当然是双双宣布大胜。"完全无知"、"可笑至极"一类口气大得很的恶语在论争中信手拈来;学理上倘没法接火便信口指责对方的"官方背景"或者"完全照抄"、"自我炒作",做场外的恐怖性打杀,抢先给自己筑建道德优势。在这样一些"三岔口"式的扑空和虚打之下,在这样一些左右逢源和百战百胜之下,知识还重要吗? 不,知识所有者的世俗利益,倒成了语言高产中最隐秘的原型语言,成了文本繁荣中最隐秘的原型文本。

真理被虚无之时,就是真理最容易实利化之日。现代的话语的游戏化和话语的权利化,分别引领着虚和实的两个方向,但这两条路线之间实际上存在着内在联系,有着共同的社会背景。现代传媒输送着太多的学术符号,现代教育培育着几乎过剩的学术从业者,因此我们选择某个学术立场,可能是出于兴趣和良知,出于人生体验和社会使命的推动,但在很多情况下,也可能仅仅取决于知识生产的供求格局和市场行情,甚至取决于符号游戏中一次次"学术旅行"或者"学术洗牌"。一个最烦传统的人可能误取古典文学学位，一个最愿意做流氓的人可能投机法学专业，一个性格最为自负专断的人却可能碰巧写下一篇关于民主和自由的论文。这样做是要顺应潮流，还是要钻营冷门，并不要紧。要紧的是话语一旦出自我口，就很容易被言者誓死捍卫。它们本身不再是游戏，而关涉到面子、聘书、职称、地位、知名度、社会关系、知识市场的份额、出国观光访问的机会、在政权或者商界的座席——这些好东西已供不应求。在这种情况下，如果说权利可以产生话语，那么现代社会中的话语也正在产生权利，产生着权利持有和权利扩张的火热要求。

同是在这种情况下，真理将越来越少，而我的真理会越来越多。真理不再能激起愚人才有的肃然起敬，正在进入同时实利化和虚无化的过程——任何知识都可以被轻易地消解，除非它打上了我的产权印记，据此可以从事利益的兑换。

即使到了这一步，即使我们都这样没出息，这样的狂欢仍无法宣告知识公共性的废弃。毕竟还有很多人明白，知识的四分五裂和千差万别，不过是知识公共性进一步逼近精微之处的自然产物，包括公共性的困惑与茫然，恰恰是人们对真理终于有了更多共同理解的反证。道理很简单，若无其同，焉得其异？一群互相看不见（缺乏共同视界）的人不可能确定他们容颜的差别，一群互相听不懂（缺乏共同语言）的人不可能明白他们的言说差别在哪里。如果我们能把差别越来越折腾清楚，不正是由于我们正有效依托和利用共同的知识基础？一个知识者不是鲁滨逊，不可没有学理资源的滋养（来自他者的知识兼容），也少不了顽强的表达（通向他者的知识兼容）。从这个意义上说，知识从来就是公共的，不是什么私藏秘器。即便是唇枪舌剑昏天黑地的论战，如果不是预设了双方还有沟通的可能，如果不是预设了某种超越私我的公共性标准，谁还愿意对牛弹琴地白费气力？也许正是有感于这一点，德国学者哈贝马斯才不避重建乌托邦之嫌，不惧重蹈独断论覆辙之险，提出了"交往理性"。他是提倡对话的热心人，希望人们共约一套交往规则,其中相当重要的一点是"真诚宣称(sincerity claim)",即任何话语都力求真诚表达内心。

他怀抱一种建设者的愿望,几乎回到了最古老最简单的良知说。这种关于良知的元叙述,这种非技术主义的道德预设,肯定会受到一些虚无论者精确而深刻的学理攻伐,想必也得不到多少逻辑实证的支持。但如果我们没有这样一项共约,我们这一群因为私利而日渐绝缘——互相看不见也听不懂的人还能做些什么?我们还能不能在吵吵嚷嚷的昏天大战里重返真理之途?在哈贝马斯这个并无多少高超之处的建议面前,在他即将遇到的各种似乎高超得多的解构和颠覆面前,我不能不想起一个故事:一个智者有一天居然发现兔子永远追不上乌龟,即便前者速度是后者的五倍,兔子赶到乌龟原在位置的时候,乌龟肯定前行了距离 S;兔子跑完 S 的时候,乌龟肯定又前行了S/5;兔子再跑完 S/5 的时候,乌龟肯定又前行了 S/25……以此类推,无论有多少次兔子赶至乌龟的此前位置,乌龟总是会再前行一点点。在这一过程中,差距将变得无限小,但不论怎么小也不会变成无。考虑到这个小数可以无限切分下去,那么兔子当然只能无限接近乌龟,却不可能赶上乌龟。

推理的结果怎么可以这样?

智者的推理应该说无懈可击,但也让人感到十分荒唐,因为兔子事实上一眨眼就超过了乌龟。这只兔子只是给人们一个重要提醒:某些无懈可击的逻辑过程有时也会成为幻术和陷阱。与智者的严密推论相反,将"无限小"化约为"零",尽管在一般逻辑上说不通,但这样处置可以描述兔子的胜出结局,更具有知识的合法性。而这种非理之理或理上之理,正是微积分的基石之一。

作为来自实践的苏醒和救赎,各种学理都没有绝对合法性,总是依靠非理之理和理上之理来与智慧重逢。

兔子的胜利,是生命实践的胜利。因此,独断论也好,虚无论也好,一旦它们陷入自闭盲区的时候,我们就必须从种种自我繁殖的逻辑里跳出来,成为一只活生生的兔子,甚至是只一言不发的兔子。

1999 年 6 月

＊　最初发表于 1999 年《读书》杂志,后收入随笔集《性而上的迷失》。

饿他三天以后

中国人想把自己变成欧美人,最大障碍恐怕来自肠胃。如果不是从小就被西餐训练,老大不小的时候再来舍豆腐而就奶酪,舍姜葱河蟹而就半熟牛排,大概都如临苦刑。世界各地唐人街的众多中国餐馆,就是这一饮食传统的顽强证明。因此,全球文明一体化的问题可以在餐桌以外的地方大谈特谈,但只要到了腹空时刻,即便是身着洋装满口洋腔的黄皮白心"香蕉人",大多还是流中国口水,打中国食嗝,大快朵颐地与欧美人差着和异着——这种情况随处可见。

并不能说,每个人的肠胃都是民族主义的。或者至少不可以说,这种肠胃民族主义有什么绝对和永恒。我常常冒出一个念头,想做一个极为简单的文化试验:随便捉来一个什么人,饿他三天以后会怎么样?对于一个饿得眼珠子发绿的人来说,奶酪之于中国人,豆腐之于欧美人,味道会不会有些变化?饮食的文化特性在这家伙身上还能撑多久?

结论也许不言自明:一阵疯狂的狼吞虎咽之下,豆腐奶酪都化约为几乎无味的热量,如此而已。所谓饥不择食,也就是饥不辨味,饥不辨文化也。在逼近某种生理极限的时候,比如在人差点要饿死的时候,曾经鲜明和伟大过的文化特性也会淡化、隐退甚至完全流失。

这么说,文化差异只是饱食者的事,与饥饿者没多少关系。它可以被吃饱喝足了的人真实地感受、品味、思考、辩论乃至学术起来,可以生发出车载斗量的巨著和五花八门的流派,但一旦碰上饥饿,就不得不大打折扣。换句话说,人吃饱了就活得很文化,饿慌了就活得很自然;吃饱了就活得很差异,饿慌了就活得很共同,是不能一概而论的。

　　一般来说,我既是文化的多元主义者,也是文化的普遍主义者,取何种态度,常取决于我面对一个什么样的谈话者,比方看对方是不是一个刚刚吃过早餐的人。

　　其实,文化差异也只是成年人的事:他们可以折腾东方式的家族主义,或者西方式的个人主义,但幼儿们抹鼻涕抢皮球玩泥巴,无论黑毛黄毛白毛全一个德性。文化差异也只是健康者的事:他们可以折腾东方人的经验主义,或者西方人的公理主义,但一旦患上肺癌之类,彼此之间同病相怜乃至同病相契,病榻上的一声声呻吟断无什么民族痕迹。当然,文化差异更是安全者的事:醉拳与棒球的区别也好,儒家与基督的区别也好,华夏文明与地中海文明的区别也好,统统以论说者们好端端活着为前提。设想这些人遇上了大地震或大空难,遇上了凶匪悍盗的剿杀,在要命的生死关头,他们之间的差异性更多还是共同性更多?他们表现出来的逃窜或者奋战,表现出来的怯懦或者勇敢,能挂到哪一个民族或哪一个国家的文化标签之下?能成为哪一个民族国家的专利?难道中国人视勇敢为荣,而西方人就偏偏视勇敢为耻?难道中国人想活,而西方人就偏偏想死?

　　即便他们在逃窜或奋战的时候,有的显棒球遗风,有的显醉拳余韵,即便这种形式上的差异在生死关头还所剩有几,但在活不活命的问题上,还能不能"多元"?如果无法"多元",那么使生命得以保存和延续的一切观念、意识、制度、精神是否更能呈现共同的品质?或者这一切观念、意识、制度、精神都不应摆上文化讨论的桌面?

　　命之不存,文化焉附。人都只有一条命,都只有一个脑袋一个生殖器以及手足四肢,而这一切无论中西并无二致。由此而产生的文化不会差异到哪里去的。迄今为止,在全世界各民族的词典里,婴儿呼叫母亲的语言都是一个样：MAMA。这种婴儿全球主义和吃奶世界主义当然也是重要的文化符号。这正如"勇敢"一类美德而不是"懦弱"一类丑态，在任何一种文化传统里都受到肯定和敬重，没有什么差异可言。

在另一方面，人当然也有种族和性别的生理所属，还离不开阶级、行业、社区、国家、地理、历史的种种生存环境，而这一切从古至今都殊分有异，由此产生的文化实在共同不到哪里去的。特别是在远离饥饿、远离绝症、远离危险、远离童稚或垂暮等半动物状态的时候，就是说，在远离某种生理自然极限的时候，人们完全可以活得各行其是各得其所，所谓文化正是在这个问题的有效域才得以多元，才得以五彩缤纷百花齐放。在这种情况下，我们要怎样差异就可以怎样差异，要怎样冲突就可以怎样冲突，冒出一百个亨廷顿或一百个萨义德也完全可以理直气壮。

只是不要忘了，参与文化讨论的高人们不要忘了：任何命题都面临有效域的边界，比方我们很难受得了三天饥饿——这是我们谈论文化特性时的重要边界。

漠视这一类边界，任何真知都是谬误。

1998 年 5 月

---

* 最初发表于 1998 年《芙蓉》杂志，后收入随笔集《性而上的迷失》，已译成韩文。

在后台的后台

一

我有一个朋友,肌肤白净举止斯文,多年前是学生民主运动的领袖。当时有个女大学生慕名而来,一见面却大失所望,说他脸上怎么连块疤都没有?于是扭头而去,爱情的火花骤然熄灭。

认为英雄脸上必须有一块伤疤,这很可能是英国小说《牛虻》在作祟。由此看来,很多人的血管里是流着小说的。也就是说,他们是按照小说来设计和操作自己生活的。于是,贵族可能自居聂赫留朵夫;罪犯可能自居冉·阿让;丑女们可能争当简·爱;美女们可能争当薛宝钗或林黛玉。文学曾经塑造了很多人的履历。

同样道理,六十年代的很多青年争着穿上旧军装往边疆跑,而九十年代的很多青年争着穿上牛仔装往股票市场跑,这并不是前者与后者的自然属性有什么不同——他们都只有一个脑袋两只手,都得吃喝拉撒,活得彼此无大异。至于热情和兴趣迥别,那只能是文化使然。他们的用语、习惯、表情格式以及着装时尚,不难在他们各自看过的文学或者影视片里,找到最初的出处和范本。

文学的作用不应被过分夸大。起码它不能把人变成狗,或者变成高高在上的上帝。但它又确确实实潜藏在人性里,在很大程度上改写人和历史的面貌。比如在我那位朋友的崇拜者那里,它无法取消爱情,但能为爱情定型:定型为脸上的伤疤,定型出因此而来的遗憾或快乐。

二

从人身上读出书来,是罗兰·巴尔特最在行的活。用他的术语来说,就是从"自然"中破译出"文化"。他是个见什么都要割一刀的解剖专家,最警觉"天性"、"本性"、"自然""本原"等等字眼,眼中根本没有什么初原和本质的人性,没有什么神圣的人。解剖刀一下去,剖不出肝肚肠胃,只有语词和句法以及文化策略,条理分明来路清楚并且充满着油墨和纸张气息。他甚至说,法国人爱酒不是什么自然事件。酒确实好喝,这没有错。但嗜酒更是一种文化时尚,一种社会团结的隐形规范,一种法国式的集体道德基础和精神图腾仪式,差不多就是意识形态的强制——这样一说,法国人酒杯里的意识形态还那么容易入口?

面对人的各种行为,他革命性地揭示了隐藏在自然中的文化,但不大注意反过来从文化中破译出自然,这就等于只谈了问题的前一半,没谈问题的后一半。诚然,酒杯里可能隐含有意识形态,但为什么这种意识形态选择了酒而没有选择稀粥? 没有选择臭污水? 文化的运行,是不是也要受到自然因素的牵引和制约? 这个问题也得问。

事实上,文化不是天上掉下来的,不是几千年来单性繁殖自我复写来的,不是天下文章一大抄。凡有力量的作品,都是生活的结晶,都是作者经验的产物,孕育于人们生动活泼的历史性实践。如果我们知道叔本华对母亲、情人以及女房客的绝望,就不难理解他对女性的仇视以及整个理论的阴冷。如果我们知道萨特在囚禁铁窗前的惊愕,就不难理解他对自由理论的特别关注,还有对孤独者内心力量的特别渴求。理论家是如此,文学家当然更是如此。杰出的小说,通常都或多或少具有作家自传的痕迹,一字一句都是作家的放血。一部《红楼梦》,几乎不是写出来的,四大家族十二金钗,早就进入曹雪芹平静的眼眸,不过是他漫漫人生中各种心灵伤痛,在纸页上的渐渐飘落和沉积。

所以说,不要忘了,从书里面也可以读出人。

三

文化的人,创造着文化;人的文化,也正在创造着人。这就是文与人相生相克互渗互动的无限过程。人与文都只能相对而言,把它们截分为两个词,是我们语言粗糙的表现。

当今很多人文学者从罗兰·巴尔那里受到启发,特别重视文本,甚至宣布"人的消亡"。应该说,这种文本论是对人本论的有益补充,但如果文本论变成文中无人的唯文本论,就会成为一种偏视症,成为一种纯技术主义,不过是一种封闭修辞学的语词虚肿和句法空转。到头来,批评之长可能变成批评之短,因漠视作品的生命源泉,失去批评的价值支点,唯文本论就有点半身不遂,必定难以远行。

其实,文学不论如何变,文与人一,还是优秀作品常有的特征。知人论世,还是解析作品不可或缺的重要方法。本着这一点,林建法先生和时代出版社继《撕碎,撕碎,撕碎了是拼接》之后,又推出《再度漂流寻找家园融入野地》,把读者们读过了作品的目光,再度引向作家,作一次文与人互相参证的核对。这一类书,好像把读者引入小说的后台,看作家在后台干些什么,离开舞台并且卸了装之后,是不是依然漂亮或依然丑陋,是不是继续慷慨或继续孤独,是不是还有点扶危济困的高风,是不是依旧在成天寻乐并且随地吐痰。作为很重要的一个环节,编者这次没有忘记另一些幕后人物——编辑。把他们也纳入视野,后台的景观就更为完整和丰富。

看一看后台,是为了知人论世,清查文学生产的真实过程。论世暂且不说,知人其实很难。后台并不一定都是真实的保管箱。这里的人们虽然身着便装,操着口语,都是日常态,但真实到了什么程度却不好说。文章多是当事人或好友来写,看得不一定全面,有时还可能来点隐恶扬善以悦己或谀人。即便是下决心做一个彻底透明的人,也还有骨血里的文化在暗中制约。虽然不至于会用《牛虻》来设计和操作爱情,但从小就接受的伦理、道德思维方式等等训练,现实社会里国籍、地位、职业、习俗、流行舆论、政治处境等等限制,很可能使人们不自觉地把文化假象当自然本质,把自己的扭曲、变态、异化当作真实的"自我"——后台不也是一个广义的前台?

周作人归附了侵略者政权。是真心还是假意?是虚无顺势的表现,还是怯懦媚权的表现?是某种文化背叛的政治延伸,还是某种私愤的政治放大?抑或他只不过是偶然的一时脑子里进了水?……也许这些因素都存在,不过是在不同情况下构成了不同的主从和表里。他扪心自问,可能也不大看得清自己,更遑论旁人和后人。有些人根据他的政治表现,把他的前期定为革命文学家,把他的后期定为反动文学家,显得过于简单,也不无失真的危险。由此可知,知人论世也常常落个一知半解,不一定总是很可靠。

俗话说,生活是一个更大的舞台。这个舞台的后台纵深几乎是无限,不是轻易能走到头的。

四

人的真实越来越令人困惑,也是一个千古难题。

戏剧家布莱希特对真实满腹狐疑,提倡"疏异化",就是喜欢往后台看,把前台后台之间的界限打破,把文学的看家本领"拟真"大胆放弃。小说家皮兰德娄让他笔下的人物寻找他们的叙述者,写下所谓"后设小说",即关于小说的小说,也就是将小说的后台示众。这些方法后来侵入音乐、绘画以及电影,已成为文艺创作潮流之一。创作本身成了创作的主题,艺术天天照着镜子,天天与自己过不去。艺术家们与其说仍在阐释世界,毋宁说更关注对世界阐释的阐释。这是本世纪的一个特征。

这个自我清查运动的特点是长于破坏性,短于建设性。它不断揭破虚假,冲击得真实感的神话防不胜防和溃不成阵。但造反专家闯入后台的消极结果,是真实无处可寻,真实从此成为禁忌。神圣的大活人们一个个被消解以后,一层层被消解以后,先锋文化只好用反秩序的混乱、无意义的琐屑、非原创的仿戏,来拒绝理解和知识,来迎头痛击人们认识世界的欲求,给满世界布播茫然。

这种认识自戕,具有对伪识决不苟且的可贵姿态,但它与自己的挑战对象一样,也有大大的软肋,比如把真实过于理想主义地看待。在这些造反专家们看来,似乎凡真实必须高纯度,容不得一点杂质,因此它像宝矿一样藏在什么地方,只等待求知者去寻找。问题在于,世上有这样高纯度的真实吗?没有任何杂质的真实革命、真实自由、真实爱情、真实忏悔、真实自我……藏在世界的哪一个角落呢?

其实,那样的矿点并不存在,那样的矿点子虚乌有也并不值得人们绝望。真实不是举世难寻的足赤金,而是无处不在的空气,就像虚假一样,或者像虚假的影子一样。对任何虚假的抗争,本身就是真实的义举,如同暗影总是成为光源的证明。当布莱希特从战争废墟和资产阶级伪善窒息中汲取了愤怒,当他对人们习以为常的世界假象展开挑战,他本身就是在呼吸着真实,就活在真实之中——不论他对戏剧追求"真实"这一点是多么狐疑。

当然,这完全不能保证他永远代表真实。一旦他放出明星的光辉,成为沽名者和牟利者的时尚,连他所发动的反抗也可能沦为做秀和学舌,成为虚假透骨的表演、毕业论文、沙龙趣谈、纪念酒会以及政客们嘴里的文雅典故。这就是说,真实离虚假只有一步之遥。

五

真实是一种瞬间事件,依靠对虚假的对抗而存在。因此它是重重叠叠文化积层里的一种穿透,一种碰撞,一种心血燃烧,这在布莱希特以及其他作家那里都是如此,在任何文学现象里都是如此。

人远远离开了襁褓时代的童真,被文化深深浸染和不断塑造,自觉或不自觉地进入了各种文化角色,但未尝不可以呈现自己的自然本色。只是这种本色不可远求,只存在于对虚假的敏感和拒绝,存在于不断去伪求真的斗争。在这样的过程中,本色以相对本色的形式存在,自然以相对自然的形式存在。同样在这一过程中,相对本色将在角色里浮现,相对自然将对文化输血。我们身上无法摆脱的文本载负,也就有了人味和人气,获得生命的价值。

对于文学而言,这既是作家走出层层无限的后台从而展示自己的过程;也是读者越过层层无限的前台从而理解作家的过程。每一次智巧的会意,每一次同情的共振,每一次心灵的怦然悸动,便是真实迎面走来。

读任何书,读任何人,大概都是这样的。

1994 年 7 月

---

* 此文原名《在小说的后台》,代序林建法所编《再度漂流寻找家园融入野地》一书,最初发表于 1995 年《现代作家评论》杂志,后收入随笔集《完美的假定》,已译成法文。

读 书 拾 零

关于《骑兵军》

很少有作品具备巴别尔《骑兵军》这样多的商业卖点:作者的惨死,犹太人的悲情,哥萨克的浪漫,红色的恐怖,艺术上的独特风格,甚至还有西方教派之间不宜明言的恩怨情仇……但巴别尔与商业无关,与任何畅销书作家没有共同之处。一般畅销书作家是用手写作,高级畅销书作家是用脑写作,但巴别尔是用心写作,用心中喷涌出来的鲜血随意涂抹,直到自己全身冰凉,倒在斯大林主义下的刑场。在倒在刑场之前,他的心血在稿纸上已经流尽。

巴别尔站在一个历史的压力集聚中心,一个文明失调的深深痛点,在白炽闪电的两极之间把自己一撕两半:他是犹太诗人,是富有、文弱、城邦、欧罗巴的一方;也是红军骑兵,是贫困、暴力、旷野、斯拉夫的一方。因此他眼中永远有视野重叠:既同情犹太人的苦难,也欣赏哥萨克的勇敢;既痛惜旧秩序虚弱中的优雅,也倾心新世界残酷中的豪放。他几乎散焦与目盲,因为各种公共理性对于他无效,眼前只剩下血淋淋的一个个生命存在。换句话说,他集诸多悖论于一身——这是他作为个人的痛苦,却是他作为写作者的幸运。

第一流作家都会在黑暗中触摸到生活的悖论。老托尔斯泰在贵族与贫民之间徘徊,维克多·雨果在保皇与革命之间犹疑,但巴别尔的悖论是最极端化的,是无时不用刀刃和枪刺来逼问的,一瞬间就决定生死。这使他根本顾不上文学,顾不上谋篇布局,遣词造句,起承转合,情境交融,虚实相济乃至学接今古那一套文人工夫,甚至顾不上文体基本规定——他只能脱口而出,管它是文学还是新闻,是散文还是小说。

大道无形,他已不需要形式,或者说是无形式的形式浑然天成。他血管里已经奔腾着世纪阵痛时期的高峰感受,随便洒出一两滴都能夺人魂魄。他不是一个作家,只是一个从死人堆里爬出来的灵魂速记员和灵魂报告人。这种作品的出现是天数,可遇而不可求,在这个世界上不会很多。就像中国诗人多多说过的:这样的作品出一部就会少一部,而不是出一部就会多一部。

他在法文与英文中成长,浸淫于欧洲现代主流文明,但不幸遭遇欧洲两大边缘性族群:其一是犹太人,给欧洲注入过正教与商业,却在集中营和浪落旅途成为欧洲的弃儿;其二是斯拉夫人,为欧洲提供过大量奴隶和物产,却一直被西欧视为东方异类——其"斯拉夫"(奴隶)的贱称,无时不在警示这种冷冷距离。这两大族群缺乏权力体制的掩护,承受着欧洲文明转型的特殊代价——巴别尔就是这一历史过程的见证人。因此,《骑兵军》不是一个关于苏维埃的简单故事。书中的种种惨烈,源于文明之间的挤压,也许更多源于自然的物竞天择和历史的删繁就简。它一度出现在德涅斯特河流域,将来也可能出现在另外一片大陆。

东方也好,西方也好,各有难念的经。种族和宗教是欧洲的敏感问题,对于中国读者来说可能稍觉隔膜。当今中国读者看西方多是看西方的核心区,比如西欧与北美,而且只是看它们的某一阶段或某一层面。如果我们也看看欧洲的"郊区"甚至"远郊",比如斯拉夫地区、南欧、北非、中东,我们的西方观才可能更完整。掩卷而思:巴别尔在谴责谁呢? 我们又能谴责谁呢? 欧洲文明在灾难中前进,一如其他文明一样,我们没法改变这一点。我们能谴责那些报复压迫的压迫,还是激发凌辱的凌辱？该谴责那些无力阻止戮杀的诗歌，还是实现了秩序和胜利的暴力？

也许，我们只能叹息人类的宿命。

关于《病隙碎笔》

史铁生躺在轮椅上，大多时候都在抗争着沉重的呼吸与高烧的体温，每隔两天还得去医院做透析，即把全身的血慢慢洗滤一遍。我曾经与他谈到行为艺术，他笑了笑，说一个人活着，一次次洗滤自己的血，这还不算行为艺术？

欧洲伟大的当代科学家霍金在轮椅上思索着宇宙，写下了《时间简史》；中国的作家史铁生则在轮椅上思索着人和人生，写下了一百多万字的小说散文，还有最近这本由何立伟配画的《病隙碎笔》。我是在《天涯》杂志上陆续看到这些文字的，每看了一期，就急着等待下一期的到来。一边看一边想：这本身都是奇迹，或者说也是常例——身体的虚弱正好迫压出心智的强大。

铁生知道危险随时悬在头上，因此他必须抓住病魔指缝里遗漏出来的每一刻，把自己还未完成的思考进行下去。什么是人的欲望？什么是人的灵魂？什么是真实以及什么是爱愿？……他已经没有工夫也毫无兴趣像很多作家那样，在文学陈规中绕圈子，耍招式，而是用最明快的方式直指人心，直指我们内心深处那些尖端和终极的价值悬问。在一个缺乏宗教传统的国度，一个连宗教也大多在投资来世福乐的世俗化国度，铁生有价值的饥渴却没有特别的神学崇拜。他的思考仍然充满着活泼知识而没有偏执迷信，他的言说仍然平易近人而从不故作虚玄，但他的理性足迹总是通向人生信仰，融入一片感动和神圣的金色光辉。在这个意义上，《病隙碎笔》几乎是一个爱好科普知识的耶稣，一篇可以在教堂管风琴乐声中阅读的童话，是一种在尘世中重建天国的艰巨努力。在当下中国能这样做的人,数一数,除铁生之外恐怕也就不多了。

《病隙碎笔》是一部人学,一部心学。什么是心? 什么是精神或灵魂? 设若一个人生活在孤岛上或者月球上,他会有精神或灵魂吗? 他连语言和思维都会迅速退化,还怎么会有感动、爱情、道德、志向等等神物? 据此可知,精神是一种高智能生命的群体现象,是维护人类安全和幸福的群体意识沉积,因此杀一人可能有“灵魂的不安”,无非是这种行为伤害了人类的一部分,也就是伤害了人类;吃一碗饭却很少有“灵魂的不安”,无非是稻麦五谷尚处人类范围之外,其存亡就不被灵魂所牵挂——这显现了灵魂的管理边界。灵魂与肉体当然有关系,用铁生的话来说,灵魂是“爱的信奉”和“辽阔的牵系”,类如一种“无限消息的传扬”,它与肉身的关系,是一种“消息”与“载体”的关系。这就是说,灵魂这种公共物品可以呈现于个体大脑却从来不隶属于个体大脑。个人的肉体连同大脑可以消失,公共的灵魂却亘古常在。当铁生突然感到书架上几千本书其实是“全有关联”的一本大书的时候,他已经抵达了灵魂追问的理性最前沿位置,已经逼近精神现象的谜底,并且与自然科学领域里的整体主义哲学不谋而合。

在这种哲学看来,整体大于或小于部分之和。因此锯子的本质是锯齿的组合而不是任何单个的锯齿,蜜蜂的本质是蜜蜂的群体而不是任何单个的蜜蜂。正像铁生愿意把几千本书看作一部多卷本大书那样,这种哲学更愿意把人看作是活了几万年并且布满全球的一个雾状生物,灾荒和战祸只是这个庞然大物的局部溃烂,和平与繁荣只是这个庞然大物的局部营养,哲学、宗教、科学、文学、艺术的灿烂群星则构成了这个雾状生命的闪烁心思。总而然之,这种哲学需要一种奇特的想象,一种把“人”从“个人”中解放和超脱出来的想象。

“个人之于人类,正如细胞之于个人,正如局部之于整体,正如一个音符之于一曲悠久的音乐。”(见《病隙碎笔》之五)铁生已经进入了

这种想象。这也是整体人类在当代的伟大发现。因为铁生并不仅仅是
铁生,而是铁生所参与和承传的心流,是无数陌生人共同构成的精神长
征,将其命名为史铁生,或者命名为屈原、莎士比亚、贝多芬、爱因斯坦
等等,只是一些不够准确的临时指代。在这个意义上,作为"细胞"的
每一个人都终会消亡,但并不影响公共灵魂继续燃照茫茫暗夜。既然
如此,死有什么了不起呢?我们悲哀于一己的消亡,也就是人类共同体
个别细胞的消亡,有什么道理吗?既然如此,灵魂怎么可能会死呢?中
国前人说"视死如归",就暗示了肉身只是一个临时寓所而我们的灵魂
来于整体终将又要"归"于整体。正是读着这本《病隙碎笔》,我看见铁
生将轮椅轻轻一推,就跨越了生与死,跨越了瞬间与永恒。

　　把个人想象成"细胞"、"音符"一类局部,当然并不是要废除人的
个体性,并不是要强加一种集权伦理。整体是由众多局部组成的,只可
能由众多局部组成,因此任何对局部的伤害也就是对整体的伤害——
除非在"两害相权取其轻"的特殊处境,整体的保全可能需要有个别局
部的牺牲。铁生对这一点是很清醒的,因此在这本书中的很多地方,他
甚至更多采取了一种个人主义的姿态,对历史上种种压迫个人、盘剥个
人、取消个人的专制叙事保持深深警觉。其实这不仅仅是个人主义,也
是整体主义的应有之义,因为历史上那些压迫、盘剥以及取消,同样是
对整体的掠杀,"文革"也许就是难忘的一例。更进一步说,"文革"罪
错并不仅仅是对某些个体形成侵害,同时也是族受其戕和国受其伤。
正因为如此,铁生的个人主义并不一味放纵欲望,倡扬自由的同时,常
常用爱愿来补充和诠释自由,对市井化的放辟邪侈——如果说这也俗
称为个人主义的话——同样保持了深深警觉。

　　这是一场腹背受敌的双向抵抗,而且是面对一系列不可能靠理法
推演而只能在具体实践那里相对解决的难题。什么是自由?什么是剥
夺了他人自由的自由?什么是爱愿?什么是妨碍了他人爱愿的爱愿?
富贵者与贫贱者的两份自由相冲突时怎么办?指向小鸟和指向邻居的

两份爱愿需取舍时怎么办？……灵魂并不能提供一本实用通行手册，并不能预制实践者在现实中分寸各异的随机判断。这便是宗教的局限，是终极价值追问的局限。

这种追问昭示着精神方向，但并不会指定每个人的日常路径。这种追问是与上帝的对话，是思想的天马行空，但并不能取代经济学、政治学、法学等各种世俗思辨和权宜安排。术可乱道，这是没有错的；然善无独行，亡术亦非道——中外先贤一直奋斗在这种道的有术和无术之间。

铁生并没打算在《病隙碎笔》里完成一切。每一个圣哲即使没有躺入轮椅，也不可能完成这一切。这没有什么关系。他们只是人类灵魂不同的入口，通向共同的幽深、广阔以及透明，在书架上向我们默默敞开。

2002 年 1 月

关于《刘舰平自选集》

刘舰平为湖南人氏，体魄雄健，臂力超群，在角力游戏中很少遇到对手。尽管如此，朋友们还是愿意用"漂亮"甚至"妩媚"这些较为女性化的词，来描述他的面容——尤其是他的眼睛。

大约十多年前，这双美丽得几乎让人生疑的眼睛开始夜盲，继而视野残缺，最后被确诊为一种极其罕见的先天性眼疾。在一般的情况下，这种眼疾将在十到二十年的时间里，无可避免地导致患者完全失明。

一切可以尝试的救治方案都尝试过了，还在尝试下去。但是坦白地说，他的双眼里已经渐生黯淡、涣散、迟钝，就像曾经灿烂的星星正缓缓熄灭。他和他的亲友们仍在等待奇迹。但如果现代医学最终不能保住他残存的视力，他就将进入一片永远的黑暗——这种沉重的可能一直悬在他的头上,甚至已经超前进入他一次次自我调侃式的心理预习。在那片黑暗里,当然还会剩下很多声音。循着这些声音,一个人可以找到它们各自的来处,一些大的或者小的、软的或者硬的、冷的或者暖的、动的或者不动的物体。世界万物将被一个最简单却是最重要的标准来区分:是障碍或不是障碍,能把脚和腿撞痛的或不撞痛的。

对于他来说,腿脚上的痛感,将成为世界一切事物的形象和意义。

这就是盲人的世界,某一类残疾人的世界。在我看来,"残疾"的定义有些含混不清。如果一个人患上胃病、关节炎、高血压,甚至割去半个肺,拿掉一只肾,血液里流淌癌细胞,同样是损坏了身体,但人们并不会将其称为残疾。可见"残疾"并不完全是一个测定健康的概念,至少也是一个生理学中特殊的概念。"残疾"指涉人的视、听、触、言、行、思等能力,与佛经里"六根"与"六识"的范畴相当接近,虽然所言生理,意旨却偏向心理,几乎是一种佛学化生理概念。

其实,从个人感知世界这一方面来说,有谁可以逃脱生理局限呢?有谁可以无所不能呢?我们无论有多么健康,也缺乏狗的嗅觉,鸟的视觉,某些鱼类的听觉。我们听不见超声波,看不见红外线,声谱上和光谱上大部分活跃而重要的信号,一直隐匿在我们人的感官之外。在生物界更多灵敏的活物看来,整个人类庶几乎都是"残疾"的。直到最近的一两个世纪,我们依靠望远镜才得以遥望世界,依靠航天机才得以俯瞰世界,依靠核反应堆和激光仪才得以洞察世界。在拥有更高科学技术的人们看来,前人可怜得连一张高空航拍照片都不曾领略,对世界的了解是何其狭窄和粗陋。这种状态与健康人眼中的"夜盲"或者"视野残缺"一类,似乎也没有太大的距离。

局限总是相对而言。人不是神。人一直被局限所困,还将继续被局限所困——即便正常人也是如此。从这个意义上来说,人类循着介入世界的无限欲望,以不断突破和超越自己生理局限的过程,构成了迄今为止的历史。人们靠科学拓展对物界的感知,同时也用艺术拓展对心界的感知,比如从文学史上最初的一个比喻开始,寻找声音的色彩,或者色彩的气味,气味的重量,重量的温度,温度的声音,就像一个盲人要从一块石头上摸出触觉以外的感觉,摸出世界的丰富真相。这几乎就是文学的全部所为。文学不是别的什么,文学最根本的职事,就是感常人之不能感。文学是一种经常无视边界和越过边界的感知力,承担着对常规感知的瓦解,帮助人们感知大的小,小的大,远的近,近的远,是的非,非的是,丑的美,美的丑,还有庄严的滑稽,自由的奴役,凶险的仁慈,奢华的贫穷,平淡的惊心动魄,耻辱的辉煌灿烂。文学家的工作激情,来自他们的惊讶和发现,发现熟悉世界里一直被遮蔽的另一些世界。

舰平起步于诗歌,后来在小说、散文方面有卓识和真情,可见眼疾并不妨碍他看到这个世界上更多的东西。他最近刚经历了一次眼科的大手术。不管这次手术的效果怎么样,他今后的新作将展示出越来越宽阔的视野。

---

* 以上三篇最早分别发表于 2006 年《第一财经》报、2002 年《北京青年报》、1996 年《书屋》杂志。

好"自我"而知其恶

"自我"是新时期文学中的王牌概念之一。我十分赞同作家珍视自我、认识自我、表达自我,反对人云亦云众口一词的同质化,还有那种全知全能指手画脚的教化癖。

但前人说过:好而知其恶。我也明白,"自我"一词本身未免过于笼统、简单以及含混,一旦离开了对话者之间的语义默契,就可能成为一剂迷药。事实上,九十年代以来,"自我"确实在一些人那里诱发自恋和自闭,作家似乎天天照着镜子千姿百态,而镜子里的自我一个个不是越来越丰富,相反却是越来越趋同划一,比如闹出一些酒吧加卧床再加一点悲愁的标准化配方,见诸很多流行小说。"自我"甚至成为某些精英漠视他人、蔑视公众的假爵位,其臆必固我的偏见,放辟邪侈的浪行,往往在这一说法之下取得合法性。在一个实利化和商业化的社会环境里,在一个权贵自我扩张资源和能量都大大多于平民的所谓自由时代,这一说法的经验背景和现实效果,当然也不难想象。好比羊同羊讲"自我"可能没有什么坏处。但把羊和狼放在一起任其"自我",羊有什么可乐的?

一个人并没有天生的自我。婴儿的自我与成人的自我就不可同日而语,而前者除了吃奶欲和排泄欲,有什么可供认识和表达吗?从婴儿到成人的过程,岂能在一面镜子前封闭式地完成?稍有生物学常识的人知道,一个生物个体的特异,不是这个个体遗世独立的结果,恰恰是诸多个体组成了系统并且在系统中持久交流与冲突的结果。倒是不能构成共生性系统的众多个体，只能像沙子一样匀质化，即千篇一律的雷同。这就是说，自我只能产生于社会环境与文化过程，公共群体几乎是自我之母。

在这一方面，有些照镜专家好谈佛老。其实佛学一直力破"我执"。大乘佛教倡导"自度度人"，也是担当社会责任的。佛教重"因缘"，内因外缘就是对一种环境系统的描述。唯识宗将"依他起性"列为要旨第一条，强调任何"种子"在转化为"现行"的过程中，有赖于他者的作用，纯粹的自我从来不可能生成（见台北大乘文化出版社《唯识思想论集》）。有些照镜专家还好谈海德格尔，其实也是爱错了对象。海德格尔不太懂得整体主义，但还不至于在他的林中小路上自摸成癖。《存在与时间》中最有洞见的部分，恰恰是他发现了"自我"差不多是一个行骗的假面。他是这样说的："此在总是说：我就是我自己；但也许偏偏它不是自己的时候它说得最为起劲。"连"冷漠相处"也是一种"共在"，"这与互不关联的东西摆在一起有本质的区别。"他不承认"无世界的单元主体"，倒是强调"此在世界就是共同世界，在世就是与他人共同存在。"（见陈嘉映编著《存在与时间读本》）他差不多用了整整半本书，来说明自我与外部世界是怎样一开始就相互纠缠和相互渗透，不容人们一厢情愿地机械两分。

引用这些说辞很可能让人扫兴。这无非是有感于时下一些人理论上的混乱，若不稍加澄清，很可能以讹传讹混淆视听。作家当然大多是个体户，作家当然有别于记者、法官、社会学者、慈善家、政治领袖等等。这要求作家经常内省式地回到个人体验，回到自我的感觉、经历、记忆以及想象，也是回到理解他人和理解社会的最可靠入口。我只是怀疑有些人错把慈母当仇敌，以为只有脱离社会才能找到自我；也怀疑有些朋友错把险途当捷径，不知道"表现自我"其实意味着极为苛刻的标准和极为危险的任务，恐怕不宜成为群众运动，更不宜成为青少年的流行娱乐。自我是有不同质量的。当自知阅历贫乏的时候、感受肤浅的时候、人格卑微的时候,我情愿躲在技巧的后面,做些没出息的工匠活计,而不敢赤裸裸跳出来以一个丑陋"自我"使他人受惊狂逃恶心翻胃。就像一个功底深厚的歌唱家,唱得越轻松就越有状态;如果一个初入歌坛的音盲来提前玩一把轻松和秀一把轻松,岂不会一塌糊涂?

孔子主张因类施教,称"中人以上,可以语上也;中人以下,不可以语上也。"借用这一格式,我们似乎也可以说:成熟入世者以上,可言自我也;成熟入世者以下,不可言自我也。成熟入世者以上,可多言自我也;成熟入世者以下,宜少言自我也。事情至少得因人而异。从这个意义上说,青少年尚处经验和学识的欠缺阶段,以学习为要务,似应特别注意防火、防盗、防"自我",不必去参加仿卢梭或者仿卡夫卡的高风险冒进。一不小心成了先疯(锋)派和前伪(卫)派的怪胎,靠扮鬼脸发尖声来混生活,恐怕就是不折不扣地自毁其我了。

2002 年 6 月

---

* 最初发表于2002 年《上海文学》杂志,后收入随笔集《完美的假定》。

写 作 三 题

个　　性

我近年来的印象中，很多小说不解饥渴，有时候十几页黑压压的字翻过去，脑子里可能还是空的。包括读自己的有些小说，也成了一件需要强打精神不屈不挠的苦差，比读理论和新闻还要累人，岂不奇怪？

小说出现了两个较为普遍的现象。第一：没有信息，或者说信息重复。吃喝拉撒，衣食住行，鸡零狗碎，家长里短，再加点男盗女娼，一百零一个贪官还是贪官，一百零一次调情还是调情，无非就是这些玩意儿。人们通过日常闲谈和新闻小报，对这一碗碗剩饭早已吃腻，小说挤眉弄眼绘声绘色再来炒一遍，就不能让我知道点别的什么？这就是"叙事的空转"。第二：信息低劣，信息毒化，可以说是"叙事的失禁"。很多小说成了精神上的随地大小便，成了恶俗思想情绪的垃圾场，甚至成了一种看谁肚子里坏水多的晋级比赛。自恋、冷漠、偏执、贪婪，淫邪……越来越多地排泄在纸面上。某些号称改革主流题材的作品，有时也没干净多少，改革家们在豪华宾馆发布格言，与各色美女关系暧昧然后走进暴风雨沉思祖国的明天，其实暗含着对腐败既愤怒又渴望的心态，形成了乐此不疲的文字窥探。

据说这是一个个人化写作的黄金时代，奇怪的是，人们紧急解散以后并没有各行其是，倒是更加潮流化的步调一致，包括作品中很多新派少年,变得一律地横(叫做酷?),一律地疯(叫做炫?),成天鼻子不是鼻子眼不是眼,正如蔡翔先生总结的:"个人性成了一种新的普遍性"——倒不如在个性据说受到深重压抑的时代,鲁迅、老舍、沈从文、赵树理等,写出的人物一个是一个,神采殊分,命运各异,合情合理,入筋入骨,至今还在人们记忆中呼之欲出。这样看来,个性并不是孤芳自赏的产物,倒是不把自己当回事的一些忘我者可能更富有个性。一个婴儿的吃奶和排泄,算什么个性?一个人总是把自己孤立在私宅或者荒漠,能有什么样的个性?个性是人进入社会化和历史化的产物,一如争奇斗艳的自然物种,其差异刚好是它们组成共生系统的结果,是它们互相影响、互相支撑以及互相冲突的结果。不能植根公共文化积累的个性一定是空虚的,不能承担公共事务重荷的个性一定是轻浮的。在一个消费主义时代,人生轨迹如果统统指向利益,很不幸,当然就只能相互重叠,都成了两点之间最短的直线。

作家不是记者、法官、教长、社区工作者等等,不能不顽强坚持个人的视角,不能不是广义的个人主义者。但个人视角是为了更真切地洞察社会与历史,不是时时对准自己的超大豪华肖像。恰恰相反,把聚焦时时对准自己的肖像,这种视角与旧时政治、宗教的意识形态宣传无异,是另一种全民障眼法,是观察视野的自动放弃与任人没收。我们现在不妨重读一下卡夫卡的《城堡》,他是成天在咖啡馆和卧室里自己与自己犯傻吗?还可以重读一下马尔克斯的《超越爱情的永恒死亡》和《没有人与之写信的上校》,这些小说揭示了拉美资本化进程下的血泪人生,岂无强烈的公共关切和社会热情?可惜的是,我们曾对此有目无珠,仅仅把这些作家的先锋性解读为个人性,解读为人人自封上帝式的轻狂。这是八十年代的严重事故之一。在这种情况下,假上帝们后来齐刷刷地滑入叙事的"空转"和"失禁",把读小说变得一种苦刑,大概不值得特别惊诧。

技 术

在中文语境里,"艺术"的思维特点是以直觉为本,不拘泥于任何理法和规则。苏轼就崇尚随心所欲信马由缰,曾夸耀自己的写作:"常行于所当行,常止于不可不止"。在这种说法后面有一大堆理论的支持,如"文无定法"(王若虚语),"文无定体"(吕本中语),"诗有别材,非关书也;诗有别趣,非关理也"(严羽语),都有直觉至上的味道。中国人习惯于把"艺术"与"匠术"相对立,尊前而贬后。如果说哪位文学家是"文匠",有"匠气",简直是骂人。

欧洲古人并不是这样。单从英文来看,"艺术"与"技术"同义,"艺术家(artist)"一词,在很多情况下可以置换成"匠人"和"手艺人"(artisan、craftsman 等),这在中国人看来一定很奇怪。他们的艺术与直觉是对立的,见于亚里士多德的措辞:by art or by instinct(靠艺术抑或靠直觉);艺术又与自然对立,见于贺拉斯的措辞:of nature or of art(艺术的抑或自然的)。亚氏曾经把科学分成三种,其中的实用科学干脆就等同于艺术:applied science(or art)。可见,这里的艺术,与古希腊人造船术和古罗马人练兵术是同一码事,既"关书"又"关理",是文有定体和文有定法的。这个传统直到现在还余绪未绝,美国一些电影理论,对电影制作照例有详细规定:过了几分钟该做什么,过了十几分钟该做什么,统统有法可循,马虎随意不得。

中国人的现代文学理论体系基本上西化了,如谈小说必谈"情节"、"人物"、"主题"三大法统,就是承接西方传统。但中国人轻视技术训练,连大学里的作家班,对技术也不敢往深里讲和往细里讲。鲁迅先生劝人"不要相信小说做法"的话,吓得大家对技术躲得远远的,一动笔总是把自己想象成天才而不是工匠。这倒是有点中国人的脾气。不过,天才或说英才总是少的,大部分作家写一般的作品,作为一种合法职业,就得有起码的职业技术。天才或说英才也总是从庸才成长起来的,在成长的初始阶段,技术教育和训练恐怕不可免。这就像一个优秀球员在竞赛场上踢球如神,怎么踢都是妙,但基本功得靠训练场上一招一式地练出来,须按部就班和循规蹈矩,没有什么捷径可走。

有些小说在第一页就出现了七八个人物,这叫读者如何记得住?这是太不注意把握节奏的技术。有些小说里的每个人物开口都贫嘴,俏皮话密植,搞笑术地毯轰炸,其实过了头不怕互相雷同和抵消?就不怕真到紧要处反而使不上劲?这是太不注意把握反差对比的技术。还有些小说的煽情是硬煽,比如总是让英雄得胃病,让美女淋冷雨,搞得读者欲悲反笑,情绪短路,感觉串味,颇受折磨。其实煽情不是什么难事。亚里士多德早就说过,作品要在唤取"恐惧"与"怜悯",具体做法是:坏人做坏事,不会让观众惊奇,所以应该让坏人做好事;好人做好事,也不会让观众惊奇,所以应该让好人做错事。最好的悲剧,一般是在亲人关系中产生怨恨,或在仇人关系中产生友爱。显然,《奥赛罗》和《雷雨》这一类作品,深得亚氏艺术(或技术?)的精髓,果真搅起了一代代受众的心潮起伏。

我们完全可以瞧不起这些套路,但慎用技术不等于不懂技术,自创技术更不等于不要技术。倘若我们这些低能儿多读几本老祖宗的技术操作手册,我们不一定能写出最好的作品,但至少可以不写最糟的作品,比方说不至于用悲情去胳肢读者,在煽情的时候缘木求鱼。

错　误

美国人策划过一次人机象棋比赛,结果是一台叫做"深蓝"的电子计算机战胜了国际棋王。这场赛事虽然带有游戏性质,规则与评价方法不一定公正合理,但不管怎么说,还是值得我们这些叫做人类的活物吓一跳。我们是人,能吃,能喝,能上班,能打领带,能谈哲学并且患高血压,自以为是天下独尊的智能生物。但我们的智能已经敌不过芯片了——它今天能赢棋,明天就不能干一点缺德的什么事?比方说搞一次政变上台当总统然后像饲养员一样把我们圈养起来?

幸好有一本科学家的书。我忘了这本书是美国人还是英国人写的,只记得书中一个最让我放心的结论:电脑是永远没法战胜人脑的。理由是:电脑尽管有人脑无可比拟的记忆容量,望尘莫及的计算速度,甚至还可以有人的学习、选择以及构想能力,但电脑缺乏人最重要的本领——犯错误。这就是说,芯片的工作永远是"正确"的,永远遵循着逻辑和程序(哪怕是某种模糊的逻辑和程序);而人脑(谢天谢地!)却可以胡来,可以违规,可以"非法法也",一句话,可以在错误中找到正确,用非逻辑和超程序的直觉方式来跃入真理。

这似乎是让人惊喜又不无沮丧的结论:原来,人类的专长,人类的优越,人类智能赖以自得的最后支点,其实就那么一条:犯错误。

错误可以是成功之母。水稻不育系原本是植物的错误(或说缺陷),一经生物学家利用,倒成了发明杂交水稻的起点。文学中这样的例子更多。没有一本优秀的诗歌或小说,是循规蹈矩写出来的。把女人比作鲜花,把土地比作母亲,这些比喻初创之时,不都是物类混淆的"错误"么?把声音当作色彩来写,把味觉当作触觉来写,这些手法对于科学而言,不都是感觉乱套的"错误"么?没有前人胡思乱想地犯下这些个"错误",怎么会有今天的文学?所谓"文匠",就是一字一句都太"正确"了的人,而真正的文学家从来都是人类思维陈规和感觉定势的挑战者,"犯错误"简直是他们的一种常备心态。把动词写得不像动词,把悲情写得不像悲情,把回忆写得不像回忆,把小说写得不像小说……他们在这些胆大妄为中,必定犯过很多一钱不值的错误;但这些代价之后的收获,是他们开启了一个又一个新的正确,不断洞开令人惊异的审美世界。

柏拉图先生一生追求正确,最仇视文艺,说文艺家说话从来没个准,不要说了解物体的性能,就连了解物体的形状,也可以此时说大,彼时说小,可以此人说长,彼人说短,这样的莫衷一是与真理无缘,与政治原则更是格格不入,应视为一种恶劣的内在政治制度(a bad polit-ical system)。其实,柏拉图也没正确到哪里去,一旦广义相对论和量子力学诞生,他那些有关物态大小或长短的执见,就变得不堪一击,并无永远的合法性。他似乎不知道,不论是在文学还是在科学领域里,共识常常都源于异议,真知常常都启于偏见,文学监护着人类认识的多样性,是天生的异议专家和偏见专家,虽然也常犯下错误(柏拉图倒也说对了一面),但可以避免最大的错误:平庸。

平庸者充其量是一些披着人皮的芯片,可以做一些事情,做很多事情,但与创造不会有什么关系。

2003 年 5 月至 8 月

附:偷换了前提的讨论

《小说选刊》编辑部:

谢谢你们转来孟繁华先生的文章。我欢迎任何人的批评。孟先生当然也有批评之权,只是他这篇文章里一开始就有前提偷换,让我困惑与为难。在我那篇短文里,我明明只是说到小说中"两个较为普遍现象",而且通篇以第一人称来说事,把自己当作批评对象,怎么就成了我对小说"总体"和"全部"的偏执性"裁判"? 在孟先生的词典里,"较为普遍"可以引申出"全部"、"总体"的意思吗?

恐怕不能吧。我们说改革使人民"较为普遍"致富,是否就可以引申出"全部"致富? 是否就否认了贫困人口的存在? 我们说制假售假现象"较为普遍",还常常冠以"不正之风愈演愈烈"一类用词,是否就可以引申出中国商业的"总体"败坏? 是否就否认了好或者较好的商家仍然存在?

孟文不过是强调:好的小说还是有的,还是很多的,这我完全同意,在以前很多文章里也表达了同样看法。问题是:谁反对过这一点?

在不太久的过去,分清"九个指头与一个指头"的纠缠,常常成为政治棍子,让任何社会批评都如履薄冰,最后只能噤若寒蝉。文学界人士眼下经常批评商业、教育、体育、司法、政治等方面的负面现象,包括一些较为普遍或者非常普遍的负面现象,遇到对文学的批评或自我批评,最好不要过于敏感。其实,孟先生文中也承认小说中有"大量"烂俗的写作,表现为"都市小资产阶级、中产阶级、白领、官员、小姐、妓女、床上行为、歌厅舞厅、宾馆酒吧、海滨浴场等是常见的人物和场景"(——以上均引自孟文)。作为一个读者,我愿细心体会他这一批评的合理性,愿细心体会他的善意关切,不会以其人之道还治其人之身,比方去指控他居然把"白领"、"官员"与"妓女"并提,并且把"白领"、"官员"、"中产阶级"、"都市小资产阶级"统统一棍子打死。如果我也来吹毛求疵,举一两部作品为例,以证明上述人物身份和上述消费场景,并不妨碍这个作品成为优秀作品,我觉得这没有多少意思,更不会因此窃喜于自己论辩的胜利。古人说:己所不欲,勿施于人。

　　此致
敬礼!

韩少功

2004 年 3 月 9 日

---

* 最初陆续发表于 2003 年《小说选刊》杂志。

批评者的"本土"

　　谈本土文化这一类问题有些危险。因为如何界定"本土",很难说得清楚。中国近代以来的城市都是西方文化的登陆点,大体上都充斥着仿英、仿俄、仿美、仿日的复制品,从建筑到服装,从电器到观念,都仿出了不洋不土的热闹。即便在乡村里,恐怕也不容易找到高纯度的本土文化样品。我原来插队落户的那个村庄,够偏僻的了。可是不久前我重访旧地的时候,发现那里已有了卡拉 OK,有了旱冰场,青年人大多穿上了牛仔裤——这是哪一家的"本土"?

　　这当然不是文化现状的全部,在众多的舶来品之外,我们当然还可以找到传统,找到很多华夏文明的遗传迹象。问题在于,这些遗传迹象同样值得我们警惕,稍加辨析,就很可能发现其中不那么"本土"的血缘。我熟悉的农民,他们指示当下时刻的用词,不是"现在",不是"眼下",而是可以土得掉渣的"一刹(那)"。略备佛学知识的人都明白,这个方言词其实来自梵文,是从印度舶来的外国话。连他们追溯族源时最常用的开场套语:"自从盘古开天地"云云,也是经不起清查的。盘古是谁? 先秦两汉的诸多典籍无一字提到这个人,直到本世纪初,中、日史家们才考证出,盘古尸体化生世界的神话模式是由印度传入中土,于是我们尊奉已久的祖先之神,原来也有外国籍贯。

　　这可能让我们有点沮丧,却是国粹派们不得不面对的历史。早在一千多年以前甚至更早的时候,中国已经与当时称作"西域"的异邦进

行了大规模的文化杂交。宋代以降,繁忙的"海上丝绸之路"又使中国
与东南亚、南亚、中东乃至非洲实现了大规模的文化互动。到今天,随
着交通和通讯手段的发达,中国文化又正在与其他民族的文化实现全
方位的交汇与融合,常常出现你中有我,我中有你的局面,在这个时候
来谈"本土",岂能不慎?

这样说,当然不是说"本土"不可谈,或者不必谈。也许,我们没有
纯而粹之的本土文化,并不妨碍我们有不那么纯也不那么粹的本土文
化,包括这种不纯不粹本身,受制于一方水土的滋养,也与别人的不纯
不粹多有异趣。在中国落户的盘古,不会与落户日本的盘古一样。在
中国高唱的卡拉 OK,与在法国高唱的卡拉 OK 肯定也不完全是一回
事。至少,在迄今为止的漫长的岁月里,在全球文化大同的神话实现之
前,人性与文化的形成,还是与特定的历史源脉、地理位置、政体区划等
等条件密切相关的。作家一旦进入现实的体验,一旦运用现实的体验
作为写作的材料,就无法摆脱本土文化对自己骨血的渗透——这种文
化表现为本土社会、本土人生、本土语言的总和,也表现为本土文化与
非本土文化在漫长历史中相互交流相互影响的成果总和。有些拉美作
家用西班牙语写作,有些非洲作家用英语写作,他们尚且带有母土文化
的明显胎记,诸多只能使用汉语的中国作家,现在居然畅谈对本土文化
的超越,当然还为时太早,也有点自不量力。他们兴致勃勃的"西化"
追求或"国际化"追求,总给人一种要在桃树上长出香蕉的感觉。

但是,除非是作一般化的文化讨论——我偶尔也有这种兴趣——
我还是不大喜欢谈"本土",尤其是在空白稿纸上寻找自己的小说或散
文的时候。在我看来,一种健康的写作,是心灵的自然表达,是心中千
言万语在稿纸上的流淌和奔腾,无须刻意追求什么文化姿态。一个作
品是否"本土",出于批评者的感受和评价,不宜成为作者预谋的目标。
这就像一个人的漂亮,只能由旁人来看,而不能成为本人的机心所在。
再漂亮的大美人,一旦有了美的自我预谋、自我操作、自我感觉,就必定

作姿作态,甚至挤眉弄眼,把自己的美给砸了。因此,"本土"也好,"时代"也好,"前卫"也好,"元小说"也好,这一类概念从严格的意义上来说,都是事后批评的概念,事后研究的概念,而不是创作的概念;是批评者的话,而不是作者的话。倾吐心血的作家关切人类普遍的处境和命运,其文化特征是从血管里自然流出来的。他们没工夫来充当文化贩子,既不需要对自己的本土出产奇货可居,也不需要对他人的本土出产垂涎三尺。把中国写成洋味十足的美国,当然十分可笑;把中国写得土味十足然后给美国看,大概也属心术不正。世界上评估文学的最重要的尺度只有一个,就是好与不好,动人与不动人。离开了这一点来从事本土或非本土文化资料的收集,是各种旅游公司的业务,而不是文学。

文化的生命取决于创造,不取决于守成。一个有创造力的民族,用不着担心自己的文化传统溃散绝灭,正像一个有创造力的人,用不着担心自己失去个性。作为一个作家,他或者她完全可以不关心也不研究自己的文化定位问题。对于他或者她来说,刻骨铭心的往事和引人神往的奇想能否燃烧起来,创造力能否战胜自己的愚笨,这样的挑战,已足以使其他的事情都变得不值一谈。

1996 年 12 月

---

* 最初发表于 1997 年《上海文学》杂志,后收入随笔集《性而上的迷失》,已译成法文。

文体与精神分裂症

眼下，一个学者不写理论专著，倒去写一些接近文学的感性文字，是不可能被学术体制接受的。他既不可能拿到职称也肯定争不到研究经费，只能被视作不务正业或穷途末路的自弃。同样，一个作家不写正宗的"纯"文学，倒去写一些接近理论的智性文字，也不大可能被文艺体制接受。他会被同行疑惑，被文艺爱好者拒绝，在很多时候被视为越俎代庖的狂妄，或是江郎才尽的敷衍。

现代体制所要求的文化生产，是一种专业化分工的生产，而且在一种流行的误解之下，专业化一开始就定制了相应的生活方式与意识方式。事情似乎是这样：学者不需要关注感觉，不需要积累和启用个人经验，其郁闷、欣喜、愤怒、感动一类日常情绪反应，虽然真实地发生在每一天，却不宜在学术过程被问题化和课题化，只能被视为治学生涯的危险干扰，必须全力排除。他只需要从书本到书本地忙碌下去就够了，哪怕一本本不知所云的学舌，也是他从业的心血成果。同时，作家不需要投入思想，不需要拓展社会人文知识视野，鸡零狗碎，家长里短，男盗女娼，道听途说，似已构成自足的文学乐园，才艺的高下充其量只体现于通晓或奇诡的手法选择。这种情况下的作家，成了一批最有权利厌学、无知、浅见、弱智以及胡言乱语的人，专业经营小感觉和小趣味。至于追问笔下故事是否承担着价值意义，是否回应了世道人心中紧迫而重大的难题，只能让很多作家打出疲惫的哈欠。

　　这是一种文体分隔主义,差不多就是精神分裂主义。一个人,本来是心脑合一的,是感性与智性兼备的有机生命体,其日常的意识与言说,无不夹叙夹议和情理交错,具有跨文体和多文体的特征。如果不是神经病,没有任何人会成天操一嘴理论腔或者操一嘴文艺腔,把他人吓得目瞪口呆落荒而逃。在工业化时代以前,在人类心智发育的一个漫长历史阶段,这种日常的意识与言说直接产生文献,因此文、史、哲等等多位一体,几乎是最正常和最自然的文本。不仅从先秦到盛唐的一流中国先贤大多具有这样的全能风格,从古希腊哲学到《圣经》与《古兰经》,西方诸多奠基性的文化经典也不例外。没有人会对这种表达感到不习惯。

　　事情到后来才发生变化。随着儒学在中国颓败和宗教在欧洲坍塌,文化生产大规模重组,为了适应现代社会科层分明的需要,渐次纳入了专业化体制:理论与文学开始分家,甚至小说与散文也开始分家,甚至议论性的杂文与叙事性的散文也开始分家。尽管有托尔斯泰、尼采、雨果、鲁迅、罗兰·巴特等人,仍然表现出对文体分隔的不适与谋反,仍有一种常人式的亦即上帝式的表达欲望,但就大多数而言,文化人只能各就其位和各安其职,专业定位日益与自己的生存常态告别。偶有越位的文体客串,顶多只能算业余兴趣,不足为训,无关宏旨。写出最像理论的理论,写出最像文学的文学,才是大家更为惦记的目标。

　　这有什么不好吗? 在一定的条件下,专业化分工可以使人们的术业有专攻,各求其长,各用其长,资源优化配置,写作更加职业化与技术化,知识的生产、流通、消费以及相关人力培训也更有效率。同时,专业化写作并不强求专业化阅读,读者们完全可以上午读理论,下午读文学,一天之内频繁跑场与换道,采用杂食性精神菜单,在各种特色产品中博采众家然后自融一炉。欧洲十六世纪以后的人文兴盛,就呈现这样一种百体俱兴、百体俱精以及相得益彰的局面,使我们毫无理由对文体分隔过于担心,而且足以对这一趋势的前景仍然充满期待。

　　问题在于,文体是心智的外化形式,形式是可以反过来制约内容的。当文体不仅仅是一种表达方便,而是形成一种模式化强制,构成了对意识方式乃至生活方式的逆向规定,不是作者写文章而是文章写作者,到了这一步,作者的精神残疾就可能出现了,文化生产就可能不受益反受害了——这正像分类竞技的现代体育造出了很多畸形肉块,离人体健康其实越来越远。在这种情况下,智性与感性的有机互动关系被割裂。人们或是认为理性比感性更"高级",从笛卡尔、莱布尼兹、康德以及列宁那里继承对感觉的怀疑;或是认为感性比理性更"本质",从尼采的"酒神"说和弗洛伊德的"潜意识"说那里继承对理智的蔑视。还是在这种情况下,理论不光是一种文体,它构成了学者们获得感觉能力的障碍,其实也是创造优质理论的障碍,哪怕他们笔下可以偶得一些漂亮的文学化修辞——做到这一点并不是太难。文学也不光是一种文体了,它同样构成了作家们获得理智能力的障碍,其实也是创造优质文学的障碍,哪怕他们笔下可以搬弄几个深奥的理论化辞藻——做到这一点同样不是太难。

　　人类的理智与感觉终于被不同文体分头管理,被学者与作家分头管理。而管理者们在日益职业化与技术化的竞争压力之下,画地为牢,自我囚禁,单性繁殖,自我复制,直至陷入精神枯竭和绝育的境地。他们心智空空却自居人类灵魂的工程师,言词滔滔却总是对当下重大的精神逼问视而不见或者避实就虚。他们使出版物汗牛充栋,但人们仍是阅读的饥民,常常在书店里翻了半天,不知道有哪一本可读。

　　阅读的饥民们更有充分的理由,对文本中的理性与感觉一并失望。

　　一个中产阶级日益庞大的社会里,文化过剩的真相其实是文化缺位。以前是"文学高于生活",现在差不多是生活源于文学并且高于文学了。以前是"理论高于生活",现在差不多是生活源于理论并且高于理论了。从表面上看,文化营销轰轰烈烈五彩缤纷,但世界历史和现实生活正在发生深刻变化,旧的解释系统力不从心,越来越不能与人们内心最深处的焦虑接轨。倒是很多在现实生活中摸爬滚打过的普通人，总是有书本之外太多惊人的故事和太多奇妙的想法，为文人墨客们闻所未闻。他们有足够的理由对文士们的忙碌表示疑惑。理科学子也有足够的理由瞧不起文科弟兄的几句酸腔——这种高等院校内外的普遍现象，似乎尚未引起人们的重视。

这样一个文明高峰的现代社会里倒是邪教迭出。特别是美国九一一事件以后，原教旨极端宗教主义、原教旨极端民族主义、原教旨帝国主义以及原教旨等级主义……以各种准邪教的方式卷土重来，在很多地方一呼百应大获人心。这些思潮基本上用不着理论和文学，却使理论与文学无法招架一触即溃。值得注意的是，这些思潮都具有精神分裂的特点：或是理智到教条主义的程度，强词夺理，冷血无情；或是感觉到享乐主义的程度，声色犬马，纵欲无羁。很多人就是这样缺乏完整人格，其偏执、自闭、僵固以及欲罢不能是常有症状。问题是：知识界对此是否毫无责任？那些泡沫化的理论和泡沫化的文学，是不是促成了这一场精神危机？那种人类理智与感觉被分隔管理以后的双双失血，双双无根，双双恶变，是不是终于面临着精神分裂以后的如期反应？

葡萄牙作家费尔南多·佩索阿说："在今天，正确的生活和成功，是争得一个人进入疯人院所需要的同等资格：不道德、轻度狂躁以及思考的无能。"（见《惶然录》）

"疯人院"的最大心理特征就是感觉与理智失衡，是感觉脱离理智的控制，或者理智缺乏感觉的支持。因此，现代社会的修复，不能不从人的心智修复开始。在这里，对文体的关注，也许是我们必要的基础性作业之一。我们当然不必要也不应该统统投入跨文体和多文体的写作，不必要也不应该接受对任何形式的迷信。但我们至少应该心脑并用，通情同时达理。"通情"的理论就是富有经验感觉积蕴的理论，哪怕最为枯燥的思辨推理中也伏有情感的脉跳。"达理"的文学就是富有思想智慧积蕴的文学，哪怕最为冲动的诗情画意中里隐有思想的重力。很自然,我们还应该对文体分隔壁垒抱有必要的反思与警觉,对某些"非典型写作"援以宽容。这不是什么很高的要求。这只是无法禁锢的心灵自由,让我们自己在写作之前,首先成为一个精神健全的常人,像常人一样来感知与言说这个眼前的世界。

2003 年 3 月

---

* 最初发表于 2003 年《天涯》杂志,后收入随笔集《文学的根》。

为 语 言 招 魂

学语言,其实是最简易之事。一个人可能学不好数学,学不好哲学,学不好园艺或烹调,但只要没有生理残障,又有足够的时间投入,再笨,也能跟着姥姥或邻童学出流利的言语。即便是学外语,一般也不需要什么特殊的天赋和才具,你把几百个或几千个小时砸进去,何愁不能换上一条纯正的伦敦皇家之舌?

自上个世纪八十年代以来,中国加速现代化建设,出现了举国上下的英语热。两三亿学生娃娃哗啦啦大读英语,热得也许有点过了头,在英语发展史上也算得上罕见奇观。但英语热了多年,有些中国人一旦用英语还是挠头抓腮,半生不熟,有七没八,上不着天下不着地,于是自觉愚笨无比——其实,这种自惭也过了头。

英语难学至少有以下原因:

汉语以方块字为书写形式,是一种表意语言,与英语一类表音语言有天然区隔,在历史上风马牛不相及,长期绝缘,基质大异,各有固习和严规。比较而言,印欧语系虽品种繁多,但同出一源,其中有拉丁语一分为多,有日耳曼语一分为多,分家兄弟仍分享着几分相似的容颜,是大同小异或明异暗同。此后,英语在英伦三岛上形成,作为"三次入侵和一次文化革命"的产物,被丹尼尔·笛福视为"罗马/撒克逊/丹麦/诺曼人"的共同创造,其中包括了日耳曼与拉丁两大语流的别后重逢,可视为发生在欧洲边地的远亲联姻。由此不难理解,英语虽为混血之物,仍承印欧语系的自家血脉,与各个亲缘语种有千丝万缕的联系。一位南欧或中欧人学习英语,或多或少仍有亲近熟悉之便,不似中国人一眼望去举目无亲,毫无依傍,缺少入门的凭借。

另一方面,汉语曾被沙漠和高山局限在东亚,是十六世纪以后一个民族逐渐沦入虚弱时的语言,虽有一份恒定与单纯,却缺乏在全球扩张的机会。可以比较的是,英语凭借不列颠帝国和美利坚超级大国的两代强势,在长达近三百年的时段内,由水手、士兵、商人、传教士、总督、跨国公司、好莱坞影片、BBC 广播、微软电脑软件等推向了全球,一度覆盖了和仍在覆盖世界上的辽阔版图。在这一过程中,物种一经遗传就难免变异,规模一旦庞大就可能瓦解。英语离开母土而远走他乡,实现跨地域、跨民族、跨文化的结果,竟是变得五花八门和各行其是。尽管"女王英语"通过广播、字典、教科书等等,仍在努力坚守标准和维系破局,但不同的自然条件、生活方式以及社会形态,使散布在欧、美、澳、非、亚的各种英语变体,还是无可挽回地渐行渐远。到最后,世界上不再有什么标准英语,只有事实上"复数的英语"——包括作为母语的英语、作为第二语的各式英语,包括贫困民族和贫困阶层那里各种半合法的"破英语"。高达五十万的英语词汇量,比汉字总量多出十几倍,就是分裂化带来的超大型化,大得让人绝望。一个英美奇才尚无望将其一网打尽,中国的学习者们又岂能没有力不从心的沮丧?

更重要的是,生活是语言之母,任何绕过相应生活经历的语言学习必定事倍功半。当英语仅仅作为一门外语时,在学习者那里常常只是纸上的符号,无法连接心中的往事,于是类似没有爱情的一纸婚书,没有岁月的一张日历,或者是庭院房屋已经消失的一个住址,没有生命感觉的注入,不是活的语言。学习者们不一定知道,英语中所有寻常和反常的语言现象,不是天上掉下来的,不过都是历史的自然遗痕。在过去的十几个世纪里,英语是先民游牧的语言,是海盗征战的语言,是都市和市民阶层顽强崛起的语言,是美洲殖民地里劳动和战争的语言,是澳洲流犯、南洋商人以及加勒比海地区混血家庭的语言,是南非和印度民族主义运动的政治语言,是资本主义技术精英在硅谷发动信息革命的机器语言……中国人置身于遥远的农耕文明,没有亲历这诸多故事,对英语自然少不了经验障碍;如果对这一切又没有足够的知识追补,真正进入英语无异于缘木求鱼。正是在这个意义上,对于一切学习英语的人来说,眼前这本《英语的故事》是十分重要的读物。作者罗伯特·麦克拉姆等人给学习者们提供了必要的补课。他让语言返回生活,返回语言产生的具体情境。他拒绝语言学中的技术主义和工具主义,坚持从语言中破译生活,以生活来注解语言,用一种近似语言考古学的态度,将读者引入历史深处,其细心周到的考察,生动明快的笔触,恢复了语言与生活的原生关系,重现了语言背后的生存处境和表达依据,使一个个看似呆板和枯燥的词语起死回生。这是一本为词典找回脉跳、体温以及表情的书,是为语言学招魂的书。它甚至不仅仅是一本语言史,而是以英语为线索,检索了英语所网结的全部生态史、生活史、社会史、政治史、文化史,在史学领域也有不可替代的重要地位。

文化史当然包括了文学史——读过此书之后,像我这样的文学读者,对莎士比亚、尤利西斯、惠特曼等西方作家想必也会有新的发现和理解,对一般文学史里的诸多疑团可能会有意外的恍然大悟。

因此,在一个中国全面开放的时代,一切对西方有兴趣的读者,一切知识必须涉外的学者、记者、商人、教师、官员以及政治家,都能从这本书中获益,都能透过英语之镜对西方文明获得更加逼近和入微的观察。

本书的译者欧阳昱,长期旅居英语国家,又是一个诗人兼小说家,有汉语写作和英语写作的丰富经验,在此书的翻译中经常音意双求,源流兼顾,形神并举,有一些译法上别开生面和饶有趣味的独创,颇费了一番心血。个别词语如"币造(coin 原意为币,引意为生造或杜撰)",

出于词汇上援英入中的良苦用心,虽不易被有些读者接受,却也不失勇敢探索之功,为进一步的切磋提供了基础。

2004 年 2 月

---

* 原代序欧阳昱所译《英语的故事》一书。

从循实求名开始

关于"××化"

"现代化"这个词已用得耳熟能详。但何谓之"化"？依中文的用法，推广、普遍、完全、彻头彻尾谓之"化"。那么彻头彻尾的现代化是什么模样？筷子很古老，不要了吗？走路很古老，不要了吗？窗花与陶器很古老，不要了吗？农家肥料与绿色食品肯定古已有之，还要不要？特别是在人文领域里，孔子、老子、慧能、苏东坡等等很不"现代"，怎么不要以后又要了？天人合一、实事求是、惠而不费、守正出奇等等，在不同时代虽有不同表现形式，一如男女求爱可以抛绣球也可以传视频，战争屠杀可以用弓矛也可以用核弹，但它们的核心价值能不能变？或该不该变？把它们都"现代化"一下是什么意思？

现代很好，特别是很多现代的器物很好。我眼下写作时就惬意地享用着现代电脑，还离不开现代的供电、供水、供热系统，离不开工业革命和信息革命的各种成果。即便如此，"现代"仍是一个容易误解的词，而英文中的 – sation 或 – zation 已经可疑，译成中文的"化"便更可能添乱。

这个词抵触常识，折损了我们的基本智商。谁都知道，无论怎样"革命化"的社会，很多事大概为革命力所难变，比如食色之欲、基本伦常、很多自然学科等等。无论怎样"电气化"的社会，很多事肯定用不着电器代劳,比如教徒祈神、旅者野游、孩儿戏水等等。无论怎样"市场化"的社会,很多事肯定不遵市场法则,比如法院办案、义士济贫、母子相爱等等。无论怎样"民主化"的社会,很多事肯定不走民主程序,比如将军用兵、老板下单、艺人独创等等。这就是说,世上很多东西,即便是好东西,也不可能而且不必要彻头彻尾的"化"。

倒是千篇一律的"化"必定单调乏味。整齐划一的"化"必定缺乏生机与活力——这是从热力学到生态学一再昭告的警示。世上的生态系统、文化系统、政治或经济系统等一旦进入同质状态,就离溃散与死寂不远。那么革命、电气、市场、民主一类哪怕是好上了天,也只是在一定范围内相对有效,在一定程度上相对有效,不必顶一个"化"字的光环,被奉为万能神器和普世天宪。

关于"××主义"

"主义(-ism)"也是意识形态的权杖。这个词在汉译过程中还不时加冕一个"唯",如物质主义(materialism)成了"唯物主义",审美主义(aestheticism)成了"唯美主义",理性主义(rationalism)成了"唯理主义"。于是既"主"且"唯",如同天无二日和国无二君,大大强化了一元独断的霸气——其根据和好处到底是什么,至今没有个像样的交代,却实在该有个像样的交代。

有没有简约、尖锐、偏执乃至极端的思想适合"主义"一词? 当然是有的。但这种情况并非全部,也不是多数。特别是在多元而开放的环境里,在人类文化丰厚积累之后,凡成熟、稳定、耐打击、可持续的思想体系,几乎都有内在丰富性,不过是在你中有我我中有你的状态下各有侧重,如此而已。当今的大多社会主义者不会因"社会"而仇视个人和市场经济。当今的大多自由主义者也不会因"自由"而仇视平等与国家监管。他们均离各自的原教旨甚远,也都不会排拒孔子、柏拉图、佛陀、耶稣、达尔文、爱因斯坦这样一些共同的思想资源。这就是思想大于"主义"的常态。那么,描述这样一些思想组合体与多面体,是不是可以有"主义"之外更合适的说法?如果创新一些更合适的说法,撤掉一些玩命PK的主义擂台,那么多年来捉对厮杀不共戴天的"公正"与"自由"之争,"民主"与"自由"之争,"民主"与"社会"之争,"社会"与"共和"之争,作为很多有识之士眼中的小题大做甚至无聊虚打,是否可以少一点?

任何一种社会形态诚然有主要特征,但这种特征是表还是里,是果还是因,是相对甲还是相对乙而言,也常被人们粗心对待,于是"主义"的单色标签常常过分放大某些信号而删除其他信号,聚光某些因素而遮蔽其他因素,很容易把事物简单化,甚至混乱化。十九世纪的俄国和美国都冒出资本家,又都有数以百万计的奴隶,那么对这种资本加奴隶的共生体拦腰下刀,将其命名为"资本主义"而非"奴隶主义",用"主义"削足适履,似乎并无充足理由。另一个例子是:古代中国确有近似欧洲的采邑、藩镇、领主、封臣等"封建"现象,但也有中央官僚集权漫长历史,有文明国家体制的早熟迹象,与欧洲的情况大有区别。漠视这种区别,把大分裂的欧洲等同于大一统的中国,进而等同于集体村社制多见的印度和俄国,用一个大得没边的"封建主义"帽子打发纷繁各异的千年人类史,打发宗族、帮会、教门、官僚等各种权力形态,也显得过于粗糙。显然,"封建"一词在多数情况下大而不当;谈"封建"更不一定意味着到处颁发"封建主义"。一旦竖起主义大旗,有些问题倒可能让人越辩越晕,越辩越累,越辩越怒目相向,直到离真理更远。

主义之争,至少一大半是利少弊多。据恩格斯说,马克思先后五次否定自己是"马克思主义者",见诸中文版《马恩全集》第三十五卷385页,第二十一卷541页附录,第三十七卷432页,第三十七卷446页,第二十二卷81页——看来马克思早已嗅出了主义的危险,不满思想的标签化。

邓小平多年前提出"不争论",也一定是有感于"姓社"与"姓资"的主义之辩不过是麻烦制造者,是妨碍大局的乱源。这种闭嘴令,算是没办法的办法,是纸上主义都不够用和不合用的时候,舍名求实的一时方便。

两个主义已经够折腾人了。如果把西方成千上万的主义都引入东土,从费边主义到萨特主义,从修正主义到保守主义,从货币主义到福利主义,从达达主义到天体主义……这些高分贝理论尖声一齐登场,诚然热闹,诚然让人开眼,诚然让学者们业务兴隆并且接轨西方,但对于解决实际问题来说,倒可能有多歧亡羊之虞。更重要的是,面对复杂多变的现实,"主义"式的一刀切、一根筋、一条路走到黑,其本身有多少智慧可言? 一种疗救社会的综合方案,随机应变和因势利导的全部实践智慧,如何能装入一两个单色标签里去? 身边的事实是,如果中国人要市场但少一点"市场主义"的狂热,教育、医疗、住房等方面的制度改革也许可以少走点弯路? 如果美国人要资本但少一点"资本主义"的偏执,他们也不至于对金融资本失去节制,一头栽进二〇〇八年的金融风暴吧?

"主义"一次次成为制动闸失灵的思想,越出了正常的边界。

思想与文字的一体两面

近百年来,一批热衷于西学的中国新派精英确有革新之功,但谭嗣同、刘半农、钱玄同、胡适、陈独秀、鲁迅等都曾力主废除汉字,甚至有人主张全民改说法语,差一点闹到了"凡中必反"与"凡旧必弃"的激进程度。不过这一革新幸好夭折,使我们还有机会讨论下面的问题。

中国人以前不说"主义"和"化",大概与所用的语言文字有关。在论及人文话题时,中文少单词,多复词;少单义型单词,多兼义型复词,比如大国小家合之为"国家",公道私德合之为"道德",内因外缘合之为"因缘",活情死理合之为"情理"……这一类复词如双核芯片,应付两面,布下活局,对关联事物实行综合平衡和动态管理。作为先贤们"格物致知"的语言特产,这类词长于兼容和整合,长于知其一还知其二,连很多含义对立的事项也常常在中文里组合成词(东西、利害,痛快,褒贬等),几乎都难准确西译。这与中国古人喜欢"利弊互生"、"福祸相倚"、"因是因非"、"法无定法"一类说法,在文化原理上一脉相承。在他们看来,以道驭理,谓之"道理";然而道可道,非常道,总是充满着辩证的多义指涉,很难孤立地、绝对地、静止地定义求解,因此上述词语无非是实现一种八卦图式的阴阳统筹,以中庸、中道、中观之法协调相关经验——这几乎是中国人不假思索就可接受的修辞方法。包括一些借道日译而产生的译词,也仍然顺从这种修辞惯性。

　　与这种语言相区别,很多西方语言文字呈现出某种词义原子化和单链化趋向——虽然也有复词和词组,也可表达兼义,但单词大多单义,单词贵在单义,单义词库日益坐大,为人们的线性形式逻辑提供了最好舞台。古希腊哲学求公理之真,是一元论的,习惯于非此即彼的矛盾律、排中律、同一律。基督教倡救赎之爱,是一神论的,习惯于非我必邪的争辩、指控、裁判以及战争。它们都免不了追求词义的精纯和逻辑的严密,甚至都有一种几何学的味道,长于理法推演,志在绝对普世,因此不管是来自雅典的"格理致知"还是来自耶路撒冷的"格理致爱",两相呼应,一路穷究,都是要打造永恒的、不变的、孤立的神圣天理①。在这一过程中,真实(true)高于事实(fact),因逻辑推演而身份高贵,以至fact 一词迟至十六世纪才伴随各种外来的物产和知识进入欧洲词汇②。

---

① 如亚里士多德称:... something eternal and immovable and independent ... such beings are the celestial bodies. ——《Metaphysics》by Aristotle. 基督教重要理论家拉辛格也说：Being is thought and therefore thinkable. ——《Introduction to Christianity》by Josph Kardinal Ratzinger,1990

② 见《Maters of Exchange Commerce, Medicine, and Science in the Dutch Golden Age》by Harold. J. Cook,2007

同是在这一过程中,对抽象的再抽象,对演绎的再演绎,使他们产出了不少"格理"而不是"格物"的语言,理法优先而不是经验优先的符号工具,诸如 being,nonbeing,otherness,sameness,nothingness,thing-hood,for-itself-ness……让汉译者们一看就头大,真是要译出高血压和精神病来。显而易见,这种语言确保了精密,营构了形而上的天国,却忽略了活态实践中太多的半精密、准精密、非精密以及无法精密。

两种主流文化传统都经历过自我反思。很多西方人曾不满意理法霸权,很多中国人也曾不满意经验霸权。欧洲就有过质疑逻辑主义、理性主义、科学主义的强大声浪。中国学人也对本土文化传统中的含混、虚玄、圆滑、散乱、空洞、实用投机等等有过激烈批判。

在这种情况下,中国人也萌生追求文理精密的冲动,包括对很多兼义词实行悄悄改造,以适应形式逻辑的需要。比如当今的"国家"实际上是指国,与家没有太多关系,兼义变成了偏义——科学家、法学家、神学家不正是需要这种精密的语言吗? 现代社会不正是需要这种言说的明确无误吗? 不过,这种语言的改造运动力有所限。改造后的"国家"一词仍然兼有国土(country)、国族(nation)、国政组织(state)等义,很遗憾,还是涉嫌混沌甚至混乱,在很多西方人士看来仍未达标。更重要的是,兼义复词在汉语中仍是浩如烟海,构成了深入改造的难点。比如"情理"就很难由兼转偏,因为在中国老百姓看来,任何事情必须办得入情入理,二者不可偏废,所以"情理"必须是一个词,是一回事,不可切分为二。在这种情况下,如果闹出一个"情理主义",肯定被很多西方人视为双头的怪胎;如果分解出"情感主义"和"理智主义",大多中国人又肯定觉得弄巧成拙,活生生地把一个人分尸两段。

双方碰到这一类词语还是难办,无奈之下只能求助于大致心会,留下各种文化之间不可通约的余数。

不仅"情理主义"说不通,"标本主义"、"刚柔主义"、"知行主义"等也肯定不像人话。这证明大多中国人处理标与本、刚与柔、知与行之类问题,还是顽强坚持和持久怀念一种整合、互补、兼济、并举的态度,不大承认词素之间的各不相干,更不乐意在价值取向上挑边押注。在这个意义上,不论是语言影响思想,还是思想影响语言,中国语言文字重要特色之一仍是尽可能全面地、相对地、变化地描述事物,因此多多少少压缩了一元独断论的空间,使"主义"和"化"一类词用得不大方便。中国古人的儒学、墨学、经学、玄学、理学、心学等都很难简化为一个主义。经过二十世纪的西化狂潮,随着实践经验的逐步积累和文化自觉的逐步苏醒,一些进口的单色标签也在逐渐凋零。"革命化"、"市场化"、"集体化"、"私有化"、"道德化"、"世俗化"一类口号,经人们现实感受一再淘洗,在当今不是已退出历史,就是被用得十分节制。很多外来词甚至一直找不到移植的水土条件,比如中国老百姓较能接受大众与精英的结合,因此"大众主义"和"精英主义"听上去总有点刺耳,不易说得理直气壮,始终难以响亮起来。谁要是拍着胸脯自封"精英主义"或"大众主义",在多数情况下必是自找没趣和自砸场子。

当然,"现代化"一词还未被更好的说法取代,姑且约定俗成地用着,以照顾人们的习惯和情绪。但多年来沿用的"社会主义"一词已经被"中国特色"、"初级阶段"、"改革开放"、"市场经济"、"以人为本"等多种附加成分所拓展,词组越来越长,内涵越来越繁,已让很多西方人难以适应,不知这到底是什么玩意。明眼人不难看出,这不过是中国人对旧标签的小心弥补和修整,或可视为一种名理上的破蛹待飞。

自主实践须自主立言

一个多世纪以来,中国与西方迎头相撞,恩怨交集的关系剪不断理还乱,其中大概含有三个层面:第一是利益的共享与摩擦,比如抗日战争期间的国人比较容易看到共享;而巴黎和会与藏独闹事期间的国人则比较容易看到摩擦。第二是制度的融合与竞比,比如引入市场和民主的时候,国人比较容易看到融合;遇到拉美、东南亚、美欧日经济危机的时候,国人则比较容易看到竞比。

　　其实第三个层面的关系更重要、更复杂、更困难,却更隐形,即中国对西方思想文化的吸纳与超越。百年来时风多变暗潮迭起,但不论是仿俄还是仿美的激进革新,中国人都从西方引入了海量的思潮和学术,包括车载斗量的外来词,遍及哲学、宗教、科学、法学、文艺、经济学等各个领域,极大扩展和丰富了国人的视野,扩大了不同文化之间的近似值。检点一下诸多新型学科,如果说国人因此对西方欠下一笔大人情,恐怕并不为过。在这里,即便是"××主义"和"××化"也是重要的舶来品。它们至少能让我们全面了解全球思想生态,知道偏重、偏好、偏见本是生态的一部分,在特定情况下甚至不可或缺——这当然是另一个可以展开的话题,在此从略。

　　不过,中国与西方虽然同居一个地球,共享一份大致相同的人类生理基因遗产,却来自不同的地理环境、资源条件、历史过程以及文化传承,又无法完全活得一样和想得一样。有些洋词是对西方事物的描述,拿来描述中国事物并不一定合适;有些洋词在描述西方事物时已有误差,搬到中国来更属以讹传讹——需要指出的是,这种夸大文化近似性的教条主义,倒算得上一个真实的"主义",近百年来在中国不幸地反复发作。有些知识人似乎被洋枪洋炮打懵了,只能一直靠西方批发想法,总是忙于打听西方的说法,争着在远方学界的注册名录里认领自己的身份,以至文化软骨症重到了残障程度:比如明明是说及吾国吾民之事,却念念不忘在关键词后加注译名,一定要比附欧美的某些事例,套上他国他民的思维操典,否则就如无照驾车和无证经商,足以令人惶惶不安,足以招来同行们的窃笑和声讨。

　　其实,任何命名系统都有局限性,都不是全能。不同的文化之间既可译又不可全译,比如中文里的"道"就很难译,英文里的 being 也很难译,这完全正常。恰恰相反,难译之处多是某种文化最宝贵的优长所在,是特殊的知识基因和实践活血之蕴藏所在,最值得人们用心和用力,如果能轻易地外译,倒是奇怪了,倒是不正常了。换句话说,一个毫无难度全面对接的翻译过程,通常是一个文化殖民和文化阉割的过程,一个文化生态多样性消失的过程,对于一个有志于自主创新的民族来说,无异于声频渐高的警号。

从这一角度看,创新文化的基础工作之一就是创新词语,弘扬文化的高端业务之一就是输出词语,包括不避翻译难度、增加翻译障碍、使翻译界无法一劳永逸的词语,哪怕造成理论对外"接轨"大业的局部混乱和一时中断也无妨——这有什么可怕吗?这有什么不好呢?说岔了就暂时岔一岔,说懵了就暂时懵一懵,可持续的差异、隔膜、冲突难道不正是可持续的交流之必要前提?

一个不岔也不懵的美满结局未必可靠,也未必是结局。

作为文化活力与生机的应有之义,作为古今中外所有文化高峰的常规表现,历史一再证明,富日子里不一定绽放好文化,但新思想必然伴生新词汇,促成命名系统的不断纠错与校正。孔子说:名不正则言不顺,言不顺则事不成。面对一个全球化或多种全球化交织的时代,在深度吸纳世界各民族文明的前提下,采众家之长,避各方之短,从洋八股中大胆解放出来,在一种大规模的自主实践中真正做到循实求名,对于当今中国来说必不可少,也非常紧急。

如果这一片土地上确有文化复兴的可能。

如果这里的知识群体还有出息。

2009 年 11 月

---

* 最初发表于 2010 年《天涯》杂志,原题《慎用洋词好说事》。

知识突围的道与理

本科毕业以后，觉得自己英文太烂，我经常骑着脚踏车回母校去外语系旁听。其时谢少波先生正在那里执教，给过我不少方便，还定期为我私下辅导，是一位难得的良师益友。我们在杂乱破旧的教工宿舍楼里曾醉心于英文的诗歌与小说，共享湘江之滨一个文学梦。

稍感意外的是，他出国留学和工作以后，由文学而文化，由文化而历史与社会，成为一个视野日益广阔的研究者和批评家，近年来更是活跃在国际学界，对一系列重大议题常有忠直发言，是全球性文化抗争中的一名狙击手和突击手，一位挑战各种意识形态主潮的思想义侠。

从眼下这本中文版论集来看，他出身于"后现代"师门，操持现代西方的语言学、解构主义、文化研究一类利器，擅长一套西洋学院派战法。但他以洋伐洋，入其内而出其外，以西学之长制西学之短，破解对象恰恰是西方中心主义，是全球资本主义体制下的话语霸权。对"现代性"语义裂变的精察，对西方特殊性冒作"普适性"的明辨，对不同品格"人文主义"的清理，对"新启蒙"与"新保守"暗中勾结的剖示，对跨国资本以差异化掩盖同质化的侦测……都无不是墨凝忧患，笔挟风雷，具有很强的现实针对性和思想杀伤力。

作为一位华裔学者，神州山河显然仍是他关切所在，是他笔下不时绽现的襟怀与视野——这既给他提供了检验理论的参照，又拓展出一片创新理论的疆域。不难理解，他以多语种、多背景、多学科的杂交优势,穿行于中西之间,往返于异同两相,正在把更多的中国问题、中国经验、中国文化资源带入英语叙事,力图使十三亿人的千年变局获得恰当的理论显影,以消除西方学术盲区。这当然是一项极有意义又极有难度的工作。想想看,一个没有亚里士多德、基督教传统、殖民远征舰队的中国,在内忧外患中惊醒,一头撞入现代化与全球化的迷阵,不能不经历阵痛和磨难——其难中之难,又莫过于陌生现实所需要的知识反应,莫过于循实求名。迄今为止的争争吵吵证明,中国是二十世纪以来最大的异数,最大的考题。无论是植根于欧美经验的西学话语,还是植根于农耕古史的国学话语,作跨时空的横移和竖移,恐都不足以描述当今中国,不足以诊断现实的疑难杂症。因此,援西入中也好,援中入西也好,都只是起点而非终点。像很多同道学人一样,少波十分明白这一条。他有时候多面迎敌,一手敢下几盘棋,不过是在杂交中合成,在合成中创新,正在投入又一次思想革命的艰难孕育。

在本书的一篇文章里,他谈到庄子及其他中国先贤在理论中的"模糊性、歧义性、不确定性"。这涉及中国传统哲学的特点,也涉及知识生产的基本机制。其实,中国老百姓常说"道理","道"与"理"却有大不同。道是模糊的,理是清晰的;道是理之体,理是道之用;若借孔子一言,道便是"上达"之物,理只是"下学"之物——下学而上达,方构成知识成长的完整过程(见《论语·宪问》)。可惜的是,很多学人仍囿于逻各斯主义式的旧习,重理而轻道,或以理代道。特别是在当前文本高产知识爆炸的时代,一批批概念和逻辑的高手,最可能在话语征伐中陷入无谓的自得或苦恼。他们也许不明白,离开了价值观的灵魂,离开了大众实践的活血,离开了对多样和多变世界的总体把握,离开了对知识本身的适时信任和适时怀疑,在一些具体义理上圆说了如何? 不能圆说又如何? 在纸面上折腾得像样了如何? 折腾得不像样又如何? 历史上的各种流行伪学,其失误常常并不在于它们不能言之成"理",而在于它们迷失了为学之"道",在大关切、大方法、大方向上盲人瞎马。比如作者在本书中谈到的"他者"之说——在成为一个概念与逻辑的问题之前,它更像是一个价值观的问题吧? 若无一种善待众生的宏愿与远瞻,相关学者的细察、深思、灵感、积学等从何而来?

正是在这个意义上,与其说我敬重谢少波先生的思辨之理,不如说我更推崇他的为学之道;与其说我欣悦于他做了什么,不如说我更欣悦于他为什么会这样做,为什么能这样做。

在一个大危机、大震荡、大重组日益逼近的当下,他也许做得了很多,也许做不了太多,这都并不要紧。但他与世界各国诸多同道共同发起的知识突围,他们的正义追求和智能再解放,已经让我听到了希望的集结号,看到了全球文明新的彼岸正在前面缓缓升起。

2008 年 8 月

---

* 此文最初为谢少波文集《另类立场:文化批判与批判文化》序。

扁平时代的写作

　　作家最好不要过多惦记前辈的纪念馆。那些纪念馆展示了激动人心的精神高蹈,相关操作经验却难以复制,在时过境迁的另一个时代很可能失灵。如果把大师当摹本,在纪念馆里凝定梦想,立志成为托翁第二或莎翁第二,那么很可能是操一支古代长矛的天真出征。

　　这是因为大师多具有一次性,不可能克隆量产;而且在当今这样一个剧变的时代,哪怕真有托翁与莎翁再世,哪怕他们手里集有先贤的全部经验和手段,恐怕也不够用了。

　　人很难在不同时间踏进同一条河。

　　文学的认知功能已被大大削弱。在缺少网络、影视、广播甚至报纸的时代,作家就是一个个信息中心,是社会万象和人生百态的主要报告人。只要不是写得太烂,他们怎么写都新鲜,怎么写都开眼,怎么写都有好奇的读者,其小说、散文、剧本、诗歌都是"黄金时段"和"报纸头条"——假如那时也有这些概念。如果他们心一横,敢言人之怯于言,便更是振聋发聩的意见领袖,足以爆破整个社会认知成规。问题在于,新闻业正在从作家手里接管这一业务。后来居上和异军突起的新闻业迅捷而庞大,呼风唤雨,无所不至,对人世间每个角落的动静都施以信息榨取和认知过滤,比作家总是快上一步。于是,靠文学来扩展见闻和传播知识必定低效。文学"信息量"偏少已成为读者们普遍的抱怨。作家们即使操弄个性化、具象化、虚构化、深度化等祖传利器,但就一般情况而言,要把新闻业滤下的残渣做成佳肴,确已难度大增。

文学的娱乐功能也被大大削弱。文学最为火热的时代,一定是电子游戏、流行音乐、夜总会、旅游、动漫、选秀、T 台等尚未普及的时代。那时候的戏剧如同节日,诗歌如同美酒,小说与散文是最佳休闲场所,具有娱人耳目的相对优势。洛阳纸贵、凿壁穿光、一书难求、接力夜读等情景大概就是这样出现的。问题在于,娱乐业也在从作家手里接管这一业务。谋求神经亢奋,寻找感官刺激,窃窥人性隐私,如此最HIGH 之事常在文学之外。即使是讲故事,影视公司似乎能做得更为有声有色和规模宏伟。那么,还有什么理由要求一般寻乐者继续对文学的忠诚? 有什么理由去奇怪一般青少年——包括不少大学文科生,把鲁迅、曹雪芹、托翁和莎翁视为沉重的学业负担? 文学的文字美、结构美、想象美等等,在缺乏相应训练的读者那里正成为入门颇难的智力运动项目,正在日益小众化与专业化,难道不是极为正常的结果?

有些变化是可逆的,有些变化是不可逆的。文学在这个时代最重要的不可逆变化,是以电子化和数码化为特征的新兴传播手段,一如以往纸的发明、印刷的发明,正在使文学猝不及防地闯入了陌生水区。

美国学者托马斯·弗里德曼(Thomas L. Friedman)几年前推出《世界是平的》一书,认为因特网的廉价推广,促成了技术、资本、信息三个"民主化"同时到来,深刻改变着世界经济发展的方式和格局。他是一个敏锐的观察家,但谈得不够多和不够深的是文化,其中包括文学。"民主化"的文学是否可能? 如果说"民主化"意味着一个有核心、有级差、有组织的塔状结构,让位于一个无核心、无级差、无组织的面状结构,那么这一前景是否值得万众欢呼? 或者是否仅仅值得欢呼?

这当然是更为复杂的一个问题。

一个"扁平"的世界里众声喧沸。从原则上说,由编辑、审查、批准一类关卡所组成的文化权力体系几近瓦解,每一个 IP 地址自由发声,都可能成为强大的文化媒体。英才惨遭埋没的可能,伪学与赝品一手遮天的可能,在传统意义上都会减少。全民批评权的运用,也是一种有益的破坏性检验。不过问题的另一面,是胡说比深思容易,粗品比精品多产,优秀者至少没有数量上的优势。一旦优劣平权成了优劣俱放,文化产量中庸质与恶质的占比肯定大大攀升,低端文化产能不仅无法淘汰,还可能日益滚大和坐大。一些优秀作品即使生产出来,也可能在过量的文化淹没中,在受众们暴饮暴食式的阅读之后,在食欲不振的这些快餐者们那里,出现影响力的严重折扣。一旦肠胃已经吃坏了,再多的良药也都无济于事。

一个"扁平"的世界里多数为王。在一般的情况下,有些潮流可以修复民众良知,是真理的脱颖而出;有些潮流泯灭民众良知,是泡沫和垃圾的霸道横行。但不管是哪种情况,多数人的理解力构成潮流的边界,那么大众型和通俗化的真理尚有机会,而冷门的、偏僻的、艰险的、高难的——又常常是重要的文化探索,则可能缺氧。进一步说,市场总是嗅觉灵敏地跟踪多数,跟踪购买力的所在,以实现利润最大化。它们必然就低不就高,随众不随寡,视高深、高难、高雅为营销毒药,并有足够的本领使舆论、奖项、教育、权力等资源向低端集中,打造出泡沫霸权和垃圾霸权。一种品质趋下的文化诱导机制,在这种情况下几乎难以避免。

一个"扁平"的世界还有易破难立的特点。特别是自十八世纪启蒙运动以来,敬畏感随着上帝一同消失。叛逆比服从更流行,权利比责任更动心,无论左右翼都造反成癖,在获得解构主义一类学术装备后更是见立必破,逢正必反,打倒一切。这一过程削弱了上帝与王权,清算了教条与伪善,其功绩不可低估;但无政府式的激进狂飙若无解药,其结局必是相对性等同虚无性,民主化等同民粹化,任何共识难以搭成,真理永远缺位。真理也许还是有的,但在很多时候只剩下每个人那里"我"的真理,即自恋、自闭、自利的各种强辞,甚至是专职扒粪的哄客四起——这不过是社会沦入一片"原子化"散沙的文化表征。圣人、先知、导师一类从此不再,文化成了一地碎片和自由落体。一个个公权政府在这样的逐利时代也更像个总务处,无心也无力充当精神旗帜,无心也无力实施有效的社会调控。避骂自保的公关活动已够他们忙的了,讨好票源和收买民意已够他们累的了,他们哪还有建构民族与人类精神的远大抱负和坚定行动?

越来越多的迹象表明,一旦失去文化的约束和引导机制,一个扁平的世界就是没有方向的世界,是无深度和无高度的世界。即使有成打的托翁和莎翁再世,他们通常也形同刺猬而不是狮子,是暗燃而不是火炬,常常隐在主流受众的视野之外——在生态、经济、政治等重大危机逼近之前,在民众的真理渴求大增之前,情况大体如此。

这个时代当然还有文化,有文化运动与文化冲突,也不乏轮番登台的文化偶像。不过,与传统意义上的圣人、先知、导师不同,很多现代文化偶像形式大于内容,迎合多于独行,公关造势优于埋头苦干,成功获利重于大道担当。这些人不过是营构一种虚假的方向,在无方向时代满足一种偶像消费,其中既包括对偶像的适时狂拜,也包括对偶像的适时狂毁。在这里,狂拜或狂毁只在一念,无须深思熟虑和身体力行,因此所需偶像不必经久耐用,隔数月或隔几天就更换一个,实为摊档上的寻常。正因为如此,很多偶像不得不焦灼难安,不得不到处奔走,拼命保持公众能见度成了他们的殊死搏斗,也成了他们与以往大师的明显区别之一。一个个豪华大片就这样火了,又冷了;一个个惊世的主义就这样火了,又冷了;一个个让人开心的狂生或浪女就这样火了,又冷了——到后来,很多人参与围观纯粹是为了有权开骂,争相点击只是为了自秀高明和比拼刻薄,于是火就是为了冷,或者说火本身就是冷,感官的火在另一面就是心灵的冷。每一个人最大的敌人其实就是自己。中国互联网络信息中心二○○八年的统计报告显示,高达百分之四十七左右的公众已经不信任或不太信任网络。美国佩尤研究中心二○○四年的调查统计显示,媒体公信力一直下滑,比如对 CNN 信任值已跌至百分之三十二,即大多数人持怀疑态度。有意思的是,这一类文化产业不正是公众用高点击率、高收视率、高票房额等热心喂养起来的么?不都是文化市场上的成功典范么?

时值二十一世纪,人类有了前所未有的文化自由选择权,但为什么从这时起人类倒变得如此犹疑不定、六神无主、手足无措、茫然无计,竟找不到自己真正信赖和需要的东西? 如果人类长期处于这样一种文化消费中的自我分裂和自我对抗,那么这种所好即所疑、所乐即所轻、所爱即所憎的左右两难,是不是一种文化狂欢之下的精神死机? 如果人们在这个美妙时代里什么都想要,好事都占全:既要狂喝海吃又不要卡路里,既要挥金如土又不要储蓄,既要享受周到的公共设施和社会福利又不愿缴税(见二〇一〇年一月二十七日美国《基督教科学箴言报》)……一句话,既不承担任何责任又奢求什么东东来为自己承担全部责任,那么这种"减肥可乐"式的文化幻想,是不是注定了最终的一无所有?

也许需要重新启动,重新确定一个方向。

一个重建精神价值的方向。

这需要很多人的共同努力,重建一种尽可能不涉利益的文化核心、级差以及组织,即文明教化的正常体系。是的,在这里我愿意重新使用"教化"这样一个词,在人类几百年来钟情于"自由"一词以后,在有效教化与宽幅自由互为条件的奇诡历史之中。换句话说,"自由"如果要避免死亡,正需要"教化"的救赎。今天的教训是:没有教化的自由已经成为了另一种灾难。

2009 年 11 月

---

* 最初发表于 2010 年《扬子江评论》杂志。

群体寻根的条件

什么是"寻根"？寻什么"根"？怎样去"寻"？你寻到了什么？……问题一旦笼统和通俗到这个地步，事情就不好谈。二十多年前谈不清楚，二十多年后肯定还是谈不清楚。正是考虑这一点，很久以来我对这个话题能躲则躲。

文化是个筐，什么都可以装。上至主义与体制，下至厕所与厨房，世间万物无不文化。那么跳进"文化"这个辽阔泥潭里起舞，还想勾搭出什么共识，只能是找死。即便是约定了边界和规则，以木代林、同床异梦、阴差阳错、头痛医脚也常是讨论时的乱象。

也许可以换一种办法来谈。比方问一问：什么不是"寻根"？什么地方没有"根"？什么时候没法"寻"？……这种排除法，不能代替思考的正面造型和全景检阅，但至少可缩小范围，就近设置定位参照，让大家尽可能对接思路，减少七嘴八舌的虚打与误杀。

权且一试。

作为上世纪八十年代中国的文学景观之一，所谓"寻根"或"文化寻根"大概算不上普遍现象，不是通行四海的文学新法。就是说，它大概不适用于所有中国作家，更遑论世界上其他国家和地区的同行。比较而言，爱情小说、探案小说、批判现实主义、后现代主义、都市青春文学等等，都具有传染性和输出空间，几乎是全球普适品种，有可能在任何群体那里开花结果——但"寻根"不是。只要稍稍放开眼界，就可发现这一尝试,特别是群体性的尝试,其实受制于诸多条件,似乎不那么好仿造与移植。

美国只有两百多年的建国史,除少许印第安保留区里的文化遗迹,本土文化差不多都是外来文化,有什么"根"可寻? 大多数东南亚国家,依陈序经先生《东南亚古史研究》里的说法,在欧洲殖民者到来之前罕有文字史,漫长历史一片晦暗无法探知,有多少"根"可寻? 战争、屠杀、流行病、有言无字、典籍流散之类事态,一旦把历史记忆和传统文化打入时空黑洞,作家们"寻根"就难以想象。让那里的贾平凹们写出"秦汉",那里的李杭育们写出"吴越",那里的阿城们写出"庄老"……恐怕是强人所难。

美国人可域外寻"根",如长篇小说《根》的作者寻到了非洲,不过他寻的是政治悲情和血缘谱系,不足以掀起"文化热"。非洲当然也是文化富矿区,艺术与巫术的特色尤为触目。据说东非是人类最早发源地,古埃及比古中国的文明形成早一千多年。然而,中国后来避免了解体与换血,比如不像很多非洲国家在十八世纪以后遭受深度殖民,其语言、宗教、教育、政体几近欧化,以至很多国家没有自己的大学,连娃娃们也在舶来的教材前高声齐诵"我是高卢人"或者"我是英格兰人"。至于撒哈拉沙漠以北的非洲,曾与欧洲共享古罗马帝国版图,在人种融合、文化杂交、政治统辖的过程中面目逐渐漂白,至今被很多人视为欧洲的一部分——至少是"欧洲"的郊区或表亲。到了这一步,对于这个半生不熟的黑欧洲或灰欧洲来说,对于操一口法语或英语的很多作家来说,他们是否有愿望或者有能力找回一个文化本土?

一种另类于西方的本土文化资源,一份大体上未被殖民化所摧毁的本土文化资源,构成了"寻根"的基本前提。在这里,资源并非高纯度,几千年下来的文化中,杂交串种乃普遍命运。不过,此杂种与彼杂种还是常有区别。作为一个亿级人口的共同体,中国即便深受西方文化影响,但文字没有换(不似南亚等),宗教没怎么改(不似非洲等),人种没怎么变(不似南美等,更不似北美和澳洲),还是杂得有些特殊。

接下来的问题:这种特殊资源如何被发现、被唤醒、被启用? 往根本上说,文化资源的活态呈现就是生活与人,那么这些生活与人是怎样进入作家的视野? 怎么变成了小说、诗歌、散文以及理论批评? 我们不妨看一看通常顶着"寻根"标签的作家,比如贾平凹、李杭育、阿城、郑万隆、王安忆、莫言、乌热尔图、张承志、张炜、李锐等等。无论他们事实上是否合适这一标签,都有一共同特点:曾是下乡知青或回乡知青,有过泛知青的下放经历。知青这个名谓,意味着这样一个过程:他们曾离开都市和校园——这往往是文化西方最先抵达和覆盖的地方,无论是以苏俄为代表的红色西方,还是以欧美为代表的白色西方;然后来到了荒僻的乡村——这往往是本土文化悄悄积淀和藏蓄的地方,差不多是一个个现场博物馆。交通不便与资讯蔽塞,构成了对外来文化的适度屏蔽。丰富的自然生态和艰辛的生存方式,方便人们在这里触感和体认本土,方便书写者叩问人性与灵魂。这样,他们曾在西方与本土的巨大反差之下惊讶,在自然与文化的双轴坐标下摸索,陷入情感和思想的强烈震荡,其感受逐步蕴积和发酵,一遇合适的观念启导,就难免哗啦啦的一吐为快。

他们成为"寻根"意向最为亲缘与最易操作的一群,显然有一定的原因。

他们是热爱本土还是厌恶本土,这并不重要。他们受制于何种写作态度、何种审美风格、何种政治立场,也都不太重要。重要的是,他们的"下放"既是社会地位下移,也是不同文化之间的串联。文化苏醒成了阶级流动的结果之一——这种现象也许是一个有趣的社会学课题。于是,这些下放者不会满足于"伤痕"式政治抗议,其神经最敏感的少年时代已被一种履历锁定,心里太多印象、故事、思绪以及刻骨痛感在此后的日子里挥之不去。不管愿意还是不愿意,他们笔下总是会流淌出一种和泥带水翻肠倒胃的本土记忆——这大概正是观察者们常常把他们混为一谈的原因，是他们得以区别于上一代贵族作家或革命作家，更区别于下一代都市白领作家的原因。那些作家即便赞赏"寻根"（如汪曾祺，如张悦然），但履历所限，就只能另取他途。换句话说，所谓"寻根"本身有不同指向，事后也可有多种反思角度，但就其要点而言，它是全球化压强大增时的产物，体现了一种不同文明之间的对话，构成了全球性与本土性之间的充分紧张，通常以焦灼、沉重、错杂、夸张、文化敏感、永恒关切等为精神气质特征，与众多目标较为单纯和务实的小说，包括不少杰出的历史小说（姚雪垠、二月河等）、乡村小说（赵树理、刘绍棠等）、市井小说（邓友梅、陆文夫等）等拉开了距离。

有意思的是，很多作家与批评家对"寻根"摩拳擦掌之日，恰恰是他们对西方文学与思潮如饥似渴狼吞虎咽之时——至少我的当年观感是这样。他们在另一些场合常被指认为"先锋派"和"现代主义"，也能旁证这一点。那么这是一种奇怪的混乱和矛盾，还是一种正常的远缘基因组配？其实，本土化是全球化激发出来的，异质化是同质化的必然反应——表面上的两极趋势，实际上处于互渗互补和相克相生的复杂关系，而且在全球化的成年期愈益明显。当然，在具体实施过程那里，全球化首先就是西方化，特别是全球都市的西方化，全球中上层生活圈的西方化。比如一种由城区、大学、超市、快餐店、汽车潮、媒体市场、女性主义、中产阶级职场、散装英语或法语、消费主义时尚所组成的精密体制，把全世界大多精英都收编在西化狂潮之内——作家们通常也不会放过这种金光闪闪的收编机会。后发展国家和地区的作家，更容易把这一切看作"进步"与"文明"的尊荣。在这种情况下，走向民间、走向本土、走向另类的想法如何操作？在陌生人那里发现、唤醒以及启用多元文化资源，对于作家们来说是否不大容易？是否将面临体制性和生存性的障碍？

如果没有一次充满伤痛的下放，如果没有高强度的履历反差和身份分裂，很多写作者也许就只能揣着差不多的文凭，出入差不多的高楼和汽车,结交差不多的同事与宾客,继续都市白领和金领的小日子,然后在咖啡馆、电影院、旅游线路以及档案卷宗那里,投入同质化、准同质化、半同质化的各种虚拟与感叹——尽管感叹也有雅与俗的各种款式。他们当然可以图谋突围和反抗,甚至可以壮怀激烈地宣言和奔走,穿上印有格瓦拉、披头士、梭罗、特里萨修女一类头像的T恤衫,在各种聚光灯下气冲牛斗。但如果他们终究走不出既有的生活圈子和人生轨道,突围和反抗就只会是一堆符号游戏,不会是全心身抵押与托付,不过是以"口舌之文"冒作"心身之文"。同样是在这种情况下,他们中的个别人也可能走出潮流与体制,爆出星光灿烂的三两个案,但一个文学新异群体的出现,一大批创作与理论几乎同时同地联袂登场相互呼应,进而推动其他艺术和学术领域持久的"文化热",其发生概率则似乎太小。

知青上山下乡运动是难以重复的,显然也非大多数当事者所愿。"寻根"者的特殊资源也有限,不一定能支撑他们的文学远行。不过,走出几步与自囚禁足还是不一样。从今后远景来看,作家们被教育体制、从业模式、流行风尚等统一收编难以恒久,不会是什么"历史的终结"。新的经济危机、政治动荡、宗教挤压、革命推动、生态灾难等,总是会造成社会格局的重新洗牌,迟早会使某些作家自觉或不自觉地切换人生,走向新的写作资源,包括经验资源也包括文化资源。在这个意义上,"寻根"是非西方世界一个幽灵,还可能在有些人那里附体和兴风作浪。美国学者亨廷顿(Huntington)所说的儒家文明、伊斯兰文明、东正教文明,还有其他有专家补充的印第安文明、印度文明等,完全可能在什么时候重获一种苏醒与激活机制,进入文学书写,甚至是大规模的文学书写,释放感觉、审美、文化的能量,与西方文明形成有效的世纪对话——上述这些文明的积蓄地至少值得抱以希望。

显然,中国八十年代的所谓"寻根"不是什么文学妙方,不过是这些已经或正在发生的对话之一。这次对话发生在未遭深度殖民和阶级结构多变的中国,发生在世界文明版图大变之前,应该说不足为怪。

这次对话发生在尚无经济高速赶超和"国学热"的二十多年前,发生在西化浪潮独大和狂胜之际,难免各种误解与警觉。如果人们不是特别健忘,便可知"寻根"曾经几同污名,在八十年代中国遭受过两种严厉政治批评:一是来自当朝的左翼人士(如贺敬之等),指"寻根"背离了"革命现实主义"和"社会主义现实主义",是回到"封建主义文化"的危险动作;二是来自在野的右翼人士(如刘晓波等),指"寻根"是"民族主义"、"保守主义"的反动,纯属对抗全球现代化的螳臂当车。不难看出,这两种批评政治标尺有异,却分别延续了五四新文化以来"大破四旧"和"全盘西化"的两种实践,分别展现了苏俄西方和欧美西方的强势背景,透出了某种外来意识形态共同的面包味与奶酪味,显然是异中有同,甚至是一体两面。它们的联手打造了一种文明进步观,力图把本土这个话题打入遗忘。

但对话毕竟发生了,或者说开始了。

这一类对话能否丰富和提升人类的整体精神,则正在和将要考验参与者们的能耐。

说到这里,基本不涉及对"寻根"或"文化寻根"的绩效评估,更不意味着对各种文明体系做出全面价值判断。

清理该现象的三两相关条件,只是为了今后讨论多一点方便。

2009 年 6 月

---

* 最初发表于 2009 年《上海文化》杂志。

心 灵 之 门

经常遇到有人提问:文学有什么用？我理解这些提问者,包括一些犹犹豫豫考入文科的学子。他们的潜台词大概是:文学能赚钱吗？能助我买下房子、车子以及名牌手表？能让我成为股市大户、炒楼金主以及豪华会所里的 VIP？

我得遗憾地告诉他们:不能。

基本上不能——这意思是说除了极少数畅销书,文学自古就是微利甚至无利的事业。而那些畅销书的大部分,作为文字的快餐乃至泡沫,又与文学没有多大关系。街头书摊上红红绿绿的色情、凶杀、黑幕、财运……一次次能把读者的钱掏出来,但不会有人太把它们当回事吧。

不过,岂止文学利薄,不赚钱的事情其实还很多。下棋和钓鱼赚钱吗？听音乐和逛山水赚钱吗？情投意合的朋友谈心赚钱吗？泪流满面的亲人思念赚钱吗？少年幻想与老人怀旧赚钱吗？走进教堂时的神秘感和敬畏感赚钱吗？做完义工后的充实感和成就感赚钱吗？大喊大叫奋不顾身地热爱偶像赚钱吗？……这些事非但不赚钱,可能还费钱,费大钱。但如果没有这一切,生活是否会少了点什么？会不会有些单调和空洞？

人与动物的差别,在于人是有文化的和有精神的,在于人总是追求一种有情有义的生活。换句话说,人没有特别的了不起,其嗅觉比不上狗,视觉比不上鸟,听觉比不上蝙蝠,搏杀能力比不上虎豹,但要命的是人这种直立动物比其他动物更贪婪。一条狗肯定想不明白,为何有些人买下一套房子还想圈占十套,有了十双鞋还去囤积一千双,发情频率也远超生生殖的必需。想想看,这样一种最无能又最贪婪的动物,如果失去了文明,失去了文明所承载的情与义,算不算十足的劣等物种? 是不是连一条狗都有理由耻与为伍?

人以情义为立身之本,使人类社会几千年以来一直有文学的流淌。在没有版税、稿酬、奖金、电视采访、委员头衔乃至出版业的漫长岁月,不过是靠口耳相传和手书传抄,文学也一直生生不息蔚为大观,向人们传达着有关价值观的经验和想象,指示一条澄明的文明之道。这样的文学不赚钱,起码赚不出什么李嘉诚和比尔盖茨,却让赚到钱或没赚到钱的人都活得更有意义也更有意思,因此它不是一种谋生之术,而是一种心灵之学;不是一种职业,而是一种修养。把文学与利益联系起来,不过是一种可疑的现代制度安排,更是某些现代教育商、传媒商、学术商等等乐于制造的掘金神话。文科学子们大可不必轻信。

在另一方面,只要人类还存续,只要人类还需要精神的星空和地平线,文学就肯定广有作为和大有作为——因为每个人都不会满足于动物性的吃喝拉撒,哪怕是恶棍和混蛋也常有心中柔软的一角,忍不住会在金钱之处寻找点什么。在这个时候,在这个呼吸从容、目光清澈、神情舒展、容貌亲切的瞬间,在心灵与心灵相互靠近之际,永恒的文学就悄悄到场了。人类文学宝库中所蕴藏的感动与美妙,就会成为你眼前的新生之门。

2009 年 11 月

---

* 最初发表于 2009 年《人民日报》。

重要译名双语比照

（以首字汉语拼音为序）

A

阿拉法特（Yasser Arafat）

阿拉贡（Aragon, Louis）

阿兰·巴丢（Alain Badiou）

埃利蒂斯（Elitis, Odysseus）

艾略特（Eliot, Thomas Stearns）

爱森斯坦（Sergei Eisenstein）

爱因斯坦（Albert Einstein）

艾特玛托夫（Чингиз Айтматов）

B

巴尔扎克（Honore de Balzac）

巴别尔（Isaac Babel）

柏拉图（Plato）

贝多芬（Ludwig Van Beethoven）

毕加索（Pablo Picasso）

勃勒东（Breton, André）

玻尔（Niels Henrik David Bohr）

伯尔（Heinrich Boll）

博尔赫斯（Jorge Luis Borges）

布罗代尔（Fernand Braudel）

布莱希特（Bertolt Brecht）

布鲁诺（Giordano Bruno ）

C – D

车尔尼雪夫斯基

　（Nikolay Gavrilovich）

川端康成（Kawabata Yasunari）

达尔文（Charles Robert Darwin）

戴维斯（Paul Davies）

丹纳（Hippolyte Adolphe Taine）

德里达（Jacques Derrida）

德里克（Arif·. Dirlik）

J – K

吉拉斯（Milovan Djilas）

加缪（Albert Camus）

杰姆逊（Fredric Jameson）

芥川龙之介（Akutagawa ryunosuke）

卡尔维诺（Italo Calvino）

卡夫卡（Franz Kafka）

卡勒尔（Jonathan Culler）

卡斯特罗（Fidel Castro Ruz）

凯因斯（John Maynard Keynes）

康德（Immanuel Kant）

康帕内拉（Campanella Tommaso）

克·西蒙（Claude Simon）

克罗齐（Benedetto Croce）

昆德拉（Milan Kundera）

L – N

莱布尼兹
　（Gottfriend Wilhelm Leibniz）

劳伦斯（Laurens Van Der Post）

李约瑟（Joseph Needham）

利玛窦（Ricc Matteo）

林肯（Abraham Lincoln）

路德（Martin Luther）

罗兰·巴特（Roland Barthes）

罗素（Russell, B. A. Willian ）

马克·吐温（Mark Twain）

马克思（Karl Marx）

马克斯·韦伯（Max Weber）

蒙克（Edvard Munch）

密茨凯维支（Adam Mickiewicz）

尼采（Friedrich Nietzsche）

聂鲁达（Pablo Neruda）

O – P

欧·亨利（O Henry）

欧文（Robert Owen）

庞德（Ezra Pound）

裴多菲（Sandor Petofi）

佩索阿（Fernando Pessoa）

皮兰德娄（Luigi Pirandello）

乔伊斯（James Joyce）

S

萨拉马戈（José Saramago）

萨特（Jean-Paul Sartre）

萨义德（Edward W. Said）

塞浮特（Jaroslav Seifert）

图书在版编目（CIP）数据

熟悉的陌生人/韩少功著.-上海：上海文艺出版社.2012.6
ISBN 978-7-5321-4504-1
Ⅰ.①熟… Ⅱ.①韩… Ⅲ.①随笔-作品集-中国-当代
Ⅳ.①I267.1
中国版本图书馆 CIP 数据核字（2012）第 115535 号

出 品 人：陈　征
责任编辑：丁元昌
封面设计：王志伟

熟悉的陌生人
韩少功　著
上海文艺出版社出版、发行
上海绍兴路 74 号
新华书店经销　苏州文艺印刷厂印刷
开本 700×1000　1/16　印张 26.5　插页 2　字数 337,000
2012 年 6 月第 1 版　2012 年 6 月第 1 次印刷
ISBN 978-7-5321-4504-1/I·3498　　定价：40.00 元

告读者　如发现本书有质量问题请与印刷厂质量科联系
T：0512-66063782